THOMAS CHRISTOS

1965

Der erste Fall für Thomas Engel

Thomas Christos

1965

Der erste Fall
für Thomas Engel

Kriminalroman

blanvalet

Sollte diese Publikation Links auf Webseiten Dritter enthalten, so übernehmen wir für deren Inhalte keine Haftung, da wir uns diese nicht zu eigen machen, sondern lediglich auf deren Stand zum Zeitpunkt der Erstveröffentlichung verweisen.

Die Handlung im Roman ist fiktiv, nur an einigen Stellen basiert sie auf wahren Begebenheiten. Die Gräuel, die in Polen stattgefunden haben, sind natürlich nicht erfunden. Rydni ist ein fiktiver Ort, und die Handlung in Rydni und Plowce ist fiktiv. Diese Orte stehen für viele andere reale Schauplätze, an denen die Polizeibataillone Verbrechen begangen haben.

Verlagsgruppe Random House FSC® N001967

1. Auflage
© 2020 by Blanvalet in der Verlagsgruppe Random House GmbH,
Neumarkter Str. 28, 81673 München
Umschlaggestaltung und -motiv: © Johannes Wiebel | punchdesign,
unter Verwendung eines Motivs von Reddavebatcare/shutterstock.com und
picture-alliance/dpa-zentralbild/Reinhard Kaufhold
NG · Herstellung: sam
Satz: Buch-Werkstatt GmbH, Bad Aibling
Druck und Bindung: GGP Media GmbH, Pößneck
Printed in Germany
ISBN 978-3-7645-0719-0

www.blanvalet.de

Teil 1
Il Silenzio

I

Blau war die Farbe der Sehnsucht, und Weiß brachte Unheil. Aber das ahnte die zehnjährige Lotte Reimann nicht, die sich unbedingt die blaue Mütze wünschte, die noch zu ihrer Hitlerjugend-Uniform fehlte. Doch die kostete zwei Mark, und das war viel Geld für ihre Eltern, die als einfache Arbeiter jeden Pfennig zweimal umdrehen mussten, um knapp über die Runden zu kommen.

»Wir können uns die Mütze jetzt nicht leisten, die übrige Uniform war schon teuer genug«, versuchte die Mutter zu erklären. Sie und ihr Mann verstanden sowieso nicht, warum sie für den dunkelblauen Rock, die weiße Bluse und das schwarze Halstuch selbst aufkommen mussten, obwohl die Mitgliedschaft für den Jungmädelbund, die Mädchenabteilung der Hitlerjugend, Pflicht war.

»Soll doch der Führer zahlen«, brummte der Vater unwillig.

»Unsere Gruppenführerin hat aber gesagt, dass man für den Führer nicht geizig sein darf, Vati!«

»Dann muss er für bessere Löhne sorgen«, schimpfte der Vater und handelte sich einen strafenden Blick seiner Frau ein. Bloß kein schlechtes Wort über den Führer vor dem Kind verlieren, nachher würde sie etwas ausplappern und den Eltern große Schwierigkeiten bereiten. In der Hitlerjugend, so hatte sie von einer Nachbarin erfahren, brachte man den Kindern bei, dass die Gruppenführerin immer recht hatte und dann erst die Eltern. Aber die Befürchtung der Mutter war unbegründet. Lotte liebte ihre Eltern und hätte sie niemals angeschwärzt. Trotzdem wollte sie nicht auf die Mütze verzichten. Also fasste sie den Plan, die zwei Mark selbst zu verdienen. Am einfachsten ging das als Radschläger, wo man von den Passanten den einen oder anderen Groschen erturnen konnte. Das machten Generationen von Kindern, und die Radschläger waren eines der Wahrzeichen der Stadt. Woher diese Tradition stammte, wussten die kleinen Turner nicht, aber das spielte auch keine Rolle, weil viele Jungen und Mädchen diese Einnahmequelle schätzten.

Lotte ahnte nicht, dass sich an diesem Tag sehr viele Menschen in der Stadt versammelt hatten. Die NSDAP hatte zu einer Kundgebung aufgerufen. Ein Mann in brauner Uniform stand auf der Bühne und sprach vor vielen Hunderten Menschen. Dabei versuchte er, seinem Führer in Gestik, Tonfall und Wortwahl nachzueifern, ja, ihn zu übertreffen, was aber nur zur Folge hatte, dass er sein Idol unfreiwillig parodierte. Die versammelten Anhänger, meist Männer, merkten es nicht, weil sie es nicht merken wollten.

Als Lotte auf dem Platz eintraf, prangerte der Möchtegern-Hitler »das Weltjudentum« an, das einen Krieg gegen Deutschland anzetteln würde. »Wenn Polen nicht nachgibt, wird unser Führer die Ehre Deutschlands verteidigen! Er will keinen Krieg, aber er fürchtet ihn auch nicht!«, brüllte er der Menge zu, die seine Parolen gierig schluckte und sich daran berauschte.

Einer der Zuhörer trug einen teuren grauen Anzug, und am Revers glänzte die frisch polierte Anstecknadel der Partei. Das laute Kläffen des Gauleiters langweilte ihn. Er konnte die Hasstiraden vom Weltjudentum nicht mehr hören, weil er sie auswendig kannte. Sie interessierten ihn auch gar nicht. Er war nur gekommen, weil es ein Pflichttermin für jeden Parteigenossen war. Der Kriegsgefahr sah er gelassen entgegen. Männer seines Schlages fanden immer Wege, nicht als Kanonenfutter zu enden. Ihn plagten andere Probleme. Seit Tagen spürte er in seinem Körper diese verbotene Gier, sein dunkles Geheimnis, das er wie einen giftigen Schatz hütete. Bis jetzt war es ihm stets gelungen, dieses Feuer zu unterdrücken, und manchmal lenkte er sich im Bordell ab, aber nicht immer fanden sich Huren, die seine Wünsche erfüllen wollten und seine perversen Rollenspiele mitmachten. Er wusste, dass das keine Dauerlösung war. Irgendwann würden seine Dämonen ein erstes richtiges Opfer verlangen. Und das taten sie auch, als das junge Mädchen mit dem kurzen Rock und der schlichten Bluse auf dem Platz auftauchte. Sie stellte sich wie eine Turnerin kerzengerade hin, streckte die Arme elegant wie eine kleine Ballerina nach oben und achtete dabei darauf, dass ihre Beine geschlossen waren. Der Anblick schnürte ihm die Kehle zu. Der Mann keuchte vor Erregung, was aber keinem auffiel, weil seine Parteigenossen wie hypnotisiert den Ausführungen des Gauleiters folgten. Er dagegen schritt wie in Trance auf sein Opfer zu.

Lotte wollte heute ein besonders gutes Rad hinkriegen. Sie nahm Schwung, die linke Hand ging hinunter, mit der rechten stieß sie kraftvoll ab. In der Luft spreizte sie ihre Beine. Auf diesen Moment hatte der Mann gewartet und gehofft.

»Bitte einen Groschen!«, rief Lotte und kam vor dem Mann elegant zum Stehen.

Der versuchte, halbwegs unaufgeregt zu schauen, und gab ihr den geforderten Groschen.

»Was willst du damit machen?«, presste er halbwegs normal hervor.

»Ich sammle für meine blaue Jungmädel-Mütze.«

»Der Führer wird sich freuen«, lobte der Mann ohne jede Ironie und winkte mit einer weiteren Münze. »Dann schlag noch einmal ein Rad.«

Das ließ sich das Mädchen nicht zweimal sagen. Während im Hintergrund der Gauleiter den Führer in den Himmel lobte, drehte sie ein Rad nach dem anderen, und jedes Mal zahlte der Mann einen Groschen. Irgendwann hatte er vom Zusehen genug. Er brannte. Es gab nur einen Weg, um das Feuer zu löschen.

»Wie viel kostet die Mütze denn?«, fragte er sie leicht keuchend.

»Zwei Mark«, antwortete sie und steckte den letzten Groschen ein.

»Wenn du mitkommst, gebe ich dir das Geld für die Mütze«, sagte er lächelnd und holte zwei Markstücke aus seiner Brieftasche.

Die Augen der kleinen Lotte begannen zu leuchten. Endlich würde sie eine Mütze bekommen! Sie würde ein vollwertiges Mitglied der Hitlerjugend sein, der Führer wäre stolz auf sie! Sie zögerte keine Sekunde, als der freundliche Mann ihr anbot: »Wir fahren mit dem Auto zu meiner Mama, und du schlägst ein paar Räder für sie. Sie hat heute Geburtstag und würde sich bestimmt sehr darüber freuen. Willst du?«

»Du hast ein Auto?«, fragte sie beeindruckt.

»Natürlich!« Er reichte ihr die Hand, und dann führte er sie ins Unglück.

Hinter ihnen bebte der Platz vor den lauten Sieg-Heil-Rufen der Menschen, die sich ihre Seele aus dem Leib brüllten. Es war das Jahr 1939.

2

1965 fanden in Deutschland die ersten Demonstrationen gegen den Vietnamkrieg statt, im deutschen Fernsehen sorgte eine Sendung namens *Beat-Club* für wütende Reaktionen bei den Erwachsenen, und irgendwo am tiefsten Niederrhein zwängten sich drei Männer auf einen Hochsitz. Zwei davon, Walter Engel und Kurt Strobel, Mitte fünfzig, sahen in ihren grünen Loden wie richtige Jäger aus, während der dritte, der einundzwanzigjährige Thomas Engel, in Räuberzivil steckte, obwohl er unbedingt zur Kripo wollte. Thomas hasste die Jagd, er hasste auch diese Gegend, die nasskalten Wiesen, die Baumskelette und vor allem den Nebel, der nach Rinderbrühe stank. *Trotzdem hast du dich hier wohlgefühlt und bist jetzt voller Schrotkugeln,* sagte er in Gedanken zu dem toten Hasen, den sein Vater vor einer halben Stunde geschossen hatte. Er streichelte ihn sanft, als würde er noch leben. Dass Thomas mit auf die Pirsch gegangen war, hatte einen einfachen Grund. Er wollte gute Stimmung bei seinem Vater machen. Der Vater leitete die kleine Kreispolizeibehörde des Ortes, wobei sich die polizeiliche Arbeit in Grenzen hielt: Es gab gelegentlich eine Verwarnung für zu schnelles Traktorfahren oder eine Rüge für den Kellner, wenn er aus drei angetrunkenen Gläsern Bier ein ganzes machte. Vielmehr sah Thomas' Vater sich als Hüter der Moral und

Bewahrer der Tradition, wie es ihm auch der Gemeinderat an-
lässlich des dreißigjährigen Dienstjubiläums in einer öffentlichen
Sitzung bescheinigt hatte. Und als solcher wollte er ein Vorbild
sein. Er schnitt den Rasen vor dem Haus akkurat und maß mit
einem Lineal alles ab. Unkraut wurde nicht herausgezupft, sondern gleich rausgebrannt. Thomas' Mutter wischte jeden Tag die
Fenster blitzblank und streifenfrei, putzte alles keimfrei mit Sal-
miak, und niemals hing die Wäsche schief. Für Thomas hieß es:
Lernen statt faulenzen. Alkohol meiden. Nicht auffallen, sondern
anpassen. Gehorchen, statt Fragen zu stellen. Zur guten Erzie-
hung gehörte es auch, dass sich der pubertierende Thomas beim
Katechismusunterricht hatte anhören müssen, dass Selbstbefrie-
digung eine Sünde sei oder eine Geisteskrankheit. (Der Priester
wohnte übrigens seit dreißig Jahren mit der Haushälterin zusammen und hatte da leicht reden.)

Das alles führte dazu, dass Thomas wegwollte. Er hatte sein
Abitur gemacht, die Stadt lockte, er musste dieser Enge hier
entkommen. Dafür hatte er wochenlanges Übungsschießen im
Schützenverein in Kauf genommen. Mit den anderen Schützen,
die in Reih und Glied und mit Tschingderassabum durch den
Ort marschierten, verband ihn nichts. Sogar sein Vater, der Tra-
ditionen eigentlich liebte, hielt sich von ihnen fern. Einmal hatte
er gesagt: »Das erinnert mich an das Militär, und damit habe ich
nichts zu tun. Ich war immer nur Polizist!« Warum er das Militär
kritisierte, behielt er für sich. »Ich war nicht bei der Wehrmacht,
ich war nur Polizist. Und der Hitlerpartei bin ich auch nicht bei-
getreten, obwohl mich die Nazis bedrängt haben«, betonte er oft,
ohne ins Detail zu gehen.

Thomas selbst wusste wenig über die Nazis und Hitler, weil der
Geschichtsunterricht bei Bismarck geendet hatte. Viele Bewohner des Ortes sprachen gut über Hitler. Nicht selten hörte Thomas

den Satz: »Bei Adolf wäre das nicht passiert« – wenn fahrende Zigeuner ihre Teppiche verkaufen wollten oder ein paar vorlaute Jugendliche aus dem Transistorradio »Negermusik« hörten. Diese Gefahr bestand beim heranwachsenden Thomas allerdings nicht, denn seine Altersgenossen nahmen den Sohn des Polizisten gar nicht in ihre Mitte auf. So blieb er ein Einzelgänger, der in seiner Bücherwelt eine Heimat fand. Am liebsten las er Kriminalromane. Er hatte keine speziellen Helden, er mochte Sherlock Holmes genauso wie Sam Spade oder Kommissar Maigret. Aber sein größtes, reales Vorbild war Kurt Strobel, den er »Onkel« nannte. Er war ganz anders als sein Vater. Er besaß Humor, lebte in der Stadt, und vor allem war er Leiter der Kriminalpolizei. Das imponierte Thomas gewaltig. So wie Kurt Strobel wollte er auch werden. Ein Kriminalist, der das Böse bekämpfte, kein Dorfpolizist wie sein Vater.

»Aufwachen!« Sein Vater drückte Thomas unsanft das Fernglas auf die Brust. »Keine hundertfünfzig Meter, leichtes Ziel, schätze mal neunzig Kilo. Kriegst du mit einem Blattschuss hin.«

Durch das Fernglas sah Thomas eine Wildschweinbache mit ihren Frischlingen.

»Geht nicht. Schonzeit für die Bache«, kommentierte er und reichte seinem Vater das Fernglas zurück.

»Kriegt doch keiner mit, also schieß!«, drängte der Vater.

Widerwillig nahm Thomas das Gewehr und legte an. Die Bache bot zwar ein leichtes Ziel, aber er zögerte.

»Ich kann das nicht.«

»Was anderes kommt dir heute nicht mehr vor die Flinte. Mach endlich, damit wir nach Hause kommen!«

Strobel, der bis jetzt nur zugehört hatte, wandte sich an Thomas' Vater.

»Walter, er muss doch nicht!«

»Habe ich jetzt einen Sohn oder nicht?«

»Hast du!«, schrie Thomas trotzig und drückte ab.

Durch sein Gebrüll war die Bache zwar hochgeschreckt, aber Thomas traf dennoch. Die Frischlinge quiekten wild und wussten nicht, was sie machen sollten: wegrennen oder bei der Mutter bleiben?

»Blattschuss! Waidmannsheil«, sagte Thomas' Vater und machte sich sogleich daran, den Hochsitz herunterzusteigen.

Thomas ahnte, dass er sie nicht richtig getroffen hatte.

»Warte, die lebt noch«, warnte er, aber sein Vater winkte ab und eilte auf das Tier zu, gefolgt von Strobel. Thomas sollte recht behalten. Das Tier war nicht tot. Unvermittelt begann es zu kreischen, mobilisierte unerhörte Kräfte, kam noch einmal auf die Beine und lief geradewegs auf die beiden Männer zu, die schon mit dem Schlimmsten rechneten. Doch sie kam nicht weit. Sie verfing sich in ihren eigenen Eingeweiden, brüllte vor Schmerzen, spuckte literweise Blut, bis sie sich schließlich auf die Seite legte, um zu sterben. Statt zu flüchten, liefen die Frischlinge instinktiv zu ihrer Mutter, um Schutz zu suchen. Die wälzte sich im Todeskampf auf dem feuchten Boden und konnte ihnen nicht helfen. Vergeblich stupsten die Tierchen mit den Nasen gegen ihren Bauch, um an die Zitzen zu kommen.

»Gib ihr den Fangschuss«, befahl Walter Engel seinem Sohn. Beim Anblick des leidenden Muttertieres und der hilflosen Frischlinge wurde Thomas speiübel. Er konnte nicht hinschauen. In diesem Moment schwor er sich, nie mehr einen Schuss abzugeben.

»Los, mach schon! Sie leidet, nur weil du zu blöd bist, einen anständigen Blattschuss hinzulegen.«

Thomas brachte es nicht übers Herz.

»Sei doch endlich ein Mann!«

Strobel mischte sich ein: »Walter, kümmere du dich bitte um die Frischlinge. Ich mach das hier.«

Dann lud er sein Gewehr durch und reichte es Thomas, während sein Vater ein Messer hervorholte.

»Du musst den Lauf zwischen die Teller halten und dann abdrücken«, erklärte er.

Thomas hielt noch immer den toten Hasen fest im Arm.

»Und wenn ich nicht treffe, dann leidet sie noch mehr.«

»Komm, ich zeig's dir.«

Strobel nahm das Gewehr und drückte den Lauf zwischen die Ohren des Tieres.

»Ich stellte mir immer vor, am Lauf wäre ein Bajonett. Das erleichtert das Zielen.«

Er drückte ab, und der Schuss erlöste das Tier.

»Das mit dem Bajonett habe ich von deinem Vater gelernt«, meinte er und klopfte Thomas auf die Schulter. Der wäre am liebsten weggelaufen. Das quälende Quieken der Frischlinge, die dem Messer seines Vaters nicht entrinnen konnten, war nicht zu ertragen. Strobel legte seinen Arm um Thomas' Schulter.

»Alleine würden sie doch nicht durchkommen.«

Als Thomas die tote Bache sah, die leblosen Frischlinge und seinen Vater, der das Blut vom Messer wischte, wünschte er sich zum ersten Mal in seinem Leben den gewohnten Nebel herbei, damit er das ganze Elend nicht zu sehen brauchte.

Während sein Vater die Bache fachgerecht zerwirkte, stand Thomas mit seinen Hasen verloren da. Sein ganzer Plan war schiefgelaufen. Statt dem Vater zu imponieren, fühlte er sich jetzt auf der blutgetränkten Wiese wie ein Versager. Strobel schien Thomas' Stimmung nicht zu entgehen. Er wandte sich an seinen Freund: »Walter, ich gehe mal mit dem Jungen vor.«

Der Vater hatte nichts dagegen, und Thomas war froh, dass er mit Strobel alleine war. Unterwegs bot ihm Strobel ein Erdbeerbonbon an, das er aus einer kleinen runden Dose holte. Der

Onkel liebte diese Bonbons und lutschte sie, seit Thomas denken konnte.

»Hast du dir nie überlegt, zur Kripo zu gehen?«, fragte Strobel.

Thomas sah ihn erstaunt an. Konnte er Gedanken lesen?

»Das würdest du doch gerne machen, oder?«

Thomas nickte. »Aber Vater will das bestimmt nicht.«

»Lass mich mal machen.«

Thomas konnte es nicht glauben. Das war mehr, als er sich je zu hoffen gewagt hätte.

»Das ist mein Geschenk zu deinem Abitur. Ich weiß, dass du dich schon länger für meinen schönen Beruf interessierst. Ich muss auch sagen, dass ich ein bisschen stolz bin, schließlich habe ich das gefördert, oder? Durch die Bücher, die ich dir immer mitgebracht habe.«

Die beiden setzten ihren Weg fort.

»Onkel, darf ich dir eine Frage stellen?«

»Bitte.«

»Du bist mit Vater befreundet, aber ihr seid irgendwie so anders ...«

»Na ja, er ist bei der Schutzpolizei und ich bei der Kripo.«

»Das meine ich nicht. Ich meine, wie soll ich das sagen ...« Thomas drруcкste herum, weil er kein schlechtes Wort über seinen Vater verlieren wollte. Verstand ihn der Onkel nicht?

Doch, das tat er. »Wir haben unterschiedliche Temperamente, aber das spielt keine Rolle. Freundschaften, die im Krieg entstehen, halten ewig.«

»Was habt ihr denn da eigentlich erlebt? Vater spricht nie über den Krieg.«

»Ich habe deinen Vater während des Kriegs kennengelernt. Aber wir waren keine Soldaten, sondern immer nur Polizisten ...« Strobel machte eine lange Pause.

16

Thomas wollte nicht weiter in ihn dringen. Viel wichtiger war ihm, dass der Onkel sich für ihn bei seinem Vater einsetzen wollte.

»Was willst du mit dem toten Tier machen?«, fragte Strobel mit Blick auf den Hasen, den Thomas wie einen Teddy in den Händen hielt.

»Begraben«, antwortete er leise und schämte sich beinahe für seine Antwort.

»Dann mach es hier, sonst lacht dein Vater dich aus.«

Das wollte Thomas auf keinen Fall, und so bekam der tote Hase sein Grab. Dass sein Vater wegen des fehlenden Hasen einen Aufstand machen würde, war ihm in diesem Moment egal.

3

Am Abend saß Thomas mit seinen Eltern und Strobel im Wohnzimmer und war so glücklich wie noch nie in seinem Leben. Bald würde er die ausgestopften Tierköpfe an der Wand, diese ekligen Jagdtrophäen, nicht mehr sehen müssen. Sein Vater hatte dem Vorschlag seines besten Freundes nach einigem Zögern zugestimmt. »Meiner Überzeugung nach solltest du eher Lehrer oder Buchhalter werden, weil du nicht das Zeug zum Polizisten hast. Aber wenn Kurt der Meinung ist, versuch es halt.«

»Wirst du in der Stadt nicht das schöne Leben hier vermissen?«, fragte die Mutter besorgt, und Thomas ersparte sich eine Antwort, weil er sie nicht beleidigen wollte. Er sehnte sich nach seinem eigenen Leben, ohne die Kontrolle seines allmächtigen Vaters.

»Halt dich unbedingt von den Gammlern und Halbstarken fern«, fiel der Mutter noch ein.

»Überlass das Kurt, Mutter, er wird dem Jungen den richtigen Weg zeigen«, beruhigte ihr Mann sie und holte zwei Batavias aus der Kiste. Thomas, der den Zigarrengeruch auf den Tod nicht ausstehen konnte, wäre normalerweise jetzt aus dem Zimmer gegangen, blieb aber und reichte Vater und Strobel sogar Feuer.

»Und nun mal Butter bei die Fische«, sagte Strobel und blies mehrere Rauchkringel in die Luft. »Um auf die Landeskriminalschule zu kommen, gibt es zwei Wege. Entweder du bist Schutzpolizist und machst einen fünfzehnwöchigen Lehrgang. Oder du kommst als Quereinsteiger dazu. Dann musst du eine Ausbildung und einen zweijährigen Grundlehrgang in einer Kreispolizeibehörde nachweisen, so eine Art Praktikum.«

»So was habe ich aber nicht«, entfuhr es Thomas besorgt. Er hatte ja nur das Abitur.

»Merk dir eins, Thomas. Ein guter Kriminalist gibt niemals auf. Er sucht immer nach Lösungen«, sagte Strobel schmunzelnd und strich ihm wie einem Schuljungen über die Haare. Thomas nickte und war neugierig, wie der Onkel dieses Problem lösen würde. Sein Vater schüttelte nur pessimistisch den Kopf.

»Doch, Walter, es gibt wirklich eine Lösung, allerdings hängt die von dir und mir ab. Ich kann meine Beziehungen beim Landeskriminalamt spielen lassen, dann ist die abgeschlossene Berufsausbildung nicht so wichtig. Immerhin ist Thomas Abiturient, und davon gibt es viel zu wenige bei der Polizei.«

»Außerdem bin ich letzte Woche volljährig geworden«, warf Thomas ein, handelte sich einen strengen Blick von seinem Vater ein, der keine Einmischung wünschte. Stattdessen wandte der sich an Strobel: »Und das zweijährige Praktikum?«

»Jetzt kommst du ins Spiel. Wenn du beispielsweise bescheinigen würdest, dass er in den letzten zwei Jahren einen Grundlehrgang absolviert hat ...«

Das Gesicht von Thomas' Vater verdunkelte sich. Solch ein Vorschlag verlangte viel von ihm ab. Er war ein Mann, der tagtäglich Recht und Ordnung vorlebte, auch in der Familie. Und jetzt sollte er eine Urkunde fälschen.

»Das kommt nicht infrage! Thomas braucht nicht unbedingt zur Kripo«, mischte sich Thomas' Mutter ein, handelte sich jedoch sofort einen strafenden Blick ihres Gatten ein.

19

»Überlass das mir, Mutter!«

Wie meistens gab sie keine Widerworte. Im Haushalt der Engels waren die Rollen klar verteilt.

»Die Ausstellung falscher behördlicher Urkunden ist strafbar, das ist dir doch bekannt, Kurt, oder? Ich kann nicht glauben, dass du das ernst meinst.«

»Wir reden hier von Paragraf 267 bis 282 des Strafgesetzbuches, natürlich«, sagte Onkel Kurt gespielt ernst. »Und wenn das rauskommen würde, gäbe es eine Menge Ärger. Du würdest mindestens suspendiert und müsstest auf deine Rente verzichten.« Er blinzelte Thomas zu. »Aber jetzt mal im Ernst, Walter. Wer soll das herausfinden? So eine Bescheinigung interessiert kein Schwein! Im Moment ist das Innenministerium froh, wenn überhaupt jemand zur Kripo kommt. Es herrscht Personalmangel, weil die Alten pensioniert werden.«

Das Argument überzeugte seinen Freund nicht. Mürrisch schüttelte er den Kopf. Thomas sah seine Felle davonschwimmen, aber dann zog Strobel breit grinsend ein unerwartetes Ass aus dem Ärmel. »Ach, mir fällt gerade ein, ich habe euch noch gar nicht mitgeteilt, dass ich bald einen kleinen beruflichen Sprung mache. Vor euch steht der nächste Landeskriminaldirektor beim LKA!«

»Landeskriminaldirektor? Dann bist du ja der ranghöchste Kriminalbeamte in Nordrhein-Westfalen«, sagte Walter staunend.

Auch Thomas war beeindruckt. Eine höhere Position war für einen Polizisten nicht zu erreichen.

»Glaub mir, Walter, ich habe die Stelle nicht nur wegen meiner kriminalistischen Fähigkeiten erhalten. Vitamin B spielt auch immer eine Rolle, das muss man ehrlich zugeben. Ich kenne halt die richtigen Leute beim Innenministerium. Und die würden mit Sicherheit keinen Ärger wegen einer kleinen Bescheinigung machen, die kein Mensch überprüfen kann.«

Walter Engel war überzeugt. Er nickte kurz, dann klopfte er seinem Freund auf die Schulter:»Herzlichen Glückwunsch, lieber Kurt, das ist doch mal eine schöne Nachricht! Mutter, warum haben wir keinen Sekt zum Anstoßen?«

Thomas trat auf Strobel zu und reichte ihm die Hand:»Darf ich dir auch gratulieren, Onkel?«

»Gerne, mein Junge, danke!«

»Aber ein wenig schade ist es doch, weil du ja dann gar nicht mehr im Präsidium bist, wenn ich mit der Ausbildung anfange!«

»Du wirst mich noch eine Weile ertragen müssen, Thomas. Mein Dienst beim LKA beginnt erst, wenn der jetzige Kriminaldirektor in Rente geht, das dauert noch ein paar Monate«, beruhigte ihn Strobel.»Du weißt jetzt, was du deinem Vater verdankst. Bezahle ihm das mit dem besten Abschlusszeugnis deines Lehrgangs.«

Thomas sah seinen Vater an:»Darauf gebe ich dir mein Wort, Vater!«

Die Reaktion seines Vaters beschränkte sich auf skeptisches Brummen, aber das war Thomas egal. Hauptsache er konnte zur Kripo. Sein Vater wollte dann den Aufstieg seines Freundes und Kriegskameraden feiern. Den würdigen akustischen Rahmen bildete eine Platte, die er täglich hörte und ihn in feierliche Stimmung versetzte: *Il Silenzio* von Nini Rosso, die seit Wochen die deutsche Hitparade anführte. Es erklang ein Trompetenstück, und der Vater, sonst fern von jeder Emotion, bekam feuchte Augen. Thomas, eher unmusikalisch, mochte das Stück nicht, weil es ihm zu getragen klang. Außerdem musste er auf Anordnung seines Vaters immer schweigen, wenn es im Radio lief. Doch jetzt schwieg er gern. Sein Traum würde in Erfüllung gehen.

1939

4

Lotte träumte von ihrer blauen Mütze. Sie saß vorne neben dem netten Onkel, der seinen Horch über eine endlos lange Kastanienallee steuerte. Rechts die saftgrünen Wiesen mit den schwarz-weißen Kühen, links bunte Blumenfelder. Es war das erste Mal in ihrem Leben, dass sie in einem Pkw fuhr, und normalerweise hätte sie jede Sekunde genossen, hätte sich beispielweise vom Fahrtwind kitzeln lassen oder das Armaturenbrett aus blankem Walnussholz bewundert, aber ihre Gedanken kreisten nur um ihre BDM-Uniform, die bald komplett sein würde.

»Freust du dich schon?«

»Ja, Onkel, mit der Mütze werde ich ein richtiges Jungmädel, wie der Führer es sich wünscht.«

Der Mann freute sich auch, und zwar auf sein erstes *richtiges* Mal. Dass er dem Führer ein Jungmädel wegnehmen würde, war ihm herzlich egal. So nah war er seinem teuflischen Ziel noch nie gekommen.

»Sind wir bald da?«, fragte Lotte ungeduldig. Sie war so aufgeregt, dass sie seine Hand auf ihrem Knie gar nicht spürte.

»Gleich!«

Er war derart nervös, dass er Probleme mit dem nicht synchronisierten Getriebe des Achtzylinders bekam. Die Koordination von

Ganghebel und Bremspedal stockte, weil er wie ein Anfänger vergaß, Zwischengas zu geben. Unterwegs soff der Motor mehrmals ab. Die Fahrt, die wie ein schöner Ausflug ins Grüne begann, neigte sich dem tragischen Ende zu. Bevor sie die alte Ortschaft Kaiserswerth am Rhein erreichten, steuerte der Mann die Limousine auf einen Feldweg zu. Nun wurde es holprig, und Lotte hüpfte auf dem Ledersitz auf und ab. Schließlich hielt der Mann den Wagen an. Sie stiegen aus. Zur Begrüßung winkte eine knorrige Kastanie, von zahlreichen Blitzschlägen aus der Form gebracht. Sie schien genauso viele Jahre auf dem Buckel zu haben wie die riesige Ruine, die sich dahinter auftürmte. Das war die sogenannte Barbarossaburg, oder auch Kaiserpfalz, Überbleibsel einer mächtigen Burganlage mit wechselhafter Geschichte. Bevor sie im achtzehnten Jahrhundert gesprengt wurde, diente sie nicht nur so manchem deutschen Kaiser als Herberge, sondern auch den vorbeifahrenden Rheinschiffen als Zollstation.

Der Mann war nicht das erste Mal hier. Vor einigen Monaten hatte die Partei eine Feier hier abgehalten, deren Sinn er gar nicht verstanden hatte. Es war um die Tradition des Tausendjährigen Reichs und um Kaiser Barbarossa gegangen, der hier wohl mal abgestiegen war, so genau hatte er nicht zugehört. Auf der höchsten Spitze der Ruine sollte ein »ewiges Feuer« an die »Helden der Bewegung« erinnern, allerdings hatten die Erbauer nicht an die Tauben und Möwen gedacht, die regelmäßig die Gasleitung in der Steinschale mit ihrer Kacke verstopften. Vielleicht war die fehlende Flamme der Grund dafür, dass die Burg nicht die erhoffte Anziehungskraft für die Parteigenossen hatte. Ab dem Nachmittag waren die Ruinen jedenfalls verwaist. Und genau das wusste der Mann.

»Wohnt hier deine Mutti?«, fragte das Mädchen beim Anblick der Burgruine verwundert.

Der Mann nickte abwesend. Seine Nerven waren zum Zerreißen gespannt. Er schaute sich um und war erleichtert, dass er niemand auf dem Gelände sah.

»Onkel, wann kann ich meine Räder schlagen?«

»Gleich, Liebchen, gleich«, antwortete er und wollte sie zum hinteren Ruinentrakt führen, der vom Burghof und von der Mauer aus nicht einsehbar war. Das Mädchen blieb kurz stehen und sah zwischen zwei Zinnen den Rhein, auf dem die mit Kohle vollbeladenen Lastkähne vorbeituckerten.

»Wie blau der Fluss ist! Wie meine Mütze!«

Kaum hatte sie zu Ende gesprochen, zog eine dunkle Wolkenformation auf, die das Blau des Rheins vertrieb und die Kaiserpfalz in Düsternis tauchte. »Ich will zu meiner Mama!«, rief das Kind plötzlich verzweifelt.

Ausgerechnet in diesem Moment entdeckte der Mann eine Person, die die Steintreppe zur ehemaligen Burgkapelle hochging.

Er musste jetzt sofort handeln! Schnell zog er das Mädchen hinter einen Mauervorsprung und hielt ihm den Mund zu. Natürlich wehrte sie sich, konnte aber gegen seine achtzig Kilogramm nichts ausrichten. Ihr Widerstand machte ihn wütend und aggressiv, er begann sie zu würgen, immer fester und immer unbarmherziger. Er nahm ihr die Luft zum Atmen, zum Leben und zum Träumen.

5

Der Lehrgang in der Landeskriminalschule dauerte zwanzig Wochen. Die Ausbildung hatte für Thomas den Vorteil, dass ihm die Bundeswehr erspart blieb, aber trotzdem glich der Tagesablauf dem eines Soldaten. Die Schüler wurden um sechs Uhr geweckt und mussten zum Morgenappell erscheinen. Noch vor dem Frühstück folgte eine halbe Stunde Körperertüchtigung. Laufen, Turnen, Krafttraining. Der Rest des Tages war mit zahlreichen Unterrichtsstunden gefüllt. Erst ab dem späten Nachmittag hatten die Schüler frei. Die meisten nutzten diese Zeit und flüchteten in die Stadt. Thomas nicht. Er wollte als Bester abschneiden, und dafür lernte er jede freie Minute. Er fuhr auch nicht nach Hause, obwohl seine Mutter drängte und ihn mit ihren Mettwürstchen und Rosenkohl zu locken versuchte. Sie wusste nicht, dass die ihm sowieso zum Halse raushingen. Er kostete jede Sekunde in der Kriminalschule aus und verschlang fast jedes Buch der Bibliothek. Schnell galt er als Streber und war nicht sonderlich beliebt. Die anderen mieden ihn, aber damit konnte Thomas leben. Das Einzelgängertum schützte ihn auch vor blöden Bemerkungen, die mit Sicherheit gekommen wären, wenn sie festgestellt hätten, dass er keine Zoten kannte oder mit irgendwelchen Frauengeschichten aufwarten konnte. Seine diesbezüglichen Erfahrungen waren gleich null.

Schon in der Schule hatten sie ihn ausgelacht, weil er noch nie ein Mädchen geküsst hatte, und das musste er nicht noch mal erleben. Er konzentrierte sich lieber auf die Ausbildung.

Im Fach Waffentechnik ging es richtig militärisch zu. Sie lernten, wie man Handgranaten warf und ein Maschinengewehr bediente. Thomas hielt nicht viel davon, weil das seiner Ansicht nach nichts mit dem Alltag eines Kriminalbeamten zu tun hatte, aber weil er auch hier die Bestnote erreichen wollte, gab er sich reichlich Mühe.

Zur Ausbildung gehörte auch der Bereich Straf- und Strafverfahrensrecht. Gleich in der ersten Stunde machte Thomas die Erfahrung, dass seine Ausbilder, die seit Jahrzehnten im Polizeidienst waren, die hehre Tradition der Kriminalpolizei hochhielten. Bei jeder Gelegenheit betonten sie die politische Neutralität der Polizei, die nur nach Recht und Gesetz handelte.

»Auch während der Nazizeit haben wir den Polizeidienst immer neutral und gewissenhaft geleistet. Wir haben uns niemals von der Gestapo vereinnahmen lassen, auch nicht 1937, als Himmler die gesamte deutsche Polizei übernahm«, brachte es einer von ihnen auf den Punkt, ohne allerdings näher darauf einzugehen.

Thomas schrieb zwar alles eifrig mit, hatte aber viele Fragen, die er sich nicht zu stellen traute, weil er sich bei den anderen nicht unbeliebt machen wollte. Aber was war die Gestapo genau? Er hatte gehört, dass sie eine Naziorganisation war, doch welche Funktion sie gehabt hatte, wusste er nicht.

Vergebens versuchte er, in der Zentralbücherei Antworten zu finden. Dort las er in einem Lexikon über die Organisation der Polizei während des Nationalsozialismus nach. Zwischen 1933 und 1945 hatte es eine sogenannte Sicherheitspolizei gegeben. Die war unterteilt in die Geheime Staatspolizei und in die Kriminalpolizei.

Die Aufgaben der Kripo waren die Aufklärung und Verfolgung von Verbrechen, wie seit Jahrzehnten üblich. Die Nationalsozialisten führten aber eine neue Polizei ein, die Gestapo. Sie bekämpfte die sogenannten Staatsfeinde, also Juden, Zigeuner und Kommunisten. Nach dem Krieg wurde die Gestapo von den Alliierten als verbrecherische Organisation eingestuft und verboten. Die Methoden der Geheimen Staatspolizei waren kriminell. Die Gestapo-Beamten verhafteten Menschen ohne gerichtliche Anweisung, folterten und ermordeten missliebige Personen. Nun erst begriff Thomas, warum die Ausbilder sich von der Gestapo distanzierten. Trotzdem fiel ihm auf, dass einige Ausbilder ein widersprüchliches Verhältnis zur Gestapo hatten. »Männer, die unter den Paragrafen 175 fallen, sind seit jeher ein beliebtes Opfer für Erpressungen«, dozierte zum Beispiel ein Ausbilder, ein kerniger Beamter von etwa sechzig Jahren. »Leider stehen uns heutzutage nicht mehr die Mittel der Gestapo zur Verfügung. Wir sind heute gezwungen, in mühsamer kriminalpolizeilicher Arbeit die Männer zu überführen, die gegen diesen Paragrafen verstoßen.«

Thomas wunderte sich, dass der gleiche Ausbilder, der sich letztens von der Gestapo distanziert hatte, ihre Methoden nun guthieß.

»Aber die Gestapo bekämpfte doch Staatsfeinde. Sind Homosexuelle denn Staatsfeinde?«, fragte Thomas, ohne lange zu überlegen.

»Weißt du überhaupt, was es bedeutet, wenn man schwul ist?« Der Ausbilder bedachte Thomas mit strengem Blick.

»Wenn ein Mann einen anderen Mann liebt«, antwortete Thomas.

»Genau! Wenn alle Männer schwul wären, gäbe es keine Nachkommen. Dann stirbt unser Volk aus, willst du das? Deswegen gibt es den Paragrafen 175 zu Recht, und das hat nichts mit den Nazis zu tun«, antwortete der Ausbilder genervt. Auch die Mitschüler reagierten gereizt, weil sie endlich in die Pause wollten.

In diesem Moment fiel Thomas ein, dass er überhaupt keinen schwulen Mann kannte. Folgerichtig stellte er eine ermittlungstechnische Frage:»Aber wie erkennt ein guter Kriminalbeamter denn, ob ein Mann einen anderen Mann liebt?«

Seine ernst gemeinte Nachfrage provozierte lautes Lachen in der Klasse. Der Ausbilder dagegen sah so aus, als wollte Thomas ihn veräppeln.

»Bist du so blöd, oder tust du nur so?«

»Ich meine es ernst. Wie erkenne ich als Kriminalbeamter einen Homosexuellen?«, wiederholte Thomas, der sich nicht wie ein dummer Junge abspeisen lassen wollte.

»Guck dir die Friseure an. Die sind doch alle schwul«, sagte der Ausbilder und grinste.

Thomas vermisste bei der Antwort zwar kriminalistische Kriterien, aber seine Kollegen johlten, pfiffen laut oder klatschten sich auf die Schenkel – das Thema Männerliebe erzeugte die lautesten Witze und Zoten.

»Schau in den Spiegel, dann weißt du, wie ein Schwuler aussieht«, hörte Thomas jemanden hinter sich und konnte nicht verhindern, dass er rot wurde. Er ballte die Faust in der Tasche und beschloss, es seinen Mitschülern einfach mit einem sehr guten Abschlusszeugnis heimzuzahlen.

Viel interessanter und spannender als den Unterricht im Strafrecht fand Thomas das Erlernen des kriminalistischen Handwerks: Wie lief es ab, wenn man einen Tatort aufsuchte? Wie wurden Beweismittel gesichert? Hier traf Thomas auf andere Ausbilder. Sie waren jünger und offen für seine Nachfragen. Das, was sie lehrten, war genau das, was er sich von einer Ausbildung erhofft hatte.

Die Ausbilder mochten Thomas, der alles aufsog. Um auf dem neuesten Stand zu sein, verschlang er auch einige englische und amerikanische Bücher, die ein junger Ausbilder mitgebracht hatte: einen Band über Gerichtsmedizin und ein Buch namens *The Cold-Case-Methods* über noch nicht gelöste Fälle, die bei jedem Kriminalbeamten ein unbefriedigendes Gefühl hinterließen.

Alles andere als unbefriedigend fiel dagegen am Ende der Ausbildung die Prüfung für Thomas aus. Er schloss sie als Lehrgangsbester ab.

1939

6

Trotz seines jungen Alters hatte der Hauptkommissar schon viele Tote gesehen. Aber beim Anblick des kleinen Mädchens kämpfte er mit den Tränen. Es lag da wie weggeworfen, den Rock hochgeschoben, das Gesicht bedeckt mit einem Taschentuch. Er hatte Angst vor dem Gesichtsausdruck des Kindes, der ihn erwartete, wenn der Kollege von der Spurensicherung das Tuch entfernen würde. Nur nicht ausmalen, was das Kind die letzten Minuten seines kurzen Lebens erlitten haben musste. Doch der Hauptkommissar musste seine Emotionen vor seinen Untergebenen zurückhalten und Professionalität und Führungsstärke an den Tag legen. »Macht voran, Leute! Die ersten Stunden nach dem Mord sind die wichtigsten für die Aufklärung«, rief er, während der Beamte vom Erkennungsdienst die kleine Leiche fotografierte und der Arzt darauf wartete, sie untersuchen zu können. Die Kollegen der Spurensicherung suchten die Umgebung nach verwertbaren Spuren ab. Und er, vor einer Woche zum Hauptkommissar befördert, ehrgeizig und mit einem enormen Selbstbewusstsein gesegnet, scharrte mit den Hufen. Er musste diesen Mörder schnappen, bevor er weitere Schandtaten beging. Ohne die Obduktion abzuwarten, war dem Hauptkommissar klar, dass es sich um ein Sittlichkeitsverbrechen handeln musste, und das sprach für einen Serientäter.

»Chef, ich bin fertig mit der Befragung«, sagte ein Beamter, ein rothaariger Hüne mit schief gebundener Krawatte und falsch geknöpfter Weste, der mit einem jungen Mann um die zwanzig gesprochen hatte. »Der Zeuge befasst sich mit der Geschichte dieser Ruine und schreibt seine Doktorarbeit darüber. Heute Morgen hat er die Leiche gefunden und uns angerufen.«

»Ist das alles?«

»Ja, Chef«, antwortete der Hüne und wollte den Zeugen schon wegschicken.

»Einen Moment bitte noch«, wandte der Hauptkommissar ein. »Hast du dem jungen Mann keine weiteren Fragen gestellt?«

»Nein.«

Am liebsten hätte er jetzt seinen Kollegen zurechtgestutzt, aber vor dem Zeugen gehörte sich das nicht, also warf er ihm nur einen strafenden Blick zu, bevor er die Befragung selbst in die Hände nahm.

»Ich hätte aber noch einige Fragen. Woher wussten Sie, dass das Mädchen tot war?«

»Na ja, sie lag da regungslos … Ich habe mir einfach gedacht, dass sie nicht mehr lebt.«

»Befand sich sonst noch jemand auf dem Gelände?«

»Nein, aber das hat der andere Beamte mich doch schon gefragt«, antwortete der Zeuge leicht genervt.

Dessen unbeeindruckt hakte der Hauptkommissar nach: »Wenn Sie Ihre Doktorarbeit über die Kaiserpfalz schreiben, dann sind Sie doch öfters hier, oder?«

»Ja, in der letzten Woche fast jeden Tag.«

»Welche Art Besucher kommt hier so her?«

»Manchmal ein Liebespärchen, manchmal spielende Kinder …«

»Aha! Dann hat unser Mädchen hier gespielt und ist von dem

Schwein angesprochen worden«, warf der eifrige Kollege ein, in der Hoffnung, beim strengen Chef punkten zu können. Stattdessen erreichte er das Gegenteil, einen weiteren strafenden Blick.

»Waren Sie gestern Nachmittag auch hier?«, wollte der Hauptkommissar vom Studenten wissen.

»Ja.«

»Ist Ihnen etwas aufgefallen? Haben Sie jemanden gesehen?«

Der Student überlegte kurz und schüttelte den Kopf, berichtigte sich aber sogleich: »Doch, ein Mann ist dort den Feldweg langgelaufen und in ein Auto gestiegen.«

»Können Sie den Mann beschreiben?«

»Nicht richtig, er trug einen Hut und einen grauen Anzug, mehr konnte ich nicht erkennen.«

»War der Mann klein, groß, dünn, dick?«, bohrte der Hauptkommissar nach, aber der Student schüttelte erneut den Kopf.

»Können Sie Angaben zu dem Auto des Mannes machen? Die Marke vielleicht?«

»Ich kenne mich da nicht aus, aber es hatte eine dunkle Farbe.«

»Dann würde ich gerne wissen, wann Sie den Mann gesehen haben.«

»Kurz bevor ich den Siebzehn-Uhr-Bus in Kaiserswerth genommen habe.«

»War er allein?«

»Ich habe nur ihn gesehen, weil ich gestern lediglich auf der Mauer da oben gestanden habe.« Der Zeuge zeigte auf die Steintreppe.

»Das heißt, dass Sie gestern das Mädchen von Ihrer Position aus nicht hätten sehen können«, kombinierte der Hauptkommissar, der seinen Blick schweifen ließ.

»Ich bin erst heute hier in diesem Bereich gewesen. Und da lag es schon da.«

»Können Sie mir bitte zeigen, wo der Mann den Wagen geparkt hatte?«

Der Student nickte und führte die beiden Polizeibeamten zu der Kastanie.

»Üb dich mal in Spurensicherung«, forderte der Hauptkommissar den Rothaarigen auf und wandte sich noch einmal an den Zeugen. »Bitte kommen Sie morgen ins Präsidium, damit wir Ihre Aussage protokollieren können.«

Als der Hauptkommissar sich wieder seinem Kollegen zuwandte, fiel ihm auf, dass der nicht allzu sorgfältig vorging, denn er übersah auf dem lehmigen Boden einen ganz deutlichen Reifenabdruck.

»Wonach suchst du eigentlich?«

»Zigarettenreste, Bonbonpapier«, antwortete der Hüne, der sich eine Zigarettenpackung aus der Tasche holte, was seinen Chef ärgerte, denn jetzt war keine Zeit zum Rauchen.

»Willst du Feuer?«, fragte er ironisch.

»Gerne, Chef!«, antwortete der Kollege und ging auf ihn zu.

»Du sollst bei der Arbeit nicht rauchen«, mahnte der Hauptkommissar, »das mindert die Konzentration.«

»Aber ich habe doch alles untersucht!«

»Und wie steht es mit Reifenspuren? Müsste doch bei dem Boden hier was zu sehen sein«, deutete der Hauptkommissar an.

»Ist aber nichts.«

»Und das hier?«, wechselte der Hauptkommissar in einen eisigen Ton und richtete seinen Zeigefinger auf den Boden. »Wie nennt man das?«

»Na ja, eine Reifenspur«, antwortete der Zweimetermann und wurde plötzlich ganz klein und trat seine Zigarette aus.

»Merk dir das, das ist eine Eindruckspur«, dozierte sein Chef. »Sie entsteht, wenn das spurenverursachende Objekt härter ist als der Spurenträger. Hast du das verstanden?«

»Spurenverursachendes Objekt?«, fragte der überforderte Kollege und kratzte sich am Hinterkopf.

»Der harte Reifen hat auf der weichen Erde eine Spur hinterlassen, du Hornochse! Kapier das endlich, sonst wirste ab morgen als Schupo den Verkehr regeln. Kannst du mir mal verraten, wie du zur Kripo gekommen bist?«

»Seien Sie beruhigt, Chef. Ihr Anschiss hat in meiner weichen Birne auch Spuren hinterlassen. Ich habe es kapiert.«

Der Hauptkommissar winkte gereizt ab.

»Wir müssen das Schwein fassen, bevor er ein zweites Mal zuschlägt. Also mach hinne!«

»Woher wissen Sie, dass es ein zweites Mal gibt?«

»Wenn das ein Sexualmord war, und davon ist auszugehen, dann haben wir es mit einem Täter zu tun, der einen perversen Trieb hat. Glaub mir, ich weiß, wovon ich rede!«

Das glaubte der Hüne aufs Wort. Der Hauptkommissar hatte vor Jahren seine ersten Sporen bei der Jagd nach dem »Vampir von Düsseldorf«, dem Massenmörder Kürten, verdient. Damals gehörte er den Ermittlern an, die Kürten verhörten.

7

Das sehr gute Zeugnis von Thomas rief unterschiedliche Reaktionen hervor. Der Mutter gefiel es nicht, dass er jetzt als Kriminalbeamter in der Stadt leben würde. Der Vater brummte etwas ungehalten, weil er im Fach Rechtskunde nur mit »gut« abgeschnitten hatte.

»Das kommt davon, dass du den Ausbildern zu viele Fragen gestellt hast«, scherzte Strobel.

»Ich habe eben ein paar Dinge nicht verstanden. War das ein Problem?«

»Ein guter Polizist gehorcht seinen Vorgesetzten und stellt keine dummen Fragen«, kommentierte Thomas' Vater ärgerlich, aber Strobel beschwichtigte ihn sogleich.

»Schon gut, Walter, keiner hat sich über Thomas beschwert. Er war halt ein engagierter Schüler und vor allem sehr, sehr fleißig. Er hat das beste Abschlusszeugnis!«

Dass der Vater nicht ganz unzufrieden war, bewies sein Geschenk. Thomas bekam seinen gebrauchten Borgward Isabella geschenkt.

»Das war Mutters Idee«, grummelte der Vater, dem es auch jetzt noch schwerfiel, seinen Sohn zu loben.

Trotzdem war Thomas zufrieden. Es lief. Er war endlich der

spießigen Enge entkommen, die ihm die letzten Jahre manchmal die Luft zum Atmen genommen hatte. Und schneller als erwartet, fand er sogar eine möblierte Mansarde, seine eigene Bude. Sie war nicht weit vom Polizeipräsidium entfernt, was ihm ganz recht war. Er wollte nicht als junger Spund gleich mit dem Borgward vorfahren, obwohl der Wagen schon einige Jahre auf den Buckel hatte. Die Vermieterin, immer mit Lockenwicklern und Kette rauchend, war von dem jungen Mann angetan. Er trug einen Anzug, hatte die kurzen Haare ordentlich gescheitelt und war angehender Polizist. »Vor Ihnen wohnte ein junger Mann hier, der leider zu oft Damenbesuch hatte. Ich musste ihm kündigen, weil ich nicht gegen das Kuppeleigesetz verstoßen wollte. Aber bei Ihnen als Kriminalbeamten brauche ich da ja wohl keine Angst zu haben.«

Thomas mochte seine Wohnung. Es gab ein Bett, einen Schrank und eine Waschschüssel.

»Baden können Sie bei mir einmal die Woche. Zur Toilette müssen Sie eine Treppe runter«, erklärte die Vermieterin, während Thomas seine wenigen Sachen im Schrank verstaute. Er besaß zwei Anzüge seines Vaters, einige Hemden und Unterwäsche.

»Einen Fernseher müssten Sie selbst besorgen. Aber das Radio ist im Mietpreis enthalten. Ist ein Volksempfänger, funktioniert bestens. Kochen, Alkohol, Rauchen und Radio Luxemburg sind ebenfalls verboten, ich will ein anständiges Haus!« Sie zündete sich eine neue Roth-Händle an.

Thomas hatte nur mit einem Ohr zugehört, weil er sich als nicht rauchender Junggelle, der Radio Luxemburg gar nicht kannte, ohnehin nicht angesprochen fühlte. In seiner Freizeit wollte er nur lesen.

»Wenn Sie wollen«, sagte sie, »können Sie täglich bei mir zu Abend essen, meine Spezialität ist Sauerbraten. Ich kenne da einen guten Pferdemetzger.«

Thomas verzichtete dankend. Das erinnerte ihn zu sehr an die Küche seiner Mutter.

Sein neues Revier, etwa eine halbe Million Einwohner groß, hatte einiges zu bieten. Für die Reichen und Schönen beispielsweise die Prachtmeile der Königsallee, ein Biotop für zahlungskräftige Menschen aus ganz Deutschland und natürlich auch für Hochstapler und Erpresser. Angehende Künstler dagegen lockte die Kunstakademie, deren Ruf über die Stadtgrenzen hinaus bekannt war. Die Altstadt imponierte mit Dutzenden Kneipen, in denen an den Wochenenden zahlreiche Schlägereien stattfanden. Im Gegensatz zu anderen Städten gab es hier keine Demonstrationen gegen den Krieg in Südostasien, der als »Vietnamkrieg« schon Einzug in die *Tagesschau* gehalten hatte. Aber Thomas besaß keinen Fernseher und kümmerte sich ohnehin nicht um Politik. Den Namen des Bundeskanzlers kannte er nicht, aber dafür den des Massenmörders Peter Kürten oder den der ermordeten Hure Rosemarie Nitribitt, beides Kinder seiner neuen Stadt. Die erkundete er nun zu Fuß und kam sich wie Kolumbus vor, der eine neue Welt entdeckte. Für seine Eltern wäre das nichts gewesen. Sie mieden große Städte, weil dort »zu viel Unordnung herrschte«, wie der Vater zu sagen pflegte. Als Thomas einige junge Männer sah, die ihre Haare über die Ohren frisiert hatten, fiel ihm ein Spruch seines Vaters ein: langes Haar, kurzer Verstand.

Gerade wollte Thomas seinen Weg fortsetzen, da wurde er von einem Streifenpolizisten angesprochen: »Junger Mann, was lungerst du hier rum?«

Wortlos zog Thomas seine frische Dienstmarke aus der Tasche und hielt sie dem Schutzmann vor die Nase. Der knallte die Hacken zusammen und salutierte wie Bürgermeister Dr. Müller vor Wilhelm Vogt, der sich als Hauptmann von Köpenick verkleidet hatte. »Entschuldigung, Herr Kommissar!« Kleinlaut zog er davon, und Thomas schaute auf seine Dienstmarke, die wohl über magische Kräfte verfügte. Belustigt setzte er seinen Weg fort.

Vor dem Rheinturm sah er einige junge »Radschläger«. Immer, wenn sie einen Passanten sahen, liefen sie auf ihn zu und schlugen geschickt ihre Räder. »Ein Groschen, ein Groschen!«, riefen die Mädchen und Jungen mit ausgestreckter Hand. Mancher Passant ging weiter, mancher zahlte. Thomas zeigte sich spendierfreudig.

Einige Straßen weiter entdeckte er einen kleinen Menschenauflauf. Eine Gruppe von Frauen und Männern stand vor einem hell erleuchteten Schaufenster eines kleinen Ladenlokals, das sich als Galerie erwies. Thomas wurde Zeuge einer Kunstaktion mit einem merkwürdigen Namen: Wie man einem toten Hasen die Bilder erklärt. Dabei waren die Zuschauer ausgesperrt – in der Galerie durften sie nicht rein. Dort ging ein Mann, dessen Kopf mit Goldfarbe bedeckt war, mit einem toten Hasen von Bild zu Bild, und es sah so aus, als ob er mit ihm sprechen würde. Die Zuschauer vor dem Schaufenster diskutierten heftig, ja erregt, über die Aktion, die älteren reagierten sogar empört.

»So ein Schwachsinn«, regte sich ein älterer Herr auf, »und das soll Kunst sein?«

»Der ist reif für die Klapsmühle!«, warf seine Begleiterin ein, eine Dame im Pelz und mit hoher Steckfrisur.

Thomas, der mit Kunst immer das Bild einer Zigeunerin über dem Sofa seiner Eltern in Verbindung brachte, beobachtete gebannt den Mann, der eine Anglerweste trug und sich zweifelsfrei mit dem Hasen unterhielt. Thomas verstand die Aufregung der Leute nicht. Anstatt die Aktion zu betrachten, machten sie sich einfach darüber lustig.

»Haha, ist hier jemand, der mir erklärt, was uns der Künstler damit sagen will?«, fragte plötzlich ein Mann, der ein Alt in der Hand hielt.

»Das wissen nur er und der Hase«, meldete sich Thomas zu Wort, der daran dachte, dass er auch mit einem toten Hasen gesprochen hatte.

»Du willst uns wohl verarschen? Wir sollen den Hasen fragen?«

»Warum nicht? Ich habe auch oft mit Hasen gesprochen«, entgegnete Thomas.

»Ach ja?«, feixte ein anderer Mann. »Und worüber?«

»Das ist meine Sache«, antwortete Thomas und fügte hinzu: »Außerdem hätten Sie das sowieso nicht verstanden!«

»Aha, wir sind wohl zu blöd, du Landei!«

»Offenbar. Sonst hätte der Mann da drin Sie nicht ausgesperrt«, sagte Thomas und eilte davon.

Er fand, der Mann mit dem goldenen Gesicht und der Anglerweste machte alles richtig. Er war nicht verrückt. Er war nur anders. Er ging seinen Weg, so wie Thomas es sich auch für sich wünschte. Und die Leute waren wie Thomas' Vater. Sie hatten Probleme mit Dingen, die sie nicht verstanden.

Das Polizeipräsidium war nicht zu übersehen. Ein mächtiger Bau aus rotem Backstein und unzähligen kleinen Fenstern, von Weitem an Schießscharten erinnernd. Es wirkte auf Thomas wie eine Festung. Das war jetzt also seine neue Wirkungsstätte. Acht Uhr war Dienstbeginn, und er sollte sich gleich bei Strobel melden. Der Pförtner erklärte ihm den Weg. Thomas wollte schon die Treppe hochstürmen, da entdeckte er im riesigen Foyer einen Paternoster. Im letzten Moment traute er sich aber doch nicht, in die Kabine zu springen.

»Sie halten den Betrieb auf!«, hörte er von hinten und merkte, dass er einigen Leuten im Wege stand. Schnell ging er zur Seite und nutzte lieber die sichere Treppe. Energisch betrat er Strobels Büro und traf ihn rauchend im Gespräch mit zwei Männern an.

»Guten Morgen, Onkel«, grüßte er ihn und erntete einen irritierten Blick der Kollegen.

Strobel nahm Thomas an die Hand und zog ihn in das Nebenzimmer.

»Schön, dass du da bist, mein Junge, aber zwei Dinge muss ich dir sofort erklären. Nenn mich in Anwesenheit der anderen bitte nicht Onkel, sondern Herr Hauptkommissar, meinetwegen auch Chef. Die Kollegen würden dich sonst nicht ernst nehmen.«

Die Kopfwäsche verfehlte nicht ihre Wirkung.

»Entschuldige, Onkel, ich meine, Herr Hauptkommissar.«

»Und jetzt will ich dich mal offiziell begrüßen«, sagte Strobel lachend und reichte ihm die Hand. Thomas strahlte übers ganze Gesicht. »Die Dienstmarke hast du ja schon, es fehlt nur noch diese Kleinigkeit.«

Strobel griff in eine Schublade und holte eine PPK mit Lederhalfter heraus.

Thomas hatte zwar schon oft Waffen in der Hand gehalten, aber diese PPK gehörte ihm jetzt allein und demonstrierte in eindrucksvoller Weise, dass er zur Kripo gehörte.

»Nachher bekommste einen eigenen Spind, wo du deine Sachen und deine Waffe lagern kannst, wenn du Feierabend hast«, erklärte Strobel. Dann stellte er ihn seinem Stellvertreter vor, ein Mann wie ein Kleiderschrank mit roter Stoppelfrisur, der nicht sonderlich auf sein Aussehen Wert legte, wie man an seiner schief gebundene Krawatte erkennen konnte.

»Halt dich immer an den Kollegen Schäfer, der ist meine rechte Hand«, erklärte Strobel und schüttelte ärgerlich den Kopf, als der Angesprochene sich eine Zigarette anstecken wollte. »Du sollst nicht bei der Arbeit rauchen, Schäfer, das mindert die Konzentration.«

»Jawohl, Chef«, brummte Schäfer und steckte sich trotzdem eine an, gab dann Thomas die Hand.

»Guten Morgen, Herr Kommissar«, antwortete Thomas und biss vor Schmerzen die Zähne zusammen. Offenbar bevorzugte Kollege Schäfer den Schraubstock-Händedruck.

»Ich zeig dir mal die lustigsten Abteilungen«, grinste Schäfer und führte Thomas zunächst in sein eigenes Büro.

An den Wänden hingen Bilder mit deformierten Geschlechtsorganen, halb nackten Frauen und Leichen – das war das Sittendezernat.

»Meine Hobbys sind Leichen und schnelle Autos. Meine Frau hält mich schon für ganz pervers«, sagte er lachend, und Thomas lachte aus Höflichkeit mit. Kollege Schäfer war nicht sein Ding und die gruseligen Bilder an den Wänden erst recht nicht.

»Sind Sie schon lange bei der Sitte?«

»Seit Jahren. Aber wenn es darauf ankommt, helfe ich auch bei Morden aus … Je nachdem, wie der Chef mich einteilt.«

Thomas starrte mit einer Mischung aus Abscheu und Faszination auf die Bilder.

»Habe Vorlieben für Vergewaltigungen, Prostitution und Kuppelei«, führte Schäfer grienend aus. »Ich kümmere mich auch um jugendgefährdende Schriften oder durchsuche mit den Kollegen Kioske nach Sexheften. Blöderweise wird unsere Arbeit immer schwieriger, weil mittlerweile mehr erlaubt ist als früher. Schau dir doch die Titelbilder an. Überall Titten und Ärsche … Keine Ahnung, wo das alles hinführen wird, für mich ist das Sodom und Gomorrha!«

Thomas erfuhr weiter, dass Schäfer und die Kollegen auch Verstöße gegen das Kuppeleigesetz ahndeten. »Wenn jemand ein unverheiratetes Paar in seiner Wohnung schlafen lässt, bekommt er mit uns Probleme. Also pass auf, wenn du dein Mädchen bei dir übernachten lässt oder eine Nummer mit ihr schiebst.«

»Ich habe kein Mädchen«, stellte Thomas klar.

»Was? Hau rein, Junge, von uns hast du nichts zu befürchten, Polizisten haben Narrenfreiheit.« Schäfer blinzelte Thomas komplizenhaft zu, der die Andeutung nicht recht verstand, aber trotzdem mitlachte. Dann führte Schäfer ihn zu einem weiteren Foto, auf dem nur ein Staubsauger zu sehen war.

»Du fragst dich bestimmt, was ein Staubsauger inmitten der ganzen Exhibitionisten und geschändeten Frauen sucht, oder?«

Thomas nickte stumm.

»Was meinst du, kann ein Mann in dieses Rohr alles reinstecken?«

Thomas ahnte, worauf Schäfer hinauswollte, aber er weigerte sich, seiner Fantasie freien Lauf zu lassen.

Doch diese Vogel-Strauß-Politik hinderte Schäfer nicht, die Antwort selbst zu liefern. »Das Rohr ist breit genug, um einen Dödel reinzustecken. Das hat letztens ein Perverser auch gedacht ...«

Thomas versuchte, gar nicht zuzuhören. So verpasste er vermutlich eine ziemlich seltsame Obsession, die zum Tod des Mannes geführt hatte.

Er war froh, dass ein anderer Kollege auftauchte, um ihm die Rauschgiftabteilung zu zeigen. Der hieß Baumgarten und war das genaue Gegenteil vom grobschlächtigen Schäfer: klein, gepflegt und mit leiser Stimme. Thomas erfuhr, dass die Morphiumsucht weit verbreitet war. Davon waren in erster Linie kriegsversehrte Männer betroffen. Um an ihr Morphium zu kommen, brachen sie in Apotheken ein, fälschten Rezepte oder bestachen Ärzte. Baumgarten zeigte Thomas den »Giftschrank« mit Dutzenden beschlagnahmten Ampullen, die versiegelt waren. »Danach würde sich so mancher die Finger lecken«, sagte er und schloss den Kasten wieder ab.

Anschließend hörte Thomas von einem neuen Rauschgift, mit dem es die Polizei zu tun hatte.

»Kennst du Haschisch?« Baumgarten holte aus einer Schublade eine Zigarrenkiste mit mehreren dunklen Stäbchen, die wie kleine Briketts aussahen.

»Riech mal. Gar nicht so übel.«

»Und wie nimmt man das ein?«, fragte Thomas, der aus seinen amerikanischen Kriminalromanen nur Kokain kannte.

»Das Harz wird zerbröselt und in den Tabak gemischt. Willst du mal probieren?«

»Ich rauche nicht.«

»Warum das denn nicht? Bist doch nicht mehr bei den Eltern.«

»Mein Vater hätte nichts dagegen, wenn ich rauchen würde, aber ich will nicht.«

1939

8

Der Hauptkommissar hatte seine Abteilung in sein kleines, verrauchtes Büro zusammengerufen. Dicht gedrängt und heftig paffend standen nun die Männer vor seinem Schreibtisch, jeder mit einem Notizblock in der Hand, bereit, seinen Anweisungen zu folgen.

Zunächst zitierte er aus dem Obduktionsbericht. Das Mädchen war erwürgt und anschließend vergewaltigt worden.

»Der Täter hatte dabei das Gesicht des Mädchens mit einem Taschentuch bedeckt. Hat einer von euch eine Erklärung dafür?«, fragte er in die Runde.

Die Männer, die Anweisungen erwarteten, kamen ins Schwitzen, weil sie seine Fragen fürchteten. Er war ein Chef, der seinen Untergebenen vieles abverlangte. Er wollte denkende Kripobeamte und keine sturen.

»Na ja, der war halt pervers«, antwortete einer.

Unzufrieden schüttelte der Hauptkommissar den Kopf.

»Strengt euch doch mal an! Warum bedeckte er ausgerechnet den Kopf seines Opfers?«

»Wir wissen doch nicht, was im Kopf eines Perversen steckt«, rief der rothaarige Hüne, und die anderen stimmten ihm zu. Der Mord an dem Mädchen hatte alle aufgewühlt.

»Und was steckt in deinen Kopf? Ist da auch ein wenig Hirn drin?«, herrschte der Hauptkommissar ihn an. »Wenn du nicht nachdenken willst, dann bist du hier fehl am Platz. Bist du ein Kriminalist oder nicht? Wenn ja, dann musst du dir Gedanken über den Täter machen, sonst kannst du einpacken.«

Der Angesprochene nickte schuldbewusst.

»Nochmals in die Runde. Warum hat der Täter das Gesicht seines Opfers bedeckt? Was sagt es über ihn aus? Wer hat eine Vermutung? Nur zu, ich beiße nicht.« Aber genau davor schienen sich seine Männer zu fürchten, denn keiner von ihnen machte den Mund auf.

So sah sich der Hauptkommissar gezwungen, seine Hypothese in den Raum zu stellen: »Ich denke, dass er sich seiner Tat geschämt hat. Er wollte auch nicht das Gesicht des toten Mädchens sehen. Wahrscheinlich hätte ihm das dann die Lust genommen.«

»Große Klappe, kleine Eier!«, kommentierte der Hüne und erntete Lacher bei seinen Kollegen.

Nur der Hauptkommissar blieb ernst. »An deiner Wortwahl könntest du noch arbeiten, aber im Grunde hast du recht. Ich gehe davon aus, dass es sich um einen Mann handelt, der Minderwertigkeitskomplexe hat.«

Der Hauptkommissar klopfte dem Hünen anerkennend auf die Schulter, und dann kam das, was die Beamten sehnlichst von ihrem Chef erwarteten. Konkrete Aufgaben, was zu tun war. Und der Hauptkommissar verteilte Aufgaben.

Als Erstes ordnete er an, dass sämtliche Akten nach Sittlichkeitsverbrechern durchforstet werden sollten, die sich an kleinen Mädchen vergriffen hatten. Aber im Grunde wusste der Hauptkommissar, dass diese Arbeit wenig Erfolg versprechend war, denn seit Machtantritt der Nationalsozialisten befand sich der überwiegende Teil der vorbestraften Sittlichkeitsverbrecher in Vorbeuge-

haft beziehungsweise im Konzentrationslager. Als »Volksschädlinge« waren sie vorsorglich aus dem Verkehr gezogen worden.
Nichtsdestotrotz ordnete er an, dass man Kontakte zu den Kri-
minalkommissariaten der umliegenden Städte aufnehmen sollte.

»Wir müssen wissen, ob es ungeklärte Morde mit ähnlicher
Handschrift gibt.«

Seine größte Hoffnung setzte er jedoch auf die Reifenspur.
»Diese Spur erscheint mir am wichtigsten. Wir müssen schnellstens den passenden Wagen dazu finden. Weitere fahndungsrele-
vante Spuren hatten sich am Tatort nicht gefunden, und uns liegt
auch keine Beschreibung des Mannes vor, außer, dass er einen Hut
und einen Anzug trug.«

Zu guter Letzt befahl er, dass man die Fahndung auf Kaiserswerth konzentrieren sollte. »Der Täter hat den Tatort nicht
zufällig gewählt. Er kannte den Feldweg, der zur Ruine führte.
Und er war sicher, dass sich dort wenige Menschen aufhielten«,
machte er seinen Beamten klar. »Lasst Zettel drucken und in
Kaiserswerth verteilen. Vielleicht hat jemand an dem Tag auf
dem Feldweg einen Pkw mit einem Mann und einem kleinen
Mädchen gesehen.«

Sofort machten sich die Kollegen an die Arbeit. So traurig der
Anlass auch war, einige der Männer waren froh, endlich einen
richtigen Kriminalfall bearbeiten zu können. In den letzten Monaten mussten sie immer öfters Aufgaben der Geheimen Staatspolizei übernehmen, wie beispielsweise politisch unzuverlässige Personen verhaften oder Verstöße von jüdischen Bürgern gegen die
Nürnberger Gesetze ahnden. Diejenigen Kripobeamten, die mit
den Nazis sympathisierten, hatten keine Probleme damit. Die anderen dagegen versuchten, den Kontakt zu den Gestapo-Männern
zu meiden, was aber nicht einfach war, weil die ebenfalls im Polizeipräsidium saßen. Über die Arbeit der Gestapo-Beamten wuss-

ten jedoch alle Bescheid, auch was sie im Keller mit unliebsamen Personen trieben. Doch man sprach nicht darüber.

Der Hauptkommissar selbst verachtete die Gestapo. Für ihn waren das keine Polizisten, sondern eine kriminelle Horde, die missliebige Personen willkürlich drangsalierte, verfolgte und folterte. Er hatte sein Handwerk vor der Machtergreifung der Nazis gelernt und war durch und durch Polizist, der sich an Recht und Gesetz hielt. Doch jetzt hatte sich die Rechtslage geändert, und die Gestapo konnte schalten und walten, wie sie wollte. Er selbst bemühte sich, seinen moralischen Grundsätzen treu zu sein und ein guter Polizist zu bleiben, wobei er wusste, dass er sich etwas vormachte. Denn auch er diente einem Regime, das Juden und Andersdenkende verfolgte. Aber er war kein Widerstandskämpfer und versuchte, sich mit dem Unrechtssystem zu arrangieren. Bis jetzt hatte es auch funktioniert, weil die Gestapo sich auf die sogenannten Systemgegner beschränkte und der Kriminalpolizei nicht ins Handwerk pfuschte.

9

Die Roma hatten keinen festen Wohnsitz. Einmal im Jahr kamen sie mit ihrer fahrenden Siedlung hierher und sorgten bei vielen besorgten Bürgern für Unruhe. Die Stadtverwaltung wies ihnen widerwillig am Stadtrand ein Brachgelände zu, das für ein derartiges Lager gar nicht vorgesehen war. Es gab keinen Wasseranschluss und keine Elektrizität. Man hoffte dadurch, dass sie schnell weiterziehen würden, doch sie blieben immer ein, zwei Monate, um ihren Geschäften nachzugehen. Die Frauen und Männer verkauften Teppiche oder schleiften Messer, während die Kinder den Müll durchsuchten, den viele Bürger einfach auf dem Gelände deponierten. Und auf dieser Müllhalde stand nun ein verlassener Opel Rekord mit offener Fahrertür. Davor lag ein toter Mann. Der Sohn des Lagerältesten hatte ihn entdeckt und die Polizei benachrichtigt. Als die Streifenpolizisten die Drahtschlinge mit dem Holzstück am Hals des Toten entdeckten, benachrichtigten sie sofort die Kollegen der Kripo.

»Komm, wir fangen mal an, dauert mir zu lange, bis der Arzt kommt.« Ungeduldig hockte sich Strobel neben die Leiche und betrachtete aufmerksam dessen Handflächen, während die Kollegen von der Spurensicherung den Tatort begutachteten. Der Tote trug eine Stoffhose und ein kurzärmliges weißes Hemd. Thomas war aufgeregt. Der erste Mord – und das nach zwei Tagen!

»Ich schätze, dass er nicht länger als zwei Stunden hier liegt, was denkst du?«

Thomas schwieg und blickte verlegen weg. Er hatte Probleme auf die Leiche zu schauen, was Strobel nicht entging.

»Thomas, ein guter Polizist sieht nicht weg!«

Seine Ermahnung wirkte. Thomas richtete seinen Blick wieder auf den Toten. Aber Strobel verlangte noch mehr von ihm.

»Habt ihr gelernt, wie man Körpertemperatur misst?«

»Nicht an einer echten Leiche.«

»Dann musst du jetzt ins kalte Wasser springen.«

Es kostete Thomas zwar Überwindung, den Toten anzufassen, aber er wollte vor den anderen Kollegen nicht als Schwächling dastehen. Also tastete er die Hand ab, zuerst zaghaft, dann jedoch immer mutiger. Er wunderte sich, dass sich die Haut des Toten nicht anders als die eines Lebenden anfühlte, nur halt kalt. Er war stolz, dass er seine Angst überwunden hatte.

»Er fühlt sich nicht mehr warm an.«

»Ich habe auch mindestens dreißig Leichen gebraucht, um ein Gefühl für den Todeszeitpunkt zu bekommen.«

Thomas traute sich jetzt den Arm des Toten in die Hand zu nehmen und zu drehen. Auf der Innenseite des Oberarms war ein B tätowiert.

»Was ist das?«

»Konzentrier dich lieber auf die Temperatur«, antwortete Strobel.

»Chef, wir sind jetzt ein Stück schlauer!«, hallte es über das Feld. Der riesige Schäfer keuchte herbei und las von seinem kleinen Notizblock vor: »Willy Frenzel, zweiundfünfzig Jahre alt, wohnt in Neuss. Vertreter für Schreibmaschinen.«

»Erklär bitte unserem Junior, woher du das alles weißt.«

»In der Brieftasche hatte er seinen Ausweis, außerdem Fotos

49

von ihm und seiner Familie. Ansonsten ist sein Geld weg, wahrscheinlich Raubmord«, erklärte Schäfer und spuckte auf den Boden. »Wir sollten mal das Zigeunerlager unter die Lupe nehmen. Weiß ja jeder, dass die Burschen wie die Raben klauen. Äpfel aus dem Garten, Handtaschen von der Oma, sogar die Hunde sind nicht vor ihnen sicher.«

Thomas warf einen Blick auf die Wohnwagen und sah zwei Männer.

»Der jüngere von beiden hat den Toten entdeckt, der andere, sein Vater, ist der Chef der Truppe«, erfuhr Thomas von Schäfer.

Thomas blickte zum Lager rüber und wunderte sich über einen Opel Admiral, der in der Sonne glänzte.

»Nicht schlecht die Kiste, oder?«, grinste Schäfer. »Gehört dem König der Kolonie. Die hausen zwar wie die Penner, fahren aber Luxusschlitten!«

»Aber deswegen sind die nicht blöd, Schäfer«, kommentierte Strobel und schüttelte den Kopf.

»Wie meinst du das, Chef?«

»Warum sollten sie in Spuckweite ihrer Wohnwagen jemanden ausrauben, umbringen und uns dann anrufen?«

»Vielleicht haben die ein schlechtes Gewissen bekommen?«, entgegnete Schäfer und kassierte einen kritischen Blick seines Chefs.

»Hallo, hier ist die Presse! Gibt es Neuigkeiten?« Eine junge Frau mit Pferdeschwanz, Ringelpullover und Nietenhose, kaum älter als Thomas, bahnte sich einen Weg durch die Beamten, im Schlepptau einen Fotografen, der ihr flottes Tempo nur keuchend mithalten konnte.

»Wer bist du denn?«, fragte Strobel ungehalten.

»Conny Martin vom *Mittag*, die neue Reporterin«, antwortete sie und wandte sich an ihren Fotografen. »Ein Foto von oben, dann eins ohne Gesicht, damit wir das drucken können.« Der Fotograf, mindestens zwanzig Jahre älter, salutierte halb scherzend und machte sich umgehend an die Arbeit.

»Schick die Kleine weg, wir wollen unsere Arbeit machen« forderte Strobel Thomas auf.

»Hey, wir haben Pressefreiheit«, entgegnete Conny, wurde aber von Thomas sanft weggedrängt.

»Sie haben doch gehört, Sie behindern unsere Arbeit.«

»Komm, gib mir einen Tipp«, entgegnete sie kumpelhaft und blinzelte Thomas an. »Mein Chef macht mir die Hölle heiß, wenn ich ohne Fotos oder Infos antanze!«

Aber Thomas ließ sich nicht erweichen. »Wir ermitteln noch.«

Trotzdem blieb Conny hartnäckig. »Waren das die Zigeuner? Haben die ihn umgebracht?«

»Wir ermitteln noch«, wiederholte Thomas.

»Spuck ein paar Infos aus, Baby. Ich zitiere dich auch, ist gut für die Karriere«, flüsterte sie ihm zu, aber damit konnte sie bei Thomas nicht punkten. Er eilte lieber zum Tatort zurück.

Strobel wartete schon. »Was ist deiner Meinung nach hier mit dem Mann passiert? Waren es die Zigeuner?« Auch die anderen Kollegen blickten gespannt zu Thomas, der aber zögerte.

»Keine Angst, hier wird keiner ausgelacht, fang an!«

»Ich glaube nicht, dass sie etwas damit zu tun haben. Die hätten doch sonst die Leiche entsorgt und das Auto weggebracht«, begann Thomas und überlegte scharf. »Denkbar ist, dass das Opfer den Täter gekannt hat. Entweder war er mit ihm hierhergefahren, oder er hat sich mit ihm hier getroffen.«

»Kannst du das begründen?«, fragte Strobel. Auch die anderen Kollegen durchlöcherten Thomas mit ihren Blicken.

»Was sollte der Mann sonst hier machen? Den Zigeunern seine teuren Schreibmaschinen verkaufen?«

»Vielleicht, um eine Pause zu machen?«, fragte Schäfer.

»Nehmen wir mal an, er fährt hierher, um eine Pause zu machen. Er steigt aus dem Wagen und will sich ausruhen. Und dann soll plötzlich von hinten jemand auftauchen und ihn erdrosseln? Hat er ihn denn nicht vorher bemerkt? Nein, ich gehe davon aus, dass er sich mit jemandem getroffen hat, den er kannte.«

»Und warum ausgerechnet hier?«, fragte Strobel.

»Vielleicht wollten sie nicht beobachtet werden?«

»Klingt einleuchtend, nicht wahr, Kollegen?«

Thomas freute sich, dass seine Hypothese positiv angenommen wurde. Nur Schäfer brummte etwas in sich hinein.

»Er hatte ein Verhältnis«, sagte er dann.

»Ich würde mir für ein Schäferstündchen einen besseren Ort einfallen lassen«, amüsierte sich Strobel.

»Nee, also, ich tippe weiter auf die Zigeuner. Er wollte eine Zigarette rauchen, und dann haben die ihn kaltgemacht«, warf Schäfer in die Runde. »Chef, lass mich mit einigen Kollegen das Lager auf den Kopf stellen!«

»Braucht man dazu keinen Durchsuchungsbeschluss?«, wollte Thomas wissen, erntete jedoch von Schäfer ein müdes Lächeln.

»Normalerweise schon, aber bei denen nicht«, sagte er, grinste und zog an seinen Fingern, bis sie knackten. »Wir werden diese Ratten verhören, bis sie bluten!«

»Und genau das wollte das Opfer. Aber das können wir uns sparen«, meinte Strobel und steckte sich eine Zigarette an. »Ich bin mir sicher, dass es Selbstmord war.«

Sein Satz sorgte für allgemeines Erstaunen bei den Umstehenden.

»Aber Chef, seit wann kann man sich selbst erwürgen?«, fragte Schäfer.

»Das geht natürlich nicht, aber man kann sich selbst strangulieren«, erklärte Strobel und zeigte auf die rechte Handfläche des Toten. »Sieht aus, als ob er mit aller Kraft am Stab gedreht hat, bis ihm das Drahtseil den Hals zugeschnürt hat. Ich sehe hier leichte Hämatome an den Handflächen, die Obduktion wird das genauer zeigen. Da kommt der Arzt endlich!«

Strobel deutete auf einen schwarzen Käfer, der auf das Feld rumpelte und vor den Polizeiwagen hielt. Der Arzt, ein magerer Sechzigjähriger mit schlohweißen Haaren, stieg aus und hinkte herbei. Er trug eine verknitterte Jacke und sah für einen Arzt sehr ungepflegt aus.

Strobel begrüßte ihn ungeduldig: »Das wird aber Zeit, Doktor. Wir warten auf Sie!«

»Was haben wir denn hier? Strangulation?«, fragte der Arzt und bückte sich zu dem Toten.

»Eine Frage, bevor Sie ihn auseinandernehmen. Was ist mit seiner rechten Handfläche?«

»Was soll sein? Hämatome, sieht doch jeder«, antwortete der Arzt knapp.

Strobel wandte sich an Schäfer und die anderen Kollegen.

»Wir müssen alles über seine finanzielle Lage wissen, Schulden, Verbindlichkeiten, Hypothek. Er hat wahrscheinlich auch eine Lebensversicherung abgeschlossen, die seiner Frau zugutekommt.«

Schäfer, der sich eifrig Notizen machte, nickte und ging mit einem Kollegen davon.

Thomas hatte einen Riesenrespekt vor Strobel, aber fragen musste er trotzdem noch einmal: »Chef, sind Sie sicher, dass es Selbstmord war?«

»Kennst du das Theaterstück *Tod eines Handlungsreisenden*?«
Thomas nickte.

»Das hat er sich wahrscheinlich zum Vorbild genommen. Schau

mal, seine Schuhe sind abgetragen, der Anzug auch. Dabei verkauft er teure Schreibmaschinen, sollte man da nicht gepflegter aussehen? Ich vermute, er hat nichts verkaufen können.«

»Aber woher wissen Sie, dass er finanzielle Schwierigkeiten hatte?«

»Die Zeit der Vertreter neigt sich dem Ende zu, seit es Warenhäuser gibt. Nur die besten kommen durch. Aber wie gesagt, noch ist es eine Hypothese.«

Thomas saugte alles auf, was Strobel sagte.

Nach Feierabend, in seiner Mansarde, las er in einem Buch über Forensik, dass man sich tatsächlich mittels eines Drahts selbst strangulieren konnte. Seine Bewunderung für Strobel wuchs.

1939

10

Der Hauptkommissar war gut gelaunt, und er hatte auch allen Grund dazu. Die einzig relevante Spur – der Reifenabdruck – bot Anlass zum Optimismus. Zufrieden gönnte er sich ein Erdbeerbonbon und schaute in die erwartungsvollen Gesichter seiner Kollegen, die er in seinem Büro versammelt hatte.

»Wir haben es mit einem Reifen 6,50-17 mit dem Lamellenprofil des neuen Michelin-Reifens Super Comfort Stop zu tun«, erklärte er und zeigte seinen Beamten einen Gipsabdruck des Profils. »Es kommt nur eine Automarke infrage: der Horch 830.«

Kaum hatte er das ausgesprochen, wurde die Tür aufgerissen. Kriminalrat Salziger von der Gestapo, ein drahtiger Mann in tadellos gebügelter brauner Uniform, Hakenkreuzbinde am Ärmel, stürmte in das Büro und brachte sich breitbeinig vor dem Schreibtisch in Stellung. Mit einer arroganten Bewegung knallte er eine Zeitung auf den Schreibtisch. Das sollte einschüchternd wirken, und das tat es auch, denn die Beamten blickten plötzlich wie Pennäler drein, die von ihrem Rektor eine Standpauke erwarteten. Es war so still, dass man eine Nadel hätte fallen hören können. Nur der Hauptkommissar verfiel nicht in Ehrfurcht. Er nickte Salziger gelassen zu und las die Schlagzeile.

Wann wird der Kinderschänder endlich gefasst?, sprang es ihn von der Titelseite an.

»So was will ich nicht lesen«, sagte Salziger drohend und blickte den Hauptkommissar an, als wäre er der Kindermörder höchstpersönlich.

»Das gehört zu unserer Arbeit dazu, Herr Kriminalrat. Das müssen wir gelassen sehen«, antwortete der Hauptkommissar und steckte sich in Ruhe eine Zigarette an.

»So wie damals bei Peter Kürten? Der hatte acht Morde hinter sich, bis ihr ihn geschnappt habt, und das auch nur mithilfe von Kommissar Zufall!« Aus seiner Stimme klang Hohn.

»Erstens habe ich damals die Ermittlungen nicht geleitet, und zweitens waren es sogar neun Morde. Aber Sie können beruhigt sein, Herr Kriminalrat, dieser Fall wird schnell geklärt.«

»Genau! Weil wir den Fall übernehmen werden. Die Kripo ist ab heute raus«, donnerte Salziger und fixierte den Hauptkommissar. Unter den Kollegen entstand Unruhe.

»Aber das ist doch kein Delikt für die Geheime Staatspolizei«, wandte der Hauptkommissar ein.

»Ab jetzt schon! Sie und Ihre Kollegen ermitteln wie anno dazumal. Alte Schule. Aber diese Zeiten sind vorbei!«, brüllte der Kriminalrat und drehte sich zur Tür.

Der Hauptkommissar wollte sich nicht geschlagen geben.

»Noch leite ich die Ermittlungen«, wagte er einzuwenden.

»Sie kennen wohl nicht die Vorschriften? Wer hat hier das letzte Wort?«

Natürlich kannte der Hauptkommissar die Dienstvorschriften, die besagten, dass die Kripo der Gestapo unterstand, aber hier lag kein politisches Delikt vor.

»Ich bitte Sie, Herr Kriminalrat, wir haben eine heiße Spur. Geben Sie uns zwei, drei Tage.«

»Nein! Jeder Tag ist einer zu viel. Die Menschen denken sonst, dass der Führer nicht für ihre Sicherheit sorgen kann.«

Der Hauptkommissar ersparte sich einen Kommentar. Politik interessierte ihn nicht, und er war erst recht kein Anhänger der Nationalsozialisten, im Unterschied zum Kriminalrat, einem fanatischen Nationalsozialisten, der sich plötzlich in Positur stellte, als würde er vor seinen Parteigenossen eine Rede halten.

»Es kann sein, dass uns die Polen angreifen werden, da heißt es für alle zusammenzustehen! Die Volksgenossen dürfen den Glauben an den Führer nicht verlieren! Wer das nicht kapiert, wird vernichtet!«, schrie er und sorgte bei den Anwesenden für betretenes Schweigen. »Vergessen Sie den Sittenstrolch! Kümmern Sie sich lieber um die Volksfeinde, die nachts schändliche Parolen an die Wände schmieren. Oder wollen Sie in Zukunft an der Ampel stehen und den Verkehr regeln? Das können Sie auch haben, meine Herren.«

Dem Hauptkommissar, der ansonsten einen offenen Konflikt mit Salziger scheute, reichte es jetzt. Er musste eine Lanze für seine Abteilung brechen.

»Dafür ist nicht die Kripo zuständig, Herr Kriminalrat, sondern die Gestapo.«

Im Hinausgehen drehte sich Salziger noch einmal um. »Sparen Sie sich Ihre dummen Bemerkungen«, herrschte Salziger ihn an. »Ich sage nur, Pfoten weg von dem Kindermörder. Heil Hitler!«

Wütend knallte er die Tür hinter sich zu. Das Wort Arschloch war noch das harmloseste, was die Kollegen für Salziger übrighatten und die jetzt alle durcheinanderredeten.

Ihr Chef unterbrach sie. »Wir machen weiter. Ich will wissen, wer diesen verfluchten Wagen gefahren hat!«

»Chef, glauben Sie, dass es Krieg geben wird?«, fragte der Hüne besorgt.

»Wenn es einen gibt, dann bestimmt nicht, weil unsere angeblichen Feinde angreifen. Nein, dafür sorgen wir selbst, Kollegen. Aber das ist meine Privatmeinung.« Er blickte in betretene Gesichter.

II

Bei der Dienstbesprechung in Strobels Büro am nächsten Tag wurde Thomas Zeuge zweier Eigenschaften seines Chefs: höchste Kompetenz und größte Bescheidenheit. Gelassen und ohne Spur von Überheblichkeit hörte er Schäfer zu, der aus dem Obduktionsgericht las. Alles sprach für eine Selbsttötung des Vertreters. Er hatte sich selbst stranguliert und wie bei einer Garotte die Luftröhre zusammengepresst. Dabei hatte er mit aller Kraft den Stab gedreht und sich dabei Hämatome zugezogen. Außerdem fanden sich auf dem Holzstück seine Fingerabdrücke. Der Mann wollte einen Mord vortäuschen, damit seine Familie in den Genuss der Lebensversicherung kam.

»Dann können wir den Fall zu den Akten legen, Kollegen«, meinte Strobel.

Bevor diese auseinanderstoben, betrat ein grau melierter Mann in einem abgewetzten Anzug das Büro, einen Aktenordner unter dem Arm.

»Kollege Strobel, kann ich Sie einen Moment sprechen?«

»Selbstverständlich, Kollege Drezko, wie kann ich weiterhelfen?«, antwortete Strobel und reichte ihm freundschaftlich die Hand.

Schäfer allerdings verzog das Gesicht.

»Kommissar Arschloch lässt sich blicken«, kommentierte er.

»Wer ist das?«, wollte Thomas leise von ihm wissen.

»Sonderkommission für Naziverbrechen, ist ein Sesselfurzer und Kameradenschwein«, antwortete Schäfer laut und nahm dabei in Kauf, dass der Angesprochene ihn hörte. Doch der wandte sich stattdessen Strobel zu.

»Es geht um den toten Vertreter Frenzel. Ich würde gerne den Obduktionsbericht lesen, Herr Kollege!«

»Darf ich fragen, warum?«, wollte Strobel wissen, während er eine Tasse Kaffee für Drezko eingoss.

»Frenzel war mein Zeuge, und ich wollte ihn Ende dieser Woche sprechen.«

»In welcher Angelegenheit?«

Strobel reichte Drezko die Tasse.

»Kann ich leider nicht sagen.«

»Dann gibt es auch keinen Obduktionsbericht. Kann ja jeder kommen«, mischte sich Schäfer ungefragt ein.

»Mit Ihnen rede ich gar nicht«, kanzelte Drezko ihn ab.

»Aber ich mit dir«, brummte Schäfer, nahm ihm die Tasse ab und stellte sie auf den Schreibtisch. Beide Männer standen sich nun fast Nase an Nase gegenüber, wobei Schäfer gut einen Kopf größer war. Eine Schlägerei lag in der Luft, und Thomas traute seinen Augen nicht.

»Aber meine Herren, bitte!«, rief Strobel. »Wir haben einen jungen Kollegen unter uns, was soll er nur von der Polizei denken?«

»Ist ja gut!« Schäfer knallte einen Leitzordner mit dem Obduktionsbericht auf den Schreibtisch. Ohne ihn eines Blickes zu würdigen, begann Drezko, ihn durchzublättern.

»Mir kommt es seltsam vor, dass er sich selbst getötet haben soll«, gab Drezko von sich.

»Warum kommt Ihnen das komisch vor?«

Anstatt Strobel zu antworten, stellte Drezko eine weitere Frage: »Haben Sie auch in eine andere Richtung ermittelt?«

Nun wurde es Schäfer endgültig zu bunt. »Wir haben unsere Arbeit hundertprozentig erfüllt! Der Mann hat sich selbst stranguliert.«

»Wer hat Sie denn gefragt?«, herrschte Drezko ihn an.

»Bursche, werd nur nicht frech, ja?«

Schäfer lief rot an und knackte drohend mit den Fingern, aber Drezko ließ sich davon nicht beeindrucken, wandte sich stattdessen erneut Strobel zu.

»Ich gehe von einem Mord aus.«

»Sie werden mit Sicherheit Gründe haben, um so einen Verdacht zu äußern? Lassen Sie mich doch daran teilhaben«, bat Strobel ihn, der im Unterschied zu Schäfer nicht auf Krawall gebürstet war, sondern sachlich blieb.

Trotzdem geriet Drezkos Antwort patzig.

»Ich sagte doch, dass ich dazu nichts sagen kann!«

Thomas mochte seine sture und knöchrige Art nicht. Drezko war ihm unsympathisch.

»Wie Sie meinen! Wenn Sie wollen, können Sie sämtliche Unterlagen unserer Ermittlungen haben«, erwiderte Strobel großzügig. »Thomas, gib dem Kommissar die Unterlagen der Spurensicherung.«

Thomas nickte und wollte mit Drezko aus dem Büro, da stellte sich Schäfer vor die Tür.

»Chef, das geht doch nicht. Er bekommt von uns sämtliche Unterlagen, während von ihm nichts kommt.«

»Gehen Sie zur Seite!«, befahl Drezko ihm.

»Ich mache keinen Platz für Kameradenschweine«, entgegnete Schäfer angriffslustig.

Drezko starrte ihn entgeistert an. »Was haben Sie da gesagt?«

»Jeder weiß doch, dass du letztens in Koblenz einige Kameraden von uns wegen angeblicher Kriegsverbrechen vors Gericht gebracht hast.«

»Ich habe nur meine Pflicht getan, und jetzt gehen Sie endlich
zur Seite.«

Drezko versuchte, Schäfer unsanft beiseitezuschieben.

»Finger weg!«, brüllte Schäfer und verpasste Drezko eine schallende Ohrfeige.

Drezko fiel fast gegen die Wand, raffte sich aber auf und schlug
zurück. Im Nu ging es hoch her, und Thomas zog es vor, zur Seite
zu gehen.

»Seid ihr verrückt geworden?«, schrie Strobel und warf sich zwischen beide Streithähne. »Ihr benehmt euch wie Straßenköter!«

»Das wird ein Nachspiel haben, Schäfer, darauf kannst du Gift
nehmen«, keuchte Drezko und wischte sich das Blut von der Nase.

Schäfer, der keine Spur lädiert war, reagierte mit einer langen
Nase und genoss die anerkennenden Blicke der Kollegen, die ihm
auf die Schulter klopften. Thomas dagegen war fassungslos. Eine
Schlägerei unter Polizisten war für ihn bisher unvorstellbar gewesen.

»Nimm dir das nicht so sehr zu Herzen«, meinte Strobel
schmunzelnd. »Manchmal geht es eben hier hart, aber herzlich
zu.«

»Den Kerl kann man vergessen«, mischte sich Schäfer ein, »der
sieht überall Nazis. Dieses verknöcherte Arschgesicht. Aber eins
sage ich dir, einen größeren Anti-Nazi als den Chef gibt es nicht.«

Strobel wurde das Lob zu viel, er winkte ärgerlich ab.

»Schäfer, hör auf zu spinnen.«

»Da muss ich jetzt aber widersprechen, Chef.«

Schäfer wandte sich an Thomas und hob seinen Zeigefinger:
»Jetzt spitz mal die Ohren, Kleiner! 1945, als die Amis auf der an-

deren Rheinseite standen, wollte der SS-Gauleiter die Polizei mit der SS zum Endkampf losschicken. Wir sollten die Rheinbrücken sprengen. Aber da machte unser Chef nicht mit. Er ist heimlich zu den Amis rüber und hat mit ihnen verhandelt. Wusstest du das?«

Thomas schüttelte den Kopf. Er hatte von dieser mutigen Aktion bisher noch nicht gehört. Auch sein Vater hatte noch nie darüber gesprochen. Offenbar wollte Onkel Strobel nicht darüber reden. Passte zu seiner Bescheidenheit. Thomas' Bewunderung für ihn stieg.

»Er hat seinen Kopf für uns riskiert. Die Gestapo hätte ihn geviertelt«, ergänzte Baumgarten anerkennend, »wenn die ihn in die Finger bekommen hätten.«

»Ist gut jetzt, Männer, gebt nicht so viel an«, winkte Strobel ab. »Ich bin kein Widerstandskämpfer, ich habe nur das getan, was jeder getan hätte.«

»Das hat aber nicht jeder getan, Chef«, widersprach Schäfer. »Und was hat dieser Drezko gemacht? Er war während des Kriegs bei den Amis. Er war fein raus. Aber wir mussten mit den Nazis auskommen!«

»Kollege Drezko tut nur seine Pflicht«, wies Strobel ihn zurecht und scheuchte die Kollegen in ihre Büros zurück.

63

12

Thomas konnte den Vorfall allerdings nicht so einfach vergessen, deshalb sprach er später Strobel darauf an. Ihn interessierte auch, was es mit Drezko auf sich hatte.

»Drezkos Arbeit ist schon sinnvoll, weil man natürlich die ganzen Verbrechen der Nazis untersuchen muss«, erklärte Strobel. »Allerdings muss man auch nach vorne schauen und sich um die heutigen Kriminalfälle kümmern.«

»Kannst du dir denn vorstellen, warum er Frenzel als Zeugen vorgeladen hatte?«

»Nein, absolut nicht. Du hast ja selbst gehört, darüber hat er geschwiegen. Aber sei's drum, wir haben doch nichts zu verbergen, er kann die Akten gerne haben.«

»Aber wieso hat er denn am Selbstmord gezweifelt? Der Obduktionsbericht ist doch eindeutig!«

»Das musst du ihn fragen, mein Junge, an den medizinischen Fakten ist nicht zu rütteln.«

Das sah Thomas auch so und fügte selbstkritisch zu: »Ich ärgere mich, dass ich nicht selbst auf diese Druckstellen am Hals gekommen bin, Onkel.«

»Du denkst, du hättest gestern versagt, nicht wahr?«, sagte Strobel und lachte. Wieder schien er Gedanken lesen zu können. »Aber so ist es nicht. Schäfer, der hier viel mehr Jahre auf dem Buckel hat, lag mit den Zigeunern kilometerweit daneben. Deine Hypothese, die Art und Weise, wie du kombiniert hast, hatte Hand und Fuß.« Trotz des Kompliments blieb Thomas enttäuscht.

»Ich hätte die Hämatome nicht übersehen dürfen.«

»Dann schlage ich vor, dass du etwas Nachhilfe in Sachen Pathologie nimmst!« Darunter verstand Strobel, dass Thomas in die psychiatrische Klinik fahren sollte. Zunächst sollte er aus der forensischen Abteilung einige Unterlagen holen und dann beim Pathologen Dr. Nikasius vorbeischauen.

Da sämtliche Dienstwagen belegt waren, musste Thomas mit der Straßenbahn zur psychiatrischen Landesklinik fahren. Sie umfasste mehrere Gebäude, die sich auf einem weiträumigen Areal befanden, das Thomas an einen Park erinnerte. Die Patienten waren anhand ihrer grauen Anstaltskleidung leicht zu erkennen. Einige wenige gingen spazieren, die meisten waren mit verschiedenen Arbeiten beschäftigt; sie sammelten Laub, leerten Abfalleimer oder besserten Zäune aus. Keiner sprach, alle werkelten still vor sich. Man hörte nur das Krächzen einiger vorlauter Raben, ansonsten herrschte eine merkwürdige Ruhe auf dem Gelände, und Thomas hatte das Gefühl, als ob die Zeit stehen geblieben wäre.

Die forensische Abteilung, in der die gerichtlich eingewiesenen Patienten untergebracht waren, bestand aus einem umzäunten, dreistöckigen Backsteingebäude mit Flachdach. Die Fenster waren vergittert.

Thomas ging durch das Eisentor und klingelte erwartungsvoll an der Pforte. Eine misstrauisch blickende Frau mit akkurat gebügelter Schürze öffnete ihm. Er wurde offenbar bereits erwartet und kam gar nicht dazu, sich vorzustellen.

»Warten Sie hier. Frau Doktor kommt sofort«, schnarrte die Krankenpflegerin und knallte Thomas die Tür vor der Nase zu.

»Darf ich nicht reinkommen?«, fragte Thomas, bekam aber keine Antwort. Das ärgerte ihn, weil er zu gern einen Blick in die Station geworfen hätte. Und nun stand er wie bestellt und nicht abgeholt vor der Tür. Erst nach einigen Minuten tauchte eine groß gewachsene, hagere Frau im weißen Kittel auf, die ihm wortlos einen grauen Umschlag überreichte.

»Ist das alles?«, fragte Thomas etwas enttäuscht. Die Ärztin ignorierte seine Frage und schloss die Tür. Ärgerlich machte er sich auf den Weg zur Pathologie. Unterwegs kam er an einem Gehöft vorbei, das ihn an einen Bauernhof erinnerte. In einer mit Holzbrettern umzäunten Suhle wälzten sich Schweine im Dreck. Zwei Männer in Anstaltskleidung misteten einen Stall aus. Eine Frau fütterte Hühner. Es stank nach Mist. Aus dem Kamin qualmte dunkler Rauch. Thomas, der zwar Landluft gewöhnt war, sah dennoch zu, dass er weiterkam.

Der Weg endete am verfallensten Gebäude des Geländes. Es ähnelte einem überdimensionierten Knusperhaus, wirkte mit der bröckelnden Fassade aber heruntergekommen. Vor dem Eingang parkte ein schwarzer Käfer. Da an der Tür kein Schild angebracht war, fragte Thomas einen älteren Patienten, der Unkraut jätete, ob sich hier die Pathologie befand. Der zahnlose Mann nickte abwesend, und Thomas betrat das Gebäude.

Wo sollte er hier den Arzt finden? Es gab keine Hinweisschilder. Am Ende des Flures im Erdgeschoss entdeckte er eine angelehnte Tür. Als er neugierig in den Raum schaute, sah er einen Mann mit ausgezehrtem Gesicht vor einem Eisentisch sitzen. Er hatte sich den Arm abgebunden und setzte sich gerade eine Spritze. Thomas erkannte ihn sofort wieder. Es handelte sich um den Arzt, der den toten Vertreter untersucht hatte.

»Was willst du denn hier? Geh in deine Station, sonst knallt's!«, drohte Dr. Nikasius und wischte sich mit dem Ärmel seines fleckigen Arztkittels den Schweiß vom Gesicht. Offensichtlich ging es ihm nicht gut.

»Entschuldigung, ich wollte Sie nicht stören, ich komme von der Kripo«, antwortete Thomas irritiert.

»Ach, du bist das! Komm rein, ich habe mir gerade Insulin gespritzt. Dieser verdammte Zucker macht mich fertig.«

Er entfernte die Manschette und ging auf Thomas zu.

»Dann komm mal mit, der Chef hat gesagt, du wärst an Obduktionen interessiert.«

Der Arzt hinkte vorneweg, und Thomas folgte brav. Sie gingen eine knarrende Holztreppe hoch und betraten einen großen Raum, in dessen Mitte ein Metalltisch stand. Darauf lag ein Menschentorso mit offenem Brustkorb. Sofort wandte Thomas seinen Blick ab, konnte seinen Würgereflex aber nicht unterdrücken.

»Was ist? Warst du noch nie beim Metzger?«, grinste der Arzt.

Thomas lief käseweiß an. Nicht nur der Anblick machte ihm zu schaffen, sondern auch der bestialische Geruch. Endlich hatte der Arzt ein Einsehen. »Junge, du brauchst frische Luft. Die findest du am besten auf dem Friedhof, da fällt es auch nicht auf, wenn du anständig kotzt.«

Und genau das machte Thomas ausgiebig, nachdem er aus dem Gebäude gestürmt war. Erst nachdem er sich seines unverdauten Frühstücks entledigt hatte, ging es ihm besser. Der Arzt bot ihm eine Zigarette an, aber Thomas winkte ab.

»Geben Sie mir bitte die Akten, ich fahre dann zurück ins Präsidium«, hauchte er und sehnte sich nach der Straßenbahn, die zum Glück direkt vor der Klinik hielt. Der Arzt überreichte ihm ein Blatt Papier. Es war wie eine Urkunde ausgestellt.

67

LEICHENDIPLOM
Das Kriminalkommissariat verleiht das Leichendiplom
an Herrn Thomas Engel.

Unter dem Text war ein Gruppenfoto mit Strobel und Kollegen zu sehen, die in die Kamera winkten.

»Das machen deine Kollegen immer mit den Neuen«, erklärte Dr. Nikasius ungerührt. Er hatte offenbar keinen Sinn für den schwarzen Humor der Kripoleute.

Thomas wusste nicht, ob er lachen oder weinen sollte, auf jeden Fall machte der Brechreiz ihm sehr zu schaffen. Das merkte auch der Arzt. »Komm, ich bring dich mit dem Auto ins Präsidium, ich muss sowieso in die Stadt.«

»Und der Tote oben?«, wagte Thomas zu fragen.

»Den lege ich im Kühlschrank schlafen!«

»Ich warte so lange draußen«, meinte Thomas, der von aufgeschnittenen Leichen genug hatte. Erleichtert stieg er in den Käfer, nachdem der Arzt alles abgeschlossen hatte und nach draußen kam.

»Wieso befindet sich auf dem Gelände der Psychiatrie eine pathologische Abteilung?«, fragte er, als der Mediziner den Motor anließ.

»Tradition. In der Nazizeit befand sich hier auch eine chirurgische Abteilung, jetzt ist nur noch die Pathologie übrig. Das trifft sich aber auch ganz gut, weil ich die toten Irren problemlos zerteilen kann. Die meisten haben keine Verwandten, die man fragen muss.«

Thomas fand die Antwort sehr makaber.

»Was für Krankheiten haben die Patienten denn so?«, wollte er wissen und hoffte auf eine sachliche Antwort.

»Hier ist alles vertreten. Dahinten ist die Forensik, das ist wie im Gefängnis. Da sitzen die Gewaltverbrecher, Alkoholkranken und Kinderschänder und was weiß ich noch alles«, antwortete Dr. Nikasius und steuerte seinen Käfer langsam über das Gelände, vorbei an den einzelnen Gebäuden.

»Da drüben liegt die Geriatrie, die kranken Alten, etwas weiter hinten die Kinderstation. Du willst nicht wissen, wie es da drin aussieht, ist besser so. Dreißig Betten und es stinkt überall nach Scheiße. Dann schon lieber der Duft von unverdautem Sauerkraut.«

»Das muss doch schlimm für die Menschen sein.«

»Denen geht es immer noch besser als früher.«

»Wie meinen Sie das?«

Dr. Nikasius gab Thomas keine Antwort darauf, zeigte stattdessen auf das Gehöft.

»Da drüben ist der Bauernhof. Die Klinik versorgt sich teilweise selbst. Das ist eine Welt für sich, musst du wissen. Und wer hier stirbt, kommt auf den Friedhof. Du siehst, auch ein toter Verrückter bleibt noch in der Klapse.«

Nun steuerte er auf ein schlossartiges Gebäude mit gepflegter Fassade und großer Veranda zu, das man in dieser Umgebung nicht vermutet hätte. Mehrere Patienten reinigten die Fenster und mähten den Rasen. Hinter dem Anwesen parkten teure Limousinen.

Der Arzt hielt seinen Wagen vor dem Gebäude an.

»Sieht wie ein exklusives Hotel aus, nicht wahr? Hier pflegt der Klinikchef Prof. Humbold seine Privatpatienten. Die dürfen es ein wenig edler haben als die normalen Bekloppten«, sagte der Doktor, während er sich hektisch eine Zigarette ansteckte. Seine Hände zitterten leicht, und er wirkte fahrig.

»Dieser Scheißzucker«, fluchte er und kratzte sich fast den Arm blutig.

»Und welche Krankheit haben die Privatpatienten?«

»Schizophrenie, Kretinismus, Alkoholismus, Geldgier und so weiter. Das, was die unteren Klassen plagt, kommt auch bei den oberen Zehntausend vor. Aber die Herrschaften bekommen besseres Essen und was fürs Auge«, erklärte er und winkte einer gut aussehenden Krankenschwester zu. Sie trug einen engen Kittel und Schuhe mit hohen Absätzen, auf denen sie zum Parkplatz stöckelte.

Dort war gerade ein schwarzer Mercedes angekommen. Ein grau melierter Mann in dunklem Anzug stieg aus und gab der Schwester seine Aktentasche. Gemeinsam gingen die beiden ins Gebäude, und Thomas fiel auf, dass die Patienten im Garten beim Anblick des Mannes ein Spalier bildeten, das er majestätisch abschritt.

»Arschloch Halbgott, sage ich nur. Hält Sklaven wie ein Südstaatler«, brummte der Arzt und fuhr weiter.

»Was wollen Sie damit sagen?«, fragte Thomas arglos und löste beim Arzt einen regelrechten Redeschwall aus.

»Denkst du, ich habe immer so eine Schrottkarre gefahren? Vor dem Krieg fuhr ich ein schönes dickes Auto, aber ich hatte nichts mit den Nazis zu tun. Er dagegen hat sich sofort einen braunen Anzug angezogen. Funktionär beim Nazi-Ärztebund, Heil Hitler! Zack, zack durfte er die Klinik übernehmen. Ich durfte im Krieg Frontschwein spielen und mein rechtes Bein an den Russen abgeben.«

Dr. Nikasius redete sich in Rage und konnte sich kaum auf den Verkehr konzentrieren.

»Das Einzige, was mir noch von früher geblieben ist, ist meine Reverso!« Er zeigte auf seine elegante, viereckige Armbanduhr. Doch wegen seines halsbrecherischen Fahrstils hatte Thomas nicht die Muße, die auffällige Uhr zu bewundern. Er war froh, als der Arzt ihn vor dem Präsidium absetzte.

In der Nacht fand Thomas keinen Schlaf. Tausend Dinge schwirrten ihm durch den Kopf. Das Bild des Torsos. Die schweigsamen Patienten. Die Schweine im Dreck. Die hohen Absätze der Krankenschwester. Der Chefarzt vor seinem schwarzen Mercedes. Er wehrte sich vergebens gegen die Bilder, die ihn gefangen nahmen.

1939

13

Normalerweise hätte Salziger zwei seiner Beamten die Angelegenheit erledigen lassen, aber er wollte kein Risiko eingehen, weil er es sich nicht mit dem Gauleiter verscherzen durfte. Der hatte ihm unmissverständlich ein Ultimatum gestellt. »Sie haben einen Tag Zeit, um diesen Kindermörder hinter Schloss und Riegel zu bringen! Wie Sie das anstellen, ist Ihre Sache!«

Als Salziger es wagte, auf die Ermittlungen der Kripo hinzuweisen, gab es ein Donnerwetter vom Gauleiter: »Hören Sie mir auf mit diesen Schlappschwänzen und Sesselfurzern, die Volksschädlinge mit Samthandschuhen anfassen. Wir haben keine Zeit zu verlieren, Salziger. Ich erwarte bis morgen Vollzugsmeldung, oder Sie können eine andere Uniform tragen!«

Da Salziger wusste, dass in wenigen Tagen der Feldzug in Richtung Polen beginnen würde, und da er keineswegs an die Front wollte, machte er sich sofort an die Arbeit. Als Erstes verwies Salziger den Hauptkommissar, den er für einen arroganten Besserwisser hielt, in die Schranken und nahm ihm den Fall ab. Dann suchte er mit zwei seiner Männer das katholische Ursulinen-Fürsorgeheim auf.

»Heil Hitler! Ich brauche sofort einen Ihrer Zöglinge, und zwar einen, der sich an kleinen Mädchen vergreift«, machte er ohne

Umschweife dem Leiter, Pfarrer Hermann, klar, als er dessen Büro betrat.

»Wie stellen Sie sich das vor, Herr Kriminalrat? Wir sind ein katholisches Heim. Wir können doch nicht einfach einen unserer Zöglinge ausliefern«, entgegnete Hermann.

Salziger, der Kirchenleute verabscheute, warf ihm einen abschätzigen Blick zu. Hermann, knapp dreißig, sah nicht wie ein typischer Pfaffe aus. Er war glatt frisiert, roch nach Rasierwasser und hätte als Conférencier durchgehen können.

»Soweit ich weiß, sind Sie doch Parteimitglied, Genosse Hermann, oder?«, rief sich Salziger in Erinnerung und baute sich vor ihm auf.

»Natürlich, und das seit vielen Jahren. Aber wir haben doch keinen Kindermörder in unseren Reihen.«

»Sie weigern sich also, mit uns zusammenzuarbeiten?«, fragte Salziger mit scharfer Stimme.

Bevor Hermann etwas darauf erwidern konnte, beugte sich einer der Gestapo-Männer zu Salziger und tuschelte ihm etwas ins Ohr. Und je länger Salziger zuhörte, desto breiter wurde sein Grinsen. Als er genug gehört hatte, fixierte er Hermann, der ihn gespannt anschaute. »Raus mit den Nonnen, ich will Sie allein sprechen!«

Hermann nickte den Schwestern zu, die daraufhin das Büro konsterniert verließen. Kaum waren sie aus dem Büro, legte Salziger seine Hand an das Holster.

»Du wirst mir jetzt helfen, du Kinderficker, hast du mich verstanden?«

Der Heimleiter glaubte sich verhört zu haben.

»Was haben Sie da gesagt?«

»Dass du ein Kinderficker bist!«

»Verlassen Sie sofort mein Büro!«

Pater Hermann zeigte auf die Tür. Anstatt zu antworten, packte Salziger ihn am Kragen.

»Mein Kollege hat mir gerade zugesteckt, dass du eine Vorliebe für kleine Kinder hast, du Schwein! Und mein Kollege irrt sich nie.«

Sofort änderte sich die Gesichtsfarbe des Paters.

»Das ist … das ist ein böses Gerücht, Herr Polizeirat«, stammelte er.

»Ich habe schon wegen viel harmloseren Gerüchten jemanden durch die Mangel gedreht«, drohte Salziger. »Entweder du servierst uns einen deiner Burschen, oder wir nehmen dich mit!«

Auf seinen Wink hin holte sein Kollege einen Totschläger aus der Tasche.

Hermanns Widerstand war gebrochen. Er nickte stumm, ging zum Schreibtisch und schrieb zwei Namen auf.

»Diese beiden könnten infrage kommen. Sittlich verroht, pervers.«

Befriedigt riss Salziger ihm den Zettel aus der Hand.

»Na also, warum nicht gleich so?«

»Sie sind in der Klinik bei Prof. Humbold.«

Keine Stunde später befanden sich Salziger und seine zwei Männer in der psychiatrischen Klinik.

Sie wurden sofort bei Prof. Humbold vorgelassen, der ihnen allerdings erklärte, dass die beiden Fürsorgezöglinge vor zwei Tagen kastriert worden waren.

»Warum das denn?«

»Weil sie homosexuell waren. Hat der gute Hermann Ihnen das nicht gesagt?«

»Nein!«, brüllte Salziger wütend. »Was soll ich mit den beiden? Ich brauche einen Vergewaltiger und keinen Eunuchen«, fluchte er und wäre am liebsten zu Hermann zurückgefahren, um ihm die Hölle heißzumachen. Aber die Zeit drängte, und er musste schnellstens einen Kindermörder organisieren.

»Ja, mein lieber Kriminalrat, wären Sie mal zwei Tage vorher gekommen. Ich kann da nichts machen«, meinte Prof. Humbold und wirkte wie Pontius Pilatus beim Waschen der Hände.

»Wo sind die beiden Kerle?«, fragte Salziger.

Die beiden »Kerle« befanden sich im düsteren Hinterhof der forensischen Klinik. Der eine hieß Eugen, ein zierliches Bürschchen mit dunkel gelockten Haaren, der andere Fritz, ebenfalls schmächtig, aber mit großen Mandelaugen. Sie waren beide neunzehn Jahre alt und hatten das Pech, zum falschen Zeitpunkt am falschen Ort geboren worden zu sein. Fritz war bereits nach der Geburt ins Waisenhaus gekommen, weil seine Mutter, eine Prostituierte, ihn nicht aufziehen konnte. Eugens Mutter dagegen hätte ihn gerne behalten, wäre sie nicht von ihrem betrunkenen Ehemann erschlagen worden. Beiden blieb nur eine triste Heimkarriere unter der Fuchtel der Fürsorge. Da sie als schwer erziehbar galten, wurden sie von Heim zu Heim gereicht, bis sie, als die Pubertät einsetzte, einfach verschwanden und sich auf der Straße kennenlernten. Sie mochten sich auf Anhieb und hielten fortan wie Pech und Schwefel zusammen, teilten sich im Winter eine kleine Laube und wärmten sich am Kanonenöfchen, das sie mit geklauter Kohle fütterten. Ansonsten hielten sie sich mit kleineren Diebstählen über Wasser, bis sie feststellten, dass sie als Strichjungen am Bahnhof mehr verdienen konnten. Obwohl das »homosexuelle Treiben« während des Nationalsozialismus unter Strafe gestellt wurde, boten beide ihre Dienste an, oft auch SA-Männern, die normalerweise Jagd auf sie machten. Doch dann wurden sie vom sogenannten »rosa« Sonderkommando der Gestapo aufgegriffen und in das katholische Fürsorgeheim Ursulinen gesteckt, das von strengen Nonnen geleitet wurde. Schließlich folgte ein

Schicksalsschlag, mit dem sie nicht gerechnet hatten. Der Heimleiter Pfarrer Hermann wies sie aufgrund der neuen Gesetze in die psychiatrische Klinik zwecks »Kastration« ein. Nun saßen beide, noch mitgenommen von dem Eingriff, im Innenhof und waren tieftraurig. Eugen, der etwas Zähere der beiden, versuchte Fritz zu trösten und ritzte mit einem spitzen Stein beider Namen, umrandet von einem Herz, an die Wand.

»Ist doch nicht schlimm, Fritz, wir wollten doch sowieso keine Kinder machen«, scherzte Eugen, der seinen Humor trotz des unmenschlichen Eingriffs nicht verlieren wollte.

In diesem Moment betraten zwei Männer den Innenhof. Prof. Humbold und Salziger.

»Suchen Sie sich einen heraus«, forderte Humbold den Gestapo-Chef auf.

Der sah angewidert zu den jungen Männern und stemmte seine Hände auf die Hüften.

»Na, wer von euch Waschlappen hat schon mal mit einem Mädchen gefickt?«

Die beiden blickten ihn erschrocken an.

»Nochmals, ihr schwulen Säue. Wer hat es schon mal mit einem Mädchen getrieben?«

Verängstigt schüttelten die zwei ihre Köpfe und rückten näher zusammen.

»Ich frage jetzt zum letzten Mal!«, brüllte Salziger. Als er wiederum keine Antwort erhielt, schnappte er sich Fritz und drückte ihn gegen die Wand.

»Du hast dich doch bestimmt mit einem Mädchen vergnügt, du Sau?«

Fritz, der am ganzen Körper zitterte, brachte nur ein hilfloses Kopfschütteln hervor. Salziger gab ihm einen Tritt zwischen die Beine. Während Fritz winselnd in die Knie ging, blickte

Prof. Humbold genervt auf seine Uhr, da er es offensichtlich eilig hatte. Das Leiden seines Patienten interessierte ihn nicht. Dafür umso mehr Eugen, der seinen Freund nicht mehr leiden sehen konnte.

»Lassen Sie Fritz in Ruhe! Ich habe schon mal was mit einem Mädchen gehabt«, log er mit tränenerstickter Stimme.

»Das stimmt doch nicht«, wisperte Fritz, was Salziger jedoch nicht hörte beziehungsweise nicht hören wollte. Endlich hatte er einen Schuldigen.

»Mitkommen«, befahl er und zerrte Eugen durch die Tür, gefolgt von Humbold. Der Gestapo-Chef war hochzufrieden. Nun konnte er dem Gauleiter einen Mörder präsentieren. Fritz, der sich vor Schmerzen auf dem Boden wand, blieb einsam zurück; winzige Bluttränen rannen von seinen Augenbrauen über die Wangen. Er ahnte, dass er seinen Freund nie mehr wiedersehen würde.

14

»Wir sind wie der TÜV für die Nutten, überprüfen die Bock-
scheine«, trällerte Schäfer, der am Steuer des Opel Rekords saß.
Neben ihm saß Kollege Baumgarten, hinten Thomas. »Kannst
dich freuen, Kleiner, ist mal was anderes als die Klapsmühle.«

Thomas war noch nie in einem Puff gewesen, im Unterschied
zu manchen seiner ehemaligen Mitschüler, die sich im Bordell
ihre ersten sexuellen Erfahrungen geholt hatten. Und nun fuhr er
mit seinen Kollegen zum Bahndamm, wo sich in einer trostlosen
Sackgasse einige renovierungsbedürftige Wohnhäuser befanden,
in denen man gegen Geld Liebesdienste kaufen konnte.

»Jetzt ist nicht viel los, weil die meisten Freier erst nach Feierabend vorbeischauen«, erklärte Schäfer. »Um diese Zeit laufen nur
Wermut-Penner rum.«

Nachdem Schäfer den Opel Rekord vor dem ersten Haus geparkt hatte, wurde Thomas instruiert. »Wir gehen alle Zimmer
durch, du nimmst die erste Etage, wir den Rest. Jedes Mädchen
wird überprüft. Ist ihr Bockschein veraltet, schicken wir sie zum
Gesundheitsamt. Verheiratete Frauen werden sofort aus dem Verkehr gezogen und angezeigt. Noch Fragen?«

»Was mache ich, wenn ein Freier im Zimmer ist?«

»Du hast Vorfahrt, er muss so lange raus!«

»Und wenn du einen Zuhälter erwischst, dann wird der auch gleich kassiert. Die Typen haben hier nichts verloren«, ergänzte Kollege Baumgarten, der immerzu Kaugummi kaute.

Thomas nickte eifrig. Wie besprochen nahm er sich die erste Etage vor. Sollte er klopfen oder einfach reingehen? Er zögerte, klopfte dann kurz und machte die Tür auf. Schwere, parfümierte Luft umnebelte ihn, aber das war deutlich angenehmer als der Leichengeruch in der Pathologie. Er betrat den kleinen Raum, in dem sich ein breites Bett befand. Darauf lag eine Frau mit ziemlich verlebtem Gesicht, die sich die Nägel lackierte.

»Warum so eilig, Kleiner? Kannst es wohl nicht abwarten?«, fragte sie, ohne aufzublicken.

Sofort spulte Thomas seinen Text ab. »Kriminalpolizei, Kommissar Engel. Ich mache gerade die halbjährliche Kontrolle und darf Sie bitten …«

»Ist gut, Kleiner«, unterbrach sie ihn, »musst mir jetzt nicht das Vaterunser aufsagen. Auf dem Tisch sind meine Papiere, bedien dich.«

Thomas eilte zum Tisch.

»Wusste gar nicht, dass die Polizei auch Kinder einstellt«, hörte er die Frau sagen.

Aber er wollte sich nicht provozieren lassen. Er hatte sowieso andere Probleme, weil er aus dem Blatt nicht schlau wurde. Welche Daten waren wichtig? Wo konnte man sehen, wann der nächste Untersuchungstermin fällig war?

»Probleme?«, fragte die Frau mit einem spöttischen Unterton.

»Wie kommen Sie darauf?«, konterte Thomas mit betont ernster Stimme.

»Weil du die ganze Zeit auf die Rechnung für meinen Fernseher starrst.«

Scheiße, wie peinlich, schoss es Thomas durch den Kopf.

Amüsiert stand die Frau auf und ging auf ihn zu. Dabei öffnete sich der Morgenmantel, und er konnte ihren BH und Slip sehen. Irgendwelche sexuellen Regungen empfand er jedoch nicht dabei, weil sie vom Alter her seine Mutter hätte sein können. Nervös war er trotzdem, was ihr natürlich nicht entging. Sie zeigte ihm den Bockschein und erklärte ihm, worauf er zu achten hatte. Er bedankte sich artig und ging. Die nächsten Prostituierten, die er überprüfte, wunderten sich zwar ebenfalls über sein Alter, ersparten sich aber ironische Bemerkungen. Schnell bekam er Routine und gewöhnte sich rasch an die unterschiedlichsten Farben und Formen der weiblichen Reizwäsche. Fast bedauerte er, dass er an der letzten Tür angelangt war. Als er den Raum betrat, sah er zunächst eine junge, dunkelhäutige Frau in einem Negligé. Neben ihr stand ein Mann mit einer Menge Pomade in den Haaren, der Geldscheine zählte. Er trug einen eng anliegenden Anzug und auffallend weiße Schuhe.

»Kriminalpolizei, Abteilung Sitte. Ich führe die halbjährliche Untersuchung durch«, sagte er mit gezückter Dienstmarke und wandte sich an den Mann. »Darf ich Sie bitten, für einige Minuten aus dem Raum zu gehen?«

»Sprichst du mit mir, Kleiner?«, herrschte der ihn an.

»Würden Sie uns bitte allein lassen«, wiederholte Thomas höflich, aber bestimmt.

»Du weißt wohl nicht, wen du vor dir hast, du Penner!«, bellte der Mann und trat drohend auf Thomas zu.

»Lass den Jungen in Ruhe«, schrie die Frau und bekam als Antwort eine Ohrfeige.

»Hören Sie, was fällt Ihnen ein!«, rief Thomas. Dann ging es schnell. Der Mann machte einen Schritt auf Thomas zu, der plötzlich eine Klinge an seinem Hals spürte.

»Lassen Sie mich los, ich bin von der Polizei«, presste er hervor. Die Griffe, die er während der Ausbildung im Selbstverteidigungskurs gelernt hatte, hatte er plötzlich vergessen. Das Messer am Hals fühlte sich kalt wie Eis an. Thomas stand der Schweiß auf der Stirn, er hatte Todesangst.

»Du bist ein Hosenscheißer, Kleiner, mehr nicht. Ich werde dir Manieren beibringen!« Die Augen des Mannes blitzten gefährlich.

»Ich bin von der Polizei«, röchelte Thomas und hoffte auf ein Einsehen des Mannes.

Doch der ließ sich davon nicht beeindrucken. »Das hier ist mein Revier, und jetzt werde ich dich rasieren!« Verächtlich spuckte der Mann auf den Boden.

Da wurde die Tür aufgerissen. Schäfer und Baumgarten schauten in den Raum.

»Hallo, Herr Hauptkommissar! Alles bestens hier, wir haben nur eine kleine Meinungsverschiedenheit«, lachte der Mann und ließ Thomas los.

»Geh aus der Schusslinie, Junge«, befahl Schäfer.

Thomas verstand nicht, was Schäfer meinte, deswegen nahm ihn Baumgarten zur Seite und warf ihn auf das Bett. Schäfer zog sich in aller Eile sein Sakko aus und krempelte die Ärmel hoch. Überlaut ließ er seine Finger knacken.

Der Zuhälter, der Schäfer kannte, geriet in Panik.

»Aber Herr Hauptkommissar, das … war … doch … nur ein Spaß! Ich … ich kann Ihnen alles …«, stotterte er und wollte zur Tür raus. Klappte nicht.

Schäfer griff ihn mit beiden Händen und verpasste ihm eine Kopfnuss. Der Mann flog auf den Boden.

»Haben wir dir nicht gesagt, dass man Polizeibeamte nicht anrührt?«, knurrte Schäfer und gab ihm einen Tritt in die Magengrube.

»Dachte doch nicht, dass er Polizist ist …«

Der Mann krümmte sich auf dem Boden wie ein Regenwurm.

»Du sollst nicht denken, du Arschloch!«, brüllte Schäfer und hob ihn hoch.

»Das war dein letzter Arbeitstag hier in der Stadt«, erklärte Baumgarten teilnahmslos, während Schäfer den Mann wie einen Sack aus dem Raum in den Flur zog.

Thomas sah zu der Prostituierten, die ihre Fingernägel feilte. Ihre Empörung hielt sich offensichtlich in Grenzen.

»Komm mit, Kleiner«, hörte er Baumgarten sagen, der aus dem Zimmer ging.

Im Flur hatten sich mittlerweile die anderen Frauen versammelt und beobachteten amüsiert, wie der Zuhälter vor Schäfer in die Knie ging. »Bitte, bitte, haben Sie Erbarmen«, jammerte er wie ein schlechter Schauspieler.

»Wehe, du lässt dich noch mal hier blicken«, knurrte Schäfer, dann hob er den Zuhälter über das Treppengeländer und ließ ihn einfach fallen. Es folgte ein gellender Schrei, dann ein lautes Klatschen. Der Mann war mindestens fünf Meter tief gefallen. Als Thomas den leblosen Körper sah, hetzte er die Treppe nach unten.

»Schafft ihn weg! Egal, ob tot oder lebendig«, hallte es verächtlich von oben.

»Wir müssen einen Krankenwagen rufen«, schrie Thomas aufgeregt, während er dem röchelnden Mann den Puls fühlte. Sein Hinterkopf blutete.

»Für den reicht die Müllabfuhr«, spottete Schäfer. »Und jetzt komm wieder nach oben!«

Thomas fehlten die Worte. Natürlich hatte der Zuhälter ihn mit dem Messer bedroht, aber durfte er deswegen von Schäfer so behandelt werden?

Für Baumgarten war das keine Frage. »Die Lektion hat der gelernt. Der wird dir jedenfalls nie mehr zu nahe kommen.«

»Und merk dir eins, Junge«, ergänzte Schäfer und legte seine breite Hand auf seine Schulter. »Nächstes Mal passt du besser auf! Papa kann dir nicht immer zur Seite stehen.«

»Ich hätte nicht gedacht, dass er ein Messer zieht.«

»Nicht denken, sondern handeln.« Schäfer verpasste Thomas einen Klapps auf den Hinterkopf, der zwar freundschaftlich gedacht war, aber trotzdem wehtat.

»Merke ich mir«, nickte Thomas und rieb sich am Kopf. »Aber warum haben Sie ihn nicht einfach verhaftet?«

Schäfer zeigte ihm einen Vogel.

»Nach zwei Jahren wäre er wieder aus dem Knast und hätte die gleiche Scheiße veranstaltet. Nein, geschieht ihm recht.« Mitleidlos schüttelte er den Kopf.

Thomas wusste nicht, was er dazu sagen sollte. Schäfers Aktion war Selbstjustiz.

»Mach dir keine Sorgen, wir kriegen keinen Ärger«, beruhigte Baumgarten ihn. »Das war Widerstand gegen die Staatsgewalt.«

Schäfer nickte zustimmend und nahm sich jetzt die dunkelhäutige Hure vor, die alles von ihrer Tür aus beobachtet hatte.

»Kommen wir jetzt zu dir, du Schokonüttchen! Du wusstest doch, dass die Loddel hier keinen Zutritt haben.«

»Was soll ich machen? Er war einfach hier«, rechtfertigte sich die Frau, die nicht den Eindruck machte, als würde sie das Schicksal ihres Zuhälters bedauern.

»Jetzt hör mir genau zu! Du wirst unseren jungen Kollegen aufrichten. Blasen und ficken, bis der Arzt kommt. Sonst kannst du dir auch eine neue Stadt suchen.«

Thomas verstand nicht, was Schäfer gemeint hatte, aber der schob ihn einfach in das Zimmer der Hure.

»Lass dir Zeit, Junge. Kollege Baumgarten und ich kümmern uns um den Müll unten.«

Beide gingen feixend nach unten und ließen Thomas mit der Frau allein, die die Tür schloss.

Während Thomas etwas hilflos dastand, zog sie mit teilnahmslosem Gesicht ihr Negligé aus und stand nackt vor ihm. Anschließend begann sie ihn auszuziehen. Zunächst sein Sakko, dann das Hemd. Thomas stand währenddessen wie angewurzelt da und wusste nicht, was ihm geschah. Erst als sie seinen Gürtel öffnete, zeigte er eine Reaktion. Er schüttelte den Kopf und ging einen Schritt zurück. Trotzdem hockte sie sich vor ihn und wollte den Hosenschlitz öffnen.

»Nein, bitte nicht!«

Er zog sie nach oben.

»Was ist los? Gefalle ich dir nicht?«, fragte sie verwundert. »Hast doch gehört, ist alles umsonst.«

»Ich will nicht«, sagte er leise und zog das Sakko über.

»Bist du etwa vom anderen Ufer?«

»Was meinen Sie damit?«

»Stehst du auf Jungs?«

»Ich glaube nicht, aber ich kann so nicht. Sie sind eine hübsche und attraktive Frau, doch es geht nicht«, versuchte er, ihr zu erklären.

Sein Verhalten irritierte sie.

Ratlos steckte sie sich eine Zigarette an, bot ihm auch eine an.

»Ich rauche nicht.«

»Das auch noch«, seufzte sie, fand das jedoch nicht zum Lachen. »Du bringst uns in große Schwierigkeiten, wenn nichts zwischen uns läuft. Mich werden sie aus der Stadt werfen und dich für schwul halten.«

Ratlos zuckte Thomas mit den Schultern. Die Situation überforderte ihn.

»Willst du nicht, weil ich halb schwarz bin? Sag es mir, ich kann eine Menge vertragen«, fragte sie, während sie sich wieder anzog.

84

»Sie gefallen mir, aber wissen Sie, es wäre das erste Mal für mich, und das sollte anders laufen«, antwortete er mit entwaffnender Offenheit.

»Mein Gott, du bist ja richtig romantisch«, seufzte sie und gab ihm einen Kuss auf die Wange. »Du bist ein guter Junge, ein süßes Landei.«

»Sagen Sie mal, woher merkt man, dass ich vom Land bin?«

»Vielleicht wegen deinem Anzug? Du hast Hochwasser«, sagte sie und lächelte. »Wie heißt du überhaupt?«

»Thomas, und Sie?«

»Mein Künstlername ist Bibi, normal heiße ich Elke.«

»Elke?«, wunderte er sich.

»Das kommt davon, wenn die Mutter deutsch ist«, blinzelte sie.

Obwohl Thomas gerne ihre Geschichte gehört hätte, machte er sich daran zu gehen.

»Nun denn, es hat mich gefreut, Elke.«

»Und was sagst du deinen Kollegen?«, fragte sie besorgt.

»Dass Sie es mir richtig gut besorgt haben.«

Er reichte ihr die Hand, ging dann nach unten, wo seine neugierigen Kollegen ihn schon erwarteten. »Und wie war's?«, fragten sie im Chor.

Thomas bemühte sich, wie ein Honigkuchenpferd zu strahlen.

»Bestens. Was ist aus dem Zuhälter geworden?«

»Tatütata!«, alberte Schäfer.

»Was wird der Chef dazu sagen?«

»Der Chef hat andere Probleme. Er besorgt gerade einen Filmprojektor.«

»Heute gibt es nämlich Kino«, erklärte Baumgarten.

Thomas verstand nur Bahnhof.

15

Zwei Stunden später wurde er aufgeklärt. Er saß dicht gedrängt mit zehn Kollegen in Strobels Büro und war gespannt, was kommen würde. Während Strobel am Projektor herumfuhrwerkte, erzählte man Thomas, dass der Chef diesen Film vor Kurzem beschlagnahmt habe. Die Kollegen waren gespannt und rauchten um die Wette, sodass Thomas vor lauter Qualm die Hand vor den Augen nicht sehen konnte.

»Liebe Kollegen, heute ist es wieder so weit. Ich zeige euch die neuesten Filme, die unsere gewissenhaften Kollegen an sich genommen haben. Ihr wisst, dass die öffentliche Vorführung gemäß Paragraf … Na, wer kennt den Paragrafen? Thomas?«

»Paragraf 184 des Strafgesetzbuchs«, rief Thomas in den Raum und erntete Applaus.

»Richtig. Aber es ist wichtig, dass wir von der Kripo diese verbotenen Filme anschauen, damit wir wissen, was wir bekämpfen.«

Erneuter Applaus folgte. Um nicht als Außenseiter dazustehen, klatschte Thomas mit. Neugierig war er ja schon.

Strobel schaltete das Licht aus und den Projektor ein. Die weiße Wand ersetzte die Leinwand. Der Film ging sogleich zur Sache, und Thomas sah zum ersten Mal in seinem Leben einen richtigen Porno mit kopulierenden Menschen inklusive ihrer Geschlechtsteile. Er konnte nicht fassen, was er da sah. Die Schamesröte, die sein Gesicht bedeckte, fiel jedoch im dunklen Raum nicht weiter auf. Außerdem waren die Männer um ihn herum beschäftigt. Entweder johlten sie oder machten zotige Bemerkungen über die weiblichen und männlichen Geschlechtsteile. Was hatte der Onkel gesagt? Der Film wird zu Schulungszwecken gezeigt? Das war natürlich ein Witz. Die Männer geilten sich daran auf, spielten mehr oder weniger versteckt Taschenbillard. Das alles irritierte Thomas, weil er nicht wusste, wie er sich inmitten dieser hormongesteuerten Polizeirunde verhalten sollte. Und so war er froh, als nach einer Viertelstunde der Vorhang geöffnet wurde. Die Männer applaudierten zufrieden und machten sich auf den Heimweg – in dieser Nacht würden die Ehefrauen ihren ehelichen Pflichten nicht nachkommen müssen. Bevor Thomas ging, nahm Strobel ihn beiseite.

»Du denkst bestimmt, dass hier alle versaut sind.«

»Der Film hat doch Spaß gemacht«, wich Thomas aus.

»Die Jungs hier arbeiten hart. Sie müssen auch ein bisschen Spaß haben. Ich bin wie ein Zirkusdirektor, der was bieten muss. Schadet keinem.«

Thomas zweifelte nicht daran. Der Onkel wusste bestimmt, wie er seine Männer zu behandeln hatte.

»Schäfer hat mir erzählt, was im Puff passiert ist. Hast du keine Waffe dabeigehabt?«, fragte Strobel unvermittelt.

Thomas schüttelte den Kopf.

»Erste Lektion: Eine Dienstwaffe ist eine Dienstwaffe, weil man sie im Dienst trägt. Haben wir uns verstanden?«

Thomas nickte artig.

»Das mit dem Zuhälter geht in Ordnung. Er hat dein Leben bedroht«, erklärte Strobel, als hätte er wieder einmal Thomas' Gedanken gelesen.

»Aber er hat sofort das Messer weggelegt, als Schäfer reinkam«, wandte Thomas ein.

»Vorher hätte er dich fast abgestochen. Er kann von Glück sagen, dass Schäfer ihn nicht in Notwehr erschossen hat.«

»Und was ist jetzt mit ihm?«

»Unkraut vergeht nicht«, winkte Strobel ab. »Er ist da, wo er keinen Schaden mehr anrichten kann, und damit ist die Sache erledigt.«

Thomas gab sich mit der Antwort zufrieden. Er hätte zwar nicht wie Schäfer gehandelt, aber er wollte auch nicht den Zuhälter bemitleiden, der ihm fast das Gesicht aufgeritzt hätte.

»Du solltest dich bei Schäfer bedanken. Er hat es für dich getan. Wir Polizisten halten zusammen. Einer für alle, alle für einen!«, sagte Strobel und legte väterlich seinen Arm um Thomas.

»Davon abgesehen, du hast ja danach ein bisschen Spaß gehabt, oder?« Strobel boxte ihn kumpelhaft in die Seite, und Thomas wurde erneut rot.

»Ich habe mich mit dem Mädchen nur unterhalten.«

Strobel fixierte ihn einige Sekunden lang ungläubig.

»Ist nicht wahr!«

»Aber sag es bitte nicht Schäfer, sonst macht er sie zur Schnecke.«

»Einverstanden, aber eins muss ich sagen, du bist in einem Alter, wo du ruhig mal über die Stränge schlagen kannst.«

Das könnte er wirklich, dachte sich Thomas, und vielleicht war es ein Fehler gewesen, dass er auf den Sex verzichtet hatte. Attraktiv war die junge Frau ja gewesen. Fest entschlossen nahm er sich vor, in Zukunft öfters neue Dinge auszuprobieren.

Ungeachtet dessen gab Strobel weitere Verhaltenstipps. »Und fang endlich an zu rauchen! Das macht dich älter, und die Kollegen würden dich ernster nehmen.«

Um seiner Forderung Nachdruck zu verleihen, reichte er ihm eine Zigarette und gab ihm Feuer. Nach dem ersten Zug bekam Thomas einen Hustenanfall.

»Du gewöhnst dich noch dran. Außerdem mögen das die Mädchen.«

»Okay, ich werde es versuchen«, keuchte Thomas, während Strobel ihm auf den Rücken klopfte.

»Ich möchte so ein Polizist werden wie du, Onkel!«

»Du wirst deinen eigenen Weg gehen, Thomas. Dein Vater kann stolz auf dich sein.«

Gerade wollte Thomas gehen, da hatte Strobel doch noch eine Ermahnung parat: »Die Kollegen machen sich darüber lustig, dass du den Paternoster nicht benutzt. Hast du etwa Angst?«

Das wollte sich Thomas nicht sagen lassen, obwohl die Kollegen recht hatten.

»Ach was, Onkel, ich benutze lieber die Treppen, weil das sportlicher ist. Aber bitte, ab jetzt nur noch den Paternoster«, lachte er und machte sich auf den Weg. Und damit sich keiner mehr über ihn lustig machte, sprang er in eine der Aufzugskabinen. Unvermittelt sah er sich neben Kommissar Drezko, der ebenfalls gerade nach unten fuhr.

»Das ist gut, dass ich Sie treffe«, meinte der, während Thomas ärgerlich mit den Augen rollte. Auf den hatte er überhaupt keine Lust.

»Um was geht es?«, fragte er unwillig, als er mit Drezko aus der Kabine ausstieg.

»Sie haben ja letztens meine Auseinandersetzung mit dem Kollegen Schäfer mitbekommen«, setzte Drezko an. »Ich gehe davon aus, dass Sie sich noch daran erinnern.«

»Und?«

»Ich habe den Vorfall gemeldet, der hoffentlich auf ein Disziplinarverfahren gegen Schäfer hinauslaufen wird.«

Während er sprach, nahm er einen Notizblock aus der Tasche und schlug es auf.

»Dazu brauche ich aber noch Zeugen, ich kann doch mit Ihnen rechnen?«

Thomas gefiel das Ganze nicht. Erstens wollte er nicht gegen einen Kollegen aussagen, und zweitens mochte er Drezko nicht. Der erinnerte ihn mit seinem strengen Gehabe an seinen früheren Klassenlehrer, der jeden Streich mit einem Eintrag ins Klassenbuch quittierte.

»Ich kann doch mit Ihnen rechnen, nicht wahr?«, wiederholte Drezko.

Thomas wollte sich nicht vor Drezkos Karre spannen lassen und schüttelte den Kopf.

»Ich bin kein Kameradenschwein.«

Mit dieser direkten Antwort hatte Drezko nicht gerechnet.

»Wie bitte?«

»Suchen Sie sich jemanden anders aus!«

Das Thema war für Thomas erledigt, und er wollte gehen, aber Drezko hielt ihn am Ärmel fest.

»Sie haben doch gesehen, dass er mich geohrfeigt hat!«

»Ich habe gesehen, dass Sie ihn provoziert haben. Und dann kam es zu einem Handgemenge.«

»Ich habe ihn provoziert?«, fragte Drezko ungläubig.

»Natürlich. Sie haben die Ermittlungsergebnisse im Fall Frenzel in Zweifel gestellt und uns mehr oder weniger vorgeworfen, schlampig gearbeitet zu haben. Dabei war ich selbst am Tatort.«

Drezko schüttelte vehement den Kopf.

»Nein, nein, nein, ich habe nur Akteneinsicht verlangt!«

»Hauptkommissar Strobel hat Ihnen doch alles zukommen lassen. Die Fakten sind eindeutig, oder zweifeln Sie daran?«

Thomas hatte keine Lust mehr auf das Gespräch mit Drezko. Er ließ ihn einfach stehen und ging zum Ausgang.

»Hätte ich mir doch denken können, dass Ihr zusammensteckt!«, hörte er Drezko hinterherrufen, was ihn jedoch nicht weiter störte.

1939

16

Eugen stand mitten im Heizungskeller des Polizeipräsidiums. Das grelle Licht der Deckenlampe strahlte seit Stunden auf sein eingefallenes Gesicht. Er konnte sich kaum auf den Beinen halten. Seine entzündeten Augen brannten. Jeder Versuch, sich auf den Boden zu setzen, wurde mit Schlägen und Tritten beantwortet. Salziger und sein Kollege hatten nur eine Frage: »Wann unterschreibst du das Geständnis?«

»Ich habe das Kind nicht umgebracht«, keuchte er und spuckte Blut.

»Wirst du jetzt endlich ein Geständnis ablegen?« Salzigers Paladin schlug ihn zu Boden. Dann zerrte er ihn wieder hoch und schlug ihm mehrfach ins Gesicht. Unter den Schlägen taumelte der Mann an die Wand, die Augen weit aufgerissen.

»Das Geständnis, du Schwein!«, brüllte er und gab ihm einen Tritt zwischen die Beine.

»Ich bin unschuldig«, stöhnte der Mann.

»Schon gut, schon gut. Magst du eine Zigarette?«, fragte Salziger ihn plötzlich, während er sich selbst eine ansteckte.

Eugen zitterte am ganzen Körper, nickte jedoch erleichtert.

»Hier hast du sie!«, schrie der Gestapo-Mann und drückte ihm die brennende Zigarette ins Gesicht.

Eugen heulte vor Schmerz auf. In diesem Moment traf ihn ein Totschläger mit voller Wucht auf den Kopf. Der Schlag war so heftig, dass Blut aus den Augenhöhlen spritzte. Angewidert wischte sich Salziger seine Krawatte sauber.

17

Die ersten Wochen als Kriminalbeamter hatten Thomas viel ab-
verlangt. Er hatte zwar die Kriminalschule als Bester abgeschlossen, aber die Kollegen hielten ihn noch für einen Grünschnabel.
Dass er kein Lehrgeld zahlen musste, hatte er seinem rabiaten
Kollegen Schäfer zu verdanken. Aber Thomas wollte aus seinen
Fehlern lernen. Er musste härter werden. Er wollte ab jetzt Paternoster fahren und immer seine Dienstwaffe tragen. Das Rauchen konnte zwar noch warten, aber er kaufte sich zumindest eine
Packung Zigaretten. Obendrein musste er sich noch mehr poli-
zeiliches Wissen aneignen. Sein großes Vorbild war Strobel. Er
würde ihn zwar niemals erreichen, aber er wollte ihm nacheifern
und so viel von ihm lernen wie möglich. Das übersehene Häma-
tom des Vertreters ging ihm nicht aus dem Kopf. Er igelte sich zu
Hause ein und las sämtliche Fachbücher über Kriminalistik, die
er auftreiben konnte. Seine Vermieterin wunderte sich über diesen neuen Mieter. Er machte keinen Krach, er rauchte nicht, hörte
kein Radio und hatte keinen Damenbesuch. Ein Mustermieter!
Thomas seinerseits brannte einfach darauf, es seinen Kollegen zu
zeigen. Er wollte sich bewähren. Einige Tage später bekam er dazu
die Gelegenheit.

»Dieser Kerl hält uns seit Tagen zum Narren. Er heißt Otto

Müller und fotografiert verheiratete Männer aus besseren Kreisen, wenn sie mit jungen Frauen fremdgehen. Dann erpresst er sie mit den Fotos. Wir nennen das Ehegatten-Fischen. Die Männer zahlen natürlich das Geld, weil sie den Skandal fürchten. Wir sind dem Typen immer auf den Fersen, können ihm aber nichts nachweisen, weil keines seiner Opfer gegen ihn aussagen will«, erklärte Baumgarten. Thomas, der hinten im schwarzen Opel saß, hörte aufmerksam zu.

»Trotzdem wollen wir ihm in die Suppe spucken und hoffen, dass eines seiner Opfer aussagt. Und da kommst du ins Spiel«, ergänzte Schäfer, der paffend den Wagen lenkte.

»Einer unserer Beamten hat uns gerade angerufen und gesagt, dass der Bursche sich im Bahnhof rumtreibt. Wir sind sicher, dass er sich mit einem seiner Opfer treffen wird. Blöderweise erkennt er sofort, wenn ein Bulle auftaucht.«

»Aber bei dir könnte es funktionieren, weil du wie die Unschuld vom Lande aussiehst«, amüsierte sich Schäfer.

Thomas störte sich nicht an der Ironie. Er wollte den Auftrag zu aller Zufriedenheit erledigen.

»Wichtig ist, dass wir ihn in flagranti erwischen. Er muss das Geld in Empfang nehmen, sonst haben wir keine Schnitte beim Richter«, schärfte Baumgarten ihm ein und erklärte ihm das weitere Vorgehen. Thomas sollte sich dem Mann an die Fersen heften, sobald er ihn sah. Bei der Geldübergabe sollte er ihn stellen und mit einer Trillerpfeife die Kollegen benachrichtigen.

»Kriegst du das hin ohne Papa und Mama?«, scherzte Schäfer und blinzelte Baumgarten zu.

»Natürlich!« Thomas nickte und steckte sich eine Zigarette an, vermied aber, auf Lunge zu rauchen. Er war wild entschlossen, seinen Auftrag perfekt zu erfüllen.

Der Einsatz begann, als Schäfer vom Auto aus den Erpresser entdeckte, der vor dem Bahnhof stand. Thomas stieg aus und heftete sich unauffällig an seine Fersen. Otto Müller war Mitte zwanzig, hatte lockige schwarze Haare, trug eine Sonnenbrille, eine schwarze Hose und einen schwarzen Rollkragenpullover. Während er scheinbar ziellos durch die Straßen schlenderte, schaute er unentwegt auf seine Uhr. Thomas verfolgte ihn in gebührendem Abstand. Er sah, wie er eine Gaststätte betrat. Thomas las »Akropolis« über der Tür und ging hinein. Der Laden war nicht sonderlich groß und gut besucht.

Über der Theke waren zwei große Bilder angebracht, eins von der antiken Burg Akropolis und ein Porträt von John F. Kennedy. Aus den Lautsprechern ertönte griechische Musik.

Wollte Müller, der sich an einen freien Tisch setzte, sein Opfer hier treffen? Auch Thomas nahm Platz. Ihm fiel an Müllers Nebentisch ein älterer Herr im eleganten Anzug auf, der Zeitung las. Er und Müller schienen sich nicht zu kennen, wechselten jedenfalls keine Blicke miteinander. Trotzdem blieb er misstrauisch und wollte abwarten. Um nicht aufzufallen, nahm er die Speisekarte: *Willkommen im ersten griechischen Restaurant in der Stat! Guten Apetit!* Thomas überlas die Rechtschreibfehler und überflog die Gerichte, die ihm nichts sagten. Er hatte keine Ahnung von griechischer Küche. Aus Griechenland kannte er nur einige Philosophen, die er in der Schule gelesen hatte, wie Sokrates oder Platon. Die Kellnerin, eine schlanke, dunkel gelockte Frau, trug eine weiße Schürze und erinnerte an eine Lebensmittelverkäuferin. Als sie an Thomas' Tisch kam, um die Bestellung aufzunehmen, merkte sie sofort, dass er überfordert war.

»Kommen Sie in die Küche«, forderte sie ihn auf.

»In die Küche?«, wunderte sich Thomas.

»Ja, bitte! Das ist bei uns in Griechenland üblich.«

Thomas ließ sich überreden und folgte der netten Kellnerin. Aber was hieß Küche? Es handelte sich um einen langen, fensterlosen Schlauch, der schlecht belüftet wurde. An den Wänden hingen unzählige Töpfe, Pfannen und allerlei Kochutensilien, dazwischen Zwiebel- und Knoblauchzöpfe. Ein Mann mit verschwitzter Glatze und in Unterhemd begrüßte Thomas mit einem breiten Lächeln, während er wie ein Derwisch vor dem Herd tanzte und mit beiden Händen gleichzeitig in den unterschiedlichsten Töpfen rührte. Es brodelte und zischte und qualmte, aber er behielt den Überblick und ließ nichts anbrennen. Es roch zwar fremdartig, aber nicht unangenehm. Thomas kannte diese Duftnoten nicht, genauso wenig wie die Gerichte, auf die die Kellnerin zeigte.

»Mein Mann kocht gut, spricht aber schlecht Deutsch. Ich erkläre.«

Doch Moussaka oder Dolmades sagten Thomas nichts; er hatte auch noch nie etwas von Auberginen, Artischocken oder Zucchini gehört.

»Machen Sie mir einfach einen Teller, ich esse alles«, versicherte er der freundlichen Frau. Sosehr das Essen auch seine Neugierde entfacht hatte, er musste jetzt zurück zu seiner Arbeit. Als er an den Tisch zurückkehrte, registrierte er sofort, dass Otto Müller und der ältere Herr jetzt zusammensaßen. Nun galt es aufzupassen. Wenn ein Umschlag über den Tisch gereicht wurde, würde er handeln. Unauffällig beobachtete er die beiden und ließ sich auch nicht stören, als die Kellnerin mit einem großen Teller kam.

»Mein Mann hat eine kleine Auswahl an Mezedes für Sie fertig gemacht, damit Sie einen Eindruck von der griechischen Küche erhalten. Tsatsiki, gefüllte Weinblätter, gebratene Auberginen, Schafskäse und Tarama.«

So ein farbenfroher Teller war Thomas noch nie untergekommen: weiß der Käse, grün die Weinblätter, rosa der Tarama. Ihm lief das Wasser im Mund zusammen, aber er war nicht zum Essen hier und durfte sich nicht ablenken lassen. Schweren Herzens richtete er seine Aufmerksamkeit auf die beiden Männer, die sich angeregt unterhielten. *Nur wenn er Geld erhält, haben wir eine Chance, ihn zu schnappen*, hallte es Thomas im Ohr. Als Müller in Thomas' Richtung schaute, tat der so, als würde er essen, und biss in ein Weinblatt. Lecker! Im gleichen Moment bemerkte er, wie der ältere Herr einen Umschlag aus der Tasche holte und ihn zu Müller rüberschob. Das musste die Geldübergabe sein!

Thomas sprang auf und stürmte mit gezogener PPK zum Nebentisch: »Kriminalpolizei! Hände auf den Tisch!« Er nahm die Trillerpfeife und blies kräftig hinein.

Die beiden Männer, völlig überrumpelt, starrten ihn überrascht an.

Hoffentlich steckt im Umschlag das Geld, sonst kann ich mir morgen einen neuen Beruf suchen, sagte sich Thomas und hielt die beiden Männer mit seiner Pistole in Schach. Im Akropolis herrschte derweil absolute Stille. Die Gäste starrten wie hypnotisiert auf den jungen Mann, der seine Pistole auf die zwei Gäste gerichtet hielt. Während der Koch, der hektisch aus der Küche kam, sich eifrig bekreuzigte, griff seine Frau nach einem Besenstil, um sich notfalls zu wehren.

»Keine Sorge, meine Damen und Herren!«, rief Thomas in den Raum. »Bleiben Sie alle ruhig, Sie können gleich weiteressen.«

Zu seiner Erleichterung betraten Schäfer und Baumgarten wenige Sekunden später das Lokal.

»Im Umschlag müsste das Geld stecken«, rief ihnen Thomas zu und steckte seine PKK wieder ein.

Schäfer sah sofort nach. Volltreffer! Er holte mehrere Hundert Mark heraus. Dann griff er in Müllers Tasche und fischte einen weiteren Umschlag hervor. Darin befanden sich Bilder von seinem Tischnachbarn, der mit einer jungen Frau tanzte.

Thomas fiel ein tonnenschwerer Stein vom Herzen, während sich seine Kollegen um die beiden Männer kümmerten.

Dass der Einsatz trotzdem nichts brachte, hatte nichts mit Thomas zu tun. Er hatte zwar seine Aufgabe erfüllt, aber leider trat das ein, was seine Kollegen befürchtet hatten. Richard Borsig, so der Name des älteren Herrn, seines Zeichens Landtagsabgeordneter, bestritt einfach, erpresst worden zu sein.

»Die Bilder mit der jungen Frau habe ich machen lassen. Das hat nichts mit Erpressung zu tun«, beteuerte Borsig vor Staatsanwalt Grabowski und Strobel, die auf eine Anzeige gehofft hatten.

Thomas, der bei dem Gespräch hospitieren durfte, traute seinen Ohren nicht.

»Sie wollen behaupten, dass Sie diese Fotos in Auftrag gegeben haben?«, fragte der Staatsanwalt, eine massive Erscheinung mit Raubvogelblick, und hielt ihm die Fotos unter die Nase.

»Was für einen Ton erlauben Sie sich? Ich bin seit Jahrzehnten ein verdienter Bürger dieser Stadt und Abgeordneter des Landtags, da wäre mehr Respekt angebracht«, echauffierte sich Borsig, was bei Strobel nicht allzu viel Eindruck machte.

»Also, wenn ich mir die Bilder genauer anschaue … Ich bin mir da nicht sicher, ob das Mädchen volljährig ist«, meinte er und fasste sich ans Kinn.

»Wollen Sie mir etwa Unzucht mit einer Minderjährigen unterschieben? Das ist ja die Höhe!«, polterte Borsig und schlug mit der Faust so fest auf den Tisch, dass die Kaffeetasse tanzte. »Sie gehen zu weit! Vielleicht ist Ihnen nicht bekannt, dass der Innenminister mein Duzfreund ist?«

»Sie beißen gerade auf Granit. Ich bin nicht bestechlich«, machte Strobel ihm deutlich.

»Ich sage nur eins, das Landeskriminalamt kann auf unfähige Mitarbeiter verzichten.« Er fixierte Strobel, der den Wink mit dem Zaunpfahl verstanden hatte, sich jedoch nach wie vor unbeeindruckt zeigte. »Soll ich das zu Protokoll nehmen?«

Bevor Borsig antworten konnte, versuchte es der Staatsanwalt auf die versöhnliche Tour: »Ich finde, dass man von einem Abgeordneten Hilfe bei der Aufklärung einer Straftat erwarten dürfte.«

»Dann beweisen Sie mir doch, dass es ein Verbrechen war!«

Das konnten Strobel und der Staatsanwalt nicht, und deshalb endete das Gespräch wie das Hornberger Schießen. Der Abgeordneter Borsig machte sich grußlos davon.

»Offensichtlich fürchtet der Herr Abgeordnete seine Abwahl, wenn herauskommen würde, dass er mit einer jungen Frau seine Freizeit verbringt«, kommentierte Strobel bitter.

»Dieser greise Lustmolch«, zischte der Staatsanwalt und klappte wütend die Akte zu.

»Aber das kann doch nicht sein! Sie war minderjährig, und das ist strafbar«, empörte sich Thomas, der die Vernehmung atemlos verfolgt hatte.

Strobel schüttelte den Kopf. »Die Mädchen in der Ciro-Bar schminken sich wie junge Lolitas, um die alten Säcke zu ködern. Am liebsten hätten diese Typen Zwölfjährige auf ihrem Schoß sitzen.«

Der Staatsanwalt klopfte Thomas, der sehr enttäuscht dreinblickte, aufmunternd auf die Schulter. »Verlieren Sie nicht das Vertrauen in den Rechtsstaat, junger Mann. Manchmal müssen wir mit solchen Rückschlägen leben.« Er ging und ließ einen frustrierten Thomas zurück.

»Du hast alles richtig gemacht, mein Junge«, versuchte Strobel, ihn aufzurichten.

Thomas wollte sich aber nicht geschlagen geben. »Was sollte

die Bemerkung mit dem LKA? Wollte er andeuten, dass er deine Beförderung verhindern würde? Das wäre doch Erpressung, oder? Können wir ihn nicht dafür belangen?«

Strobel winkte ab. Doch es tat sich ein kleiner Hoffnungsschimmer auf.

Als Strobel und Thomas in die Abteilung zurückkehrten, wurden sie von Schäfer empfangen. »Chef, wir haben in Müllers Tasche noch einen Umschlag entdeckt. Rate mal, nach wem er als Nächstes fischen will?«

Strobel nahm dem Umschlag und holte zwei Fotos hervor. Darauf war ein älterer Mann zu sehen, auf dessen Schoß es sich ein junges Barmädchen bequem gemacht hatte. Strobel pfiff leise durch die Zähne.

Entschlossen begab er sich in das Verhörzimmer, gefolgt von Schäfer und Thomas. Dort saß Otto Müller und rauchte in aller Ruhe eine Zigarette. Das Erscheinen der drei Polizisten schien ihn nicht sonderlich zu beunruhigen.

»Sie sehen aus, als ob das Treffen beim Staatsanwalt von kurzer Dauer war«, witzelte er und blies Ringe.

Thomas ärgerte sich einerseits über die Chuzpe des Mannes, andererseits hatte er durchaus etwas sympathisch Schelmisches an sich. Strobel dagegen konnte Müller nichts Positives abgewinnen. Für ihn war er ein mieser, kleiner Erpresser.

»Damit bringe ich dich zur Strecke«, zischte der Hauptkommissar und breitete die neuen Bilder auf dem Tisch aus.

Müller blieb gelassen. »Schöne Motive, nicht wahr? Habe ich neulich in der Ciro-Bar geschossen. Aber ich kenne keinen Paragrafen, der das verbietet.«

»Du wolltest Herrn Söhnlein erpressen.«

»Sie haben für einen Polizisten aber eine dreckige Fantasie, Herr Polizeipräsident.«

Nun sprang Schäfer seinem Chef bei. Er baute sich drohend vor Müller auf: »Stell dich nicht blöder an, als du bist, du kleines Arschloch! Du wolltest ihn mit den Bildern erpressen!«

Doch Müller ließ sich nicht einschüchtern, im Gegenteil: »Mein Name ist Hase, ich weiß von nichts.«

»So läuft das hier nicht, Müller. Wir werden Söhnlein fragen, ob du dich bei ihm gemeldet hast. Und dann bist du fällig«, drohte Strobel und steckte die Bilder ein.

»Herr Polizeipräsident, haben Sie einen dringenden Tatverdacht? Dann würde ich an Ihrer Stelle zum Haftrichter gehen. Ansonsten können Sie mich nur wegen Identitätsfeststellung nach Paragraf 127 Absatz 1 der Strafprozessordnung festhalten«, erklärte Müller mit breitem Grinsen.

Schäfer schnaufte vor Wut. Auch Thomas fand Müllers Verhalten äußerst dreist, andererseits kannte er seine Rechte, und das musste man akzeptieren.

Das sah Schäfer allerdings ganz anders. »Nur weiter so, Bursche, dann bringe ich dir Respekt bei!«

»Vor dreißig Jahren hätte ich vor Ihnen in die Hose gemacht, aber die Zeiten sind Gott sei Dank vorbei«, konterte Otto mutig.

Schäfer, provoziert, begann ein unüberhörbares Fingerknacken, doch Strobel schüttelte den Kopf. »Lass ihn, es lohnt nicht.« Wortlos steckte er die Bilder ein und forderte Thomas auf, ihm zu folgen.

1939

18

Es war noch nie vorgekommen, dass der Hauptkommissar, immerhin Leiter der Kripo, seinen direkten Vorgesetzten, Kriminalrat Salziger, seines Zeichens Chef der Geheimen Staatspolizei, in dessen Büro besucht hatte. Das hatte einen einfachen Grund: Der Hauptkommissar verachtete die Gestapo. Aber nun musste er Salziger davon überzeugen, dass er weiterhin den Mord an Lotte bearbeiten durfte.

»Der Kriminalrat hat keine Zeit. Kommen Sie wieder, wenn Sie einen Termin haben«, kanzelte ihn Salzigers Sekretärin ab, während sie sich einen Kaffee einschüttete.

Der Hauptkommissar ließ sich den rüden Ton gefallen, weil ihm die Lösung des Mordfalls auf den Nägeln brannte. »Natürlich ist mir bewusst, dass der Herr Kriminalrat sehr beschäftigt ist, aber wenn es nicht so wichtig wäre, würde ich seine kostbare Zeit nicht in Anspruch nehmen.«

Seine devote Art kam bei der Frau überhaupt nicht an. »Da kann ja jeder kommen!« Kaum hatte sie die Worte ausgesprochen, trat Salziger aus seinem Büro und verabschiedete sich mit einem kernigen »Heil Hitler« von einem Mann in schwarzer SS-Uniform, den er hinausgeleitete.

Diesen Moment nutzte der Hauptkommissar, um Salziger trotz

des strengen Blicks der Sekretärin anzusprechen: »Herr Kriminalrat, haben Sie einen Moment?«

»Sieh da, sieh da, der Herr Hauptkommissar. Was für ein Zufall, ich wollte auch gerade zu Ihnen«, erwiderte Salziger ungewohnt jovial und klopfte ihm auf die Schulter. »Raus mit der Sprache, Kollege, um was geht es?«

»Um den Mord an der kleinen Lotte. Ich würde Ihnen gerne etwas zeigen.«

Salzigers Miene verdunkelte sich augenblicklich, als er das hörte. »Mann, ich hatte Ihnen doch befohlen, die Finger von dem Fall zu nehmen!«

»Nicht, dass Sie denken, wir hätten uns Ihrer Anordnung widersetzt, Herr Kriminalrat, aber wir konnten anhand des Reifens einwandfrei den Besitzer des Wagens ermitteln, der die kleine Lotte mitgenommen hat.«

Er überreichte dem verdutzten Polizeirat das Blatt Papier. Der überflog die Informationen und zuckte kurz zusammen, als er den Namen las.

»Das ist der Besitzer des Wagens?«

»Nicht nur das, Herr Polizeirat. Seine Fingerabdrücke decken sich mit denen auf Lottes Rock.«

»Sie haben ihn verhaftet und Fingerabdrücke abgenommen? Sind Sie wahnsinnig?«

»Ich habe nur meine Pflicht erfüllt und ermittelt«, rechtfertigte sich der Hauptkommissar. »Dazu gehörte auch, dass wir ihn beschattet haben. Als er ein Café besucht hat, nutzten wir die Gelegenheit und stellten eine von ihm benutzte Tasse sicher, um an seine Fingerabdrücke zu gelangen.«

»Und das hinter meinem Rücken!«, empörte sich Salziger.

»Wir stehen Gewehr bei Fuß und könnten ihn sofort verhören«, versicherte der Hauptkommissar.

»Vergessen Sie es! Sie sind auf der falschen Fährte.« Der Polizeirat zerknüllte das Blatt und warf es auf den Boden. »Ein nordischer Mann kann nie ein Verbrecher sein, geschweige denn ein Kinderschänder. Merken Sie sich, Verbrecher sind Untermenschen, Perverse oder Juden!«

»Wollen Sie damit sagen, dass es keine blonden, blauäugigen Mörder gibt?«, fragte der Hauptkommissar mit leicht ironischem Unterton.

»Und wenn, dann sind sie Opfer rassistischer Einflüsse! Aber ich will mit Ihnen gar nicht weiter diskutieren, weil ich den Täter habe!«, rief Salziger triumphierend. »Wir haben ihn verhört, und er hat gestern Nacht ein Geständnis abgelegt.«

»Darf ich wissen, wie er heißt?«, fragte der Hauptkommissar, der dem Braten nicht traute. Er wusste genau, was sich hinter den Verhören der Gestapo verbarg.

»Irgendein Sittlichkeitsverbrecher, spielt keine Rolle. Wichtig ist, dass dieses Ungeziefer unschädlich gemacht wird.«

»Aber die Fingerabdrücke!«

»Vergessen Sie die Fingerabdrücke! Sie haben sich geirrt«, herrschte Salziger ihn an. »Außerdem haben Sie mit diesem Fall nichts mehr zu tun. Haben Sie mich verstanden, oder wollen Sie verhaftet werden?«

Verstört hob der Hauptkommissar das zerknüllte Blatt auf und wusste nicht, was er sagen sollte, ohne Salzigers Zorn zu provozieren. Mit Sicherheit hatte die Gestapo einen Unschuldigen verhaftet. Der Name des Mörders stand seiner Ansicht nach auf dem Zettel.

»Und jetzt spitzen Sie mal die Ohren! Sagen Sie Ihren Männern, dass sie sich in einer Stunde in der Versammlungshalle einfinden sollen«, befahl er dem Hauptkommissar.

»Gibt es einen bestimmten Grund?«

»Fragen Sie nicht, befolgen Sie einfach meine Anweisungen. Heil Hitler!«

Eine Stunde später war die Halle des Präsidiums zum Bersten gefüllt. Dicht gedrängt lauschten Putzfrauen, Schreibkräfte sowie uniformierte und nicht uniformierte Polizeibeamten einer Rede des Reichskanzlers Adolf Hitler, die direkt aus dem Reichstag übertragen wurde.

»Polen hat heute Nacht zum ersten Mal auf unserem eigenen Territorium auch mit bereits regulären Soldaten geschossen. Seit fünf Uhr fünfundvierzig wird jetzt zurückgeschossen!«, schnarrte es aus den Lautsprechern, immer wieder von frenetischen Sieg-Heil-Rufen der Anwesenden unterbrochen. Nur eine Person hörte der Rede nicht zu. Der Hauptkommissar starrte auf den zerknüllten Zettel. Sein Blick fixierte den Namen des Mörders der kleinen Lotte.

19

Es gab nicht viele Ehrenbürger in der Stadt. Doch einer davon war Robert Söhnlein, der sich zahlreicher Verdienste um die Stadt rühmte. Seine beiden Warenhäuser boten mehreren Hundert Menschen sichere Arbeitsplätze, und dank seiner Spenden erstrahlte der Festsaal im neuen Glanz. Außerdem saß er in den Vorständen zahlreicher Heimatvereine, war Vorsitzender eines einflussreichen katholischen Schützenvereins und vieles mehr. Er war mit Theresa von Finkenberg verheiratet, einer geborenen Gräfin, und genau das war das Problem. Denn Strobel hatte zwei Bilder in der Hand, die das harmonische Bild ein wenig trüben würden. Nicht auszudenken, wie die adlige Theresa reagieren würde, wenn sie auf dem Schoß ihres Gatten ein fast minderjähriges Barmädchen entdecken würde.

Thomas fragte sich, wie sein Onkel in dieser heiklen Angelegenheit agieren würde. Aber zunächst wunderte er sich über das Anwesen, in dem die Familie Söhnlein residierte. Es handelte sich um ein mehrstöckiges, stattliches Patrizierhaus mit imposanter Gründerzeitfassade und unverbautem Blick auf den Rhein. Edel ging es auch im Innern des Anwesens zu: schwere Teppiche, große, ausufernde Kronleuchter und erlesene Möbel. Thomas war wie erschlagen. Ein Diener in schwarzer Livree führte ihn und Strobel in die hauseigene Bibliothek, wo Söhnlein, mindestens siebzig Jahre alt und mit dunkel gefärbten Locken, schon ungeduldig auf sie wartete. Thomas merkte sofort, dass sich die beiden Männer kannten.

»Was ist denn los? Sie klangen am Telefon ja recht besorgt«, sagte Söhnlein ohne ein Wort der Begrüßung, während er sich mit einem Taschentuch nervös über die Stirn strich. Thomas wurde komplett ignoriert.

Auch Strobel verzichtete auf Höflichkeiten und kam direkt zur Sache. »Ich habe etwas, was Sie interessieren wird.« Er holte den Umschlag aus der Tasche und reichte Söhnlein die kompromittierenden Bilder.

Söhnleins Miene verfinsterte sich, als er die beiden Fotos sah.

»Sie werden von diesem Kerl erpresst«, hörte er Strobel sagen.

»Ich? Nein, nein …«, begann er zu stammeln, was bei Strobel überhaupt nicht ankam.

»Erzählen Sie mir nichts vom Pferd!«

Thomas wunderte sich, dass Strobel keinen Respekt vor diesem Mann zeigte, der sich immerhin Ehrenbürger der Stadt nennen durfte.

»Ich sehe die Bilder zum ersten Mal«, behauptete Söhnlein tapfer.

»Sie werden mir helfen, diesen Strolch hinter Gitter zu bringen, haben wir uns verstanden?« Drohend hob Strobel den Finger, als hätte er einen kleinen Jungen vor sich.

Zu Thomas' Überraschung ließ sich Söhnlein den Ton gefallen.

»Aber wenn das publik wird!«, warf Söhnlein besorgt ein.

»Ich kann mit dem Staatsanwalt sprechen, vielleicht können wir das diskret regeln«, deutete Strobel an, wandte sich dann an Thomas. »Lass uns mal allein.«

Bevor Thomas rausgehen konnte, tauchte an der Tür eine dürre

Frau auf. Sie hatte mit allen Mitteln der Kosmetik versucht, ihr Alter um glatt vierzig Jahre zu drücken. Von Weitem mochte es überzeugen, aber bei näherem Hinsehen fiel die Lüge in sich zusammen. Thomas war jedoch vor allem von ihrem Schmuck geblendet.

»Mein lieber Strobel, wieso weiß ich nicht, dass Sie hier sind?«, begrüßte sie ihn eine Spur zu höflich.

Geistesgegenwärtig drückte Söhnlein Thomas die Bilder in die Hand.

»Ich muss mit Ihrem Mann unter vier Augen sprechen«, machte Strobel ihr ziemlich unhöflich klar und wandte sich von ihr ab.

Sie nickte pikiert und machte kehrt.

»Nehmen Sie meinen jungen Kollegen mit, er wollte sich ein wenig die Beine vertreten!«, rief der Hauptkommissar ihr hinterher.

Frau Söhnlein, immer noch von Strobels Ton düpiert, führte Thomas durch die Verandatür auf die Terrasse.

»Unterstehen Sie sich, hier zu rauchen«, gab sie ihm klar zu verstehen und ging ins Haus zurück.

Thomas konnte die Situation nicht einordnen. Der Onkel behandelte die beiden Hausherren wie Dienstpersonal, und die ließen sich das offensichtlich gefallen. Mitleid hatte er nicht, weil die zwei ihm sehr unsympathisch waren. Besonders der Mann, der mit einem Mädchen fremdging, das seine Enkelin hätte sein können.

»Kerl, was suchst du denn hier? Hast dich wohl verlaufen?«, hörte er plötzlich eine Stimme hinter sich.

Er drehte sich um, und vor ihm stand ein großer, elegant gekleideter Mann, der ihn abschätzig musterte. Zwei Merkmale stachen Thomas besonders ins Auge: der saubere Seitenscheitel und die akkurate Bügelfalte der Hose. Der Mann mochte an die fünfzig sein.

»Guten Tag, Thomas Engel von der Kripo Düsseldorf«, stellte er sich vor und zeigte seine Dienstmarke.

»Kripo? Warum das denn?«, fragte der Mann und strich sich über die öligen Haare.

»Darf ich fragen, wer Sie sind?«, fragte Thomas zurück. Sein arrogantes Gegenüber gefiel ihm nicht.

Anstatt ihm zu antworten, rief der Mann nach seiner Mutter. Die erschien sogleich durch die Terrassentür und legte fürsorglich einen Arm um ihn, als wäre er ein kleines Kind: »Was ist denn, Oskar?«

»Mutter, was sucht dieser Bengel von der Polizei hier?«

»Hauptkommissar Strobel hat was mit deinem Vater zu besprechen«, erklärte seine Mutter besänftigend.

Doch diese Antwort reichte ihrem Sohn nicht. »Was wollt ihr bei uns?«, blaffte er Thomas an, der ihm am liebsten eine wahrheitsgetreue Antwort gegeben hätte. Ein wenig erinnerte er ihn an ein trotzig-freches Kind, aber im Körper eines Fünfzigjährigen. »Das ist dienstlich und geht Sie gar nichts an«, machte er ihm deutlich.

»Bursche, reiz mich nicht«, zischte Oskar, zog es jedoch vor, gemeinsam mit seiner Mutter wieder ins Haus zu gehen. Seltsame Leute, dachte Thomas und war froh, dass der Onkel nach ihm rief. Dessen Miene sprach Bände. Er hatte wohl den alten Söhnlein nicht zu einer Anzeige überreden können.

Und genau so war es. Auf der Rückfahrt machte Strobel einen angefressenen Eindruck. Thomas sollte die kompromittierenden Bilder in die Akte legen. Der Fall würde nicht weiterverfolgt, da Söhnlein von einer Anzeige absah.

»Und so was ist Ehrenbürger. Ich könnte kotzen!«, fluchte Strobel.

Es war das erste Mal, dass Thomas ihn derart aufgebracht sah.

»Die Söhnleins sind ziemlich einflussreich, nicht wahr?«

»Arschlöcher. Immer schon gewesen.«

»Die haben ja mächtig Respekt vor dir. Hast du schon mal mit ihnen zu tun gehabt?«, wollte Thomas wissen, aber Strobel antwortete nicht.

»Hat die Schrapnelle dir was zu trinken angeboten?«, fragte er nach einer Weile.

»Nein. Sie hat mich gleich in den Garten geschickt und wie Personal behandelt. Ihr Sohn ist auch nicht viel besser«, beschwerte sich Thomas.

»Sohn?«

»Na, diesen Oskar, dieses arrogante Riesenbaby.«

»Bist du sicher, dass es ihr Sohn Oskar war?«, hakte Strobel nach.

»Ja, warum?«

Strobels Miene gefror. Er steuerte den Wagen durch die Innenstadt, ließ sich unterwegs aber zu keinen weiteren Erklärungen hinab. Thomas spürte, dass es in Strobels Kopf heftig arbeitete, aber er traute sich nicht, eine Frage zu stellen. Im Auto herrschte angespannte Ruhe. Erst als Strobel Thomas vor dem Präsidium absetzte, meldete er sich zu Wort: »Schick diesen Müller nach Hause, aber sag ihm, dass er sich nächstes Mal vor Schäfer in Acht nehmen soll.« Ohne sich von Thomas zu verabschieden, wendete er den Wagen und brauste mit Vollgas davon.

1939

20

Eugen lag an Händen und Füßen gefesselt in seiner Zelle, bewacht von zwei Wachleuten. An der Tür stand der Seelsorger, etwas ratlos und unschlüssig, weil sich Eugen aufgrund seiner blutenden Kopfwunde im Dämmerzustand befand und gar nicht ansprechbar war, unerreichbar für Gott und auch für den Gefängnisdirektor, der ihm gerade mitgeteilt hatte, dass der Zeitpunkt der Urteilsvollstreckung gekommen war. Seine Kopfverletzung hatte er sich laut Akte selbst zuzuschreiben, weil er beim Verhör Widerstand gegen die Staatsgewalt geleistet hatte. Unter normalen Umständen wäre er auch gar nicht verhandlungsfähig gewesen, aber das Sondergericht sah über solche Dinge hinweg und hatte ihn im wahrsten Sinne des Wortes kurzen Prozess gemacht, zumal das Geständnis vorlag. Und nun ging es zum Schafott, das sich im Hof des Gefängnisses befand.

Normalerweise hätte der Seelsorger den Todeskandidaten noch gefragt, ob er einen letzten Brief an einen Angehörigen schreiben wollte, aber diesmal verzichtete er darauf. Auch die Henkersmahlzeit wurde Eugen nicht angeboten, weil er seit Tagen keine Nahrung mehr annahm. Eugen registrierte auch nicht die Abschiedsworte und Grüße der übrigen Gefangenen, die ihm von den Nebenzellen alles Gute für seine letzte Reise wünschten. Was

keiner wusste: Die lebensbedrohliche Verletzung hatte die Groß-
hirnrinde verschont, die für Erinnerungen zuständig ist. Und so
konnte Eugen während seines langsamen Gangs zum Schafott
an Fritz denken, an die gemeinsamen Stunden, die er mit dem
Freund, Geliebten und Bruder hatte verbringen dürfen. Diese Erinnerungen hatte der Knüppel seiner Folterknechte nicht löschen
können.

Unter den Anwesenden im Gefängnishof hatte sich jemand
eingefunden, der normalerweise nicht der Hinrichtung beiwohnen
durfte. Es handelte sich um den Hauptkommissar, der als Einziger von der Unschuld des Delinquenten überzeugt war. Da er Eugen nicht hatte retten können, wollte er ihm wenigstens die letzte
Ehre erweisen und ihn bei seinem letzten Gang begleiten. Aber
Eugen hatte kein Auge für ihn, genauso wenig wie für den Scharfrichter mit seinem Zylinder und obligatorischen Gehrock, der ihm
ein schwarzes Tuch um die Augen band. Danach ging alles sehr
schnell. Zum letzten Mal wurden seine Personalien festgestellt.

»Herr Scharfrichter, walten Sie Ihres Amtes!«, ordnete der
Staatsanwalt an.

Daraufhin luden die Helfer Eugen mit dem Gesicht nach unten
auf ein Brett, schoben routiniert seinen Kopf durch die Öffnung
des sogenannten Halsbretts. Dann trennte das Fallbeil, hundert-
vierzig Pfund schwer, seinen Kopf, der in ein Holzgefäß fiel. Im
gleichen Moment, etwa fünfzehn Kilometer entfernt, glaubte Fritz
im Fürsorgeheim eine Stimme zu hören. Eugens Stimme.

21

»Ich würde an Ihrer Stelle einen anderen Beruf wählen, sonst wird mein Kollege Schäfer es nicht beim Fingerknacken belassen«, deutete Thomas an, während er Müller, der die ganze Zeit im Verhörzimmer ausharren musste, zur Tür rausließ. Müllers Antwort überraschte Thomas: »Was machst du in diesem Laden? Du bist kein richtiger Bulle!«

»Kümmern Sie sich lieber um Ihre eigenen Angelegenheiten.«

»Du denkst, ich wäre ein skrupelloser Erpresser, aber das bin ich nicht.«

Thomas zeigte ihm einen Vogel. »Klar doch, Sie fotografieren die Männer nur zum Spaß.«

»Ich kann Ihnen das bei einem Bier erklären.«

»Schon gut«, winkte Thomas ab und ging. Ihm war nicht nach einer Unterhaltung mit Müller, obwohl der nicht in das Bild eines Kriminellen passte, aber was bedeutete schon kriminell? Die Männer, die Müller erpresste, wollten ihn ja nicht anzeigen, weil sie Angst vor den Folgen hatten. Scheinheilige Biedermänner waren das! Sie betrogen ihre Ehefrauen mit jungen Barmädchen, spielten dann zu Hause die treuen Familienväter. Für diese Typen hatte Thomas kein Verständnis. Anstatt eine Straftat aufzuklären, deckten sie lieber den Erpresser, weil sie Angst vor einem Skandal hatten.

1939

22

Der Hauptkommissar plante das perfekte Verbrechen, Ironie des Schicksals sozusagen. Aber war er überhaupt ein Verbrecher? Nein. Er war Polizist, Ankläger, Richter und Henker in Personalunion, und das war auch gut so. Denn er handelte nach gültiger Rechtslage, und die war eindeutig: Für Mord gab es die Todesstrafe. Moralisch hatte er keine Bedenken, den Mann umzubringen, der ein kleines Mädchen auf grausame Art umgebracht hatte. Außerdem war davon auszugehen, dass Lotte nicht das einzige Opfer sein würde. Wenn's nach ihm gegangen wäre, würde dieser Mann kastriert werden und für immer eingesperrt. Aber es ging nicht nach ihm. Dieser Mann, diese tickende Zeitbombe, wurde von den braunen Machthabern geschont. Er musste jetzt sterben. Zwei, drei Schüsse in den Hinterkopf müssten reichen. Er hatte zwar noch nie einen Menschen erschossen, aber er war ein guter Schütze, was auch die Ausbilder beim Training immer betonten. Nach der Tat würde er die Pistole, eine Luger Parabellum, die seit einem aufgeklärten Mord vor einigen Jahren in der Asservatenkammer ein vergessenes Dasein fristete, in den Rhein verschwinden lassen.

Entschlossen stieg der Hauptkommissar über den Zaun und gelangte in den weitläufigen Garten. Er würde sein Opfer überraschen und das halbe Magazin auf ihn abfeuern. Man würde von einem Raubüberfall ausgehen, er selbst würde die Ermittlungen durchführen. Bei dem Gedanken kam Schadenfreude auf ...

Aber alles der Reihe nach. Zunächst galt es, diesen heimtückischen Kindermörder zu richten. Als er sich dem Anwesen näherte, sah er im großzügigen Wohnzimmer Licht. Mehrere Personen sprachen laut, die Stimmung war ausgelassen, Gläser klirrten, jemand spielte sogar auf dem Klavier. Der Hauptkommissar sah, dass einige Männer uniformiert waren, darunter auch der Kindermörder, der jetzt die schwarze Uniform der SS trug. Damit hatte der Hauptkommissar nicht gerechnet. Seine Überraschung wuchs, als er unter den Gästen auch Salziger entdeckte, der sogar eine kleine Rede hielt. Nur einige Wortfetzen drangen bis zum Hauptkommissar durch. »Herzliche Glückwünsche zur Beförderung ... der Führer begrüßt ...« Die Anwesenden quittierten die Rede mit »Heil Hitler!«, und einige strömten auf die Terrasse, um ihre Zigarren rauchen zu können.

Der Hauptkommissar tauchte schnell wieder in das Dunkel des Gartens ein. Er steckte die Luger zurück in seine Tasche. Sein Plan hatte sich zerschlagen.

Teil 2

I Can't Get
No Satisfaction

23

Conny – die eigentlich Kornelia hieß, aber diesen Namen hasste – war sich zu schade für die Arbeit als Lokalreporterin. Sie wollte nicht über Kleingartenvereine, Karnevalsprinzessinnen oder Kleinganoven schreiben, sondern über Dinge, die die Welt bewegten. Ihr Traum war ein Job bei den auflagestärksten Illustrierten Deutschlands, wie *Stern* oder *Quick*. Dummerweise hatte man dort ihre Qualitäten nicht erkennen wollen und ihre Bewerbungen kommentarlos zurückgeschickt. Jetzt wollte sie es erst recht wissen! Sie musste mit ihrer Arbeit auf sich aufmerksam machen. Jeder Artikel sollte ein Bewerbungsschreiben sein. Deshalb suchte sie immer die beste Story. Logisch, dass sie über die Ankunft der fünf jungen Briten schrieb, die gerade die Hitparaden stürmten:

Die Steine kommen! Schließt eure Kinder ein! Heute wird es knallen! Die bösen Buben des Beat sind unterwegs!

Connys knalliger Artikel heizte zwar die Stimmung an, aber die Ereignisse am Flughafen hätten auch ohne ihn stattgefunden. Nach der Landung des Fliegers aus London gab es Probleme. Die Polizei hatte das vorausgesehen und einhundertzwanzig Beamte und einen Wasserwerfer losgeschickt. Doch das war äußerst blauäugig, weil mehrere Tausend Fans aus ganz Deutschland angereist waren. Die Absperrungen am Flughafen reichten nicht, die jubelnden Massen im Zaum zu halten. Dutzend junger Leute durchbrachen alle Hindernisse und stürmten aufs Rollfeld zu.

Die Situation drohte zu eskalieren. Erst durch den intensiven Einsatz von Schlagstöcken und dem Wasserwerfer konnte die Meute wieder zurückdrängt werden. Im Laufschritt wurden die fünf Musiker in ein wartendes Auto gebracht. Dutzende von Autos, Vespas und Mopeds folgten ihnen, weil alle sie sehen wollten. Der Verkehr brach zusammen. Die fünf jungen Männer wurden als die »Bad Boys« der Musik dargestellt, Verführer der Jugend. Ihr Song *Satisfaction* hatte gerade die Hitparaden gestürmt und Nini Rossos *Il Silenzio* abgelöst.

»Rettet unsere Jugend!«, lautete folgerichtig der Titel des Kommentars eines bekannten Fernsehmoderators.

Die junge Reporterin, mitten im Geschehen, forderte ihrem Fotografen Höchstleistungen ab: »Ich brauche Fotos, Fotos, Fotos!« Er sollte immer dorthin, wo es Schlagstöcke regnete. Sie feuerte aber auch die Beamten an, und für die Titelfotos auf dem *Mittag* schwangen die Bereitschaftspolizisten ihre Schlagstöcke härter als Charlie Watts seine Sticks. Ihr Chef, der mit Beatmusik nichts am Hut hatte, lobte sie für den Artikel und die exklusiven Bilder, warf aber ein: »Warum hast du nicht ›Revoluzzer‹ statt ›Musiker‹ geschrieben?«

»Das sind Musikstars, die hunderttausend Platten verkaufen! Sie sind in der ersten Klasse geflogen, von wegen Revoluzzer.«

»Erste Klasse aus London? Sogar unser Bürgermeister fliegt zweite Klasse.«

Conny wusste, dass die Rotzhaftigkeit der »bösesten Band der Welt« der genialen Strategie des Managers Andrew Oldham entsprang. Der musste seine Band als Gegenteil der Beatles positionieren, die zwar auch lange Haare trugen, aber doch braver daherkamen. Im Grunde hatte man es mit zwei Seiten einer Medaille namens Musikgeschäft zu tun: hier die Beatles mit akkuraten Pilz-frisuren und immer den gleichen adretten Anzügen, da die unge-pflegten Stones mit dem rebellischen Lümmel-Image. Zielgruppe waren die Millionen unzufriedener Jugendlicher, die sich gegen die langweiligen Nachkriegsjahre auflehnten und von Autoritä-ten nichts mehr wissen wollten. Mit *Il Silenzio* hatten sie wirklich nichts am Hut.

24

Der Mini saß perfekt. Bedeckte knapp den Po. Der Mann musste erst noch geboren werden, der nicht darauf abfahren würde. Und diese fünf Jungs waren richtige Männer! Der Mini war der Köder, mit dem Peggy einen der Stones angeln wollte. Das war der Plan, und Peggy war fest entschlossen, ihn durchzuziehen. Sie kannte nur einige Lieder von ihnen, die sie heimlich im Radio gehört hatte. Seitdem konnte sie die nachsingen, obwohl sie den Text gar nicht verstand. Hauptsache war, dass dieser Beat wie eine Droge wirkte und sie den beschissenen Alltag im Heim vergessen ließ. Aber es war nicht nur die Musik, die sie magnetisch anzog, es waren auch die fünf Jungs, vor allem Brian, der mit seinen langen blonden Haaren wie ein Mädchen aussah, obwohl er hundertpro ein Mann war. Sie stellte sich manchmal vor, wie Brian Jones mit seinem grellen Anzug im »Heim für gefallene Mädchen« auftauchen würde – die Nonnen würden ihn für den Leibhaftigen halten und vor Schreck tot umfallen.

Für Peggy war dieses christliche Fürsorgeheim die Hölle, die aus Verboten, Strafen, Schlägen und Zwangsarbeit bestand. Alles im Namen des Herrn, um aus den »gefallenen Mädchen« anständige Menschen zu machen, amen. Aber was hieß »gefallen«? Peggy hatte sich gar nichts zuschulden kommen lassen; sie war unerwünscht, weil ihre Mutter einen neuen Mann gefunden hatte, der keine angeheiratete Tochter haben wollte. Dieses Schicksal teilte Peggy mit den anderen Mädchen im Heim. Sie wurden meist von ihren alleinerziehenden und überforderten Müttern wie lästiger Ballast einfach weggeworfen und fristeten im katholischen Ursulinen-Heim ein beschissenes Dasein. Jeden Tag schufteten sie acht Stunden in der Näherei und verschafften der Kirche guten Profit. Kein Wunder, dass die Mädchen so schnell wie möglich rauswollten. Viele träumten vom Prinzen und sei es in Gestalt eines Loddels, für den sie anschaffen würden. Was blieb ihnen anderes übrig?

»Anständige« Männer hielten sich von den Fürsorgemädchen fern, sie galten als verrufen und asozial. Auch Peggy wollte weg, aber nicht als Nutte, sondern als Groupie an der Seite der Stones. Deshalb hatte sie während der Arbeit aus einer Soutane des Heimleiters einen Minirock genäht.

»Vorsicht!«, hörte Peggy die warnende Fistelstimme von Fritz, dem einzigen Mann neben dem Heimleiter. Wobei – ein richtiger Mann war er nicht mehr, seit die Nazis ihn kastriert hatten. Fritz fristete seit dreißig Jahren ein bescheidenes Dasein im Fürsorgeheim und wurde von den Nonnen als Faktotum genutzt, als Hausmeister, Putzfrau und Müllmann in Personalunion. Er hatte ein gutes Herz und war der einzige Mensch, den die Mädchen liebten. Viele von ihnen hatten ihre ganze Kindheit und Jugend in der Einrichtung verbracht, andere, wie Peggy, waren erst als Jugendliche dort eingewiesen worden. Allen Mädchen gemeinsam war, dass sie den umzäunten Ziegelbau erst als Volljährige mit einundzwanzig Jahren verlassen durften – und Peggy, die neunzehn geworden war, wollte auf keinen Fall noch zwei Jahre hier absitzen.

Schnell wechselte Peggy den Mini gegen die triste Anstaltsuniform aus, ein wadenlanges graues Kleid, bis zum Hals hin zugeknöpft. Keine Sekunde später tauchte die diensthabende Nonne auf und warf einen prüfenden Blick in das Zimmer, das Peggy mit zwei anderen Mädchen teilte.

»Wer hat heute Stubendienst? Es sieht hier wieder schlimm aus!«, keifte die Nonne und begann ihre übliche Schimpforgie. »Ihr seid nichts wert, ihr seid eine Sünde und zu nichts nütze, schämt euch!«

Natürlich sah es nicht schlimm aus, aber die Nonne konnte ohne Gekeife und ohne Kommandoton nicht existieren, also spuckte sie bei jedem Rundgang die gleiche Galle aus, dabei wackelte ihre breit ausladende Haube bedenklich. Natürlich wusste sie, genauso wie ihre Kolleginnen, dass die Mädchen sie hassten. Das spornte sie nur an, noch strenger zu sein. Sadismus im Namen des Herrn.

Aber damit sollte heute Schluss sein! Peggy war bereit für die Flucht. Weg aus dem Gefängnis und so schnell wie möglich in die Grugahalle nach Essen, wo die Rolling Stones das Konzert gaben. Natürlich fehlten ihr die zwei Mark für den Fahrschein und erst recht die zwölf Mark für den Eintritt. Sie würde es trotzdem schaffen. Die anderen Mädchen waren eingeweiht und wünschten ihr viel Glück. Und Fritz? Er würde ihr die Leiter über den verrosteten Zaun besorgen.

Nach dem Chaos auf dem Flughafen brannte es lichterloh bei der Polizei. Funk, Fernsehen und Printmedien fragten sich, warum die Polizei mit den fünf Musikern überfordert war. Am liebsten hätte der Innenminister das Konzert verbieten lassen, aber es gab keine rechtliche Handhabe dafür. Außerdem waren über zehntausend Eintrittskarten verkauft. Die Antwort konnten nur verschärfte Sicherheitsvorkehrungen sein. Das sollte der neue Einsatzleiter der Bereitschaftspolizei garantieren, Polizeihauptkommissar Hofbauer, prädestiniert für die Bekämpfung von Staatsfeinden. In Ostdeutschland hatte er sich bei der Zerschlagung des Aufstands vom 17. Juni 1953 bewährt und es bis zum

Oberleutnant der Volkspolizei gebracht. In Westdeutschland bekämpfte er dagegen die Mitglieder der verbotenen kommunistischen Partei und hatte es bis zum Hauptkommissar der kasernierten Bereitschaftspolizei gebracht. Nur böse Zungen sprachen von einem Wendehals.

Er freute sich auf die Aufgabe. Diesmal hatte er es nicht mit streikenden Arbeitern zu tun, sondern mit jugendlichen Fans der Rolling Stones. Auch mit ihnen würde der kampferprobte Hofbauer fertigwerden. Er wollte nicht nur die Personalstärke der Bereitschaftspolizei erhöhen, sondern auch eine große Anzahl an Zivilbeamten bereitstellen, die gezielt auf »Rädelsführer« angesetzt werden sollten. Und die Kripo der Landeshauptstadt sollte mindestens einen Beamten abstellen. Die Wahl fiel auf Thomas, weil keiner der Kollegen den Freitagnachmittag opfern wollte.

Und so fuhr Thomas mit seinem Borgward nach Essen und nahm an der Einsatzbesprechung für das Konzert teil. Erneut fiel er mit seinen Fragen bei den Kollegen auf.

»Wer sind denn diese Musiker aus England?«

Seine Unwissenheit sorgte zunächst für ungläubiges Erstaunen, dann für Gelächter.

»Aus welcher Steinzeithöhle kommst du denn gekrochen? Seit Tagen berichten die Zeitungen von nichts anderem als über diese Typen aus England«, kanzelte Hofbauer ihn vor versammelter Mannschaft ab.

»Ich interessiere mich nicht für Musik«, erklärte Thomas und sorgte unfreiwillig für noch mehr Lacher.

»Musik? Diese langhaarigen Affen produzieren Lärm und sonst gar nichts!«, rief Hofbauer und redete sich in Rage. »Diese erwachsenen Typen sind leider schlechte Vorbilder für unsere Jugend.«

Anschließend erläuterte er Thomas und den anderen zivilen Beamten seinen Schlachtplan. »Ihr werdet euch als Musikfreunde dieser schwulen Truppe vor der Bühne aufstellen. Wenn jemand randaliert, wird er sofort aus dem Verkehr gezogen. Draußen werden wir dafür sorgen, dass man nur kontrolliert in den Saal kommt. Die Vorgänge am Flughafen dürfen sich nicht wiederholen. Wir können die Langhaarigen leider nicht wie früher ins Arbeitslager stecken, aber wir können ihnen mit unseren Schlagstöcken Manieren beibringen.«

Als die Besprechung zu Ende war, wandte sich Hofbauer an Thomas: »Kannst du dir nicht was anderes anziehen? Du fällst mit deinem Anzug sofort auf.«

»Im Präsidium hat sich noch niemand beschwert.«

»Aber das hier ist ein verdeckter Einsatz. Man muss dich für einen dieser Halbstarken halten. Zieh dir einen Pulli an oder meinetwegen eine Nietenhose.«

Thomas musste passen. Seine ganze Garderobe bestand aus zwei Anzügen und sechs Hemden.

Vor der Halle warteten mindestens fünfzehntausend junge Leute ungeduldig auf Einlass. Sie kamen aus ganz Deutschland und sogar aus den benachbarten Niederlanden. Viele trugen ihre Haare länger und hielten selbst gemachte Plakate: »Mick, we love you! Satisfaction!« Es war mächtig was los. Thomas hatte aber keine Zeit, sich zu wundern, weil er mit seinen Kollegen in die Halle geführt wurde. Dort postierte er sich unauffällig vor der Bühne und wartete auf den Einlass der Fans.

So verpasste er den Rummel, der sich vor der Halle abspielte. Die Fans, die keine zwölf Mark für das Konzert aufbringen konnten oder wollten, verlangten lautstark ebenfalls Einlass: »Wir wollen rein! Wir wollen rein!« Auch Peggy befand sich unter ihnen. Sie trug ihren Mini und einen Pullover und hatte sich stark gepudert. Da sie ahnte, dass es zu einer Schlägerei mit der Polizei kommen würde, hielt sie sich im Hintergrund. Auf keinen Fall wollte sie irgendwelche blaue Flecken abbekommen oder ihre Frisur gefährden.

Hofbauer und seine Truppe hatten es besonders auf die nicht zahlenden Fans abgesehen. Von denen erwartete er den Sturm auf die Bastille. Breitbeinig stand Hofbauer vor seinen Männern, allesamt junge Bereitschaftspolizisten, und stimmte sie auf den Einsatz ein. »Seht ihr diese langhaarigen Mistkäfer? Wollt ihr, dass sie uns auf der Nase rumtanzen? Zeigt ihnen, wer der Herr im Haus ist!«

Die jungen Beamten, seit dem frühen Morgen auf den Beinen, ausgehungert und genervt vom langen Rumstehen, waren froh, dass es endlich losging. Sie hoben ihre Schlagstöcke und schwangen sie synchron, wie sie es hundertmal geübt hatten. Doch die Drohgebärde bewirkte das Gegenteil. Die Mistkäfer ließen sich nicht einschüchtern, sondern skandierten noch lauter: »Wir wollen rein! Wir wollen rein!«

Es war nur eine Frage der Zeit, bis es knallen würde. Das befürchtete auch Conny, aber ihr ging das alles viel zu langsam. Sie wollte ihre Fotos und dann sofort zurück zur Redaktion. »Können Ihre Männer nur brüllen? Wozu haben sie die Schlagstöcke? Mein Fotograf braucht Futter«, rief sie Hofbauer zu.

»Mach, dass du wegkommst«, fuhr der Einsatzeiter die junge Reporterin an.

Doch Conny ahnte, dass der rüde Hofbauer auch eine eitle Seite hatte.

»Sie wollen also, dass nur die Randalierer aufs Bild kommen?«

Das wollte Hofbauer natürlich nicht. »Na gut, Mädchen! Dann geben wir dem Affen Zucker!«

Entschlossen blies er zur Attacke. »Männer, verscheucht die Chaoten! Immer feste drauf!«

Martialisch brüllend stürmten sie auf die renitenten Fans, die jedoch nicht das Weite suchten, sondern geradewegs auf den Eingang zurannten. Hofbauer nahm diese Respektlosigkeit persönlich und japste nach Luft wie ein Fisch, den man aus dem Aquarium geworfen hatte. Conny dagegen erbeutete Fotos für ihre Karriere: Schlagstock schwingende Polizisten, kreischende Fans, ein verzweifelter Einsatzleiter, der allen Ernstes mit den Tränen kämpfte, während ein langhaariger Jugendlicher ihm den Mittelfinger zeigte. Zu spät versuchte Hofbauer, der Linse von Connys Fotografen zu entwischen, und der Schnappschuss schmückte am nächsten Tag mehrere Tageszeitungen.

Während die in die Halle stürmenden Fans nach leeren Stühlen suchten, suchte Peggy ihren Weg in eine bessere Zukunft, und er führte sie in den Umkleidebereich, wo die Rolling Stones auf ihren Auftritt warteten. Als sie die Garderobentür entdeckte, überlegte sie nicht lange. Doch im langen Flur war sie nicht allein. Auch andere junge Mädchen, die sich zum Teil noch viel mehr aufgebrezelt hatten, standen Schlange vor dem Raum, in dem sich die Musiker auf ihren Gig vorbereiteten. Durch die offene Tür fiel Brian Jones mit seinen langen seidenblonden Haaren am meisten auf, dicht gefolgt von Mick Jagger mit seiner kondomdünnen Hose. Zwei große Männer, offensichtlich Türsteher, stellten sich den Mädchen in den Weg und begannen zu selektieren.

»Only blonde Fräuleins!«, brüllten sie mit englischem Akzent und ließen nur die blonden Anwärterinnen in die Garderobe. Der Rest sollte zurückbleiben, darunter auch Peggy, die sich maßlos ärgerte. Was bildeten sich diese Gorillas eigentlich ein? Energisch drängte sie weiter vor, wurde aber von einem der Männer unsanft zurückgeschoben.

»Siehst du nicht meinen Mini, du blindes Arschloch?«, schrie sie ihm vergeblich entgegen. »Wenn Hermann merkt, dass ich seine Soutane zerschnitten habe, bringt er mich um. Lass mich also rein!« Sie war aus dem Fürsorgeheim ausgebüxt, schwarz mit der Bahn gefahren und unter Gefahr in die Halle gestürmt und sollte wegen ihrer schwarzen Haare außen vor bleiben? Auch die anderen Nichtblondinen wollten sich nicht mit der Absage abfinden und griffen in ihrer Verzweiflung zu drastischen Mitteln: Sie zogen sich ihre Pullover aus und streiften ihre BHs ab! Doch auch diese Taktik verfing nicht bei den Türwächtern. Sie hatten die strikte Order, nur deutsche, blonde Fräuleins reinzulassen. Sich vor diesen Typen zu entblößen, kam für Peggy nicht infrage. Sie trat den Rückzug an.

25

Die Stimmung in der Halle kochte immer höher. Über zehntausend Fans skandierten laut nach ihren Idolen. Da keiner der Fans die Bühne stürmen wollte, hatte Thomas, der vorne stand, wenig zu tun. Neugierig wartete er auf das Konzert und beobachtete die Fans. Er wunderte sich über viele schreiende und jammernde Mädchen, die das Konzert nicht abwarten konnten und ihre Arme verzweifelt in Richtung Bühne streckten. Was konnte es nur sein, dass so viele junge Menschen so in Wallung brachte? Was würde jetzt folgen? Als dann doch einige junge Frauen auf die Bühne stürmen wollten, versuchte er mit seinen Kollegen, sie zurückzudrängen. Da eilte plötzlich eine Horde Bereitschaftspolizisten aus irgendeiner Ecke herbei und begann, auf die jungen Mädchen zu knüppeln.

»Hey, was soll das, zurück!«, rief Thomas und wollte seine übereifrigen Kollegen zurückpfeifen, da traf ihn ein Schlagstock auf den Kopf. Bevor er seine Dienstmarke zücken konnte, regnete es weitere Schlagstöcke. Ihm blieb nur die Flucht durch den halben Saal. Zum Glück konnte er im Gewühl untertauchen, huschte durch die Garderobentür, lief eine Treppe hoch, die zu der Empore führte, auf der sich die Scheinwerfer befanden. Endlich kam er zur Ruhe und bemerkte, dass seine Stirn blutete. Er holte sein Taschentuch heraus und hielt es gegen die Wunde.

»Diese Schweine! Lass mal sehen«, hörte er plötzlich die Stimme einer jungen Frau, die hinter einem Scheinwerfer zum Vorschein kam.

Sie schob sanft seine Hand beiseite und betrachtete die Stirn.

»Ist nur eine Platzwunde«, meinte Thomas, der während seines Lehrgangs auch einige Stunden in Erste Hilfe hatte machen müssen. Er lachte das fremde Mädchen verlegen an, das nun das Taschentuch gegen seine Stirn hielt.

»Hi, ich bin Peggy, willkommen auf den billigen Plätzen.«

»Guten Tag, ich heiße Thomas Engel. Vielen Dank für Ihre Hilfe. Sind Sie Krankenschwester?«

Sie musste lachen. »Also, das hat mir noch nie einer gesagt.«

»Darf ich fragen, warum Sie hier oben sind?«

»Aus dem gleichen Grund wie du. Hier ist die Aussicht am besten und der Eintritt am niedrigsten. Außerdem mögen die Bullen keine Höhenluft.«

»Woher wissen Sie, dass ich von der Polizei geschlagen worden bin?«

»Weil das sehr nach dem Kuss eines Schlagstocks aussieht«, schlussfolgerte sie knapp. Und dann sagte sie etwas, was Thomas nicht gerne hörte: »Ich hasse Bullen!«

»Dass die Beamten mich geschlagen haben, war doch nur ein Missverständnis.«

»Sagte der Hund, als er die Katze bestieg«, lachte sie, während sie prüfend auf seine Wunde schaute. Die Blutung war zum Stillstand gekommen.

Es dauerte eine Weile, bis Thomas diesen Witz verstand. Er wusste gar nicht, ob er lachen sollte, auf jeden Fall mochte er das hübsche Mädchen.

»Wen magst du am liebsten, Brian, Mick oder Keith?«

»Meinen Sie die Musiker? Dazu kann ich nichts sagen, weil ich sie gar nicht kenne«, gab Thomas zu und hoffte, nicht ausgelacht zu werden. Jedenfalls nicht von diesem Mädchen, das ihn so verlegen machte. Er hatte Mühe, seinen Blick von dem knappen Minirock und ihren langen Beinen zu nehmen.

Das merkte sie natürlich, doch das störte sie nicht. Thomas gefiel ihr. Sie mochte seinen trockenen Witz. Er machte zwar einen etwas unbedarften Eindruck, aber offenbar musste er die Bullen so provoziert haben, dass sie ihn verprügelten. Stille Wasser waren eben tief.

»Das war kein Witz, ich kenne die wirklich nicht«, wiederholte Thomas ernsthaft.

»Du schmuggelst dich zu einem Konzert der Rolling Stones, obwohl du sie nicht kennst? Hast du dich vielleicht verlaufen und wolltest ganz woandershin?«, fragte sie und tupfte sachte über die Wunde.

»Ich glaube, ich blute nicht mehr«, wich Thomas aus, der ihr nicht von seinem Einsatz erzählen mochte.

»Soll ich die Hand wegnehmen?«

»Nein«, flüsterte er und lachte sie scheu an, was nun sie unsicher machte. Es funkte schon heftig. Bevor es zu weiteren statischen Entladungen kommen konnte, wurden die Scheinwerfer eingeschaltet.

Die Bühne wurde erleuchtet, und dann waren sie plötzlich da. Ohne Ankündigung, einfach so. Ihre knallbunten Klamotten und ihre Damenfrisuren waren eine Provokation für den Geschmack der Erwachsenenwelt.

Im Saal brach ein Inferno aus. Alle jubelten sich die Seele aus dem Leib, kollektiver Wahnsinn machte sich breit. Tausende von jungen Leuten schrien und winkten und trampelten mit den Füßen.

Die Stones schlossen ungerührt ihre Instrumente an die kleinen Verstärker an, dann jagte Keith Richard den ersten Riff durch die Masse. Thomas durchzuckte es, als ob er in eine Steckdose gegriffen hätte. Die Töne flogen ihm wie Pfeile direkt durch den Bauch. Der Sound packte ihn überall, im Hirn, im Herz, im Bauch, und setzte ungeahnte Energien frei. Automatisch begann er, seine Hüften zu bewegen, genauso wie Mick Jagger, der tanzte, als würde er Luft bumsen. Obwohl Thomas ganz gut Englisch konnte, verstand er das meiste gar nicht, was Mick Jagger durch das Mikrofon plärrte; er hätte auch irgendein Kauderwelsch singen können, aber *I Can't Get No Satisfaction* begriff er natürlich.

Das *No, No, No* schlug auf Thomas ein wie ein Hammer, und der rhythmische Beat des Schlagzeugs und das Dröhnen der Gitarre hetzten ihn gegen sein bisheriges Leben auf. Diese fünf Männer auf der Bühne waren wie Priester, die Thomas eine neue Taufe verpassten. Ein einziger Befreiungsschlag!

Sein Blick fiel auf das Mädchen neben ihm, das genauso ausgelassen tanzte wie er. Sie schauten sich an, als ob sie sich seit einer Ewigkeit kennen würden, und dann küsste er sie einfach.

Und Peggy? Obwohl sie schon Jungs geküsst hatte, war es jetzt was anderes. Zum ersten Mal glitt eine Welle von Wärme durch ihren Körper.

Fünf oder sechs Songs, das machte keinen Unterschied. Das Konzert dauerte exakt fünfundzwanzig Minuten. Aber die kamen Thomas wie eine Ewigkeit vor.

Nach dem letzten Song verschwanden die fünf Priester des neuen Zeitalters so unvermittelt, wie sie gekommen waren. Durch den Vorhang und weg zu den blonden Fräuleins, die ihr Glück nicht fassen konnten.

Das konnte auch Peggy nicht, die verschwitzt und verliebt in den Armen von Thomas lag. Dieser Junge neben ihr war der neue Prinz, entschuldige Brian, aber der war Vergangenheit!

Beide waren so erschöpft, als hätten sie sich geliebt. Sie atmeten im gleichen Takt, und ihre Herzen schlugen synchron. Sie blieben noch eine Weile oben in ihrer Wolke und warteten, bis der Saal sich leerte.

Unten fanden sie ein Schlachtfeld vor, die Fans hatten die ganze Bestuhlung zu Kleinholz geschlagen. Beide mussten aufpassen, nicht in die unzähligen Scherben zu treten. Es roch nach Bier und Urin, weil sich einige Mädchen vor Aufregung nicht hatten zurückhalten können. Streng rochen auch die vielen Bier- und Schnapsleichen vor der Halle, um die sich niemand kümmerte. Auch Thomas und Peggy nicht, die mit sich selbst beschäftigt waren. Sie sahen sich immerzu in die Augen und tauschten verliebte Blicke aus.

»Sollen wir noch etwas unternehmen?«, fragte Thomas schüchtern. »Ich bin mit meinem Auto hier.«

Natürlich nahm sie sein Angebot an. Sie fand es großartig, dass er ein Auto hatte, und vermutete, dass er einen guten Beruf in einer großen Firma haben musste. Dass sie ein Fürsorgemädchen war, brauchte er nicht zu wissen. Sie schlug vor, in die Altstadt zu fahren, wo sie eine nette Bar kannte. Thomas war sofort begeistert, auch als er hörte, dass sie ebenfalls in der Landeshauptstadt wohnte.

Peggy verdrehte ihm im wahrsten Sinne des Wortes den Kopf, denn er konnte beim Fahren seinen Blick nicht auf die Straße richten, sondern schaute sie immer wieder von der Seite an. Sie war ja so hübsch! Was aber, wenn sie erfahren würde, dass er Polizist war? Panik ergriff ihn. »Magst du wirklich keine Polizisten?«, fragte er sie unvermittelt und hoffte, dass sie vorhin nur Spaß gemacht hatte.

Aber ihre Antwort ernüchterte ihn: »Ich mag keine Bullen, keine Nonnen und keine Türsteher!«

Obwohl er ihre Antwort, jedenfalls was den Polizeiberuf betraf, nicht lustig fand, lächelte er verlegen.

»Ich bin so glücklich, dass die Türsteher mich nicht reingelassen haben«, sagte sie dann.

Thomas verstand nicht, was sie meinte, aber sie wollte die Geschichte lieber nicht erzählen. Wie hätte es ausgesehen, wenn sie zugeben musste, dass sie als Groupie zu den Rolling Stones wollte?

26

Innen roch es nach Tabak, Schweiß und Altbier. Nur vor der Jukebox waren ein paar Quadratmeter frei, ein Plätzchen zum Tanzen, was auch ausgiebig genutzt wurde. Peggy nahm Thomas an die Hand und kämpfte sich durch die Gäste bis zum Tresen, wo sie vom Wirt der Bar, Alexis, per Küsschen begrüßt wurde. Der war wie ein Conférencier aus den Dreißigerjahren aufgemacht, mit schwarzem Frack und knallrot geschminkten Lippen.

»Na, Süßer, was möchtest du Peggy ausgeben?«, blinzelte Alexis dem verdutzten Thomas zu.

»Was sie möchte«, antwortete Thomas leise, der sich über die bunt zusammengewürfelte Schar der Gäste wunderte. Da standen langhaarige Burschen mit Nietenhosen und Lederjacken, stark geschminkte Frauen mit freizügigem Dekolleté, völlig in Schwarz gekleidete Männer und weitere seltsame Gestalten.

»Dann bitte zwei Cuba Libre«, bestellte Peggy, und Alexis machte sich sofort an die Arbeit.

»Gefällt's dir hier?«, fragte sie Thomas, der gar nicht wusste, wo er zuerst hinschauen sollte. Auf den älteren Herrn in Frack und Monokel oder auf die kleinwüchsige Frau in Clownskostüm, die auf der Theke saß? Sein Vater würde rückwärts rausgehen, wenn er dieses Panoptikum sehen würde, schoss es ihm durch den Kopf.

»Interessanter Laden, kannte ich gar nicht. Und die Wirtin ist auch ganz liebenswürdig.«

»Die Wirtin? Alexis ist ein Mann«, erklärte Peggy lachend.

»Ein Mann?«

»Noch nie eine Tunte gesehen?«

Daraufhin unterzog Thomas Alexis einer erneuten Musterung. Dabei dachte er an die abfälligen Äußerungen seines Ausbilders über Schwule. Doch der charmante Alexis, der wie eine Frau geschminkt war, sah nicht wie eine Gefahr für die öffentliche Ordnung aus.

»Nein, habe ich nicht. Bist du öfters hier?«

»Das würde ich gerne, aber ich habe nicht so viel Zeit«, antwortete Peggy ausweichend und deutete auf die Jukebox. »Willst du uns keine Musik machen?«

Das wollte Thomas gerne, da er aber keines der Lieder kannte, musste Peggy ran. Zielsicher drückte sie auf die Wähltasten. Gerade wollte sie Thomas ihre Auswahl erklären, da wurde sie von der Seite von einem hageren Mann mit eingefallenen Wangenknochen angesprochen, der stark nach Alkohol und Nikotin stank. Was aber Thomas besonders auffiel, waren die goldenen Uhren, die er an beiden Händen trug; es waren deren mindestens sechs.

»Hey, Kleine, lange nicht mehr gesehen!« Der Uhrenliebhaber schob Thomas einfach zur Seite und legte seinen Arm ungefragt um Peggy. Die Art, wie er sprach und sich bewegte, ja sein ganzer Habitus erinnerte Thomas an den Loddel, der ihm das Messer an den Hals gehalten hatte.

»Zisch ab!«, erwiderte Peggy und schüttelte seinen Arm ab.

Der Mann ließ aber nicht locker und griff sie erneut. »Warum so zickig?«, fragte er und leckte sich über die Lippen.

Spätestens jetzt musste Thomas handeln, und das machte er auch. Er schob sich vor den Mann und fixierte ihn.

»Lass das Mädchen los, sonst gibt es Ärger!«

»Geh nach Hause, Kleiner, Mutti wartet.« Der Typ warf Thomas einen verächtlichen Blick zu, offensichtlich nahm er ihn nicht ernst, genauso wenig wie der Zuhälter letztens im Puff. Doch Thomas hatte gelernt. Ein zweites Mal wollte er sich nicht zum Affen machen lassen. Es wurde Zeit für den Kreuzfesselgriff, den er während der Ausbildung immer wieder hatte üben müssen. Blitzschnell schob er seinen rechten Arm unter dem linken seines Gegenübers durch und griff auf die Rückseite seiner Schulter. Der überrumpelte Mann ging augenblicklich in die Knie. Thomas ließ jedoch nicht los, sondern drückte noch fester. Der Mann schrie jetzt wie am Spieß, was bei den übrigen Gästen für Heiterkeit sorgte. Mitleid mit ihm hatte keiner.

»Okay, okay«, kapitulierte er stöhnend. »Du hast gewonnen!«

Erleichtert stieß ihn Thomas beiseite und legte lässig seinen Arm um Peggys Schulter, während der Mann schnell aufstand und sich aus dem Staub machte, begleitet vom Klatschen der Gäste. Der Beifall war Thomas etwas unangenehm, aber die anerkennenden Blicke von Peggy gingen ihm runter wie Öl. »Mein lieber Scholli, dem hast du es aber gezeigt!«

»Wer war das?«

»Keine Ahnung, irgendein Spinner«, wich Peggy aus. Thomas brauchte nicht zu wissen, dass es sich um einen Loddel gehandelt hatte, der schon das eine oder andere Fürsorgemädchen für sich laufen ließ. Thomas gab sich jedenfalls mit der Antwort zufrieden, der Typ interessierte ihn auch gar nicht, weil er was Wichtigeres im Kopf hatte.

»Welche Musik hast du ausgesucht? Was hören wir jetzt?«

Die Antwort gab Chubby Checker mit *Let's Twist Again*.

Die Bar begann, wie auf Befehl zu tanzen, während Thomas etwas hilflos dastand.

»Mach mit«, forderte Peggy ihn auf, aber er traute sich nicht, weil er nicht wusste, wie er sich zu bewegen hatte.

Doch Peggy erwies sich als perfekte Tanzlehrerin.

»Als Erstes tust du so, als ob du dir mit der rechten Hand den Rücken schrubbst, während du gleichzeitig mit der rechten Fußspitze eine Zigarette ausdrückst. Und das alles möglichst im Takt!«

Thomas kapierte es sofort, und obwohl Nichtraucher, drückte er die Zigaretten perfekt aus, twistete, was das Zeug hielt. Peggy, die vor ihm tanzte, war mehr als zufrieden. Der Tanz machte richtig Spaß, die ganze Bar johlte und sang um die Wette. Thomas ließ sich treiben und mischte akustisch kräftig mit. Und da er genug Kleingeld hatte, lief die Jukebox heiß. Mit dem Twist konnte er mehr oder weniger die restliche Musik bewältigen. Hauptsache, er passte sich dem Takt an. Aber er war dann doch froh, als Peggy irgendwann das gefühlvolle *Stand By Me* auflegte und sie sich dem Klammerblues hingaben. Beide genossen die körperliche Nähe, schmusten versonnen, bis Alexis schweren Herzens gegen Punkt eins buchstäblich den Stecker rauszog. »So, ihr Lieben, Feierabend! Ich muss jetzt Schluss machen, sonst gibt's Ärger mit dem Ordnungsamt.«

Er verabschiedete die meisten Gäste per Küsschen, und auch Thomas kam in den Genuss, was wiederum für eine Premiere sorgte. Er war zum ersten Mal in seinem Leben von einem Mann geküsst worden.

Draußen vor der Bar machten sich Peggy und Thomas unfreiwillig das Leben schwer. Peggy wäre gerne mit Thomas nach Hause gegangen, hatte aber Angst, dass er sie für ein leichtes Mädchen halten würde. Und Thomas wollte nicht als Aufreißer gelten und fragte sie deshalb nicht, ob sie mit zu ihm kommen wollte. Obendrein verschwieg sie ihm, dass sie im Fürsorgeheim lebte –

während er sich hütete, von seiner Arbeit bei der Polizei zu sprechen.

»Ich muss jetzt nach Hause«, sagte sie deshalb nervös.

»Ich bringe dich dahin«, bot sich Thomas sofort an.

»Nein … nein, nicht nötig.« Sie drückte ihm einen flüchtigen Kuss auf den Mund, wollte gehen.

Er zögerte, traute sich aber doch noch zu fragen: »Sehen wir uns wieder?«

Auf diese Frage hatte sie gehofft.

»Morgen um sechs wieder hier?«

Er nickte, und beide küssten sich endlos lange, bis sie sich losmachte und in die Dunkelheit verschwand.

So kam es, dass beide Königskinder in dieser Nacht nicht zusammenkamen.

Das Ganze erinnerte eher an Aschenputtel, jedenfalls endete das für Peggy nicht gut. Sie lief über eine Stunde bis zum Fürsorgeheim und stand dann vor dem Zaun. Da hörte sie Schritte und sah jemanden mit einer Kerze kommen. Es war Fritz.

»Ich wusste, dass du wiederkommen würdest«, flüsterte er von der anderen Seite des Zauns herüber.

»Woher?«

»Du bist kein Mädchen, das sich irgendwelchen Männern hingibt«, erklärte er und schloss ihr das Tor auf. »Schnell in dein Zimmer, man hat noch nicht bemerkt, dass du weg warst.«

Bevor sie sich hinlegte, versteckte sie ihren Minirock unter dem Schrank. Natürlich wollten ihre Zimmergenossinnen wissen, warum nichts aus ihrer Karriere als Groupie geworden war. Zwar hatten sie nicht recht geglaubt, dass sie an der Seite der Rolling Stones weitergezogen wäre, aber sie waren doch erstaunt, sie in der Nacht wieder im Heim zu sehen.

»Weil ich mich unsterblich verliebt habe und meinen Jungen morgen wiedersehen werde«, gab sie zur Antwort und schilderte den ganzen Abend mit Thomas in aller Ausführlichkeit.

Als Thomas am nächsten Morgen aufwachte, dachte er sofort an Peggy. Er freute sich auf das Wiedersehen mit ihr. Die Zeit bis dahin wollte er mit den Rolling Stones verbringen. Schnell merkte er, dass der Volksempfänger mit der Suche nach Radio Luxemburg überfordert war. Die wenigen Sender, die er empfangen konnte, spielten entweder klassische Musik oder bescheuerte Schlager, wie *Zwei kleine Italiener* von Rita Pavone. Als auch noch *Il Silenzio* ertönte, machte Thomas Tabula rasa. Er fuhr in die Stadt und kaufte sich als Erstes einen Plattenspieler. Der Dual 400 war zwar nicht das neuste Modell, aber der eingebaute Lautsprecher würde mächtig Lärm machen. In der Schallplattenabteilung des Warenhauses fand er mithilfe eines Auszubildenden die Beat-Platten, die gerade angesagt waren. Auch seine akkurate Frisur gefiel ihm nicht mehr. Leider konnte er schlecht zum Friseur gehen und die Haare länger machen lassen, doch der dämliche Scheitel wurde eliminiert, die Haare, so gut es möglich war, zu einem Pony nach vorne gekämmt. Während er sich zu Hause neu stylte, lief im Hintergrund der Plattenspieler heiß.

Satisfaction anstatt *Silenzio*!

Aber auch die anderen Lieder, die der nette Lehrling ihm empfohlen hatte, sprachen ihm aus der Seele.

My Generation von The Who. *You Really Got Me* von The Kinks.

Diese Bands schienen ihre Songs eigens für ihn komponiert zu haben.

Während er lautstark mitsang, hämmerte es an der Tür.

Es war seine Vermieterin. Mit Lockenwicklern und der obligatorischen Zigarette in der Hand stürmte sie in das Zimmer und forderte Ruhe.

»Was ist denn mit Ihnen los? Haben Sie etwa getrunken?«

Sie konnte sich gar nicht vorstellen, dass sich der bis jetzt so ruhige Polizeibeamte derart aufführte – und wie der mit seiner neuen Frisur jetzt überhaupt aussah!

»Entschuldigen Sie … Ich mache die Musik leiser … Ich wollte nur etwas ausprobieren!«

27

Der Leitspruch des Fürsorgeheims bildete das erste Gebot: Ich
bin der Herr, dein Gott. Getreu diesem Motto agierte der Heimleiter, Pater Hermann, der schon in den Dreißigerjahren die Leitung der Einrichtung übernommen hatte. Mittlerweile waren
dort nur Mädchen untergebracht, und in der Einrichtung hatte
sich seit Kriegsende einiges geändert. Homosexuelle Zöglinge
wurden nicht in die Psychiatrie eingewiesen, wo ihnen Kastration
oder die Tötung im Rahmen der Euthanasie drohte. Sie wurden
auch nicht mit der neunschwänzigen Katze verprügelt. Trotzdem wurde auch jetzt bei der geringsten Verfehlung eine bru-
tale Prügelpädagogik praktiziert. Die Zöglinge wurden geschlagen, eiskalt abgeduscht, kamen in die Isolation, wenn sie sich
etwas hatten zuschulden kommen lassen. Man durfte sich nicht
über das Essen beschweren, man durfte nicht heimlich Radio
hören, man durfte den Nonnen nicht widersprechen, die übrigens die schulpflichtigen Mädchen unterrichteten und die Älteren bei der Arbeit beaufsichtigten, wie auch Peggy, die an diesen
Morgen auffallend gut gelaunt war, weil sie sich auf das Treffen
mit Thomas freute. Gut gelaunt, ja euphorisch, wie Verliebte nun
mal sind, schneiderte sie eine Bluse für ihren kleinen Schützling,
die achtjährige Maria, die vor einigen Wochen mit der Diagnose

»Kinderfehler« ins Heim gebracht worden war. Darunter verstand man auffälliges Verhalten von Kindern wie Bettnässen. Die kleine Maria musste einiges im Leben durchgemacht haben, denn sie sprach kein Wort, nässte zum Unwillen der Nonnen ins Bett und mied den Kontakt zu den anderen. Nur gegenüber Fritz und Peggy hatte sie ein wenig Vertrauen gefasst und ging manchmal mit ihnen im Garten spazieren. Nun wollte Peggy ihr die Bluse schenken, die sie selbst entworfen hatte.

Sie fand die kleine Maria im Eingangsbereich des Badehauses. Dort hockte sie wie ein Häufchen Elend auf dem alten Kachelboden und schluchzte still vor sich hin. Maria starrte Peggy mit glasigen Augen an und brachte kein Wort heraus.

Fürsorglich hob Peggy das verängstigte Mädchen hoch. Was war passiert? Die Antwort gab ein fröhliches Pfeifen, das aus dem Duschbereich kam. Peggy ging zur Tür und sah den Heimleiter unter der Brause. Er hatte offensichtlich beste Laune.

Dieses Schwein, schoss es Peggy durch den Kopf. Sofort wollte sie Maria in Sicherheit bringen, obwohl sie wusste, dass es im Heim keinen wirklich sicheren Platz gab.

Peggy sollte recht behalten. Zwei Nonnen versperrten ihnen im Hof den Weg.

»Wir müssen mit dir reden«, herrschte die erste sie an.

»Ich muss mich erst um Maria kümmern.« Peggy presste das hilflose Mädchen an sich.

»Du kommst jetzt sofort mit, haben wir uns verstanden?«, schnarrte die zweite Schwester und griff nach ihr.

Bevor sich Peggy wehren konnte, tauchten zwei weitere Schwarzkrähen auf, die jeden Widerstand zwecklos machten. Peggy wurde in das Zimmer der Oberin gebracht, die bereits hinter ihrem Schreibtisch wartete. Sie schwenkte mit ihrem Lineal Peggys Minirock in die Höhe und blickte angewidert darauf.

»Das haben wir bei dir gefunden, du Miststück! Bist du eine Nutte?«

Kaum hatte sie den Satz zu Ende gesprochen, betrat ein gut gelaunter Pater Hermann den Raum, frisch geschniegelt und gestriegelt. Er stank nach Kölnisch Wasser.

»Suchen Sie Maria?«, fragte ihn Peggy direkt ins Gesicht.

Er antwortete mit einer Ohrfeige. Sie tat ihm nicht den Gefallen und zeigte keine Spur von Schmerz. Daraufhin schlug er erneut zu. Diesmal reagierte Peggy mit einem Grinsen. Nun geriet der Pater in Rage und holte nochmals aus, überlegte es sich aber anders: »Dich kriegen wir noch klein!«

Peggy kam vor das sogenannte Heimgericht, das immer dann einberufen wurde, wenn eines der Mädchen »gesündigt« hatte. Als Richter fungierte Pater Hermann, als Geschworene seine hörigen Nonnen. Es gab keine Verteidigung. Warum auch? Gottes Urteil stand von vornherein fest. Peggy wurde Blasphemie und Missachtung der Hausordnung vorgeworfen.

»Deine Haare werden auf Jungenlänge abgeschnitten. Außerdem kommst du ins schwarze Zimmer«, sprach die Oberin und fügte grinsend hinzu: »Sei froh, früher wärst du auf dem Scheiterhaufen gelandet!«

Das Urteil wurde sogleich vollstreckt. An einen Stuhl gefesselt musste Peggy ertragen, wie die Oberin ihre Haare abschnitt. Währenddessen stand der Pfarrer dicht am Stuhl, und Peggy spürte seine Erektion.

»Bleib mir vom Leib, du Wichser!«, brüllte sie und fing sich diesmal eine schallende Ohrfeige der Oberin ein.

»Gott möge dir vergeben«, flötete Pater Hermann scheinheilig und strich ihr kaum spürbar über die Schulter. Dieses ekelhafte Stück Scheiße, dachte Peggy und spuckte ihm ins Gesicht, was ihr eine weitere Ohrfeige einbrachte.

Bevor sie in die Zelle gezerrt wurde, duschten die Nonnen sie kalt ab, damit ihre »Sünden« abgewaschen wurden. Während der demütigenden Prozedur zeigte Peggy keine Regung. Sie wollte sich ihren Stolz nicht brechen lassen.

28

Wo war Peggy? Thomas verstand die Welt nicht mehr. Er wartete schon über eine Stunde in der Bar, kippte ein Alt nach dem anderen runter. Er hatte zwar gehört, dass sich Frauen gerne und bewusst verspäteten, um die Spannung beim Mann zu erhöhen, aber gleich um eine Stunde? Dabei hatte an dem Abend alles so gut angefangen! Aus der Jukebox ertönten die Beatles, die Stimmung in der Bar war prächtig, doch ohne Peggy war das alles nichts.

»Was ist los, Süßer? Du siehst nicht gerade gut aus«, fragte Alexis besorgt.

»Danke, nur etwas überarbeitet«, log Thomas, der Alexis seinen Liebeskummer nicht anvertrauen wollte. Stattdessen ging er zur Jukebox und legte sämtliche Songs auf, zu denen er mit Peggy getanzt hatte. Peggy kam einfach nicht, und das verstand Thomas nicht. Nach zwei Stunden vergeblichen Wartens – mittlerweile kannte er die meisten Platten – wollte er sich wieder auf den Heimweg machen.

»Hey, Herr Kommissar, was für eine Überraschung!«

Müller, der freche Erpresser, stand plötzlich neben ihm.

»Ganz meinerseits«, murmelte Thomas und wollte an ihm vorbei. Auf den hatte er nun überhaupt keine Lust.

»Als verdeckter Ermittler unterwegs? Mit neuer Frisur?«

Anstatt zu antworten drehte er ihm den Rücken zu.

Aber Otto Müller blieb dran wie eine Klette. »Ich wollte mich nochmals bei Ihnen bedanken, weil Sie mich letztens halbwegs anständig behandelt haben. Ich werde mich bei Gelegenheit revanchieren.«

Thomas hörte gar nicht richtig zu. Das ging rechts rein und links raus. Er hatte andere Probleme. Ärgerlich verließ er die Bar. Der Abend war gelaufen.

Peggy befand sich in dem dunklen, nach Urin und Erbrochenem stinkenden Kellerloch, das sie wie ein dunkler Sack geschluckt hatte. Nur wenn Fritz das Essen brachte und den Eimer für die Notdurft austauschte, fiel etwas Licht durch die offene Tür in das Verlies.

»Wie sehe ich aus, Fritz?«

»Wie die Jungfrau von Orleans«, tröstete er sie und strich ihr über die kurzen Haare.

Sie fühlte sich verstümmelt und wünschte sich für einen Moment den Tod, was in dem Heim schon mal vorkam. So hatte sich ein anderes Mädchen vor drei Wochen die Pulsadern aufgeschnitten und war elendig verblutet, weil die Nonnen der festen Überzeugung waren, dass ein Aderlass den Körper von Sünden reinwaschen würde.

»Ich will sterben, Fritz!«

»Tu ihnen nicht den Gefallen«, flehte Fritz sie an, bevor er ging.

Nein, diesen Gefallen wollte Peggy ihren Peinigern nicht machen. Sie wollte überleben. Und irgendwo ganz tief in ihrem tiefsten Inneren schlummerte die Hoffnung, dass Thomas sie rausholen würde. Zum ersten Mal in ihrem Leben begann sie zu beten: »Lieber Gott, falls es dich gibt, zeig Thomas den Weg zu mir.«

Als sie sich auf den kalten Boden hinlegen wollte, spürte sie etwas Metallisches. Neugierig hob sie das kleine Objekt auf. Aufgrund der absoluten Dunkelheit im Raum konnte sie nicht sehen, um was es sich handelte. Also versuchte sie, den Gegenstand zu ertasten. Es war ein dünner Metallstift, der nach vorne gebogen war. Fritz! Da steckte doch Fritz dahinter …

Auch am Sonntagabend suchte Thomas die Bar auf. Peggy sollte ihm ins Gesicht sagen, dass sie ihn nicht wiedersehen wollte. Die Ungewissheit machte ihn fertig. Er wollte sie unbedingt noch einmal sehen.

»Alexis, ich suche Peggy. Weißt du, wo ich sie finde?«, kam er ohne Umschweife zur Sache.

Alexis antwortete nicht, sondern deutete schmunzelnd in Richtung der Jukebox. Thomas sah dort eine junge Frau mit kurzen Haaren, ganz in Grau gekleidet, die ihn mit großen Augen anblickte. Obwohl sie völlig verändert aussah, erkannte er Peggy sofort. Er fasste seinen ganzen Mut zusammen und ging langsam auf sie zu. Eine Weile standen sie sich wortlos gegenüber, weil keiner sich traute, das erste Wort zu sagen. Endlich durchbrach Thomas das Schweigen: »Wo warst du?«

Anstatt zu antworten, senkte Peggy ihren Kopf.

Thomas fasste ihr ans Kinn und hob sachte ihren Kopf, damit er in ihre Augen sehen konnte.

»Ich habe dich vermisst«, sagte er leise.

»Ich dich auch«, flüsterte sie.

Peggy hatte noch etwas auf dem Herzen, was rausmusste. Sie druckste ein wenig herum.

»Du musst noch etwas wissen … Ich … ich bin nur ein Fürsorgemädchen, ich wohne im Heim.«

Seine Reaktion kam unerwartet und irritierte sie. Thomas begann zu lachen, was sie nicht verstand. Aber dann hatte er doch ein Einsehen und klärte sie auf: »Na ja … und ich bin ein Bulle.«

149

Als er ihren irritierten Blick sah, holte er seine Dienstmarke heraus: »Polizist! Ich bin bei der Kripo!«

Nun begann auch sie zu lachen. Erleichtert nahmen sie sich in den Arm.

Peggy war gerührt. Zärtlich strich sie ihm über die Haare.

Alexis, der vom Tresen aus alles beobachtete, kamen die Tränen.

»Ich liebe Himmel voller Geigen! Ihr seid so süß!«, rief er beiden zu und warf ihnen Kusshände zu.

Das verliebte Paar nahm an einem freien Tisch am Fenster Platz. Beide hatten sich einiges zu erzählen.

Thomas erfuhr, dass Peggy von ihrer Mutter vor drei Jahren ins Heim abgeschoben worden war, obwohl sie nichts verbrochen hatte. Der neue Ehemann ihrer Mutter wollte keine neue Tochter im Haushalt, deshalb musste Peggy ins Heim. »Aber ich mache das nicht mehr mit. Ich bin heute Nachmittag verschwunden. Der nette Hausmeister hat mir einen Dietrich in die Zelle geschmuggelt, mit dem ich das Türschloss öffnen konnte. Lebend kriegen die mich nicht mehr zu sehen. Und magst du meine Haare so?«

»Du siehst himmlisch aus. Noch besser als Jean Seberg in *Außer Atem*. Kennt ihr beiden Süßen den Film?«, mischte sich Alexis ein, der ihnen zwei Cuba Libre an den Tisch brachte. »Natürlich auf Kosten des Hauses!«

Thomas und Peggy mussten passen. Trotzdem gab ihm Thomas recht. Er fand Peggys Kurzhaarfrisur umwerfend.

»Aber wo willst du unterkommen?«

»Ich kann bei Alexis schlafen. Er hat ein breites Bett.«

Als Peggy das irritierte Gesicht von Thomas sah, klärte sie ihn auf.

»Mensch, er ist doch vom anderen Ufer. Der steht nicht auf Mädchen.«

Das leuchtete Thomas ein, der daraufhin verlegen nickte. Am liebsten hätte er sie gefragt, ob sie nicht zu ihm ziehen wollte, aber er ließ es sein. Nicht, weil die Übernachtung eines Mädchens bei ihm gesetzeswidrig war, sondern weil er sich einfach nicht traute.

»Und weil ich Alexis nicht ausnutzen möchte, will ich mich in der Bar nützlich machen.«

»Und wie?«

»Na, kellnern«, erklärte sie, begab sich hinter die Theke und nahm ein Tablett.

»Das ist nicht nötig, Süße! Du kannst gerne weiterturteln«, hörte sie Alexis sagen.

Aber obwohl sie gerne seiner Forderung Folge geleistet hätte und zurück zu Thomas geflogen wäre, nahm sie Bestellungen der Gäste entgegen.

Und Thomas? Der ließ sie den restlichen Abend nicht aus den Augen. Als er frühmorgens nach Hause kam, legte er wieder eine Platte auf, was seine Wirtin abermals auf den Plan rief.

»Haben Sie wieder getrunken? Tun Sie sofort den Alkohol weg!«, keifte die Wirtin und stürmte ins Zimmer.

Diesmal wollte sich Thomas das nicht gefallen lassen.

»Es gibt kein Gesetz, das den Alkoholkonsum in den eigenen vier Wänden verbietet, merken Sie sich das! Und wenn wir einmal dabei sind: Ohne richterlichen Durchsuchungsbeschluss dürfen Sie meine Wohnung nicht betreten, das nennt sich Hausfriedensbruch.«

Die Frau traute ihren Ohren nicht, aber ihr blieb auch keine Zeit, irgendeine Antwort zu geben, weil Thomas sie an die Hand nahm und nach draußen beförderte.

Sie verstand die Welt nicht mehr und brauchte einige Stunden, um das alles zu verarbeiten. Was hatte er da gesagt? Hausfriedensbruch?

29

Thomas trat am Montag äußerst schlecht gelaunt seinen Dienst an.

Normalerweise ging er gerne zur Arbeit, aber schon jetzt zählte er die Stunden bis zum Feierabend.

»Wie war das mit den Halbstarken?«, wurde er von Schäfer begrüßt.

»Es waren keine Halbstarken. Es waren junge Leute, die Musik hören wollten!«, stellte Thomas klar.

Daraufhin hielt ihm Schäfer die Zeitung unter die Nase.

»Kannst du lesen?«, stichelte er weiter.

Thomas' Blick fiel auf den Artikel:

Die hässlichste Beatgruppe Englands sorgte wieder mal für Chaos! Das Konzert dieser langhaarigen Höhlenmenschen war eine Ansammlung von Geräuschen aus dem Neandertal. Die Grugahalle wurde von den minderjährigen Opfern dieser Musik auf den Kopf gestellt. Die aufgepeitschten Fans griffen grundlos die Ordnungskräfte an, die für Ruhe und Ordnung sorgen sollten. Ihre hemmungslose Zerstörungswut feierte wahre Triumphe!

»Die Einzigen, die geprügelt haben, waren die Kollegen von der Bereitschaft. Keine Ahnung, welcher Idiot die kommandiert hat«, kommentierte Thomas, während er die Zeitung zusammenrollte und in den Abfalleimer beförderte. Gerade wollte Schäfer zu einer Replik ansetzen, als er Strobel sah, der vor seinem Büro stand. Er hatte den Wortwechsel von der Tür aus verfolgt und rief Thomas in sein Büro.

»Komm mal bitte rein! Wir müssen uns dringend unterhalten.«

Thomas eilte an den grinsenden Gesichtern der Kollegen vorbei in Strobels Büro. Der kam sofort zur Sache, kaum dass er die Tür hinter sich geschlossen hatte.

»Warum kritisierst du den Polizeieinsatz?«

»Du hättest das sehen sollen. Die haben grundlos junge Frauen verprügelt.«

Strobel machte eine wegwerfende Handbewegung. »Da spricht der Experte in Sachen Polizeitaktik. Das sollte mal Hofbauer hören, der seit dreißig Jahren im Dienst ist.«

»Ich bin nicht bei der Bereitschaftspolizei, aber dieser Einsatz war ...«

»Ist gut jetzt!«, unterbrach Strobel ihn ungewohnt ernst, »Schuster bleib bei deinem Leisten. Du bist bei der Kripo.«

Thomas wollte zwar etwas erwidern, aber er ließ es sein. Dazu hatte er zu viel Respekt vor Strobel, der ihm jetzt eine Standpauke verpasste.

»Auch wenn die Kollegen vor Ort nicht alles richtig gemacht haben, die würden immer den Kopf für dich hinhalten. Außerdem, was sollen deine älteren Kollegen hier von dir denken? Dass du Grünschnabel alles besser weißt?«

Thomas schwieg, obwohl er sich keiner Schuld bewusst war. Kritik hing seiner Ansicht nach nicht von den Dienstjahren ab. Strobel nahm seufzend an seinem Schreibtisch Platz und begann in einer Akte zu blättern. Erleichtert über das offensichtliche Ende des Gesprächs wollte Thomas das Büro verlassen, als Strobel ihn noch einmal ansprach.

»Was hast du eigentlich das Wochenende gemacht?«, fragte er, ohne aufzublicken.

»Nichts, warum?«

»Du bist so aufgekratzt. Steckt da ein Mädchen dahinter?«

Volltreffer. Thomas wurde rot und Strobels Ton versöhnlicher.

»Jetzt mal unter uns, willst du das deinem Onkel nicht sagen? Vielleicht hat er einen Tipp?« Schmunzelnd legte er die Akte beiseite und lächelte Thomas verschwörerisch zu.

»Dein Vater erfährt nichts, Ehrenwort!« Strobel ging auf ihn zu und legte kumpelhaft den Arm um ihn.

»Na ja, ich habe ein Mädel kennengelernt«, gab Thomas zu. Die Umstände des Kennenlernens, das Drumherum beim Konzert, verschwieg er allerdings.

»Na, das ist doch mal eine gute Nachricht«, lachte Strobel erfreut und bot ihm eine Zigarette an.

Thomas steckte sich die Kippe an, versuchte, nicht zu husten. Dann saßen beide eine Weile wie alte Freunde nebeneinander und genossen mehr oder weniger ihre Zigaretten.

»So, jetzt aber an die Arbeit.«, unterbrach Strobel die traute Zweisamkeit und drückte seine Zigarette aus.

An diesem Tag machte er überpünktlich Feierabend, weil er Peggy wiedersehen wollte. Er traf sie bei Alexis, wo sie hinter der Theke arbeitete.

»Jetzt machst du Schluss und kümmerst dich mal um deinen Freund«, befahl Alexis augenzwinkernd und zog ihr sogleich die Schürze aus.

Thomas freute sich, als er das hörte, und nahm sie mit einem

Kuss in Empfang. Er wollte sich mit ihr in einer stillen Ecke verkrümeln, aber Alexis machte ihm einen Strich durch die Rechnung. »Peggy, willst du nicht mit ihm in die Stadt, um ihn neu einzukleiden?«

Thomas verstand nicht, worauf Alexis hinauswollte. »Wie bitte?«

»Du bist doch so ein schöner Junge, du musst doch nicht immer wie Mamas Liebling rumlaufen«, ermahnte Alexis ihn.

»Mamas Liebling? Sehe ich so aus?«, fragte Thomas Peggy mit entgeistertem Gesicht.

»Also, wenn du mich so fragst …«

»Aber was soll ich denn anziehen?«

Peggy antwortete nicht. Sie nahm ihn einfach an die Hand und ging mit ihm in den Kaufhof. Dort wurde kräftig geshoppt. Unter Peggys Anleitung verwandelte sich der Junge vom Land, der immer in den Anzügen seines Vaters herumlief, in einen forschen, coolen Typen. Er trug jetzt eine Nietenhose, ein modisches Hemd und eine schwarze Bikerjacke. Vollbepackt mit Einkaufstüten kehrten sie zu Alexis zurück, um eine kleine Modenschau abzuhalten.

Natürlich fiel seinen Kollegen am nächsten Morgen auf, dass er seinen Anzug gegen Nietenhose, Hemd und Jackett getauscht hatte.

»Sind das deine Klamotten beim Konzert gewesen? Damit du unter den Halbstarken und Rockern nicht auffällst?«, wieherte Schäfer provozierend in die Runde.

Strobel seinerseits hielt nicht viel von Thomas' Garderobe. »Morgen kannst du wieder normale Klamotten tragen.«

»Wieso? Ich kann doch nicht immer mit dem Anzug meines Vaters rumlaufen.«

»Aber mit Nietenhose im Dienst, das geht nicht!«, wandte Strobel ein, der Widerworte vor den Kollegen nicht duldete.

»'tschuldigung, aber ich muss diese Dienstvorschrift überlesen haben«, erwiderte Thomas leicht ironisch.

»Die gibt es tatsächlich. Ein Kriminalbeamter sollte sich ordnungsgemäß anziehen«, klärte ihn Strobel auf.

»Und wer bestimmt, was *ordnungsgemäß* ist?«

»Dein Vorgesetzter, also ich!«, betonte Strobel ernst, doch dann hellte seine Miene auf. »Aber ich will mal nicht so sein, bist ja jung, da trägt man Nietenhosen. Nur die Beatlesfrisur geht nicht!«

Thomas nickte zwar, aber er dachte nicht daran, den Scheitel wieder aus der Versenkung zu holen. Diesem Streit mit dem Onkel sah er gelassen entgegen.

30

Nervös fuhr er durch die Innenstadt. In seinem Körper brannte es lichterloh. Vergebens hatte er vormittags im Puff das Feuer löschen wollen, die Nutte hatte es einfach nicht drauf. Schlechte Schauspielerin. Unfähig, ein kleines Mädchen zu spielen. Immerzu kicherte sie albern. Sie musste auch mühsam überredet werden, ein Handtuch über das Gesicht zu legen, während er sich selbst befriedigte. Mist. Warum hatte er sie nur bezahlt? Sie war nichts anderes als eine schlechte Kopie gewesen. Kein Vergleich mit dem Original. Er bremste scharf. Er konnte sich nicht mehr auf das Fahren konzentrieren. Er verbrannte innerlich. Er musste das Feuer löschen. Aber in der Stadt war es gefährlich geworden. Er war gewarnt worden. Fieberhaft überlegte er, was er nun machen sollte. Natürlich! Köln … Essen … In eine andere Stadt fahren und dort etwas Junges sichern! Schon ging es ihm besser. Er startete wieder seinen Wagen und wollte auf die Autobahn. Doch gerade als er die Rheinstraße passieren wollte, sah er einige Kinder, die vor dem Rheinturm Rad schlugen. Jungen und Mädchen.

Eins davon hieß Esperanza Vargas. Esperanza, das war spanisch und hieß Hoffnung. Auf ein besseres Leben hofften auch ihre Eltern, die den Versprechungen des deutschen Arbeitsvermittlers in Madrid geglaubt hatten. Der hatte für deutsche Unternehmen Arbeiter gesucht und die kleine Familie angeworben. In Deutschland herrschte nämlich Arbeitskräftemangel, und die boomende Wirtschaft brauchte dringend fleißige Männer und Frauen, die zupacken konnten. Und so hatten vor zwei Jahren die kleine Esperanza und ihre Eltern das Dorf in Andalusien verlassen, um nach einer zweitätigen Zugfahrt in der Landeshauptstadt ein neues, besseres Leben zu beginnen. Die kleine Familie fand sich schnell in der neuen Heimat zurecht. Die Mutter arbeitete in einer Schraubenfabrik, der Vater schuftete im Akkord bei Mannesmann. Und die kleine Esperanza, ein Mädchen mit langen schwarzen Haaren und großen braunen Augen, besuchte die deutsche Volksschule. Esperanza war das einzige Ausländerkind in der Klasse. Sie lernte sehr schnell die deutsche Sprache und hatte rasch viele Freunde gefunden. Da ihre Eltern viel arbeiteten, war sie oft allein, ein sogenanntes Schlüsselkind, wie die meisten ihrer Freundinnen. Nach der Schule traf sie sich mit den anderen Kindern auf der Straße, um zu spielen. Und manchmal gingen sie in die Stadt, um Räder zu schlagen.

Heute war wieder so ein Tag. Esperanza hatte früher Schule ausgehabt und anstatt nach Hause war sie in die Altstadt gegangen, um als Radschläger ein paar Groschen zu verdienen.

Doch an diesen Tag schlug sie vergeblich ihre Räder. Die Passanten huschten eilig an ihr vorbei. Nur ein Mann zeigte Interesse, allerdings weniger an ihren turnerischen Fähigkeiten als an der Tatsache, dass ihr Rock für den Bruchteil einer Sekunde hochrutschte.

»Hier hast du eine Mark!«

»Danke!«, rief sie tief beeindruckt. Eine Mark hatte sie noch nie erhalten, immer nur Groschen und selten, ganz selten eine Fünfzigpfennigmünze.

»Willst du denn auch fünf Mark verdienen?«, fragte der nette Herr und strich ihr über den Kopf.

»Fünf Mark?«, wiederholte Esperanza, und ihre Augen wurden ganz groß.

»Ja, du musst nur ein paarmal Rad schlagen«, sagte er mit sanfter Stimme.

»Mache ich!«, rief sie aufgeregt und wollte Anlauf nehmen, aber der Mann schüttelte den Kopf.

»Nein, nicht hier!«

»Wo denn?«

»Vor meiner Mama! Die würde so gerne ein schönes Radschlägermädchen sehen.«

»Wo ist deine Mama?«

»Zu Hause! Da müssen wir mit dem Auto hinfahren.«

»Aber ich muss auch nach Hause.«

»Pass auf, kleine Dame.« Der freundliche Herr bückte sich zu Esperanza und lächelte sie freundlich an. »Wir fahren zu meiner Mama, und dann fahre ich dich nach Hause.«

Esperanza schüttelte den Kopf. Der Herr war zwar sehr nett, aber sie wollte heim. Ihre Eltern hatten ausnahmsweise heute die gleiche Schicht und waren am Nachmittag zu Hause.

»Fünf Mark! Die gehören dir!« Der Mann holte ein Fünfmarkstück aus der Börse und hielt es zwischen den Fingern. Esperanza war nun überredet. Der Mann lächelte befriedigt, dann gab er ihr die Hand. Gemeinsam gingen sie zum Parkplatz. Er zeigte auf sein Auto, und Esperanza war sehr beeindruckt. So einen Wagen hatte sie noch nie gesehen.

Später saß sie neben ihm, während er den Zweisitzer lenkte.

»Wie heißt du denn, Kleines?«

»Esperanza!«

»Was ist denn das für ein Name?«, wunderte er sich.

»Der kommt aus Spanien.«

»Ach, sieh mal an, du kommst gar nicht von hier.« Er war für einen Moment verblüfft, dass er sie für ein deutsches Mädchen gehalten hatte, aber das störte ihn nicht, im Gegenteil. Gierig starrte er auf ihre Knie.

Esperanza ahnte nichts von seiner gefährlichen Wollust. Sie genoss den Fahrtwind und die schnell vorüberziehenden Bäume der Allee. Sie fuhren am Rhein entlang.

»Wann sind wir denn da?«

»Noch ein bisschen Geduld, noch ein bisschen Geduld«, antwortete er und meinte in erster Linie sich, denn mittlerweile loderte die Lust in ihm. Es war kaum auszuhalten.

»Ein schönes Auto hast du.«

»Ja, so was kennst du gar nicht, nicht wahr?«, schnaufte er und ließ den Motor aufheulen.

Aber Esperanza war kein Junge, den man mit lautem Motorengeräusch beeindrucken konnte. Stattdessen hielt sie sich die Ohren zu.

Wie vor sechsundzwanzig Jahren endete die Fahrt des Mannes auf dem unbefestigten Feldweg, der zur Kaiserpfalz führte. Die alte Kastanie hatte die Jahrzehnte überlebt und musste, ob sie wollte oder nicht, stummer Zeuge eines ähnlichen Verbrechens werden.

Der Mann führte die kleine Esperanza zu den Ruinen. Nachdem er sich vergewissert hatte, dass die Anlage verlassen war, wollte er mit dem kleinen Mädchen zum Turm.

Aber dann zögerte er. Für einen kurzen Moment fragte er sich, ob er das Mädchen nicht gehen lassen sollte. Er hatte keine moralischen Skrupel, aber er hatte Angst, dass er sich sehr viel Ärger einhandeln würde. Die Warnungen vor wenigen Tagen klangen noch in seinen Ohren. Esperanzas Stimme unterbrach seine Gedanken.

»Wo ist deine Mama?«

Er blickte zu ihr, und sofort breitete sich wieder das Feuer in seinem Körper aus. Der Trieb schob seine Bedenken beiseite. Dann zog er sie in Richtung der Ruine.

31

Am Nachmittag wurde Thomas zu Schäfer gerufen, der ihn erst im Auto über den Einsatz informierte.

»Wir fahren zum Gastarbeiterheim. Manchmal treiben sich dort Nutten rum und verdienen sich ein paar Mark«, erklärte Schäfer knapp.

»Und was für Arbeiter sind das?«, wollte Thomas wissen, der nichts über Gastarbeiter wusste.

»Itaker, Muselmänner, Spanacken, was weiß ich«, erwiderte Schäfer in seiner typischen Art.

Die Antwort stellte Thomas zwar nicht zufrieden, aber er verzichtete lieber auf eine Nachfrage.

Die Häuser, in denen die Gastarbeiter untergebracht waren, befanden sich in Riechweite der städtischen Müllhalde.

»Hier stinkt es, Nase zu!«, orderte Schäfer beim Aussteigen an.

Thomas gab ihm recht, als er den beißenden Geruch vernahm.

Die Fassaden sahen heruntergekommen aus, vielen Fenstern fehlten die Scheiben, dagegen sahen die Häuser am Bahndamm neulich luxuriös aus.

Um einen Gully lungerten Ratten herum, und ein paar Kinder kickten mit einem kaputten Lederball. Schäfer ließ prüfend seinen Blick über die Straße schweifen.

»Scheint sauber zu sein. Keine Bordsteinschwalbe unterwegs.«

»Warum sollten die hier sein?«

»Viele Itaker haben ihre Signorinas zu Hause gelassen, capito?«

Kochdüfte drangen auf die Straße. Thomas kam der Geruch von seinem Besuch im griechischen Restaurant bekannt vor.

»Was stinkt denn hier?«, brummte Schäfer angewidert.

»Riecht doch lecker«, meinte Thomas und nahm sich vor, mit Peggy das griechische Restaurant zu besuchen, da er letztens das Essen gar nicht hatte genießen können.

»Bist du krank, oder wie? Scheißfraß!« Schäfer zeigte ihm einen Vogel und begrüßte einen ungepflegten Mann, der aus einem der Häuser schlurfte. Er trug einen dreckigen und löchrigen Kittel, der sich über seinen dicken Bierbauch wölbte, aber am auffälligsten waren die vielen Nasenhaare.

»Hey, Bukowski! Alles klar im Revier?«

»Alles bestens, Herr Hauptkommissar. Nachwuchs dabei?«

»Richtig. Meine warme Hälfte sozusagen«, scherzte Schäfer mit Blick auf Thomas, der Bukowski nicht mehr als ein kurzes Nicken gönnte. Der Mann war ihm sofort unsympathisch.

»Seit wann habt ihr Pilzköpfe im Dienst?«, grinste der und sah Thomas an, der die Frage bewusst überhörte. Es stellte sich heraus, dass er der Hausmeister war und sich selbst als »Kapo« bezeichnete. Thomas kannte den Ausdruck nicht.

»Was heißt Kapo?«

»Das waren die Aufseher in den KZs«, antwortete Bukowski. »Ich weiß also, wie man mit Kanaken umgeht.«

»Was meinen Sie mit Kanaken?«, fragte Thomas, der auch diesen Ausdruck nicht kannte.

»Na, die, die nicht zu unserem Volk gehören, die Ausländer. Denen muss man Manieren beibringen«, schnarrte Bukowski und putzte sich seine Nase mit dem dreckigen Ärmel seines Kittels ab.

So viel zum Stichwort Manieren, dachte Thomas, der aber noch eine Frage hatte. »Wem gehören die Häuser?«

»Uns natürlich«, antwortete Bukowski und klopfte sich wie ein Gorilla auf die Brust, »der Stadt!«

»Zahlen die Leute Miete für diese Bruchbuden?«

»Natürlich! Wir sind doch nicht der Weihnachtsmann! Die Kanaken hier sollen froh sein, wenn …«

Bevor er weiter ausführen konnte, wurde er von einer dunkelhaarigen Frau unterbrochen, die in Begleitung eines Mannes aus einem der Häuser eilte.

»Herr Kapo, Esperanza immer noch nicht da, helfen uns bitte«, flehte die Frau in gebrochenem Deutsch den Verwalter an und griff dessen Hand.

»Nun mach mal kein Terz, Maria, deine Göre wird schon auftauchen.« Bukowski schüttelte sie unwirsch ab und verzog ärgerlich das Gesicht.

»Aber sie ist lange weg! Wir machen große Sorgen!«, mischte sich nun der Mann ein.

»Dann sucht sie doch, und lasst mich in Ruhe!«, blaffte der Hausmeister sie an.

»Um was geht es?«, wollte Thomas wissen. Ihm gefiel nicht, wie Bukowski mit den beiden sprach.

»Die beiden Spanier machen ein Riesengedöns, weil ihre Tochter nicht nach Hause gekommen ist«, erklärte Bukowski unwillig. Ihn störte es, dass der Grünschnabel sich in seine Arbeit mischte.

»Sie sind Polizei? Bitte Hilfe! Tochter weg …« Bevor der Mann die Situation erläutern konnte, fiel Bukowski ihm ins Wort: »Halt die Klappe, Peppe, ich werde den Herren alles erklären!«

»Jawohl, Herr Kapo!«, antwortete der eingeschüchterte Mann und nickte ergeben.

»Die haben eine kleine Göre, die sich irgendwo rumtreibt«,

meinte Bukowski knapp, und damit war für ihn die Angelegenheit erledigt. Damit rannte er bei Schäfer, der das Ganze nicht ernst nahm und wieder ins Präsidium wollte, offene Türen ein.

»Was haben wir damit zu tun?«

»Meine Worte, Herr Polizeihauptkommissar. Aber die beiden lassen einfach nicht locker.«

Thomas war verärgert über den rüden Ton des Hausmeisters. Er schob ihn einfach beiseite und wandte sich an das Ehepaar: »Seit wann ist Ihre Tochter weg?«

»Esperanza geht manchmal in Altstadt. Räder machen und Groschen verdienen«, erwiderte die Frau gestenreich. Sie setzte ihre Hoffnung auf Thomas, der ihr aufmerksam zuhörte.

»Heute nicht zum Essen kommen«, ergänzte ihr Ehemann.

»Vielleicht schmeckt ihr euer Fraß nicht«, spottete Bukowski, während Schäfer genervt auf den Boden spuckte. Er wollte endlich in den Feierabend.

Thomas dagegen widmete sich weiterhin den Eltern. »Haben Sie ein Foto von Ihrer Tochter?«

Nun wurde es Schäfer zu bunt. »Warum so einen Aufwand? Ist doch nichts anders als bei den Zigeunerkindern, die kommen auch, wann die wollen.«

»Wir nicht Zigeuner! Arbeiten mit Papieren!«, empörte sich die Frau.

Sie holte aus der Tasche ein Bild ihrer Tochter, das sie Thomas geben wollte. Thomas sah ein kleines Mädchen mit süßer Stupsnase und zwei langen, auffälligen Zöpfen.

»Sie ist ein paar Stunden weg, und wir sollen deswegen so einen Zirkus machen?«, herrschte Schäfer sie an.

»Das ist kein Zirkus, das sind die Dienstvorschriften!«, erinnerte Thomas ihn. Ihm stank es gehörig, wie Schäfer und der Hausmeister die verzweifelten Eltern behandelten.

»Der hat aber die Paragrafen geschluckt«, amüsierte sich Bukowski und machte Schäfer eine Nase. Der hatte nun ein Problem. Sollte er sich vom Grünschnabel vorschreiben lassen, was er zu tun hatte?

»Wir fahren jetzt. Wenn die Kleine sich die nächsten zwei Stunden nicht meldet, sollen die beiden zur nächsten Polizeistelle gehen und eine Suchmeldung angeben. Ende der Durchsage«, brummte Schäfer und schob Thomas unsanft zum Auto, die beiden Eltern konsterniert zurücklassend.

»Aber nicht vergessen«, mahnte Thomas mit Blick auf den Hausmeister.

Auf der Rückfahrt ins Präsidium herrschte eisige Stimmung zwischen Schäfer und Thomas.

»Dir haben sie wohl ins Gesicht geschissen, mich so lächerlich zu machen, Bürschchen!«

»Ich habe Sie nicht lächerlich gemacht. Wir hätten eine Vermisstenanzeige aufnehmen sollen.«

Schäfer ging gar nicht auf das vermisste Kind ein. Das interessierte ihn überhaupt nicht. Ihn störte eher Thomas' Verhalten.

»Ich bin seit dreißig Jahren Polizist! Früher wärst du damit nicht durchgekommen, Kleiner.«

»Was meinen Sie mit früher?«

»Frag nicht immer so blöd.«

»Was meinen Sie mit früher?«, wiederholte Thomas und fixierte ihn.

»Halt endlich die Schnauze!«, brüllte Schäfer.

Thomas platzte der Kragen: »Wenn Sie mich weiterhin duzen, duze ich zurück!« Er hatte keine Lust mehr, sich wie ein kleiner dummer Junge behandeln zu lassen.

Mit dieser Reaktion hatte Schäfer nicht gerechnet. Noch nie

hatte sich ein jüngerer Kollege diesen Ton ihm gegenüber erlaubt. Normalerweise hätte er Thomas an der nächsten Ampel aus
dem Auto geworfen, aber er wusste, dass sein Chef den Schnösel
mochte, also kniff er seine Arschbacken zusammen und schluckte
seinen Ärger runter.

Thomas seinerseits kümmerte sich nicht um Schäfers Gemütslage. Der konnte ihn mal. Er wollte so schnell wie möglich zu
Peggy, die wieder kellnerte.

32

Peggy empfing ihn mit einer schlechten Nachricht. Sie konnte nicht länger bei Alexis schlafen, weil er einen sehr guten Freund aus Holland zu Besuch hatte.

»Bist du mir böse, Kleines?«

»Absolut nicht«, meinte Peggy und log dabei nicht. Sie konnte von Alexis nicht erwarten, dass er sie dauernd beherbergte. Aber wo sollte sie jetzt unterkommen?

»Ins Fürsorgeheim gehe ich auf keinen Fall. Dann schlafe ich lieber unter der Rheinbrücke«, machte sie Thomas klar, der mitgehört hatte. Der sah nun seine Chance gekommen. Er stellte ihr die Frage, die ihm schon lange auf der Zunge lag.

»Warum kommst du nicht zu mir?«

»Weil du mich noch nicht gefragt hast.«

»Weil ich nicht wollte, dass du denkst, dass ich zu aufdringlich bin«, erklärte Thomas etwas umständlich mit leiser Stimme.

Das Problem war gelöst. Alexis freute sich, dass Peggy eine neue Bleibe gefunden hatte, obendrein bei ihrem Liebsten. Und Peggy und Thomas freuten sich, dass sie die Nacht nicht getrennt verbringen mussten. Und so nahmen sie gleich Kurs auf seine Bude.

»Pst, wir müssen leise sein, meine Vermieterin hat überall Augen und Ohren«, warnte Thomas Peggy im Treppenhaus.

Er sollte recht behalten, denn die neugierige Hauswirtin registrierte durch das Guckloch, dass Thomas in Begleitung einer jungen Frau die Treppen hochging. Das ging zu weit. Auf keinen Fall wollte sie sich Ärger einhandeln. Auf Kuppelei stand sogar Haftstrafe. Neugierig verließ sie ihr Kabuff und schlich die Treppe hoch, presste ihr rechtes Ohr an die Tür. Aus der Dachkammer drangen Lachen und leise Stimmen. Für einen kurzen Moment wurde sie wehmütig und erinnerte sich an die heimlichen Stunden, die sie damals als junge Frau mit ihrem Liebsten verbracht hatte. Aber das war lange her. Ihr Mann war im Krieg gefallen. Neid kam jetzt auf. Wer war dieses Flittchen, das sich ihrem jungen Mieter an den Hals warf? Warum sollte die es besser haben als sie, die jeden Abend allein vor dem Fernseher verbringen musste? Verbittert legte sie sich ins Bett und – Nein! Sie konnte das wilde Treiben in ihrem ehrenwerten Haus nicht dulden. Was sollte außerdem die Nachbarschaft denken?

An die Nachbarn dachten Peggy und Thomas keine Sekunde, und auch das Kuppeleigesetz war beiden egal. Sie nahmen sich in den Arm und ließen sich aufs Bett fallen.

»Wieso bist du eigentlich Polizist?«, wollte sie wissen.

»Weil ich die Gerechtigkeit liebe. Andere Jungs in meinem Alter ritten mit Winnetou über die Prärie, während ich im Büro von Sherlock Holmes saß und Verbrecher jagte.«

»Und jetzt bin ich dein Opfer«, lachte sie.

»Oder ich deins.« Er verschloss ihr mit einem Kuss den Mund, aber ihre Zweisamkeit wurde durch laute Stimmen im Treppenhaus gestört. Thomas öffnete neugierig die Tür und sah sich zwei Schutzpolizisten und der Hauswirtin gegenüber.

»Das ist der Mieter! Er lässt ein Flittchen hier schlafen!«, keifte die Vermieterin sofort los, als sie ihn sah.

Thomas, der keine Lust auf Diskussionen hatte, trat die Flucht nach vorn an. Er holte seine Dienstmarke raus und hielt sie den beiden Schutzpolizisten, zwei älteren Beamten, vor die Nase: »Kriminalkommissar Engel! Was geht hier vor?«

Beim Anblick der Dienstmarke nahmen die beiden Schutzleute sofort Haltung an.

»Die Vermieterin behauptet, dass in dieser Wohnung gegen den Kuppeleiparagrafen verstoßen wird«, erstattete einer der Beamten Meldung.

»Schwachsinn! Die junge Dame ist dienstlich hier«, erklärte er den beiden Schutzleuten und führte sie in die Wohnung.

»Ich führe verdeckte Ermittlungen durch. Bei der jungen Dame handelt es sich um eine geheime Mitarbeiterin, die uns wertvolle Informationen zuführt. Die Vermieterin hat keine Ahnung davon«, weihte Thomas sie konspirativ ein, was nicht ohne Wirkung blieb.

Die beiden Schutzleute nickten verständnisvoll und nahmen sich nun ihrerseits die Vermieterin vor.

»Mischen Sie sich nicht in die polizeiliche Arbeit ein, sonst machen Sie sich der Strafvereitelung nach Paragraf 258 des Strafgesetzbuches schuldig. Haben wir uns verstanden?«

Die eingeschüchterte Vermieterin nickte devot und machte schnell, dass sie wieder in ihre Wohnung kam.

Kaum waren die beiden Schutzleute verschwunden, fiel Peggy Thomas um den Hals: »Du könntest beim Film anfangen, mein Retter!!«

»Wir müssen trotzdem hier weg. Die Alte würde keine Ruhe geben«, prophezeite Thomas und begann sogleich, seine Klamotten zu packen. »Dieser schwachsinnige Kuppeleiparagraf gehört in die Mottenkiste.«

»Aber wo sollen wir hin?«

»Hauptsache weg hier, nimmst du bitte den Plattenspieler und die Platten? Die dämlichen Anzüge kann die Alte behalten!«

Peggy und Thomas suchten die Bar auf. Dort wollten sie sich überlegen, wo sie als Nächstes unterkommen konnten. Beim Betreten der Bar erkannte Thomas ein weiteres bekanntes Gesicht. Elke stand am Tresen und winkte ihm zu. Sie trug ihre Dienstkleidung, bestehend aus ultraknappem Minirock und großzügigem Dekolleté.

»Du scheinst ja schon die Stammgäste zu kennen«, flachste Peggy mit Blick auf Elke.

»Musste letztens ihren Bockschein überprüfen«, erklärte Thomas lachend, während Peggy sich an Alexis wandte und ihr Problem schilderte.

»Mir fällt auf die Schnelle nur die Jugendherberge ein oder vielleicht ein Stundenhotel.«

»Im Hotel würden sie nach deinem Ausweis fragen«, meinte Thomas.

»Darf ich auch etwas dazu sagen?«, mischte sich Elke ein, die offenbar mitgehört hatte. Ohne Thomas' Antwort abzuwarten, machte sie beiden einen überraschenden Vorschlag: »Ihr könnt bei mir schlafen. Ein Zimmer steht bei mir leer. Mein Typ ist letztens ausgezogen.« Sie blinzelte Thomas an, der ihre Andeutung verstand. Sie sprach offensichtlich von ihrem Zuhälter.

»Ihr braucht euch nicht zu zieren, ich wohne nicht im Puff, sondern nicht weit von hier.«

Die Vorstellung, bei einer Prostituierten zu wohnen, bereitete Thomas schon einiges Kopfzerbrechen, während Peggy damit überhaupt keine Probleme hatte, zumal Elke einen sehr netten Eindruck machte. Da auf die Schnelle keine andere Lösung in Sicht war und es langsam dunkel wurde, wollte man Elkes Angebot annehmen.

Elke wohnte in einer kleinen Zweizimmerwohnung in der Altstadt. Während sie ihren neuen Gästen Bettwäsche bereitlegte, erzählte sie einiges über ihr bewegtes Leben. Ihr Vater war ein schwarzer GI gewesen, den sie nur aus Erzählungen her kannte. Er lebte wohl irgendwo in den USA und ließ nichts von sich hören. »Für ihn war ich ein Betriebsunfall«, kommentierte sie trocken.

»Und deine Mutter?«

»Für die auch! Kaum war mein Vater über den Ozean, steckte sie mich ins Fürsorgeheim und ward nie mehr gesehen. Von da an war ich auf mich alleine gestellt. Aber das Leben im Heim war die Hölle, ich bin da mit achtzehn abgehauen.«

Elkes Geschichte kam Peggy bekannt vor, hatte sie doch Ähnliches erlebt. Sie fühlte sich zu der jungen Frau hingezogen. Trotzdem verstand sie nicht, warum Elke als Prostituierte arbeitete. »Ich würde trotzdem nie anschaffen gehen«, wandte sie ein.

»Wenn du so schwarz wärst wie ich, hättest du nur die Wahl zwischen Nutte und Tänzerin, so wie damals Josephine Baker, nur fehlt mir das Talent dazu«, lautete die ernüchternde Antwort.

»Und eine andere Arbeit ist nicht drin?«, wollte Thomas wissen, der es auch traurig fand, dass Elke anschaffen ging.

»Im Moment wüsste ich nicht. Aber seit deine Kollegen meinen Typen die Treppe runtergeworfen haben, geht's mir besser. Ich muss diesem Blutsauger nichts mehr in den Rachen werfen!«

Elke war jetzt nicht mehr nach Reden, zumal sie auch zur Arbeit musste. Sie wünschte beiden eine gute Nacht und ging. Peggy und Thomas waren endlich ganz für sich allein. Tiefe Blicke, langsames Herantasten der Hände, keine Worte, grenzenloses Verlangen. Sie ließen sich küssend auf die Couch fallen. Peggy konnte auf einige sexuelle Erfahrungen zurückgreifen, hatte sich schon mal befummeln lassen, aber das war kein Vergleich mit Thomas, der diesbezüglich überhaupt keine Ahnung hatte. Es war für beide das erste Mal.

Danach lagen sie erschöpft und glücklich nebeneinander. Durch das Fenster konnten sie den Mond sehen, der wie ein Lampion strahlte.

»Nur der Mond weiß, dass wir gesündigt haben«, lachte Thomas schelmisch.

Das Wort Sünde war ein rotes Tuch für Peggy. Sie fuhr wütend auf: »Wenn jemand sündigt, dann diese Pfaffen! Verbrecher, Lustmolche und Arschlöcher sind das! Mir tut es um die kleine Maria leid. Versprich mir, sie da rauszuholen.«

»Welche Maria meinst du?« Thomas nahm Peggy beruhigend in den Arm.

»Nein, nein, nicht jetzt«, schüttelte sie abwehrend den Kopf, »Ich möchte jetzt nicht an schlimme Dinge denken. Ich will heute nur glücklich sein! Halt mich bitte ganz fest und lass mich nie mehr los.« Sie kuschelte sich eng an Thomas, der ihr tausend Küsse schenkte.

»Was machen wir nun mit dem angebrochenen Abend?«, schmunzelte Thomas und begrub sein Gesicht in Peggys Brust.

»Hast du Lust auf eine nächtliche Spazierfahrt, immer dem Mond hinterher?«, fiel Peggy ein, während sie seine Haare kräuselte.

Thomas war von der Idee begeistert. Bevor es losging, kaufte er beim Büdchen noch eine Flasche Lambrusco, damit es noch romantischer wurde.

Während sie den Rhein entlangfuhren, dröhnte aus dem Autoradio *Baby You Can Drive My Car* von den Beatles.

In Kaiserswerth machten sie halt. Nun schien der Mond über den Ruinen der Kaiserpfalz, was sehr spektakulär aussah. Mittlerweile hatten beide die halbe Flasche geleert und waren in gelöster Stimmung. Dass er die zulässige Promillegrenze überschritten hatte, machte Thomas an diesem Abend nichts aus. Vor der knorrigen Kastanie hielten sie kurz inne und horchten auf das Rauschen der Äste. Von Weitem ertönte das Heulen eines Hundes.

»Hier ist es gruselig, Thomas. Lass uns zurückgehen!«

»Ich werde dich beschützen«, versprach er ihr und torkelte weiter, stieg übermütig die Ruinen hinunter. Er wollte auf einen der Türme steigen, um den Mond, der durch die huschenden Wolkenfetzen wanderte, noch besser genießen zu können.

Was er jedoch sah, ließ ihn den Atem stocken: Im Schein des Vollmonds lag ein kleines Mädchen leblos auf den Steinen. Ihr Rock war hochgeschoben und das Gesicht zwar mit einem Taschentuch bedeckt, aber die beiden großen, auffälligen Zöpfe deuteten auf das kleine spanische Mädchen, das vermisst wurde.

Das Herz von Thomas schlug wild, er versuchte, sein Adrenalin zurückzuhalten. Vergeblich versuchte er den Puls des Mädchens zu messen. Die Hand war kalt, das Kind lebte nicht mehr. Obwohl er den Alkohol in seinem Kopf spürte, wusste er, was er zu tun hatte. Den Tatort nicht verändern, keine Spuren verwischen! Er zündete ein Streichholz an, um etwas besser sehen zu können.

»Thomas, wo bleibst du? Ich habe Angst«, hörte er Peggys ängstliche Stimme.

»Nein! Nein! Warte!«, rief er und lief schnell zurück. Sofort nahm er Peggy zur Seite und zog sie weg.

»Nicht weitergehen, da unten liegt ein totes Mädchen.«

»Was?«

»Es lebt nicht mehr. Es ist tot!«

»O nein!«

»Ich muss sofort die Polizei anrufen!« Er nahm die fassungslose Peggy an die Hand, und beide eilten zurück zum Wagen.

Fünf Minuten später fand Thomas endlich eine Telefonzelle vor einer Tankstelle.

Während Peggy im Auto wartete, rief er Strobel zu Hause an.

»Onkel, es ist was Fürchterliches passiert. Ich bin in Kaiserswerth gewesen, bei der Kaiserpfalz. Dort liegt ein totes Mädchen. Es sieht wie ein Sittlichkeitsverbrechen aus!«

»Was sagst du da?«

»In Kaiserswerth, in den Ruinen, da liegt ein totes Mädchen«, wiederholte Thomas mit ruhiger Stimme.

»Und wieso Sittlichkeitsverbrechen?«

»Na ja ... es sieht grauenhaft aus ... und das Gesicht ist bedeckt ... Ich bin mir sicher, dass es sich um das vermisste Gastarbeiterkind handelt, es hatte auch so lange Zöpfe ...«

Strobel antwortete zunächst nicht. Nach einer Pause fragte er: »Hast du schon die Kollegen informiert?«

»Nein. Ich wollte zuerst mit dir sprechen, weil ich ein Problem habe.«

»Welches Problem?«

»Ich bin nicht allein, ein Mädchen ist bei mir, ein Fürsorgemädchen, das abgehauen ist.«

»Aus dem Fürsorgeheim?«

»Ja, verdammt! Ich weiß, dass es nicht richtig ist, aber ich liebe sie nun mal. Und ich will nicht, dass sie zurückmuss.«

»Pass jetzt genau auf!«, hörte er die strenge Stimme von Strobel. »Du sagst mir genau, wo das tote Kind liegt. Den Rest überlass mir. Ich werde den Kollegen nicht sagen, dass du die Leiche gefunden hast, sonst gibt es riesigen Ärger wegen des Mädchens, haben wir uns verstanden?«

»Jawohl.«

»Wo liegt das tote Mädchen genau?«

Nachdem Thomas den Fundort, so gut es ging, beschrieben hatte, wollte sich Strobel um den Fall kümmern. Er hatte Thomas eingeschärft, am nächsten Tag im Präsidium den Ahnungslosen zu spielen. Thomas war zunächst beruhigt. Der Onkel würde alles Notwendige veranlassen. Aber anstatt Peggy, wie von Strobel gefordert, ins Fürsorgeheim zu bringen, fuhr er mit ihr zu Elkes Wohnung.

Um stets auf dem Laufenden zu sein und nichts zu verpassen, hörte Conny regelmäßig Polizeifunk. Die Nachricht »von einem toten Mädchen in Kaiserswerth« schreckte sie auf. Sofort telefonierte sie ihren Fotografen Breuer aus dem Bett und orderte ihn zur Kaiserpfalz.

Leider versperrten zwei Schutzpolizisten den Eingang zur Burgruine. Sie sahen zwar einige Kripobeamte herumwuseln, durften sich aber nicht nähern. »Das bringt doch nichts! Was soll ich denn für Fotos machen? Deswegen hast du mich aus dem Bett gescheucht?«, gähnte ihr Breuer entgegen.

»Herr Hauptkommissar! Hier ist die Presse! Was ist passiert?«, rief Conny ungeduldig in Richtung der Ermittler.

Strobel und die Männer vom Erkennungsdienst ignorierten die Rufe und machten weiter ihre Arbeit.

Connys Ärger wuchs umso mehr, als zwei Sanitäter eine Bahre wortlos an ihr vorbei zu einem Krankenwagen trugen.

»Hey, Jungs, was ist mit dem Mädchen? Könnt ihr was zu den Verletzungen sagen?«

»Gehen Sie beiseite!«, hörte sie Strobel, der sich ihr näherte.

»Als zukünftiger Oberkriminalhastdunichtgesehen wissen Sie doch, wie wichtig die Presse ist«, versuchte sie, ihn aus der Reserve zu locken. Offenbar hatte sie von seiner bevorstehenden Beförderung gehört. Allerdings ließ sich Strobel nicht aus der Reserve locken.

»Haben Sie etwas Geduld, bitte.«

Conny schöpfte Hoffnung, als sie Thomas entdeckte, der gerade aus seinem Wagen stieg. Entgegen der Anweisung des Onkels war er, nachdem Peggy eingeschlafen war, zum Fundort der Leiche gefahren, weil er seine Neugierde nicht bis zum nächsten Tag zügeln konnte. Bevor Conny Thomas zur Seite nehmen konnte, kam Strobel ihr zuvor und zog ihn außer Hörweite.

»Du solltest doch nicht herkommen!«, schimpfte er. Thomas' Anwesenheit behagte ihm überhaupt nicht.

»Ich weiß, ich weiß, aber ich kann jetzt nicht schlafen«, rechtfertigte sich Thomas. »Weiß man schon etwas über das Mädchen?«

»Es ist wahrscheinlich das Gastarbeiterkind. Schäfer ist auch der Meinung, aber das klären wir noch mit seinen Eltern«, entgegnete Strobel, dem noch etwas auf den Nägeln brannte. »Was ist mit dem Fürsorgemädchen? War es auch bei der Leiche?«

»Nein, sie hat nichts gesehen«, antwortete Thomas, was Strobel scheinbar erleichtert zur Kenntnis nahm.

»Sag mal, hast du getrunken?«, fragte er plötzlich, »du riechst stark nach Alkohol.«

Thomas nickte schuldbewusst.

»Betrunken mit einer entflohenen Fürsorgeinsassin unterwegs?«

Wieder nickte Thomas, und Strobel machte seinem Ärger Luft: »Ich verstehe nicht, was in dich gefahren ist! Bring das in Ordnung. Wenn das rauskommt, schwimmt unsere ganze Abteilung in Scheiße!«

Thomas versuchte, ihn zu beschwichtigen: »Ich kläre das schon, aber was ist mit dem ermordeten Kind?«

»Wir sind hier fertig. Alles Weitere morgen im Präsidium. Du kannst wieder zurück.« Strobel, kurz angebunden, wollte zu seinen Kollegen zurück.

»Herr Polizeidirektor«, drängte die herbeieilende Conny. »Ich brauche Futter.«

Strobel wandte sich an Thomas: »Kümmere dich bitte um diese Nervensäge. Die geht uns schon die ganze Zeit auf die Nerven.«

Thomas, der froh war, dass Strobel ihm eine Aufgabe gegeben hatte, nahm sich Conny vor.

»Was wollen Sie?«

»Endlich jemand, der sprechen will … Was ist passiert, Baby? Wer ist das Mädchen? Wie ist es gestorben? Gibt es schon Verdächtige?«

Ohne sich über die Konsequenzen klar zu sein, gab Thomas bereitwillig Antwort: »Vermutlich handelt es sich um ein vermisstes Mädchen, acht Jahre alt, die Eltern sind Gastarbeiter aus Spanien.«

Conny schrieb fleißig mit.

»Wie ist es gestorben?«

»Wir haben es mit einem Sexualdelikt zu tun, aber ich kann jetzt keine Einzelheiten nennen, weil die Ermittlungen laufen.«

Conny blinzelte Thomas an und klopfte ihm väterlich auf die Schulter, was angesichts des geringen Altersunterschieds etwas albern aussah.

»Na, damit können wir arbeiten, Baby!«

Conny eilte sehr zufrieden mit ihrem Fotografen zur Redaktion. Endlich hatte sie mal eine Exklusivmeldung zu berichten, da sie als einziger Reporter vor Ort über den Mord berichten würde. Die nächste exklusive Meldung auf ihrer Kerbe!

Thomas seinerseits fuhr zurück und war beruhigt, dass Peggy weiterhin schlief. Er dachte über Strobels Worte nach. Er musste eine Lösung für Peggy finden. Zum Glück ahnte niemand, dass sie bei Elke untergekommen waren.

33

Am nächsten Morgen holte Thomas Brötchen für Peggy und Elke, die aber wie immer erst gegen Mittag aufwachte. Auf dem Weg zum Präsidium zog er eine Zeitung aus dem Kasten und las die Schlagzeile des Tages: *Sexualmord in Kaiserswerth!*.

Genau diese Schlagzeile sorgte auf der dritten Etage des Präsidiums für helle Aufregung. Strobel hatte sämtliche Kollegen zusammengetrommelt.

»Habt ihr das hier gelesen? Habt ihr?« Er hielt mit rot angelaufenem Gesicht die Zeitung weit sichtbar in die Höhe und polterte los. »Von wem hat diese Reporterin diese Information?«

Thomas verstand die Aufregung nicht ganz und hob ohne die Spur eines schlechten Gewissens seine Hand.

»Du?«, brüllte ihm Strobel entgegen.

Ein Raunen ging durch den Raum. Die Kollegen, die ohnehin von Thomas einiges gewohnt waren, ahnten mit Schadenfreude, was jetzt anstand.

»Ich sollte doch mit der Reporterin sprechen«, rechtfertigte sich Thomas, der sich keiner Schuld bewusst war.

»Du solltest sie uns vom Leib halten, verflucht!« Strobel rollte die Zeitung zu einem Schlagstock und ging drohend auf Thomas zu. Die Kollegen wichen ängstlich zurück, weil sie ihren Chef kannten.

»Was habe ich falsch gemacht?«, fragte Thomas immer noch arglos.

»Erstens kannst du gegenüber der Presse nicht einfach behaupten, dass es vermutlich ein vermisstes Gastarbeiterkind ist. Vermutungen kannst du für dich behalten!«

»Gut, das war ein Fehler! Aber war es denn die kleine Esperanza?«

»Das schon, aber es war keine Vergewaltigung! Es war kein Sexualmord!«, schnaufte Strobel plötzlich laut und haute mit der Zeitungsrolle gegen die Wand, dass es krachte. Thomas erschrak über diesen unerwarteten Gefühlsausbruch.

»Woran ist das Mädchen denn gestorben?«

»Es ist rumgeklettert und auf die Steine gefallen«, erklärte Strobel aufgebracht.

»Das kann nicht sein. Ich bin mir sicher, dass es missbraucht worden ist«, insistierte Thomas, was Strobel noch mehr auf die Palme brachte.

»Du gehst sofort in mein Büro und wartest auf mich!«, befahl Strobel, dann wandte er sich an die Runde: »Schäfer, du rufst die Presse an und bringst das in Ordnung! Baumgarten, du sprichst mit den Eltern!«

Die Kollegen stoben auseinander, und Strobel eilte in sein Büro, wo Thomas bereits wartete. Strobel schloss die Tür, nahm wortlos zwei Bilder von seinem Schreibtisch und reichte sie Thomas.

Thomas erkannte zwar das tote Mädchen, aber es war vollständig angezogen und hatte die Beine angewinkelt. Auf der Stirn klaffte eine große Wunde.

»Was sind das für Bilder?«, fragte Thomas irritiert.

»Tatortfotos. Ich dachte, du wärst auf der Polizeischule gewesen.«

Thomas reichte ihm kopfschüttelnd die Bilder zurück.

»Als ich das Mädchen gefunden habe, lag es anders da. Der Rock war hochgeschoben, das Gesicht mit einem Taschentuch bedeckt. Außerdem habe ich keine äußerlichen Zeichen von Gewalt am Kopf gesehen!«

Strobel drückte Thomas unsanft auf einen Stuhl und stellte sich vor ihm auf, als ob er ihn verhören wollte.

»Du sagst, dass der Kopf bedeckt war, behauptest aber, keine äußere Gewalt am Kopf gesehen zu haben?«

»Stimmt, das konnte ich nicht sehen«, gab Thomas zu.

»Bist du sicher, dass es ein Taschentuch war?«

»Ich denke schon ...«

»Was heißt, ich denke schon? Ist das eine Vermutung oder eine Feststellung?«

Thomas wurde unsicher, weil Strobel ihn richtig in die Zange nahm.

»Es war tiefste Nacht, wie hast du alles erkennen können? Hast du eine Lampe dabeigehabt?«

»Es war Vollmond! Außerdem habe ich Streichhölzer benutzt.«

»Wie lange warst du am Tatort?«

»Höchstens ein, zwei Minuten, ich habe nicht auf die Uhr geschaut.«

»Wie viel Alkohol hast du vorher getrunken?«

»Ich weiß nicht, vielleicht eine halbe Flasche Wein.«

»Wie waren die Sichtverhältnisse?«

»Nicht gut. Vollmond eben.«

»Wo war das Mädchen aus dem Heim?«

»Es war oben.«

»Wo oben?«

»Na, auf einer Mauer!«

»Wie weit entfernt?«

»Ich weiß nicht, fünf, zehn Meter vielleicht?«

»Hat es die Leiche gesehen?«

»Nein. Ich wollte ihr den Anblick ersparen. Deswegen bin ich auch schnell weg.«

Strobel unterbrach seine Fragen und zündete sich eine Zigarette an.

»Oder wolltest du vor ihr ein wenig angeben und den Superkommissar spielen?«, fragte er ironisch.

»Nein, das würde ich nie machen!«

»Ich fasse zusammen: Ein stark alkoholisierter Kripobeamter untersucht in der Dunkelheit mithilfe eines Streichholzes eine Leiche. Dabei stellt er keine äußerliche Gewalt am Kopf fest, obwohl derselbige mit einem Stück Stoff bedeckt ist. Trotzdem ist er sicher, dass das Opfer vergewaltigt worden ist.«

»Auch wenn sich das nicht plausibel anhört, der Obduktionsbericht wird mir recht geben«, war sich Thomas sicher.

»Wir haben keine Obduktion veranlasst. Nichts sprach für einen unnatürlichen Tod, deshalb ist die Rechtsmedizin nicht eingeschaltet. Machen wir übrigens nie bei Unfällen.«

Die Aussage überraschte Thomas.

»Aber es muss doch ein Arzt vor Ort gewesen sein.«

»Natürlich. Dr. Nikasius. Hier ist der Totenschein.«

Strobel reichte Thomas vier aneinandergeheftete Blätter. Da war von einem natürlichen Tod die Rede, von Frakturen am Schädel des Mädchens.

»Ich werde dir erzählen, was passiert ist. Das Mädchen hat in den Ruinen gespielt, dann ist es ausgerutscht und unglücklicherweise mit dem Kopf aufgeschlagen. So einfach und so tragisch war das!«

Thomas verstand das Ganze nicht. Er zweifelte aber nicht an seinem Verstand. Das, was er gestern gesehen hatte, war keine Einbildung.

»Ich kann mir das nur so erklären, dass jemand am Tatort war und die Leiche später manipuliert hat.«

»Und wieso steht im Totenschein nichts von einer Vergewaltigung?« Strobel wedelte mit dem Papier.

»Dann gab es keine Vergewaltigung, aber das tote Mädchen lag trotzdem nicht so da wie auf dem Tatortfoto«, wiederholte er und tippte auf das Bild.

»Ich war eine halbe Stunde nach dem Telefonat am Tatort, und ich habe das Mädchen wie auf den Tatortfotos aufgefunden. Ich glaube nicht, dass ich etwas an der Leiche verändert habe«, meinte Strobel ironisch, während er die Fotos und den Bericht einsammelte.

Thomas wurde nun unsicher, als er das hörte. Er hatte doch in der Nacht nicht fantasiert! Er versuchte noch ein letztes Argument.

»Ihre Eltern haben gesagt, dass sie in der Altstadt war. Und dann wird sie in Kaiserswerth tot gefunden. Wie ist sie da hingekommen? Jemand muss sie mitgenommen haben.«

»Die Eltern haben nur vermutet, dass sie in der Altstadt war. Genauso gut hätte sie mit der Bahn nach Kaiserswerth fahren können, um dort mit irgendwelchen Kindern in der Ruine zu spielen. Der Fall ist abgeschlossen!«

Einen Versuch wollte Thomas noch wagen.

»Vielleicht hat in der Altstadt ein anderes Kind einen Mann gesehen, der mit ihr gesprochen hat? Oder der mit ihr weggefahren ist?«

»Welches Fass willst du jetzt aufmachen? Sollen wir jetzt wegen Mord ermitteln? Bist du dir dann über die Konsequenzen im Klaren? Der Staatsanwalt wird mich für blöd halten, nein, ich kann das nicht verantworten.«

Thomas merkte, dass ein weiteres Gespräch zu nichts führen

würde. Er verzichtete auf einen Kommentar und machte sich zum Gehen bereit.

»Um dich aus der Schusslinie zu nehmen, habe ich behauptet, dass ich in der Gegend spazieren war und dabei auf das Mädchen gestoßen bin«, erklärte Strobel.

»Danke«, hauchte Thomas leise.

Strobel legte seinen Arm um Thomas' Schulter und wechselte den Ton ins Altväterliche: »Ich weiß, dass du ein ausgeprägtes Gerechtigkeitsempfinden hast. Das kann sogar zur Sturheit führen, und das mag ich. Deswegen habe ich dich zur Kripo geholt. Du bist wie ein Bluthund. Aber ein guter Kriminalist muss auch merken, wenn er falschliegt.«

»Du hast recht, Onkel.«

»Und bring das mit dem Heim-Mädchen in Ordnung. Wenn rauskommt, dass du ihr hilfst, dann haben wir alle ein Problem. Dann mache ich mich auch strafbar. Ich weiß also offiziell nichts von ihr.«

Thomas nickte eifrig. Auf keinen Fall wollte er Strobel in Schwierigkeiten bringen.

»Wieso hilfst du ihr überhaupt?«

»Ich mag sie«, antwortete Thomas mit entwaffnender Offenheit.

»Mein Gott, es gibt so viele großartige Mädchen in der Stadt!«

Thomas entgegnete nichts darauf. Aber eine Sache wollte er noch loswerden: »Es sind schlimme Zustände im Heim, Onkel, dagegen müssen wir was tun.«

»Wir sind Polizisten, Thomas, keine Politiker. Wir handeln nach Recht und Gesetz. Und mir ist kein Fall bekannt, dass etwas Ungesetzliches passiert.«

Erneut merkte Thomas, dass eine weitere Diskussion keinen Sinn machte. In seinem Kopf überschlugen sich die Gedanken. Zunächst die Sache mit dem toten Mädchen und jetzt der Ärger wegen Peggy. Er wollte in Ruhe seine Gedanken ordnen, aber Strobel tat ihm nicht den Gefallen und setzte ihn moralisch unter Druck.

»Ich will mir nicht ausmalen, was dein Vater zu der ganzen Angelegenheit sagen würde. Auch für mich wäre das eine Riesenenttäuschung, weil du in meinen Augen das Zeug zu einem großen Kriminalisten hast. Guck dir zum Beispiel Schäfer an. Der ist zwar fleißig, hat aber nur ein Spatzenhirn. Vergeude also dein Talent nicht wegen diesem Flittchen!«

Thomas fehlte die Energie, um Peggy in Schutz zu nehmen. Er war froh, dass das Gespräch zu Ende war.

Aber draußen auf dem Flur folgte die öffentliche Maßregelung: »So, lieber Juniorkollege! Weil du etwas voreilig mit den Pressefritzen gesprochen hast, wirst du die ganze Woche im Archiv verbringen. Dort muss dringend aufgeräumt werden!«, verkündete Strobel so laut, dass alle es hören konnten.

Thomas hatte verstanden. Strobel musste gegenüber den anderen den harten Hund spielen, um seine Autorität zu wahren.

Die Arbeit im Archiv kam für Thomas einer Degradierung gleich. Hatte er dafür den Lehrgang absolviert und als Bester abgeschlossen? Anstatt sich den Widersprüchen im Fall des toten Mädchens zu widmen, musste er für Ordnung im muffigen Archiv sorgen. Dort lagen die sogenannten Verwahrstücke, auch Asservate genannt, die nach Polizeirecht oder der Strafprozessordnung sichergestellt worden waren. Das konnten Beweismittel wie etwa Spurenträger sein, also Tatwaffen, Knochen oder andere Objekte. Besondere Erwähnung hatten diese Objekte in einem seiner amerikanischen Fachbücher gespielt. Darin ging es um die sogenannten »Cold Cases«, ungelöste Fälle, die man auch Jahre später mittels der aufbewahrten Spurenträger lösen konnte. Zu seinem

Bedauern wurde er aber nicht ins Archiv beordert, um einen ungelösten Fall zu lösen, sondern um aufzuräumen.

»Hier platzt es aus allen Nähten. Viele Kartons müssen entrümpelt werden, vor allem die, die seit Jahren und Jahrzenten rumstauben. Mach eine Liste von dem Krempel, den wir deiner Ansicht nach nicht mehr brauchen, ich seh mir das dann an«, ordnete Kommissar Fischer an, der kurz vor seiner Pensionierung stand und für die Asservate zuständig war. Das Gewölbe war sein Reich, und der tägliche Umgang mit den Überresten der Toten machte ihm nichts aus. »Hier unten leben die Toten noch. Du brauchst nur die Kartons zu öffnen und ihnen zuzuhören«, lachte er und verwandelte mit seiner Zigarre den Keller in eine Räucherkammer.

Hustend machte sich Thomas an die Arbeit. Er begann, die ganzen Kartons, die sich in den Regalen stapelten, unter die Lupe zu nehmen. Damit es ihm dabei nicht langweilig wurde, nahm er sein kleines Transistorradio mit und stellte den britischen Soldatensender BFBS ein. Die Rolling Stones, Beatles und The Who brachten Leben in das verstaubte Archiv der Erschossenen, Erdolchten und Vergifteten. Beim Öffnen der Kartons tauchte Thomas in die Welt des Verbrechens ein und stellte fest, dass die Palette der archivierten Mordinstrumente ein großes Maß an Kreativität bei den Tätern an den Tag legte: Sie benutzten Besteck, Messer, Stricknadeln und natürlich die klassischen Werkzeuge wie Hammer, Säge und Schraubendreher. Archiviert wurden aber auch blutverschmierte Kleidungsstücke, Zähne, Knochen, Haare. In den Kartons aus der Vorkriegszeit fanden sich manchmal auch Tatortbilder, und die sahen alles andere als jugendfrei aus. Aber mit der Zeit gewöhnte er sich an den grausigen Anblick der Toten: erschossen, erwürgt, erdolcht oder erschlagen. Im Gegensatz dazu wirken die vergifteten Opfer harmlos.

Nach Feierabend saß er mit Peggy und Elke bei Alexis. Es musste dringend eine Lösung für Peggy gefunden werden. Nach entflohenen Fürsorgemädchen würde zwar nicht gezielt gefahndet werden, aber wenn sie bei einer Kontrolle aufgegriffen werden würde, müsste sie zurück ins Heim.

»Und wenn wir deine Mutter ausfindig machen, damit sie dich wieder aufnimmt, jedenfalls auf dem Papier?«

»Das würde sie nicht machen. Außerdem weiß ich gar nicht, wo sie lebt.«

»Ihr könnt so lange bei mir wohnen, wie ihr wollt«, machte ihnen Elke klar. »Aber das ist kein Dauerzustand, denn wenn das rauskommt, bekommt ihr großen Ärger.«

Das sah auch Thomas so, der sich ärgerte, dass ihm nichts einfiel. Obendrein musste er sich dann auch noch eine Schelte von der nassforschen Reporterin Conny anhören, die ebenfalls in die Bar reinschaute.

»Ist ja schön und gut, dass du mich mit Futter versorgt hast, Kommissar Junior, aber die Nummer mit dem Sexualmord war ja ein Schlag ins Kontor. Ich habe Ärger mit dem Chef bekommen! Das fördert nicht gerade meine Karriere.« Thomas schluckte den Vorwurf kommentarlos. Dass er den Tod des Mädchens anders als sein Chef beurteilte, musste Conny nicht wissen.

34

Den nächsten Vormittag verbrachte Thomas wieder im Archiv. Ihm fiel auf, dass der alte Kommissar Fischer aus einem Flachmann trank.

»Na, auch einen Schluck?«, bot der Alte Thomas an.

»Nein danke«, antwortete Thomas, der natürlich wusste, dass Alkohol im Dienst verboten war.

»Verträgst wohl nichts?«

»Nicht viel«, wich Thomas aus und dachte plötzlich an das tote Mädchen in den Ruinen. An dem Abend hatte er ja auch Alkohol getrunken und war nicht Herr seiner Sinne gewesen; man kann auch sagen, dass er betrunken war. Mit einem Mal zweifelte er an seinen Beobachtungen, außerdem war es in der Ruine sehr dunkel. Zu guter Letzt sprachen die Tatortfotos und der Totenschein eindeutig für einen Unfall. Gerade wollte er sich seinen Fehler eingestehen, da packte er den letzten Karton von dem Regal aus. Zunächst verhieß der Inhalt nichts Besonderes, jedenfalls machte der in einer Papiertüte eingewickelte Gipsabdruck eines Autoreifens nicht viel her. Die darunter zum Vorschein kommenden Tatortfotos verschlugen ihm jedoch die Sprache. Da lag ein totes Mädchen mit hochgeschobenem Rock und bedecktem Gesicht. Thomas hatte sofort ein Déjà-vu! Genauso hatte er vorgestern das tote Mädchen in Kaiserswerth vorgefunden! Auf der Rückseite der Tatortfotos stand etwas in Sütterlin geschrieben, Tatort: Kaiserpfalz, Kaiserswerth. 8.7.1939.

Hektisch durchwühlte Thomas den weiteren Inhalt des Kartons und fand in einer Papiertüte ein Taschentuch. Erneut betrachtete er das Bild und stellte fest, dass dieses Taschentuch das Gesicht des Kindes bedeckt hatte. Die Parallelen mit dem Tod des kleinen Mädchens vor zwei Tagen konnten doch kein Zufall sein! Er bekam weiche Knie und musste sich auf ein Heizungsrohr setzen. Aus dem Transistorradio ertönte gerade *Help* von den Beatles, was seine Gemütslage treffend beschrieb. Seine Entdeckung ließ ihm keine Ruhe. Er musste mehr über den Mord an der kleinen Lotte Reimann wissen. Anhand der Aktennummer fand er nach kurzem Suchen die betreffende Akte des damaligen Falles.

Als er die Unterlagen las, erlebte er eine Überraschung. Die Ermittlungen der Kriminalpolizei leitete damals der junge Kurt Strobel. Und ein gewisser Kommissar Schäfer hatte alles protokolliert. Die beiden arbeiteten seit Jahrzenten zusammen! Seine Verwunderung wuchs, weil er viele Parallelen zum Fall der kleinen Esperanza erkannte. Auch die kleine Lotte war zunächst in der Stadt als Radschläger unterwegs gewesen. Anschließend wurde sie in der Kaiserpfalz ermordet aufgefunden. Der Täter hatte sie erwürgt und anschließend vergewaltigt. Dringend tatverdächtig war der Fahrer eines Horchs 830. Die Akte wies jedoch zu Thomas' Erstaunen eine Besonderheit auf. Eine Notiz wies darauf hin, dass der Fall von der Geheimen Staatspolizei übernommen worden war. Ein gewisser Salziger, Kriminalrat, leitete die Ermittlungen. Allerdings gab es in der Akte keine Verweise über den weiteren Verlauf der Ermittlungen, mit Ausnahme einer knappen Notiz, dass der Täter, Eugen Schmitz, ein umfassendes Geständnis abgelegt hatte und am 15.10.1939 hingerichtet worden war. Nach der Lektüre war Thomas irritiert. Viele Fragen schwirrten durch seinen Kopf. Vielleicht hatte sein älterer Kollege Fischer einige Antworten parat, der gerade eine Pause machte und sich eine Zigarre gönnte.

»Um zu verstehen, warum die Akte abrupt aufhört, musst du das System verstehen«, begann Fischer und holte dann aus. »Ab 1936 kam die Gestapo ins Präsidium. Die übernahmen die politischen Fälle, wir von der Kripo kümmerten uns nur um die normalen Verbrechen sozusagen. Unsere Akten liegen hier im Archiv. Die Akten der Gestapo sind woanders, doch ich weiß nicht wo.«

»Aber das war doch hier kein politischer Fall«, wunderte sich Thomas.

»Ich weiß nicht, warum die das übernommen haben. Die durften das. Wir mussten uns fügen«, rechtfertigte sich der Beamte. »Außerdem war ich damals im Einbruchsdezernat.«

Thomas hatte noch weitere Fragen, und Fischer gab bereitwillig Antwort.

»In der Akte stand, dass der Verdächtige einen Horch 830 fuhr. Was war das für ein Wagen?«

»Ein Traum von einem Auto, Achtzylinder-V-Motor! Ein richtiger Luxusschlitten, sündhaft teuer.«

Thomas hatte eine Idee. Der Halter des Horchs müsste doch ausfindig zu machen sein. »In der Polizeischule habe ich gelernt, dass vor dem Krieg die Autos von der Polizei zugelassen wurden, da es keine städtischen Straßenverkehrsämter gab. Wo kann ich diese Akten finden?«

»Die gibt es nicht mehr. Die waren im hinteren Trakt des Präsidiums, der im Krieg bei einem Fliegerangriff zerstört wurde«, lautete die ernüchternde Antwort des Kommissars.

»Das ist sehr ärgerlich Und wer war Kriminalrat Salziger?«, wollte Thomas noch wissen.

»Der damalige Chef der Gestapo, der ist beim besagten Bombenangriff umgekommen.«

Beim Stichwort Gestapo fiel Thomas noch eine Frage ein:

»Wie war das Verhältnis zwischen der Kripo und der Gestapo?«

»Die meisten von uns wollten mit denen nichts zu tun haben. Unser Chef beispielsweise hat immer Abstand zu denen gehalten«, betonte Fischer, dem diese Feststellung offenbar besonders am Herzen lag.

»Sie sprechen von Kurt Strobel.«

»Genau. Der hat ja auch diesen Fall bearbeitet. Du solltest ihn mal fragen«, schlug der Alte vor, bevor er wieder seiner Arbeit nachging.

»Das hätte ich ohnehin gemacht«, antwortete Thomas nachdenklich. Er fragte sich, warum die Gestapo sich mit dem Mord an einem Kind beschäftigt hatte. Der Onkel würde bestimmt eine Antwort haben.

»Du hast 1939 den Mord an einem Mädchen bearbeitet, das in Kaiserswerth gefunden worden war. Ist es nicht merkwürdig, dass sich die beiden Morde ähneln?« Thomas saß in Strobels Büro und zeigte ihm die alte Akte.

»Das stimmt … Moment, mal. Du bist geschickt, mein Junge, eine gute Art, jemanden auszufragen!«

Strobel schüttelte halb ärgerlich den Kopf und klappte die vor ihm liegende Akte zu.

Thomas, der sich ertappt fühlte, sah verlegen zu Boden.

»Du willst mich von deiner Theorie überzeugen, aber die kleine Esperanza ist nicht vergewaltigt worden«, sagte Strobel kühl und gab Thomas die Akte zurück. »Du solltest dich lieber um die Gegenwart kümmern, anstatt dich in der Vergangenheit zu tummeln! Deswegen habe ich dich nicht ins Archiv geschickt.«

»Ich bin da zufällig auf den Fall gestoßen«, rechtfertigte sich Thomas.

»Die Geschichte liegt sehr lange zurück, ich kann mich gar nicht richtig daran erinnern«, meinte Strobel mit strenger Chefmiene.

Doch Thomas gab so schnell nicht auf.

»Vielleicht weißt du noch, warum die Gestapo den Fall übernommen hat.«

Strobel zögerte mit einer Antwort, stattdessen schloss er die Augen, als wollte er in die Vergangenheit schauen. »Soweit ich mich erinnere, wollten die keine Kindermorde in den Schlagzeilen. Die heile Welt der Volksgemeinschaft durfte keinen Kratzer abbekommen. Wie dem auch sei, die hatten recht schnell den Schuldigen verhaftet.«

»Hatte man dir den Fall weggenommen?«, hakte Thomas nach.

»Wie kommst du darauf?«

»Soweit ich das der Akte entnommen habe, hattest du den Fall zunächst bearbeitet. Die Kripo hatte sogar die Reifenspur eines Verdächtigen. Und dann kam die Gestapo«, versuchte Thomas zu rekonstruieren.

Strobel schüttelte vehement den Kopf.

»Diese Kerle konnten einfach jemanden verhaften ohne richterlichen Beschluss, und sie konnten ihn verhören, wie sie wollten. Das waren Verbrecher!«, ereiferte er sich und steckte sich hektisch eine Zigarette an. Er überlegte lange, dann schaute er Thomas in die Augen: »Soll ich dir mal sagen, was ich trotzdem gut fand? Sittlichkeitsverbrecher wurden zwangskastriert.«

»Ich weiß nicht, aber das hört sich wie im Mittelalter an, oder?«

»Sexualmörder kann man nicht heilen. Die muss man radikal behandeln, damit sie sich nicht an weiteren Unschuldigen vergehen können.«

Thomas wunderte sich über diese Aussage des Onkels, die sich von der vorherrschenden Rechtsprechung radikal unterschied, aber das behielt er lieber für sich, weil er mit Strobel keine Grundsatzdiskussion führen wollte. Dem war ohnehin nicht nach einer Fortsetzung des Gesprächs und schickte deshalb Thomas wieder in den Keller.

Anstatt aber weiterhin Kartons zu sortieren, ordnete Thomas seine Gedanken. Er konnte nicht nachvollziehen, dass es für seinen Onkel keinen Zusammenhang zwischen den beiden toten Mädchen gab. Strobel stritt kategorisch den Mord an der kleinen Esperanza ab. Er hatte sie wie auf den Polizeibildern vorgefunden. Das bedeutete für Thomas, dass jemand vor Strobels Eintreffen die Leiche so drapiert hatte, dass es wie ein Unfall aussah. Derjenige konnte nur der Täter gewesen sein, möglicherweise auch der, der die kleine Lotte umgebracht hatte. Die Parallelen waren zu eindeutig. Aber Thomas' Theorie hatte einen entscheidenden Haken: Lottes Mörder hatte ein Geständnis abgelegt und war abgeurteilt worden. Andererseits hatte die Gestapo den Mann verhört, konnte es insofern mit rechten Dingen zugegangen sein? Aber Thomas wollte nicht spekulieren, sondern nach Fakten urteilen. Das war jedoch nicht einfach, weil die Verhörprotokolle der Geheimen Staatspolizei nicht aufzufinden waren, falls es überhaupt welche gegeben haben sollte. Thomas kannte nur den Namen des Täters, Eugen Schmitz. Was war das für ein Mensch? War er vorbestraft gewesen?

Erneut half der alte Kommissar Fischer weiter. »Hier sind sämtliche Personen gelistet, die vorbestraft waren.« Er führte Thomas zu einer langen Regalwand, die unter der Last von Karteikästen zusammenzubrechen drohte.

»Und diese Regalwände?« Thomas deutete auf die andere Seite.

»Das sind die Personen, die zwar nicht vorbestraft waren, uns aber trotzdem Probleme gemacht haben.«

»Was meinen Sie damit?«

»Lies einfach, was da steht, dann verstehst du das«, forderte ihn der Alte auf. Auf den Etiketten der Karteikästen las Thomas: Alkoholiker, Homosexuelle, Obdachlose, Asoziale.

»Obwohl diese Leute nicht vorbestraft waren, wurden sie trotzdem registriert?«, wunderte sich Thomas.

»Die Volksgemeinschaft duldete keine Querulanten«, antwortete Fischer.

»Die Polizei sammelte also die Namen von Alkoholkranken und Obdachlosen, auch wenn die nichts verbrochen hatten?«, fragte Thomas irritiert nach.

»Natürlich!«, stimmte der Kommissar zu und nahm einen tiefen Schluck aus dem Flachmann. »Das waren potenzielle Spitzbuben. Manchmal mussten wir die in Beugehaft nehmen.«

»Obdachlose, Alkoholiker, Homosexuelle wurden einfach so eingesperrt, ohne dass sie sich etwas hatten zuschulden kommen lassen?«

»Richtig, und auf die rosa Brüder hatte man es besonders abgesehen. Es gab sogar ein Sonderkommando, das Jagd auf die machte«, entgegnete der Kommissar ohne jede Spur von Unrechtsbewusstsein.

»Kam das von der Gestapo?«

»Ja, aber wir von der Kripo haben denen geholfen!«

Thomas ersparte sich eine Erwiderung, weil er keinen Streit mit dem Alten provozieren wollte. Er wollte einen Mordfall lösen und war auf die Hilfe des Mannes angewiesen.

Beim weiteren Stöbern entdeckte Thomas noch eine Regalwand, die seine Aufmerksamkeit erregte: Sittlichkeitsverbrecher. Sofort suchte er nach der Akte von Eugen Schmitz und fand sie auch.

Eugen Schmitz sah auf dem Erkennungsfoto sehr jung aus. Sein Kopf war kahl geschoren, und er hatte sanfte Gesichtszüge. Die Akte war umfangreich: 1920 geboren, im Waisenhaus aufgewachsen. Das Vorstrafenregister war lang, wobei Thomas auffiel, dass ihm nur Vergehen gegen den Paragrafen 175 angelastet wurden. Schmitz verbrachte die letzten Jahre in einem katholischen Heim namens St. Ursulinen. Thomas stutzte. Hieß Peggys Heim nicht auch so? Ein Aktenblatt konnte Thomas nicht entziffern, weil es auf Sütterlin verfasst worden war. Erneut half der Archivar weiter, der die handschriftliche Notiz entziffern konnte.

»Schmitz fällt immer wieder durch sein querulantes und sexuell abnormes Verhalten auf, das er mit dem gleichaltrigen Heiminsassen Fritz Müller auslebt. Wir befürworten für beide dringendst eine ZK! Gez. Pfarrer Hermann (Leiter)«

»Was bedeutet ZK?«, wollte Thomas wissen.

»Zwangskastration«, lautete die lapidare Antwort des alten Kommissars.

Thomas konnte nicht glauben, was er gehört hatte.

»Er ist kastriert worden?«

»So war das unter Adolf. Die wurden ins Gefängniskrankenhaus gebracht, wo Prof. Humbold zu Werke ging.«

»Ist das der Prof. Humbold, der jetzt die Psychiatrie leitet?«

»Richtig. Wir nannten ihn früher den Eierschneider«, feixte der Alte.

Thomas war nicht nach Lachen zumute. Er stellte auch keine weiteren Fragen. Er wollte keine Antworten mehr hören, die ihn aufregen würden. Sein Bild von der Polizei hatte starke Risse bekommen. Die Kumpanei mit der Gestapo stank zum Himmel.

Das traurige Schicksal von Eugen war ein gutes Beispiel dafür. Die Kripo – auch Onkel Strobel – musste doch wissen, dass er nicht der Mörder sein konnte. Er war homosexuell und kastriert gewesen, kam also für eine Vergewaltigung der kleinen Lotte gar nicht infrage. Warum ignorierte der Onkel diesen Fakt? Hatte er Angst zuzugeben, dass ein Unschuldiger gehängt worden war? Der Mörder von damals hatte jedenfalls vor einigen Tagen wieder zugeschlagen. Die kleine Esperanza war sein Opfer. Und er musste den Tatort manipuliert haben, bevor Strobel erschienen war, dessen war sich Thomas sicher.

Eugen tat ihm leid. Was hatte der Heimleiter über ihn geschrieben? Er war ein Querulant? Thomas musste unweigerlich an Peggy denken. Sie galt auch als Querulantin. Offenbar hatten sich die Zeiten nicht geändert.

Aber Peggy brauchte nichts zu befürchten. Er würde alles dafür tun, damit sie in Freiheit leben konnte. Dabei nahm Thomas in Kauf, gegen geltende Gesetze zu verstoßen. Gesetze, die seiner Ansicht nach ungerecht waren. Das fing bei dem dämlichen Kuppeleiparagrafen an und fand seinen Höhepunkt mit Paragraf 175, der alle Schwulen zu Kriminellen machte, dabei war er selten einem so liebenswürdigen Menschen wie Alexis begegnet. Und dann die Fürsorgeheime! Da ging es wie in Gefängnissen zu, obwohl die Insassen nichts Kriminelles verbrochen hatten. Das alles schwirrte in seinem Kopf, als er nach Feierabend endlich Peggy in seine Arme schloss. Sie hatte in der Zwischenzeit bei Alexis ausgeholfen und sehnsüchtig auf ihn gewartet.

35

»Wie war es im Keller?«, wollte Peggy wissen, und er stand kurz davor, ihr alles zu erzählen, seinen brisanten Aktenfund, das enttäuschende Gespräch mit Strobel, die traurige Geschichte von Eugen. Aber er wollte Peggy nicht mit diesen Dingen belasten. Ihr blieb jedoch nicht verborgen, dass ihn etwas bewegte und ihm vieles durch den Kopf ging.

»Erzähl schon, auch wenn es schlimm ist. Ich höre dir gerne zu.«

Mit einem Kuss bedankte sich Thomas bei Peggy, die ihm geduldig ihr Ohr leihen wollte.

»Später, okay? Ich möchte, dass es uns gut geht und wir jetzt was Schönes erleben.«

»Dann gehen wir ins Kino«, schlug Peggy vor.

Auf Anraten von Alexis, der französische Filme liebte, wollten sie *Pierrot le Fou* mit Jean-Paul Belmondo und Anna Karina sehen.

»Das ist eine verrückte Liebesgeschichte«, schwärmte Alexis und verriet leider das Ende. »Am Ende sprengt sich der Held in die Luft und folgt seiner toten Liebhaberin!«

Trotzdem wollten beide sich diesen »tollen Film« nicht entgehen lassen. Als Thomas neben Peggy im dunklen Kinosaal saß und ihre

Nähe spürte, gab es nur sie. Zunächst begannen sich beide leicht zu streicheln, bekamen aber schnell Lust auf mehr. Seine Hand wanderte unter ihre Bluse, während auf der Leinwand Reklame lief und das HB-Männchen in die Luft ging. Spätestens jetzt waren Archiv und Akten weit weg auf einem anderen Planeten. Die beiden fingen an, sich intensiv zu küssen, und verpassten fast den Beginn der Wochenschau, der nach der Reklame kam. Der erste Bericht handelte von einem Gerichtsprozess in Frankfurt, was Peggy und Thomas nur in Stichworten mitbekamen. Aber dann fielen ihre Blicke auf die Leinwand. Zu sehen waren zunächst tote, ausgemergelte Menschen, die zu Leichentürmen aufgestapelt waren – offenbar hatten es ihre Häscher nicht geschafft, die Leichen zu verbrennen. Es waren schockierende Aufnahmen aus dem KZ Auschwitz, die Thomas und Peggy zum ersten Mal sahen. Fassungslos blickten sie auf die Leinwand und lauschten dem Kommentar des Sprechers.

Vierundzwanzig deutsche Männer haben sich seit einem Jahr vor einem Frankfurter Schwurgericht für ihre Tätigkeit in der größten bisher bekannten Vernichtungsanlage zu verantworten. Es ist der Versuch, ein Stück deutsche Vergangenheit zu bewältigen über den Mord an über sechs Millionen Juden. Die nationalsozialistische Mordmaschinerie machte vor Juden, Zigeunern und Anhängern religiöser Minderheiten, wie den Zeugen Jehovas, nicht halt ...

Thomas und Peggy, ja das ganze Kino hielt den Atem an. Alle starrten auf die Leinwand und sahen Berge aus Menschenhaaren, die man den armen Opfern abrasiert hatte, offenbar für die Herstellung von Perücken gedacht. Es folgten Bilder von unzähligen Goldzähnen, die man den Toten herausgeschlagen hatte, sorgsam sortierte Kleidungsstücke, Uhren, Brillen, Koffer und weitere Habseligkeiten.

Der folgende Spielfilm vermochte die Bilder der Wochenschau nicht aus Thomas' Kopf zu verdrängen. Peggy merkte, dass sie ihn aufgewühlt hatten, und hielt beruhigend seine Hand.

Nach dem Spielfilm musste er einiges loswerden. »Ich wusste gar nichts Richtiges über diese Nazizeit. Das war ja alles viel schlimmer, als ich dachte. Die haben Millionen Menschen vergast ... Mein Vater hat nie darüber gesprochen, er sagte nur, dass er kein Nazi war. Der muss das doch gewusst haben.«

Thomas, der sich durch den Kinobesuch Ablenkung erhofft hatte, war sozusagen vom Regen in die Traufe gekommen.

»Wie konnte er als Polizist einem Staat dienen, der Millionen Menschen umgebracht hat? Von meiner Mutter erwarte ich sowieso nichts, die kümmert sich nur um ihren Haushalt.«

Peggy, die kein Familienleben kannte, stellte sich die Fragen nicht. Sie hasste ohnehin alles, was mit Staat und Religion zu tun hatte. »Am liebsten würde ich hier weg. Können wir nicht woanders hinziehen?«

Thomas konnte darauf keine Antwort geben. Aber Peggy umso dafür mehr: »Trau keinem über dreißig, kann ich nur sagen. Alle, die älter sind, haben Dreck am Stecken!« Thomas wollte ihr da nicht widersprechen, aber er wollte jetzt abschalten: »Lass uns erst mal etwas trinken!« Und das taten sie auch.

Als Alexis sie nach dem Film fragte, musste er erfahren, dass die Wochenschau die Stimmung der beiden in den Keller gedrückt hatte. Zum Trost spendierte er ihnen zwei Cuba Libre und machte für sie einen Tisch frei, damit sie unter sich sein konnten. Während ringsum der Kneipentrubel herrschte, saßen die beiden zusammen und genossen ohne viele Worte ihre Zweisamkeit. In diesem Moment war alles Elend dieser Welt vergessen, es gab keine Verbrechen, keine Lügen und Ungerechtigkeiten.

»Wieso können nicht alle Menschen so wie wir sein?«, fragte Thomas verliebt.

»Weil die meisten leider nur Scheiße im Hirn haben«, lautete die etwas unromantische Antwort von Peggy.

»Ich will das jetzt nicht glauben. Das wären ja keine guten Aussichten.«

»Du glaubst auch nicht, dass die Menschen gut sind, sonst wärst du doch nicht so gerne Polizist!«

»Du hast recht. Heute war aber ein Tag, an dem ich gezweifelt habe, ob ich im richtigen Verein bin«, seufzte Thomas. Er schilderte, was er im Archiv über den Fall der kleinen Lotte erfahren hatte und dass Strobel, sein großes Vorbild, den armen Eugen Schmitz für schuldig hielt. »Der arme Kerl war im gleichen Heim eingesperrt wie du!«

»Kann ich mir denken. Das Heim gab es schon bei den Nazis. Musst nur mit dem alten Hausmeister sprechen, der kann dir einiges erzählen.«

Bevor Thomas etwas darauf sagen konnte, sah er eine Person in die Bar kommen, die er hier nicht erwartet hätte: Dr. Nikasius.

»Das ist der Pathologe. Was sucht der denn hier?« Thomas fiel auf, dass der Mediziner sehr zerfahren und zittrig wirkte.

»Dr. Eisenbart braucht wieder Stoff«, kommentierte Alexis abschätzig, der gerade den Nebentisch bediente. »Der Kerl ist morphiumsüchtig.«

Thomas erinnerte sich daran, dass er ihn in seinem Büro mit einer Spritze gesehen hatte.

»Und mir erzählte er, dass er sich Insulin spritzt.«

»Nee, der ist süchtig«, klärte Alexis ihn auf und ging entschlossen auf den Arzt zu, der sich mit einem Mann lautstark unterhielt. Thomas und Peggy wurden Zeuge, wie der sonst liebenswürdige Alexis, der seine Gäste wie Könige behandelte, den Arzt am Schlafittchen packte und unsanft nach draußen bugsierte. Der Arzt war diese Behandlung offenbar gewöhnt, denn er leistete keinen Widerstand.

»Warum hast du ihn rausgeschmissen?«, wollte Thomas wissen.

»Weil er Ärger macht, wenn er keinen Stoff hat und auf Entzug ist. Er beleidigt die Gäste und ist auf Krawall aus. Von dem möchte ich mich nicht operieren lassen, wenn er den Flattermann hat«, meinte Alexis kopfschüttelnd.

Der letzte Satz brachte Thomas ins Grübeln.

»Was hast du?«, fragte Peggy, der nicht entging, dass Thomas über irgendetwas grübelte.

Thomas dachte daran, dass eine der Stützen der Unfalltheorie der Befund des Arztes war. »Wenn er auf Entzug war, konnte er sich doch bei der Untersuchung des toten Mädchens gar nicht konzentrieren.«

Peggy gab ihm recht: »Stimmt. Ich war mal in einem Heim, da waren auch Alkoholkranke untergebracht. Wenn die ihren Stoff nicht bekamen, dann gute Nacht. Sie waren zu nichts zu gebrauchen. Ich würde mich also auf diesen Quacksalber nicht verlassen.«

»Dann sollte ich ihn näher unter die Lupe nehmen«, schlussfolgerte Thomas.

»Du willst also am Ball bleiben?«

»Das muss ich, bevor der Mörder noch mal zuschlägt«, antwortete er mit ernster Stimme.

»Aber wir müssen uns auch überlegen, was aus uns wird. Ewig können wir nicht bei Elke unterkommen«, gab Peggy zu bedenken.

»Zunächst sind wir aber bei ihr sicher. Außerdem hast du nichts zu befürchten, weil du in keinem Fahndungsbuch stehst. Da stehen nur die Kriminellen«, beruhigte Thomas sie und gab ihr einen Kuss. »Und wenn man dich verhaften sollte, werde ich dich aus dem Knast befreien!«

Peggy dankte es ihm mit einem endlos langen Kuss.

36

Gleich am nächsten Morgen wollte Thomas Dr. Nikasius einen Besuch abstatten. Diesmal fuhr er mit seinem Borgward auf das Gelände, was sich nicht als problematisch erwies, da er sich beim Pförtner als Kripobeamter ausweisen konnte. Auf dem Weg zur Pathologie musste er an der prächtigen Privatstation von Prof. Humbold vorbei. Dabei erregte vor dem Eingangsportal ein Quartett seine Aufmerksamkeit, das er in dieser Zusammensetzung nicht erwartet hätte: Prof. Humbold, Dr. Nikasius, Ehrenbürger Söhnlein und seine Gattin. Thomas fuhr den Borgward an die Seite und schaute interessiert auf die vier, die sich einen heftigen Wortwechsel lieferten. Es ging zwar laut zu, aber Thomas war zu weit entfernt, um irgendetwas verstehen zu können. Ihm fiel auf, dass sich der Arzt offenbar in der Defensive befand, jedenfalls wehrte er sich gestenreich und lautstark gegen die restlichen drei, die auf ihn einredeten. Irgendwann wurde es Dr. Nikasius offenbar zu viel. Er eilte fluchend zu seinem Käfer und brauste davon. Thomas konnte sich überhaupt keinen Reim auf das Ganze machen, fuhr aber Dr. Nikasius hinterher. Vor der Pathologie kam der Käfer zum Stehen, und der Arzt verschwand humpelnd im Gebäude.

Thomas traf ihn im Sezierzimmer auf der ersten Etage. Diesmal hatte er sich gegen den Leichengeruch gewappnet und rieb etwas Mentholsalbe unter die Nase.

»Was willst du denn wieder hier?«, blaffte Dr. Nikasius ihn an, als er Thomas an der Tür sah. Der Arzt, der seine schlechte Laune von dem Disput eben mitgebracht hatte, stand vor einem Seziertisch, auf der eine zugedeckte Leiche lag.

»Guten Morgen, Dr. Nikasius. Meine Kollegen sind der Ansicht, dass ich mich öfters bei Ihnen blicken lassen sollte ...«, begann Thomas, wurde aber sogleich unterbrochen.

»Das hier ist kein Kindergarten!«, bellte Dr. Nikasius, und mit einem Ruck entfernte er das Tuch von der Leiche, sodass Thomas auf den faltigen Körper eines sehr alten Mannes blickte.

»Es geht um das tote Mädchen, das vor ein paar Tagen in den Ruinen gefunden worden ist.«

»Hast du meinen Bericht nicht gelesen? Da steht alles drin.«

»Schon, aber ich hätte da noch einige Fragen, was die Fraktur am Kopf angeht.«

Anstatt zu antworten, begann der Arzt, mit einem Skalpell den Brustkorb des Mannes zu öffnen.

»Schädeldecke war kaputt. Noch Fragen?«

»Ich habe gelesen, dass bei einer Kopfverletzung, die durch einen Sturz oder Aufprall verursacht wird, entweder eine Schädelprellung oder ein Schädelbruch vorliegt.«

»Sagte ich doch, eine Fraktur!«

»Und welche genau? Kalottenfraktur, Gesichtsschädelfraktur oder Schädelbasisbruch?«

»Tu doch nicht so, als ob du Ahnung hättest«, brummte der Arzt, während er die inneren Organe des Toten entnahm und in Blechschüsseln verteilte. Das war kein angenehmer Anblick für Thomas, aber er zwang sich, nicht wegzuschauen. Dr. Nikasius sollte nicht denken, dass er schwächelte.

»Bei einer Leichenbeschau wird der ganze Körper untersucht. Haben Sie auch den Hals des Mädchens in Augenschein genommen?«

Die Frage irritierte Dr. Nikasius. Er unterbrach seine Arbeit.

»Was fragst du da?«

»Sind Ihnen Würgemale am Hals aufgefallen, die aus einer Erdrosselung resultieren?«

»Blödsinn«, winkte der Arzt ab, doch Thomas bohrte weiter.

»Haben Sie auch nach Spuren einer Vergewaltigung untersucht?«

Unwirsch schüttelte der Arzt den Kopf und setzte seine Arbeit fort.

Thomas entschied sich jetzt, den Arzt aus der Reserve zu locken.

»Wie steht es eigentlich mit der Konzentration, wenn man als Diabetiker einen Insulinanfall hat?«

Seine Frage sorgte bei dem Arzt für weitere Irritationen.

»Wovon redest du?«

»Sie haben letztens behauptet, Diabetiker zu sein!«

»Ja und?«

»Sie haben mich angelogen. Sie sind morphiumsüchtig!«

Der Arzt schüttelte vehement den Kopf und hob drohend sein Skalpell. Dabei zitterte er am ganzen Körper.

»Bursche, ich warne dich!«

Aber Thomas ließ sich nicht beeindrucken, im Gegenteil, er drehte die Schraube noch fester: »Es besteht der Verdacht, dass Sie an dem Tag der Obduktion mit Entzugserscheinungen zu kämpfen hatten. Ich gehe deshalb davon aus, dass Ihre Untersuchung fehlerhaft verlaufen ist.«

Der Vorwurf saß. Dr. Nikasius biss sich die Lippen blutig und bohrte das Skalpell in den Torso.

»Raus hier! Raus!«

Thomas versuchte, ihn zu besänftigen. »Beruhigen Sie sich doch! Ich bin nicht Ihr Feind. Mit mir können Sie über alles reden. Ich mache Sie für nichts verantwortlich, ich will nur wissen, ob Sie an dem Abend auf Entzug waren.«

Anstatt auf das Angebot einzugehen, brüllte der Arzt laut los.

»Einen Scheiß werde ich dir erzählen, du Rotzlöffel! Mach dich vom Acker, oder du kriegst verdammt viel Ärger!«, schrie er, schnappte sich plötzlich eine Knochensäge und stürmte auf Thomas zu.

Der war von der Attacke vollkommen überrascht und hatte seine Mühe, dem rasenden Arzt auszuweichen.

»Sind Sie wahnsinnig? Beruhigen Sie sich!«, brüllte Thomas und ging ein paar Schritte zurück. Als er über einen Stuhl stolperte, sprang der Arzt auf ihn und stieß seine Beinprothese gegen Thomas' Knie, was höllisch schmerzte. Dann holte er mit der Säge zum Schlag aus. Blitzschnell nahm Thomas seine Pistole aus dem Halfter und drückte sie gegen die Schläfe des Arztes. Das wirkte. Nikasius glotzte ihn mit weit aufgerissenen Augen an, verharrte regungslos.

»Ich drücke gleich ab. Notwehr. Paragraf 32, Strafgesetzbuch«, presste Thomas hervor und spannte den Hahn.

Langsam legte der Arzt die Säge auf den Boden. Vorsichtig schob Thomas ihn von sich und stand auf. Der Arzt blieb auf dem Boden liegen, wand sich vor Krämpfen, während sein Gesicht blau anlief.

»Ich könnte Sie jetzt ohne Weiteres wegen versuchten Totschlags festnehmen, aber ich gebe Ihnen noch eine Chance«, keuchte Thomas und steckte seine Pistole zurück. »Wenn ich morgen wiederkomme, werden Sie mir erzählen, was während der Untersuchung der Leiche schiefgelaufen ist.«

Thomas war zufrieden mit sich. Er hatte auf den sinnlosen Angriff des Arztes mit Nervenstärke reagiert. Warum waren bei dem Doktor die Sicherungen durchgebrannt? War das ein Resultat seiner Drogensucht, oder hatte Thomas mit seinem Vorwurf ins Schwarze getroffen? Er zweifelte nicht daran, dass Dr. Nikasius die Leiche fehlerhaft untersucht hatte. Nur eine gerichtliche Obduktion konnte Klarheit über den Tod der kleinen Esperanza schaffen. Thomas wusste genau, dass ihm die rechtliche Handhabe für eine Obduktion fehlte. Die müsste gerichtlich initiiert werden.

Im Präsidium angekommen überlegte er, wie er den Onkel überzeugen konnte, eine Obduktion zu veranlassen. Er musste es versuchen. Zuvor wollte er aber erneut den Obduktionsbericht studieren. Als er die Akte hervorholte, las er zu seinem Erstaunen, dass die Leiche von der Staatsanwaltschaft zur Überführung nach Spanien freigegeben worden war. Bei Thomas schrillten die Alarmglocken. Wenn die tote Esperanza einmal in Spanien war, wäre eine Obduktion faktisch unmöglich.

Thomas entschloss sich, mit den Eltern des Mädchens zu sprechen, und fuhr zum Gastarbeiterheim. Ihm war die Brisanz seines Besuchs bewusst, denn er musste sie davon überzeugen, dass seiner Ansicht nach ihre Tochter ermordet worden war. Als er vor dem Wohnhaus stand, überkamen ihn Bedenken. Wie würden die verzweifelten Eltern, die von einem Unfall ihrer Tochter ausgingen, auf seinen Verdacht reagieren? Er ärgerte sich, dass er das alles nicht bedacht hatte.

»Nanu, ohne den Chef unterwegs?«, hörte er die schnarrende Stimme des Hausmeisters, der aus einem der Häuser schlurfte. »Tja, dumm gelaufen mit der kleinen Spanierin.«

»Wo sind die Eltern des Mädchens?«, fragte Thomas, die letzte Bemerkung des Hausmeisters ignorierend.

»Wieder zurückgefahren. Haben gestern ihre Klamotten gepackt und sind wieder fort. Mit Sack, Pack und Sarg sozusagen.«

Die Art und Weise, wie der Hausmeister über das traurige Schicksal der Familie sprach, ärgerte Thomas maßlos. Aber er wollte jetzt nicht darauf reagieren.

»Ich möchte ihre Wohnung sehen.«

»Warum?«

»Weil ich das jetzt sage!«, brüllte Thomas genervt und stellte sich drohend vor dem Hausmeister auf.

»Ist ja gut, ist ja gut …«, antwortete Bukowski beschwichtigend und führte Thomas widerwillig in die Wohnung. Sie bestand aus einem Zimmer, in dem sich ein großes und ein kleines Eisenbett befanden. Auf dem Boden lagen noch Socken und Hemden, Teller türmten sich auf der Spüle. Die Klappe des Kohleofens war noch auf, die Briketts darin unverbrannt. Es sah aus, als ob das Zimmer fluchtartig verlassen worden war.

»Viel Spaß noch!«, grinste Bukowski und ging.

Thomas blieb nicht lange allein, weil ein dunkelhaariger Mann mit lustigem Gesichtsausdruck seinen Kopf durch die Tür steckte: »Buon giorno!«

»Guten Tag, ich wollte mich nur umschauen«, sagte Thomas und hob eine Kinderzeichnung auf. Darauf waren schöne Häuser, viele Bäume und eine lachende Sonne zu sehen. Über dem Bild stand das Wort Deutschland.

»Traurig, traurig. Sehr nette Leute. Gute Nachbarn«, seufzte der Mann und schaute ebenfalls auf das Bild.

»Kommen Sie auch aus Spanien?«

»Kennen Sie nicht das Lied von Rita Pavone, *Zwei kleine Italiener*?«, lachte er und begann, die Melodie zu summen. Unwillkürlich musste Thomas mitlachen.

»Darf ich fragen, warum Sie nach Deutschland gekommen sind?

Gab es keine Arbeit in Italien?«, erkundigte sich Thomas, dem einfiel, dass er nichts über die sogenannten Gastarbeiter wusste.

»No! Deshalb war gekommen deutsche Kollege vom Arbeitsamt ins Dorf. Suchte Arbeiter für Mannesmann. Denn deutschen Arbeiter warn kaputt im Krieg. Vertrag gemacht, capito?«

Thomas hatte mehr oder weniger verstanden.

»Wissen Sie, warum die Familie jetzt zurückgefahren ist?«

»Großes Paradies versprochen. Aber bekommen haben Hölle«, seufzte der Mann traurig und ging wieder.

Während Thomas das Blatt sorgsam faltete und in seine Tasche steckte, dachte er über die Worte des italienischen Arbeiters nach: Man hatte ihnen das Paradies versprochen, doch sie hatten die Hölle bekommen. Aber sie hatten ein Recht auf Gerechtigkeit. Wie musste also sein nächster Ermittlungsschritt aussehen? Die Spur zu Esperanzas Mörder führte zu dem Mord an der kleinen Lotte. Dringend tatverdächtig war damals der Fahrer des Horchs. Konnte man nicht den Halter dieses Luxuswagens in Erfahrung bringen? Über das statistische Amt erfuhr Thomas zwar, wie viele Autos 1939 in der Stadt zugelassen waren, aber es gab keine Angaben über die Marken. Nach ein paar Anrufen bei einigen Autohäusern erfuhr er, dass das Autohaus, das die Marke Horch vor dem Krieg vertrieben hatte, nicht mehr existierte. Er war, was den Wagen des möglichen Täters betraf, in einer Sackgasse angelangt.

Was war mit den Eltern der kleinen Lotte? Über das Einwohnermeldeamt erfuhr er, dass sie nicht mehr lebten. Aber Thomas gab nicht auf. Da die Polizeiakten entfernt worden waren, begab er sich ins Stadtarchiv, um alte Zeitungen zu durchforsten. Er war gierig nach allen Informationen, die er bekommen konnte.

Das Stadtarchiv befand sich in einem ehemaligen Verwaltungsgebäude, das schon bessere Tage gesehen hatte. Wenig einladend war auch der Pförtner, der sich in seinem Kabuffchen verschanzt hatte und ein Schmalzbrot schmierte. Zunächst wollte der Mann, der sich wie ein Gutsherr aufführte, Thomas nicht in das Gebäude lassen, weil er sich nicht angemeldet hatte.

Beim Anblick der polizeilichen Dienstmarke schrumpfte er zu einem Gulliver und erklärte Thomas kleinlaut, wo sich die Zeitungen befanden. Die Archivarin dagegen – eine ältere Dame mit schütterem Haar – erwies sich als sehr zuvorkommend. Offenbar freute sie sich über ein wenig Abwechslung und half Thomas weiter.

»Die damaligen Zeitungen waren gleichgeschaltet. Die eine war ein reines Naziblatt, die andere musste es sein … Doch der Lokalteil blieb mehr oder weniger frei von Propaganda, obwohl die Nazis auch die kleinen Gartenvereine unterwandert hatten«, erklärte sie Thomas, der nach den unterschiedlichen Zeitungen gefragt hatte.

Thomas stellte fest, dass über den Mord an der kleinen Lotte ausführlich berichtet wurde.

Eine Schlagzeile sprang Thomas besonders ins Auge:

Wann wird der Kinderschänder endlich gefasst?

Einige Tage später, am 2.9.1939 folgte:

Radschlägermörder gefasst!

Thomas las, dass die Geheime Staatspolizei einen Mann namens Eugen Schmitz verhaftet hatte, der auch geständig war. In dem Artikel stand, dass Eugen Schmitz, ein Fürsorgezögling, »sittlich verroht« war und »sexuell abnorm«. Kein Wort über seine Homosexualität und seine Kastration. Nur wenige Tage später wurde er von einem Sondergericht zum Tode verurteilt. Thomas musste an Eugens Akte denken. Er erinnerte sich daran, dass der Heimleiter eine Kastration von Eugen befürwortet hatte.

»Wie kann ich etwas über den damaligen Leiter des Heims, er hieß Hermann, erfahren?«

»Sehen Sie doch im Adressbuch des Jahres 1939 nach«, antwortete die Archivarin und brachte ihm ein entsprechendes Exemplar.

Dort stand geschrieben, dass Hermann nicht nur Mitglied der NSDAP war, sondern auch Mitglied der »Reichsarbeitsgemeinschaft Heil- und Pflegeanstalten«. Darunter konnte sich Thomas überhaupt nichts vorstellen. Erneut half ihm die Archivarin weiter.

»Diese Vereine wurden gegründet, um Menschen, die nicht der Volksgemeinschaft nützlich waren, zu entsorgen«, erläuterte sie mit bitterer Stimme. »Menschen, die dem Rasseideal der Nazis nicht entsprachen, wurden als wertlos angesehen. Es wurde ein Euthanasieprogramm entwickelt, das mehreren Zehntausend Menschen das Leben kostete. Sie wurden entweder vergast oder vergiftet. Und warum? Weil sie behindert waren oder homosexuell oder Zigeuner.«

»Und diese Reichsarbeitsgemeinschaft Heil- und Pflegeanstalten entschied, wer sterben musste?«

»Richtig. Es gab Gutachter, das waren Ärzte und Heimleiter.«

»Also auch Hermann«, ergänzte Thomas, und die Archivarin nickte.

Thomas fiel in diesem Zusammenhang Prof. Humbold ein, den der alte Kommissar Fischer als »Eierschneider« bezeichnet hatte. Auch über Humbold wollte er etwas erfahren. Wieder erwies sich das Adressbuch als nützlich. Humbold war ein hoher Funktionär der hiesigen Ärztekammer, ebenfalls Parteimitglied.

Über Dr. Nikasius stand nur geschrieben, dass er Pathologe war. Offenbar gehörte er keiner Organisation und Partei an, was auch mit seinen Angaben übereinstimmte.

»Junger Mann, gehören Sie zur Sonderkommission zur Aufklärung der Naziverbrechen?«, fragte die Archivarin Thomas plötzlich.

»Nein, ich bin bei der Kripo.«

»Ich habe Sie gefragt, weil Sie sich für diese Zeit interessieren.«

»Es geht um einen ganz gewöhnlichen Mordfall«, begann Thomas, berichtigte sich aber sogleich, »andererseits scheint er gar nicht so gewöhnlich zu sein …«

Mit Blick auf die Adressbücher fiel ihm eine Frage ein.

»Wissen Sie, warum Prof. Humbold nach dem Krieg weiterhin als Arzt arbeiten durfte?«

»Warum sollte er nicht?«, konterte sie mit leicht ironischem Unterton.

»Na ja, er war ein hoher Nazifunktionär. Und was er mit seinen Patienten angestellt hat, das war kriminell!«

»Wer hätte ihn denn anklagen sollen? Viele unserer Staatsanwälte und Richter waren damals auch Nazis«, antwortete sie leicht bitter. »Eine Krähe hackt der anderen kein Auge aus!«

»Damit sollte man sich aber nicht zufriedengeben«, antwortete Thomas, der entschlossen war, den damaligen Justizmord nicht auf sich beruhen zu lassen.

»Ich würde gerne die Gerichtsakte des Falles einsehen. Wo finde ich die? Im Archiv des Landesgerichts?«

»Der Fall ist vom Sondergericht behandelt worden, deren Akten befinden sich in der Außenstelle Kalk. Wenn Sie wollen, kann ich dort anrufen.«

Thomas nahm das Angebot an.

»Morgen früh um neun können Sie die Akten einsehen«, teilte sie Thomas mit, nachdem sie mit der Außenstelle telefoniert hatte.

Thomas bedankte sich bei der freundlichen Dame, hatte aber noch eine Frage: »Könnten Sie mir vielleicht noch etwas über die Funktion dieser Sondergerichte sagen?«

»Das können wir schnell nachholen«, meinte die Dame und gab sich redlich Mühe, ihn aufzuklären.

Thomas erfuhr, dass die Nationalsozialisten neben den Volksgerichten auch Sondergerichte eingesetzt hatten. Zunächst waren sie eingerichtet worden, um politische Gegner auszuschalten, aber dann hatten sie erweiterte Funktionen bekommen, zum Beispiel bei kriminellen Taten, die gegen das sogenannte gesunde Volksempfinden gerichtet waren. Die Sondergerichte sprachen sehr oft Todesurteile aus, in vielen Fällen wegen nichtiger Anlässe, beispielsweise bei Beleidigungen des Führers. Was Thomas erstaunte und auch empörte, war die Tatsache, dass nach dem Krieg die Justizministerien die Todesurteile der Sondergerichte nicht beanstandet hatten.

»Diese Urteile hält man auch heute noch für vertretbar«, beklagte die Archivarin und fügte hinzu, dass sehr viele Richter und Staatsanwälte dieser Sondergerichte nach wie vor tätig sind.

Am Abend hatte Thomas Peggy viel zu erzählen. Er konnte ja mit niemandem sonst über seine Aktivitäten sprechen. Als Peggy hörte, dass der Arzt mit der Säge auf Thomas losgegangen war, machte sie sich große Sorgen um ihn.

»Der Kerl ist gemeingefährlich. Lass bloß die Finger von ihm!«

»Aber er hat was zu verbergen! Für mich steht fest, dass er Esperanza nicht richtig untersucht hat.«

»Aber ich komme um vor Angst, wenn du noch mal dahin gehst.«

»Ich passe auf mich auf, Peggy, mach dir keine Sorgen.«

»Versprich mir, dass du diesen Arzt nicht mehr besuchst.«

»Du kannst beruhigt sein, Peggy. Morgen fahre ich erst mal zum Archiv, um die Gerichtsakten über den armen Eugen zu lesen. Das ist ganz ungefährlich.«

Doch Peggy ließ sich nicht beruhigen.

»Die mache ich mir aber. Du rennst gegen eine Wand, Thomas! Lass uns verschwinden!«

»Und wo sollen wir hin?«

Darauf hatte Peggy auch keine Antwort. Sie wollte sich von Alexis Rat holen. Vielleicht hatte er eine Idee. Er kannte sich doch überall aus und hatte Freunde in der ganzen Welt.

Gleich am nächsten Morgen fuhr Thomas nach Kalk, wo sich die Akten befanden. Seine Kollegen würden ihn sowieso nicht vermissen, weil sie ihn im Archiv wähnten. Ob er danach wieder in die Psychiatrie zu Dr. Nikasius fahren würde, wusste er noch nicht. Einerseits dachte er an Peggy, die sich um ihn sorgte, andererseits musste er Dr. Nikasius Druck machen, um zu erfahren, wie er die Leiche untersucht hatte.

Auch in Kalk machte Thomas eine positive Erfahrung mit einer Archivarin. Die freundliche Dame, um einiges jünger als ihre Kollegin vom Stadtarchiv, hatte für ihn die Gerichtsakte von Eugens Prozess bereitgestellt. Bei der Lektüre wurde ihm klar, dass von einem rechtsstaatlichen Verfahren keine Rede sein konnte.

Die Beweisaufnahme stützte sich auf ein Geständnis, das Eugen während der Vernehmung abgelegt hatte.

Dann wurden zwei Zeugen zitiert, die Thomas bekannt waren.

Zum einem Prof. Humbold: *Der Angeklagte ist ein Mensch, der seinem inneren Drang zum Verbrechen hemmungslos unterworfen ist. Er hat des Öfteren Frauen triebhaft belästigt. Er ist intelligent und gerissen und steht jenseits von Gut und Böse.*

Als weiterer Zeuge wurde der Heimleiter Hermann gehört: *Eugen Schmitz ist ein frivoler und rücksichtsloser Gewaltmensch, eine asoziale Natur schlimmster Sorte!*

Thomas konnte gar nicht glauben, was er da las. Es war offensichtlich, dass man den armen Eugen zu einem Monster machte, um ihn dann wegen »Mordes und vollendeter Notzucht« zum Tode zu verurteilen.

Natürlich fand die Tatsache keine Erwähnung, dass er aufgrund seiner Homosexualität für ein Sexualverbrechen an einem kleinen Mädchen gar nicht infrage kommen konnte.

Aus der Akte wurden ebenfalls Details der Hinrichtung, wie Ort und Dauer, ersichtlich. Makaber auch, dass die Kosten für den Scharfrichter aufgeführt wurden, unter anderem, dass der Scharfrichter 325,70 Reichsmark in Rechnung stellte.

Aber eine Sache war dann doch interessant. Auch Strobel hatte der Hinrichtung beigewohnt!

»War es üblich, dass ein Vertreter der Polizei bei den Hinrichtungen anwesend war?«, fragte Thomas die Archivarin.

Sie verneinte. »Offensichtlich hatte der Hauptkommissar ein besonderes Interesse, was ich mir aber nicht erklären kann.«

37

Die nackte Angst spiegelte sich in ihren Augen. Sie stand verloren im Badehaus und starrte auf Pater Hermann, der lüstern feixte. Fritz, der gerade das Klo putzte, ahnte, was dem Mädchen bevorstand, und floh in den Geräteschuppen. Dort kratzte er sich seine Hand blutig, aus Strafe, weil er dem Mädchen nicht helfen konnte. Ihm fiel nur ein Mensch ein, der Maria helfen konnte, und das war Peggy. Aber wie sollte er sie finden? Er konnte das Heim nicht verlassen, weil er vor der Welt draußen Angst hatte und mit Panikattacken kämpfte, sobald er durch das Tor ging. In seiner Verzweiflung wandte er sich an Karin, eine jungen Heiminsassin, die kurz vor ihrer Entlassung stand und deswegen öfters Ausgang bekam. Sie musste ihm helfen.

Peggy genoss jede Sekunde ihres neuen Lebens und träumte davon, mit Thomas weit weg zu reisen, an einen Ort, wo man frei leben konnte.

»Fahrt doch nach London oder Amsterdam, da ist es nicht so spießig. Wenn ich die Bar nicht hätte, würde ich dort mein Glück versuchen.« Alexis geriet regelrecht ins Schwärmen, und Peggy saugte alles in sich auf. Sie hatte viele Fragen, die sie Alexis stellen wollte, aber da sah sie Karin die Bar betreten.

»Hallo, Peggy! Endlich finde ich dich!«

»Was ist los?«, wunderte sich Peggy über den unerwarteten Besuch ihrer ehemaligen Leidensgefährtin.

»Fritz hat nach dir gefragt. Er ist ganz verzweifelt!«

»Was hat er denn?«

»Keine Ahnung, aber er ist ziemlich fertig.«

Ohne lange zu überlegen, machte sich Peggy sofort auf den Weg ins Heim, ignorierte die Warnung von Alexis, der sie vor unüberlegten Schritten warnte.

Der kleine Mann stand hinter dem Tor und schaute sehnsüchtig auf die Straße. Er hoffte auf Peggy. Sie würde kommen! Und tatsächlich entdeckte er sie auf der anderen Straßenseite. Nachdem sie sich vergewissert hatte, dass sich außer ihm keiner auf dem Gelände befand, ging sie auf den Zaun zu. Die beiden gaben sich durch das Gitter die Hand.

»Peggy, ich wusste, dass du kommst.«

»Ich lass dich nicht im Stich, Fritz!«, versicherte sie ihm und drückte seine Hand fest.

»Es geht nicht um mich. Ich komme hier zurecht. Aber du musst Maria helfen. Sie wird daran zugrunde gehen!«

Seine Stimme stockte, und er begann zu weinen. Peggy verstand sofort. Hermann hatte sich wieder an Maria vergriffen. Dieses ekelhafte Schwein.

»Das wird aufhören, Fritz, darauf mein Ehrenwort! Mein Freund ist Polizist. Aber ein guter. Er wird uns helfen.« Sie strich ihm durch das Gitter über die Haare.

Fritz schüttelte skeptisch den Kopf. Polizisten standen auf der anderen Seite. Er kannte sie nur als unfreundliche Uniformträger, die manchmal ein entlaufenes Mädchen ins Heim zurückbrachten.

»Du weißt, dass du dich auf mich verlassen kannst«, versuchte

Peggy, ihn zu beruhigen. Sie zweifelte keine Sekunde daran, dass Thomas der kleinen Maria beistehen würde.

Nach dem Besuch im Archiv saß Thomas in seinem Büro, um die Informationen, die er gesammelt hatte, zu ordnen. Den Kollegen log er vor, eine Inventur über die Asservate zu erstellen. Ungestört wollte er sich den Fakten widmen, die seine Recherche über den Mord an der kleinen Lotte ans Tageslicht gebracht hatten. Allerdings konnte er sich nicht auf seine Arbeit konzentrieren, weil er noch ganz unter dem Eindruck der Gerichtsakte stand. Eugens Schicksal hatte ihn aufgewühlt. Thomas empfand eine unbändige Wut auf diejenigen, die Eugen auf dem Gewissen hatten. Auf die Gestapo, auf die damalige Justiz, aber auch auf den skrupellosen Heimleiter und auf Prof. Humbold. Gerade als er überlegen wollte, wie er als Nächstes in dem Fall vorgehen sollte, klingelte das Telefon. Die Frau in der Zentrale stellte Peggy durch. Sie klang sehr aufgeregt.

»Endlich habe ich dich am Telefon! Ich brauche deine Hilfe!«

»Was ist los, Peggy?«, fragte er besorgt.

»Im Heim ist ein kleines Mädchen. Du kannst dir nicht vorstellen, was sie durchmachen muss. Der Heimleiter vergreift sich dauernd an ihr.«

»Wo bist du jetzt?«

»In einer Telefonzelle gegenüber dem Heim. Ich warte auf dich …«

Weiter kam sie nicht. Ein Streifenpolizist riss die Tür der Telefonzelle auf und zerrte Peggy nach draußen. Sie hatte nicht bemerkt, dass eine der Nonnen sie am Zaun entdeckt und die Polizei benachrichtigt hatte.

»Scheißbullen! Lasst mich los!«, hörte er Peggys Stimme durch den Hörer, ehe das Besetztzeichen ertönte. Unbändige Wut stieg in ihm auf. Er musste sie da rausholen! Thomas ließ alles stehen und liegen und fuhr zum Fürsorgeheim.

Der Borgward kam mit kreischenden Bremsen vor der Einfahrt des Heims zum Stehen. Thomas sprang heraus und klingelte Sturm.

»Was wollen Sie?«, herrschte ihn eine Nonne an, die nach draußen kam.

»Kriminalpolizei, lassen Sie mich rein!«

Beim Anblick seiner Dienstmarke öffnete die Nonne das Tor.

»Ich suche Peggy. Wo ist sie?«, kam er gleich zur Sache.

Die Frau zögerte mit einer Antwort, weil sie unsicher war, wie sie reagieren sollte. Thomas dagegen wusste genau, was er wollte. Er schob sie einfach zur Seite und betrat energisch das Gebäude. Im Flur begegnete er dem Heimleiter Hermann, der sich über den fremden Mann wunderte.

»Wer sind Sie?«

»Ich stelle hier die Fragen«, antwortete Thomas und hielt seine Dienstmarke hoch. »Kriminalkommissar Engel!«

»Hermann, der Leiter der Einrichtung. Was führt Sie zu uns?«

»Hermann?« Thomas stutzte, als er den Namen hörte.

»Richtig!«

Stand hier etwa der Heimleiter vor ihm, der Eugen Schmitz schwer belastet hatte?

»Haben Sie auch vor dem Krieg dieses Heim geführt?«, fragte Thomas mit scharfer Stimme.

»Richtig, aber warum fragen Sie? Was wollen Sie überhaupt hier?«

Hermann klang reichlich angefressen. Er hatte keine Lust, sich von dem nassforschen Burschen ausfragen zu lassen.

In diesem Moment ertönte Peggys Stimme.

»Thomas? Bist du hier? Thomas?«

»Wo bist du?«, rief Thomas zurück und schaute sich suchend um.

Eine der Türen im Flur stand offen. Sofort warf Thomas einen Blick in den Raum und entdeckte Peggy, die man an einen Stuhl gefesselt hatte. Neben ihr stand die Oberin, die eine Rute in der Hand hielt und Thomas überrascht ansah, der einfach so hineinplatzte.

»Hol mich raus, Thomas! Bitte!«, flehte Peggy mit tränenerstickter Stimme.

»Was geht hier vor?«, brüllte Thomas und schnitt mit seinem Taschenmesser das Seil durch.

»Sie war renitent, und wir mussten sie fixieren«, erklärte Hermann, als wäre das Fesseln an einen Stuhl das Normalste der Welt.

Seine Gelassenheit sollte aber nicht von langer Dauer sein, da ihm Peggy einen Stoß gegen die Rippen verpasste.

»Das Schwein ist ein Kinderschänder. Er hat eine Vorliebe für kleine Mädchen!«

»Der Teufel soll dich holen«, keifte die Oberin und bekreuzte sich theatralisch, während sie auf das Kruzifix an der Wand schaute.

»Jesus würde sich im Grab umdrehen, wenn er diese Scheiße hier sehen würde!«, kommentierte Peggy angewidert. »Er hat es auf die kleine Maria abgesehen!«

Hermann wandte sich empört an Thomas, der ihn fassungslos anschaute.

»Müssen wir uns diese böswilligen Unterstellungen anhören, Herr Kommissar? Unternehmen Sie doch endlich etwas!«

»Genau das werde ich jetzt machen«, antwortete Thomas, während er seine Handschellen hervorholte, die er einem äußerst verdutzten Heimleiter anlegte.

»Sie sind vorläufig festgenommen wegen des dringenden Tatverdachts des Mordes an Lotte Reimann und Esperanza Vargas!«

Bevor Hermann realisieren konnte, was gerade passiert war, wurde er von Thomas an der sprachlosen Oberin vorbei aus dem Raum geführt.

Erst draußen fand der Heimleiter seine Stimme wieder und beklagte sich lautstark über die unerwartete Verhaftung.

»Sie sind wohl verrückt geworden?«

Ungeachtet des Protestes verfrachtete ihn Thomas auf den Rücksitz des Borgwards. Dann verabschiedete er sich mit einem Kuss von Peggy, die es nicht lassen konnte, dem Heimleiter noch eine Ohrfeige zu verpassen.

»Wir sehen uns heute Abend bei Alexis!«

Bevor dann Thomas einstieg, sah er Peggy, die zum Zaun lief und sich von Fritz verabschiedete, der mit Verwunderung beobachtet hatte, wie der Heimleiter von Thomas mit Handschellen abgeführt worden war. Es war das erste Mal, dass Thomas den Hausmeister sah.

»Siehst du, Fritz? Es wird alles gut!«

Thomas verharrte für einen Moment. Konnte es sein, dass es sich um den damaligen Freund von Eugen handelte?

»Sind Sie Fritz Müller?«

Der Hausmeister nickte und sah Thomas ängstlich an. Warum fragte der junge Polizist ihn? Peggy indessen fragte sich, woher Thomas Fritz kennen konnte.

»Dann haben Sie auch Eugen Schmitz gekannt, nicht wahr?«

Wiederum nickte Fritz. Was wollte Thomas von ihm?

Auf jeden Fall nichts Böses, denn Thomas, dem auffiel, dass Fritz verunsichert war, legte besänftigend seinen Arm um die Schulter des Hausmeisters.

»Sie können mir vertrauen, Herr Müller. Eugen wird Gerechtigkeit erfahren. Der Kerl im Wagen wird büßen, was er Eugen angetan hat.«

Fritz wusste nicht, ob er Thomas trauen sollte oder nicht. Er schaute hilflos zu Peggy rüber.

»Thomas ist in Ordnung, Fritz. Er wird jetzt hier aufräumen!«

Bevor Thomas etwas ergänzen konnte, stieg Hermann, obwohl in Handschellen, aus dem Wagen und fing an, lautstark gegen seine Verhaftung zu krakeelen.

»Hiergeblieben!«, rief Thomas und lief zu ihm. Während er den renitenten Pfarrer wieder in den Wagen verfrachtete, fand er noch Zeit für einen Gruß an Fritz.

»Alles wird gut, Herr Müller!«

Der erboste Heimleiter wollte sich so schnell nicht geschlagen geben. Auch während der Fahrt zum Polizeipräsidium ließ er seiner Wut über die Verhaftung freien Lauf.

»Sie werden was erleben! Sie wissen wohl nicht, mit wem Sie es zu tun haben!«, brüllte er mit hochrotem Kopf. Thomas, dem das Geschrei auf die Nerven ging, reagierte auf seine Art. Er drehte das Autoradio auf volle Lautstärke. Die Beschimpfungen des Heimleiters gingen im Lärm unter, den The Who von sich gaben: *This Is My Generation, Baby.*

Es war Mittag, und die meisten Kollegen befanden sich in der Kantine, als Thomas den immer noch widerborstigen Heimleiter ins Verhörzimmer brachte und mit einem harschen »Hinsetzen!« auf einen Stuhl bugsierte. Thomas wollte ihn jetzt auseinandernehmen. Seine Wut kannte keine Grenzen. Für ihn stand fest, dass dieser Kerl das Mädchen im Heim vergewaltigte. Dieser Typ hatte bestimmt auch die beiden Mädchen Lotte und Esperanza ermordet, von seiner Mitschuld am Tod von Eugen Schmitz ganz zu schweigen.

»Sprechen wir zunächst über Sie. Sie waren vor dem Krieg bereits Heimleiter des Ursulinen-Heims, nicht wahr?«

»Ich verlange einen Anwalt!«

Thomas überhörte den Einwand und fuhr fort: »In dieser Eigenschaft haben Sie ein Gutachten über einen Ihnen anvertrauten Zöglinge verfasst, der daraufhin zum Tode verurteilt worden ist.«

»Sie wissen doch gar nicht, was Sie da sagen«, wehrte Hermann ab.

»Die Rede ist von Eugen Schmitz.«

»Ich verlange jetzt einen Anwalt, verflucht noch mal!«

»Das können Sie noch früh genug. Zurück zu Eugen Schmitz. Sie wussten, dass er homosexuell war, und haben deswegen eine Zwangskastration empfohlen.«

»Ich weiß nicht, wovon Sie sprechen.«

»Dann helfe ich Ihnen auf die Sprünge. Dieser junge Mann, der auf Ihre Veranlassung kastriert worden ist, endete auf dem Schafott, weil er angeblich ein Mädchen vergewaltigt und ermordet hat.«

»Was habe ich damit zu tun?«

»Ganz einfach, Sie haben das Mädchen vergewaltigt und umgebracht! Um davon abzulenken, haben Sie der Gestapo Eugen Schmitz ans Messer geliefert.«

Entgeistert blickte Hermann Thomas an.

»Was sagen Sie da?«

»Ihre Vorliebe für kleine Mädchen können Sie doch nicht leugnen. Es gibt Zeugen.«

»Das ist eine Unterstellung!«, keuchte Hermann erregt, während seine Augenlider um die Wette zuckten.

»Und vor einer Woche haben Sie wieder Ihrem Trieb nachgegeben. Sie haben in der Altstadt die kleine Esperanza angesprochen, dann haben Sie das Mädchen nach Kaiserswerth gebracht und dort ermordet.«

Hermann schüttelte vehement seinen Kopf und hielt sich die Ohren zu.

Doch Thomas ließ nicht locker.

»Wo waren Sie am letzten Dienstag?«

Kaum war die Frage formuliert, wurde die Tür aufgerissen. Strobel und der Staatsanwalt stürmten herein.

»Was geht hier vor, zum Teufel!«, rief Strobel außer sich. Sein Gesicht war rot angelaufen. Auch die Gesichtsfarbe des Staatsanwalts deutete eine gewisse Anspannung an. Thomas dagegen versuchte ruhig zu bleiben.

»Hermann steht unter dringendem Tatverdacht, zwei Morde verübt zu haben. Erstens 1939 die kleine Lotte Reimann und zweitens die kleine Esperanza Vargas vor einer Woche in Kaiserswerth«, erklärte Thomas. »Es gibt genug Indizien …«

»Mach den Mann los!«, unterbrach ihn Strobel.

Thomas zögerte kurz, nahm ihm aber die Handschellen ab.

»Das ist unglaublich, was hier passiert!«, echauffierte sich Hermann und richtete seine Haare. »Der Kerl ist vollkommen übergeschnappt!«

Thomas beugte sich zu ihm und fixierte ihn: »Und was ist mit den Vergewaltigungen im Fürsorgeheim? Wollen Sie die auch leugnen?«

»Genug jetzt! Bist du wahnsinnig?«, brummte Strobel und zog Thomas nach hinten. »Du kannst doch nicht einfach einen Menschen so verhaften!«

»Ich habe nach Paragraf 127 Strafprozessordnung gehandelt, eine vorläufige Festnahme, Gefahr in Verzug, eine sogenannte Präventivmaßnahme. Er hat heute eine seiner Zöglinge missbraucht«, erklärte Thomas, so ruhig er konnte.

Nun mischte sich der Staatsanwalt ein.

»Junger Mann, das, was Sie hier treiben … Mir fehlen die Worte! Das sind ja die reinsten Gestapo-Methoden!«

»Gestapo-Methoden? Wissen Sie, was Gestapo-Methoden sind?«, empörte sich Thomas, der jetzt nicht mehr zu halten war. »Ich will nicht wissen, was Sie zwischen 1933 und 1945 getrieben haben. Waren Sie schon damals Staatsanwalt?«

»Also, was erlauben Sie sich?«, rief der Staatsanwalt. »Ich hatte während des Naziregimes Berufsverbot!«

»Dann entschuldige ich mich für meine Bemerkung«, beeilte sich Thomas zu sagen und wandte sich an Strobel. »Doch du, Onkel, du weißt genau, dass Eugen Schmitz unschuldig war! Das war damals ein Justizmord! Man braucht sich nur die damaligen Akten durchzulesen, dann weiß man Bescheid.«

»Nenn mich nicht Onkel«, schnauzte Strobel Thomas an.

»Ich habe keine Ahnung, von welchen Akten Ihr junger Kollege spricht«, beschwerte sich Hermann.

»Aber der Mord an der kleinen Esperanza ist noch ganz frisch«, erwiderte Thomas und fixierte ihn erneut. »Oder haben Sie vergessen, was Sie letzten Dienstag getrieben haben?«

»Beileibe nicht, junger Mann«, entgegnete Hermann. »Ich war an dem Tag in Bochum. Und zwar auf einer Tagung des Bistums. Das können über hundert Anwesende bezeugen.«

Der Satz traf Thomas völlig unvorbereitet. Sollte der Heimleiter ein Alibi haben, würde seine Theorie wie ein Kartenhaus zusammenfallen. Irritiert schüttelte Thomas den Kopf.

»Sie haben kein Alibi! Das kann nicht sein!«

Der erboste Hermann wandte sich an Strobel und den Staatsanwalt: »Ich habe da sogar einen Vortrag gehalten. Das werden sehr viele Leute bezeugen.«

»Das glauben wir Ihnen, mein lieber Herr Hermann«, beruhigte der Staatsanwalt ihn und klopfte ihm auf die Schulter. »Der junge Mann hier ist weit übers Ziel hinausgeschossen, aber das wird nicht ohne Folgen bleiben.«

Hermann schnaufte zufrieden und wollte gehen, aber dann fiel ihm noch etwas ein: »Soll ich Ihnen mal was sagen? Dieser Halbstarke, der sich Polizist nennt, hat eine unserer Insassin, die bisher durch aggressives und asoziales Verhalten aufgefallen ist, zur Flucht verholfen.«

»Das auch noch«, stieß der Staatsanwalt hervor.

Strobel dagegen sagte nichts. Aber sein Blick sprach Bände.

Thomas hatte das Gefühl, als ob er den Boden unter den Füßen verlor.

Eine halbe Stunde las ihm Strobel die Leviten. »Du hast gegen alle polizeilichen und juristischen Grundsätze verstoßen. Ich fasse es nicht. Ich weiß auch nicht, wie ich dir momentan da helfen kann. Ich werde mit dem Staatsanwalt sprechen, damit er von einer Disziplinarstrafe absieht. Aber der Heimleiter wird dich bestimmt wegen Freiheitsberaubung und übler Nachrede anzeigen. Die Sache mit dem Fürsorgemädchen will ich erst gar nicht erwähnen!«

Strobel steckte sich ärgerlich eine Zigarette an.

Thomas nutzte diese kurze Pause zu einer Entgegnung: »Hermann war früher ein übler Nazi! Er hat das Euthanasieprogramm befürwortet. Er hat viele Menschen in den Tod geschickt!«

Doch das Argument prallte bei Strobel ab.

»Der Mann hat sich nach geltender Rechtslage verhalten. Was früher rechtens war, kann doch jetzt nicht unrecht sein. Wir als Kripo können nicht über ihn richten. Wir haben nichts mit Politik zu tun, kapier das endlich!«

»Und dass er das kleine Mädchen missbraucht, fällt wohl nicht ins Gewicht, oder was?«

»Dafür gibt es doch überhaupt keine Beweise, verflucht noch mal!«, brüllte Strobel und drückte die Zigarette wieder aus. »Das basiert doch nur auf der Behauptung deiner kleinen Nutte!«

»Auch wenn ich Scheiße gebaut habe, das ist noch lange kein Grund, so über Peggy zu sprechen«, sagte Thomas leise. Dass der Onkel seine Freundin so nannte, enttäuschte ihn.

»Wirst du jetzt sentimental, oder was?«, erwiderte Strobel. »Sag mir lieber, wie ich das alles deinem Vater erklären soll. Er hat dich mir anvertraut!«

»Mach dir keine Vorwürfe, ich bin für mich selbst verantwortlich.« Doch das nahm Strobel ihm nicht ab.

»Gar nichts bist du! Du bist nur grün hinter den Ohren, merk dir das«, kanzelte er ihn ab, um dann aber wieder versöhnliche Töne anzuschlagen. »Aber dein Onkel wird das wieder richten! Du wirst zwar nicht um eine Suspendierung umhinkommen, aber in ein paar Wochen wird Gras über die Sache gewachsen sein, das ist doch was, oder?«

Strobel hielt Thomas seine Rechte hin, aber der schüttelte den Kopf.

»Das ist nicht nötig«, sagte er mit fester Stimme und legte seine Dienstmarke, die Handschellen und seine Dienstpistole auf den Schreibtisch.

»Was soll das?«, fragte Strobel irritiert.

»Ich quittiere den Dienst«, erklärte Thomas tonlos.

»Unsinn, Junge, ich werde die Kuh vom Eis holen!«

Strobel boxte ihm zwar freundschaftlich auf die Schulter, aber Thomas' Entschluss stand fest. »Offenbar bin ich für den Polizeidienst nicht geeignet. Danke für alles!«

Ohne die Antwort des erstaunten Strobel abzuwarten, verließ Thomas das Büro.

Später saß er mit Peggy in der Bar und ließ den Kopf hängen; er war fertig mit der Welt. Obendrein sangen die Beatles im Hintergrund:

I'am a loser
And I'm not what I appear to be

Für Peggy war Thomas jedoch kein Verlierer. »Du bist mein Held. Du hast mich aus der Hölle befreit!«

»Trotzdem habe ich mich wie ein Anfänger verhalten«, merkte er selbstkritisch an. »Ich hätte den Heimleiter nicht verhaften dürfen. Das war so dilettantisch!«

»Das war gerecht«, berichtigte Peggy ihn trotzig und belohnte ihn mit einem Kuss.

»Dass ich dich da rausgeholt habe, war natürlich richtig«, stellte Thomas klar »Aber warum habe ich ihn nicht gleich nach dem Alibi gefragt? Warum habe ich es nicht geschickter angestellt, ihm die Vergewaltigung der kleinen Maria nachzuweisen? Das war so amateurhaft!«

Peggy konnte nicht länger ihren Freund leiden sehen. Sie legte ihre Hände um seine Schultern und bedeckte ihn mit Küssen. Ihre Therapie half jedoch nicht wirklich, denn sein Fazit lautete: »Ich bin als Polizist nicht geeignet, und ehrlich gesagt, weiß ich nicht, was ich jetzt machen soll.«

Der Song aus der Musikbox passte genau auf seinen Seelenzustand, jedenfalls sang John Lennon vom *Nowhere Man*, der sich im Nirgendwo befindet und nicht weiß, wohin sein Weg ihn führen wird.

Peggy jedoch hatte konkrete Antworten.

»Lass uns nach Amsterdam fahren! Alexis hat mir erzählt, wie großartig es da sein soll. Dort sind die Menschen freier, und außerdem gibt's da keine Spießer«, schlug sie vor.

»Und was sollen wir dort machen?«

»Wir finden einen Weg. Wir sind doch jung!«

Als Thomas in das fröhliche Gesicht von Peggy sah, ging es ihm sogleich besser. Peggy, die es doch viel schwerer im Leben gehabt hatte als er, ließ sich einfach nicht unterkriegen. Sie wollte nicht jammern, sondern nach vorne schauen.

»Komm, lass uns tanzen!«, forderte er sie auf, und beide legten in der Jukebox *Satisfaction* auf. Genau der richtige Sound, um Dampf abzulassen. Er begann, seinen Frust wegzutanzen, natürlich mit Unterstützung von Peggy und einigen anderen Gästen.

Mitten im Song betrat ein Gast die Bar, mit dem er nicht gerechnet hätte. Er trug einen grünen Lodenmantel und einen Jägerhut. Mit dieser Kluft fiel er sogar unter den Gästen auf, die besonderen Wert auf ein ungewöhnliches Outfit an den Tag legten. Es war Werner Engel, der langsam auf seinen Sohn zuging und dabei die Gäste in einer Mischung aus Abscheu und Erstaunen betrachtete. Für ihn war das hier nichts anderes als ein Sündenpfuhl. Thomas unterbrach sein Tanzen und wartete, was jetzt kommen würde. Auch Peggy und die anderen in der Bar harrten der Dinge, die noch kommen würden.

»Ich muss mit dir sprechen. Komm sofort mit«, befahl der Vater mit eisiger Stimme.

»Wenn du mir was zu sagen hast, dann sag es hier«, entgegnete Thomas, der sich fragte, wie sein Vater ihn gefunden hatte.

»Was ist dir nur in den Kopf gefahren? Du hast Walter und seinen Kollegen nur Ärger gemacht! Ist dir klar, was du mir angetan hast?«

»Du warst sowieso der Meinung, dass ich mich nicht zum Kripobeamten eigne«, antwortete Thomas trocken. Das Letzte, was er jetzt gebrauchen konnte, war eine Moralpredigt seines Vaters.

Doch der drehte jetzt auf: »Spar dir die Ironie! Du hast unseren Beruf in den Dreck gezogen. Und alles nur wegen dieser Nazischeiße!«, brüllte Werner Engel und zeigte auf Peggy, die neben

Thomas stand. »Ist das die Fürsorgenutte, die dir den Kopf verdreht hat?«

Anstatt zu antworten, nahm Thomas Peggy demonstrativ in den Arm und küsste sie.

Sein Vater fühlte sich geohrfeigt und schnaufte vor Wut.

»Du solltest dich schämen!«

Daran dachte Thomas aber nicht. Vielmehr warf er eine Münze in die Jukebox. Als *I Got You Babe* von Sonny und Cher ertönte, nahm Thomas Peggy in den Arm und fing erneut an, mit ihr zu tanzen. Andere Gäste taten es ihnen gleich, und im Nu kehrte wieder Partystimmung ein. Werner Engel stand plötzlich verloren da, umzingelt von tanzenden Langhaarigen, und kochte vor Wut. Obendrein wurde er von Alexis angesprochen.

»Möchtest du was trinken, Süßer?«

Thomas' Vater starrte entgeistert in das geschminkte Gesicht von Alexis. »Unterstehen Sie sich, mich Süßer zu nennen!«, herrschte er ihn an und schob ihn beiseite. Dann bahnte er sich einen Weg durch den tanzenden Pulk und machte schnell, dass er die Bar verließ.

»Wir fahren morgen nach Amsterdam«, sagte Thomas und umarmte Peggy.

Teil 3
The Times
They Are A Changin'

1941

38

Seit dem ungesühnten Mord an der kleinen Lotte waren zweieinhalb Jahre vergangen. Der Krieg war in Europa zum Alltag geworden. Die Wehrmacht hatte halb Europa besetzt, unter anderem Frankreich, wo der Hauptkommissar einen ruhigen Dienst schob. Er gehörte jetzt der sogenannten Ordnungspolizei an, das war der Teil der uniformierten Polizei, die hinter der Front Dienst tat. Dass er seinen Posten als Leiter der Kripo räumen musste, hatte er Salziger zu verdanken, der den Querulanten loswerden wollte. Dem Hauptkommissar kam die Versetzung entgegen, weil er Salziger und seine Mörderbande nicht mehr ertragen konnte. Doch der Gestapo-Chef wäre mit Sicherheit im Dreieck gesprungen, zumindest wäre er vor Neid erblasst, wenn er gewusst hätte, dass der verhasste Hauptkommissar in Frankreich einen ruhigen Dienst als *Etappenschwein* schob. Während viele seiner Polizeikollegen in Paris ins tödliche Visier der immer stärker werdenden Resistance gerieten, beaufsichtigte er in der Provinz eine Handvoll Dorfgendarmen, lernte nebenbei die Vielfältigkeit der normannischen Küche kennen, genoss Camembert, Austern und Calvados. Hier ließ sich die Ungerechtigkeit der Welt halbwegs ertragen. Doch das Savoir-vivre änderte sich schlagartig mit dem Angriff der Wehrmacht auf die Sowjetunion. Sofort wurde er nach Polen versetzt und musste sich einer Kompanie des Polizeibataillons 805 der Ordnungspolizei anschließen. Die wurde von einem SS-Obersturmführer namens Henkel kommandiert, der den Hauptkommissar fatal an Salziger erinnerte.

»Sie haben Ihre Leute nicht im Griff, Mann!«, schrie er den Kompanieführer, einen Hauptwachtmeister namens Werner Engel, gleich beim ersten Appell zusammen, weil die Gendarmen nicht stramm genug standen und ihre Gewehre nicht ordnungsgemäß präsentierten.

»Es sind ganz normale Männer, Herr Obersturmführer! Sie haben keine militärische Ausbildung gehabt«, stellte sich Engel schützend vor seine Leute. Er wusste – und Henkel natürlich auch –, dass sie keine ausgebildeten Polizisten waren, erst recht keine Soldaten, sondern Zivilisten, die bis jetzt aus den unterschiedlichsten Gründen nicht eingezogen worden waren. Die einen hatten körperliche Gebrechen, die anderen waren beruflich unabkömmlich gewesen, der Rest schlichtweg zu alt. Aber all das interessierte Henkel nicht.

»Deswegen müssen Sie den Haufen nicht mit Samthandschuhen anfassen, verdammt! Sie wollen Hauptwachtmeister sein? Sie sind eine Schande für die Polizei!«

Engel traf der Vorwurf schwer. Er war bisher immer gerne Polizist gewesen und hatte seinen Beruf als Berufung angesehen. Insofern freute er sich über die aufmunternden Worte seines neuen Stellvertreters.

»Machen Sie sich nichts draus, Kompanieführer, solche Arschlöcher kommen und gehen wieder!«

Das hörte Engel gerne. Beide Männer gaben sich die Hand, und am Abend, beim gemeinsamen Bier, wussten sie, dass sie im gleichen Boot saßen. Genau wie der Hauptkommissar betrachtete Engel sich als Polizist, der seine Pflicht tat. Im Unterschied zu dem Hauptkommissar hatte er in seiner niederrheinischen Kleinstadt keine Erfahrungen mit der SS und der Gestapo machen müssen. Aber das sollte sich jetzt ändern, denn Obersturmführer Henkel war ein fanatischer Nazi, wie der erste Einsatz beweisen sollte.

»Sie werden mit Ihrer Kompanie morgen eine Aussiedlungsaktion durchführen. Sie fahren zum Dorf Lubio, laden alle Juden auf die Lastwagen und bringen die her!«

Wie befohlen fuhr im Morgengrauen die Kompanie mit einigen Lastwagen in das besagte Dorf. Dort warteten auf dem Marktplatz die jüdischen Bewohner auf den Abtransport. Die Verladung auf die Lastwagen verlief problemlos.

»Nehmt auf die Kinder und alten Leute Rücksicht, macht langsam!«, befahl Engel und nahm in Kauf, dass der Transport sich dadurch verzögerte.

Als die Kompanie die Dorfbewohner zur Sammelstelle fuhr, war Henkel außer sich vor Wut. Er nahm Engel und den Hauptkommissar zur Seite und machte sie zur Schnecke.

»Warum habt ihr die Alten und die Kinder mitgebracht? Was sollen wir mit ihnen?«

»Der Befehl lautete doch, alle Juden einzusammeln«, rechtfertigte sich Engel.

»Bist du so blöd, oder tust du nur so? Hast du immer noch nicht kapiert, um was es hier geht?«

Das hatte Engel offenbar nicht, denn er blickte ziemlich hilflos drein. Der Hauptkommissar dagegen hatte eine düstere Ahnung, aber die wollte er nicht an sich heranlassen. Leider erwies sie sich als richtig.

»Ich will nächstes Mal keine Kinder und Greise sehen«, machte der Obersturmführer deutlich und wandte sich ab. Und dann passierte etwas, das Engel, den Hauptkommissar und die anderen

Gendarmen zutiefst verstörte. Auf Henkels Veranlassung hin wurden die Mütter, Kinder und Greise vor eine Mauer gestellt. Ein halbes Dutzend SS-Männer postierte sich vor ihnen und erschoss sie mit ihren Maschinenpistolen. Das ging so schnell, dass Engel, der Hauptkommissar und ihre Gendarmen das gar nicht richtig registrierten. Erst als sie auf die blutenden Körper sahen, wurde ihnen klar, was sich gerade abgespielt hatte. Der Hauptkommissar, der sich für abgebrüht hielt, atmete schwer. Ihm war übel, genauso wie Engel und den übrigen Gendarmen. Es war das erste Mal, dass sie einer Hinrichtung beigewohnt hatten. Das Blut der Opfer war noch nicht erkaltet, da wandte sich Obersturmführer Henkel an Engel und den Hauptkommissar.

»Morgen gibt es für Sie und Ihre Männer eine weitere Umsiedlungsaktion. Aber diesmal bringen Sie mir keine Kinder, Frauen und Greise hierher, verstanden?«

»Wie habe ich das zu verstehen?«

»Ganz einfach. Sie laden nur die Männer ein. Den Rest werden Sie entsorgen!«

Engel begriff sofort die Tragweite des Befehls und schüttelte vehement den Kopf.

»Ich möchte mit einer anderen Aufgabe betraut werden.«

»Haben Sie was an den Ohren? Das war ein Befehl!«

Engel wurde unruhig und begann schwer zu atmen.

»Was ist denn mit Ihnen los? Wissen Sie nicht, dass Slawen und Juden keine Menschen sind?«

Engel gab keine Antwort.

»Und was ist mit Ihnen?«, wandte sich der Obersturmführer an den Hauptkommissar.

»Ich habe Kindermörder gejagt, und jetzt soll ich Kinder umbringen?«, antwortete der mit leiser, aber fester Stimme.

»Wollen Sie den Befehl verweigern?«

»Erschießungen von Zivilisten sind gesetzeswidrig.«

»Das sind keine Zivilisten! Das sind unsere Feinde. Juden sind unsere Feinde!«, begann der Obersturmführer zu brüllen, und dabei schwoll sein Kamm an.

»Kinder, Frauen und alte Menschen sind unsere Feinde?«, fragte der Hauptkommissar leicht spöttisch, was den Obersturmführer noch mehr in Rage brachte.

»Hören Sie auf mit Ihren Spitzfindigkeiten. Wir sind im Krieg. Sie müssen die Befehle befolgen!«

Auch dieses Argument stieß bei seinen Gegenübern auf taube Ohren. Daraufhin änderte der Obersturmführer seine Tonlage.

»Das können Sie nicht machen, meine Herren. Was soll ich denn tun, wenn Sie mich im Stich lassen?«

»Erschießungen von Zivilisten sind gesetzeswidrig. Sie können sich dem widersetzen«, erklärte der Hauptkommissar mit ruhiger Stimme.

»Der Befehl kommt doch von ganz oben. Da kann ich nicht einfach Nein sagen«, versuchte der Obersturmführer zu erklären. »Ich komme in Teufels Küche!«

»Das müssen Sie mit sich ausmachen.«

»Sie brauchen doch nicht selbst zu schießen, dafür haben Sie Ihre Männer.«

Er blinzelte die beiden kumpelhaft an und bot ihnen Zigaretten an.

»Ein Vorgesetzter ist immer Vorbild. Er kann sich nicht drücken, wenn ihm etwas zu heikel ist«, wandte Engel ein, während der Hauptkommissar ihm nickend recht gab.

»Sie sagen es! Deshalb muss ich mit meinem Bataillon die Befehle ausführen!«

»Was sind das für Befehle? Kinder und Frauen erschießen?«, wandte der Hauptkommissar ein.

»Wie Sie wollen! Dann nehme ich Ihnen die Kompanie weg. Auf Kameradenschweine kann ich gerne verzichten!«

»Wir sind keine Kameradenschweine«, betonte Engel.

»Ist das anständig, wie Sie sich verhalten? Befehle missachten und Ihren Vorgesetzten im Stich lassen? Ehre, Gesetz und Recht als Offizier gelten bei Ihnen nicht. Sie kneifen! Sie sind ein Weichling! Ich werde veranlassen, dass man Sie beide degradiert!«

39

Da Peggy keinen Ausweis hatte, geschweige denn einen Reisepass, wählte Thomas die grüne Grenze ins Nachbarland. Der meist unbewachte Feldweg verlief nicht weit von seinem Heimatort und wurde oft von den Bauern genutzt. Es war Peggys erste Auslandsreise, während Thomas mit seinen Eltern schon öfters den beschaulichen Grenzort Venlo besucht hatte, weil in den Niederlanden der Kaffee und die Zigaretten billiger waren und seine Eltern sich manchmal damit eindeckten. Aber das traditionsreiche und pulsierende Amsterdam war mit Venlo nicht zu vergleichen. Erstens hatte die Stadt über eine Million Einwohner, und zweitens war sie mit ihren vielen Museen und Theatern alles andere als provinziell.

Thomas und Peggy waren begeistert von den vielen Grachten, engen Gassen und historischen Stadthäusern. Sie wurden von Bertus herzlich in Empfang genommen, einem Freund von Alexis, der ebenfalls eine Bar betrieb. Bertus sprach einigermaßen Deutsch und hatte für seine beiden Gäste eine interessante Bleibe. Sie konnten zunächst in seinem Lastkahn direkt am Kanal unterkommen. Das Boot hatte ursprünglich Kies und Kohle transportiert, war aber jetzt zu einem Hausboot umgebaut. Peggy und Thomas durften zwei Kabinen im Heck benutzen, während sich Bertus und sein Freund im Vorderschiff eingerichtet hatten.

»Alexis hat gesagt, ihr wollt auswandern?«

»Ja, wir wollen sehen, wie das Leben hier ist«, antwortete Thomas, während Peggy auf die Wohnhäuser aus roten und weißen Backsteinen mit ihren typischen Vordergiebeln blickte.

»Das sieht alles wie gemalt aus«, schwärmte sie sogleich, »schön ist es hier!«

»Aber Amsterdam ist nicht nur schön, sondern auch schön verrückt«, lachte Bertus. »Hier ist immer etwas los. Ich gebe euch zwei Fahrräder, damit könnt ihr Kolumbus spielen und alles entdecken.«

Bertus löste sein Versprechen sofort ein, und kaum saßen die beiden auf ihren Rädern, machten sie sich daran, die Stadt zu erkunden.

Ihr freundlicher Gastgeber hatte recht gehabt. Der erste Eindruck von Amsterdam übertraf die Erwartungen. Die Stadt war wirklich verrückt. Aber im positiven Sinne. In den schmalen Gassen wuselten schrill gekleidete junge Leute, alle schienen sich zu kennen, man redete miteinander, man lachte gemeinsam, in jeder Ecke war was los. Peggy kam sich vor wie in einem bunten Ameisenhaufen. Und kein Erwachsener schien sich daran zu stören; man fiel auf, wenn man normal gekleidet war. Es galt das Prinzip sehen und gesehen werden. Unzählige kleine Cafés bevölkerten die Gassen, und aus jedem Fenster ertönte Beatmusik. Mittendrin im Zentrum – keineswegs abgeschottet wie in der Landeshauptstadt – befand sich der Rotlichtbezirk. Erstaunt sahen Peggy und Thomas die Huren, die in den kleinen Schaufenstern der entsprechenden Häuser saßen und auf Freier warteten.

Hier war ganz offensichtlich das Leben freier. Man konnte

auch schnell Kontakt zu den anderen jungen Leuten knüpfen, alles ging zwanglos zu. Sie brauchten sich nur irgendwo hinzustellen, wo andere junge Leute saßen, und schon kam man ins Gespräch, zumal viele junge Leute Deutsch sprachen, was Peggy sehr zugutekam.

»Hey, wie geht es euch?«

»Habt ihr vielleicht eine Zigarette?«

»Kennt ihr ein gutes Café?«

»Kommt ihr heute ins Konzert?«

Logisch, dass für Peggy ein anderer Ort zum Leben gar nicht mehr infrage kam.

»Ich würde gerne hier schneidern. Die Mädchen haben hier so irre Klamotten, am liebsten würde ich einige entwerfen«, schwärmte Peggy, während sie bei Bertus saßen.

Thomas freute sich zwar für Peggy, wusste aber nicht, wie es mit ihm weitergehen sollte. Obwohl er bei der Kripo gekündigt hatte, hing er noch seinem Traumberuf nach.

»Kannst du dir denn nur vorstellen, wieder als Polizist zu arbeiten?«

»Das ist nun mal so, obwohl ich weiß, dass es für mich kein Zurück gibt.«

»Wir werden schon was für dich finden«, meinte Peggy optimistisch.

Am nächsten Morgen machte Thomas die Erfahrung, dass die Toleranz vieler älterer Amsterdamer eine Grenze hatte, wenn sie erfuhren, dass er Deutscher war. So zum Beispiel morgens beim Milchladen, als die ältere Verkäuferin ihn nur mürrisch bediente. Auch der Bäcker übersah ihn in der Schlange der Wartenden.

Der stets freundliche Bertus versuchte ihm zu erklären, dass viele seiner älteren Landsleute die Deutschen wegen der Besatzung im Krieg nicht mochten. Erneut erfuhr Thomas, dass seine

Landsleute während des Krieges viel Elend über ein anderes Volk gebracht hatten.

»Aber es wird wieder besser, unsere Prinzessin ist mit Claus, einem Deutschen, verlobt«, meinte Bertus. Dass die deutsche Besatzungszeit für sehr viel Leid gesorgt hatte, kam besonders zum Ausdruck, als Thomas und Peggy zufällig am Anne-Frank-Haus vorbeikamen, in dem sich eine Gedenkstätte befand. Beide hatten noch nie etwas vom Schicksal des Mädchens gehört, das sich drei Jahre lang vor der Gestapo versteckt hielt und im KZ Bergen-Belsen den Tod fand. Die Geschichte dieses Mädchens machte Peggy wütend. Für sie war es klar, dass sie auf keinen Fall zurück nach Deutschland wollte. Ganz anders bei Thomas. Er musste jetzt an das Schicksals der beiden ermordeten Mädchen denken. Die Befürchtung, dass der Mörder von Lotte und Esperanza noch frei herumlief und möglicherweise auf ein weiteres Opfer wartete, machte ihm sehr zu schaffen.

»Ich würde mir das niemals verzeihen. Ich kann nicht einfach davonlaufen«, vertraute er Peggy an, während beide Händchen haltend durch die Altstadt schlenderten.

»Mir ist auch nicht wohl bei dem Gedanken, dass ich die kleine Maria im Heim zurücklassen musste. Aber ich kann nicht zurück, weil ich nicht weiß, wie ich ihr helfen kann!« Peggy konnte nur mühsam ihre Wut über Pfarrer Hermann im Zaum halten. Wäre er in ihrer Nähe, hätte sie ihn umbringen können.

»Ich kann mir nicht denken, dass sich Hermann weiter an ihr vergreifen wird, nachdem das alles passiert ist«, beruhigte Thomas sie. »Wir müssen einfach nach vorne schauen!«

Das sah auch Peggy so, und beide schlenderten noch eine Weile an den Grachten entlang. Doch Thomas gelang es nicht, die Vergangenheit hinter sich zu lassen. Als er vor einem Haus spielende Kinder sah, blieb er abrupt stehen.

»Was hast du?«

Thomas griff wortlos in seine Tasche und faltete ein Stück Papier auseinander, das er Peggy zeigte.

»Das hat die kleine Esperanza gemalt. So hatte sie sich das Paradies vorgestellt!«

Als Peggy die Zeichnung sah, die Häuschen, die Bäume und die lachende Sonne, kamen ihr die Tränen.

»Ich habe Esperanza das Wort gegeben, ihren Mörder zu finden«, sagte er mit stockender Stimme. »Auch wenn es größenwahnsinnig erscheint, es ist ein Versuch wert.« Er war sich durchaus bewusst, dass sein Entschluss bei Peggy nicht auf Gegenliebe stoßen würde.

»Du willst wieder zurück? Wir wollten doch hier ein neues Leben beginnen!«

»Ja, Liebes, aber ich kann nur ein neues Leben beginnen, wenn ich das alte abgeschlossen habe.«

»Wenn du zurückfährst, komme ich mit«, sagte sie mit fester Stimme.

»Auf keinen Fall, Peggy. Du wirst polizeilich gesucht, das Risiko können wir nicht eingehen.«

»Ich lasse dich nicht im Stich. Ich komme mit«, wiederholte sie.

Das wollte Thomas auf keinen Fall. Er schüttelte vehement den Kopf.

»Du kannst nicht einfach so zurück! Das ist viel zu gefährlich! Wenn ich nur an diesen wahnsinnigen Arzt denke, der dich fast abgestochen hätte.«

Peggy war sehr aufgewühlt, und Thomas nahm sie beruhigend in den Arm.

»Ich werde auf mich aufpassen. Und dafür gibt es nur einen einzigen Grund, ich möchte dich, so schnell es geht, wiedersehen!«

Statt einer Antwort verschloss sie ihm mit einem zärtlichen Kuss die Lippen.

243

40

Bereits am selben Tag fuhr Thomas wieder zurück nach Deutschland. Er versprach, ihr oft zu schreiben.

»Du kannst gerne bei mir unterkommen, aber dann müssten wir uns ein Bett teilen, und das fände Peggy nicht so sexy«, meinte Alexis bedauernd, als Thomas unerwarteterweise nach zwei Tagen wieder auftauchte.

»Nein, das kann ich Peggy wirklich nicht antun«, lachte Thomas, der dringend eine Bleibe suchte. Sie sollte möglichst preisgünstig sein, da er knapp bei Kasse war – und seine eiserne Reserve, das Sparkonto, wollte er nicht antasten. Wo also billig unterkommen? Bei Elke konnte er auch nicht nachfragen, denn er wollte ohne Peggy nicht bei einer Prostituierten schlafen.

Da bekam er unerwartete Hilfe von Otto, der in die Bar reinschaute. »Was habe ich gehört? Du bist nicht mehr bei der Kripo?«

»Richtig«, antwortete Thomas, der keine Lust auf ein Gespräch hatte.

»Und was habe ich noch gehört? Du suchst eine Bleibe?«

Thomas blickte erstaunt zu Alexis, der nickte. Offensichtlich hatte er Otto informiert.

»In meinem Atelier ist noch Platz«, grinste Otto.

»Wollen Sie mich veralbern?«

»Absolut nicht. Mein Angebot ist ernst gemeint«, betonte Otto und reichte ihm ein Alt. »Kannst mich übrigens Otto nennen, geht leichter von der Hand als Müller.«

»Thomas.«

Beide leerten ihre Gläser, und Otto bestellte per Wink ein zweites Alt.

»Wie komme ich zu der Ehre?«, fragte Thomas. »Immerhin habe ich dich mal verhaftet.«

»Ich bin nicht nachtragend«, wiegelte Otto ab. »Außerdem habe ich dir damals schon gesagt, dass du kein richtiger Bulle bist.«

Die Antwort gefiel Thomas.

Nach dem zweiten Bier ging es ins Atelier, das sich in einem Seitenflügel der Kunstakademie befand. In einer Ecke hatte Otto ein kleines Fotolabor eingerichtet, ansonsten lagen Farbeimer, Pinsel und bemalte Leinwände herum. Einige der Bilder kannte Thomas, wie etwa die Mona Lisa oder Dürers Selbstportrait.

»Leider sind das nicht die Originale, haha, nur Kopien von mir. Aufträge meiner Kunden, die sich keinen da Vinci oder Picasso leisten können«, erklärte Otto blinzelnd.

»Und im Fotolabor werden die Erpresserfotos entwickelt?«

»Die Zeiten sind vorbei«, beeilte Otto sich zu erklären. »Ich male nur noch.«

»Gibt es denn neben den Kopien keinen Original-Müller?«

Auf diese Frage schien Otto nur gewartet zu haben. Mit einem »Voilà!« zog er zwei Bilder aus einer Nische hervor. Das erste war vollkommen blau und das zweite vollkommen grün. Vergebens bemühte Thomas sich, ein Motiv zu erkennen.

»Lach ruhig, aber für mich sind das wichtige Bilder. Ich könnte versuchen, sie dir zu erklären, aber dann wäre es keine Kunst mehr«, meinte Otto ungewohnt ernst, und Thomas stimmte ihm zu. Er dachte kurz an den Mann mit dem Hut, der seine Kunst nur dem Hasen erklärt hatte. Dieser Mann ging trotz der Widerstände seinen Weg. Und genau so wollte Thomas vorgehen: allen Widerständen zum Trotz den Mörder finden.

»Reicht das als Bett?«, fragte Otto und befreite ein breites Sofa von allerlei Krimskrams.

Thomas nahm darauf Platz und nickte erfreut.

»Wie viel Miete verlangst du?«.

»Gelegentlich dein Auto, um meine Bilder zu transportieren. Wenn ich mit meiner Kunst Geld verdiene, brauche ich keine untreuen Ehemänner zu fotografieren«, erwiderte er und legte eine Platte auf. Thomas kannte das Stück nicht, es klang auch etwas sperrig, nicht so rockig, obendrein hatte der Sänger eine Reibeisenstimme.

»Und?«

»Klingt interessant«, sagte Thomas und versuchte, etwas von dem Text zu verstehen.

Der Refrain gefiel ihm: *For The Times They Are A Changin'.*

»Von wem ist das?«

»Bob Dylan heißt der Typ. Den Namen sollte man sich merken«, meinte Otto, und Thomas nahm sich das vor.

»*For the losers now will be later the win!* Singt er, und genau das ist mein Motto«, ergänzte Otto.

»Dem kann ich nur zustimmen«, sagte Thomas.

Otto nahm das zum Anlass, ihm die Hand zu reichen.

»Wer weiß, vielleicht ist das der Beginn einer wunderbaren Freundschaft«, scherzte Otto. »Ich hätte nie gedacht, dass ich mich mit einem Bullen anfreunden würde.«

»Ehemaliger Bulle«, stellte Thomas richtig, aber Otto schüttelte den Kopf.

»Einmal Bulle, immer Bulle, obwohl du eigentlich viel zu nett bist.«

An dem Satz ist was dran, dachte Thomas. Auf jeden Fall konnte er sich jetzt, da das Problem der Unterkunft gelöst war, auf die Aufklärung der beiden Kindermorde konzentrieren.

Zunächst begann er mit einer schonungslosen Selbstkritik: Er hatte bis jetzt das kriminalistische Abc missachtet und Pfarrer Hermann verhaftet, obwohl er nichts Konkretes gegen ihn in der Hand hatte. Thomas hatte sich nur von seinen Emotionen leiten lassen. Das durfte sich nicht wiederholen. Er wollte jetzt systematisch vorgehen, wie er es gelernt hatte. Als Erstes versuchte er, ein Profil des Täters zu erstellen. Sein amerikanisches Buch gab ihm das nötige Werkzeug dazu. Eine wichtige Frage lautete: Was sagte der Modus Operandi, also die Art der Durchführung der Tat, über den Täter aus? Für Thomas war klar, dass der Mörder eine abnorme Sexualität aufwies. Er würgte sein Opfer zu Tode, um sich dann an ihm zu vergehen. Das Taschentuch auf dem Gesicht deutete daraufhin, dass er den Blick seines Opfers fürchtete. Oder schämte er sich für seine Tat? Es war offenbar ein Mann mit enormen Minderwertigkeitskomplexen.

Was konnte noch über ihn gesagt werden? Er musste 1939 wohlhabend gewesen sein, da der Erwerb eines Horchs 830 nur wenigen vorbehalten war. Über die Marke seines jetzigen Autos konnte Thomas nichts Konkretes sagen, aber wenn sich seine wirtschaftliche Situation nicht verschlechtert hatte, dürfte er seine Vorliebe für exklusive Fahrzeuge behalten haben. Sein Alter schätzte Thomas anhand des Abstands der beiden Taten auf fünfzig bis siebzig. Die Frage war auch, warum der Täter den zweiten Mord erst nach so vielen Jahren verübt hatte. Es konnte natürlich sein, dass er in der Zwischenzeit weiterhin gemordet hatte, allerdings in einer anderen Stadt. Als Privatperson war es Thomas jedoch nicht möglich, bei anderen Polizeidienststellen Auskünfte einzuholen.

Andererseits kamen auch äußerliche Faktoren für die Unterbrechung der Mordserie infrage. Er hatte gelesen, dass manche Sexualmörder nach ihren Taten heirateten und Familien gründeten, was für eine Art »Stabilisierung« des Triebs sorgte. Wenn jedoch die familiären Bindungen auseinanderbrachen, beispielsweise durch eine Scheidung, konnten die mörderischen Obsessionen wieder zum Ausbruch kommen. Oder hatte ein längerer Gefängnisaufenthalt den Täter von seinem Trieb abgehalten?

Thomas hatte nun ein erstes vorläufiges Profil des Täters erstellt.

Als Nächstes wollte er erneut in die Asservatenkammer. Hatte er beim Studium der Akte etwas übersehen oder überlesen? Er musste also noch mal ins Polizeipräsidium. Um keinem Kollegen zu begegnen, durfte er nicht durch den Haupteingang, was sich aber als nicht problematisch erwies, da man leicht über eine unbewachte Kellertür vom Parkplatz aus in den Heizungskeller gelangte. Von dort aus war es nicht allzu schwer, in das Archiv zu kommen. Da Thomas wusste, dass der alte Kommissar Punkt siebzehn Uhr Feierabend machte, brach er am frühen Abend auf. Aber er hatte Pech: Sowohl die Akte des Falles als auch der dazugehörige Karton waren nicht mehr an ihrem Platz. Obendrein tauchte unerwartet der alte Kommissar auf, der offenbar an diesem Tag länger Dienst schob.

»Was machst du denn hier? Du bist doch gar nicht mehr im Dienst!«

Anstatt zu antworten, entschloss sich Thomas zu einem dreisten Gegenangriff.

»Hier fehlen wichtige Akten! Sind sie widerrechtlich entfernt worden? Das ist nach Paragraf 35 des Strafgesetzbuches Abs. 3 ein Straftatbestand«, dozierte er.

Seine freche Strategie fruchtete beim Ex-Kollegen. Der wusste jetzt gar nicht, wie er reagieren sollte, obgleich ihm nicht auffiel, dass Thomas diesen Paragrafen spontan erfunden hatte.

»Ich frage zum letzten Mal, wo ist die Akte?«, wiederholte Thomas im Habitus eines strengen Richters.

»Du musst dich an die oben wenden. Ich habe mich strikt an die Anweisungen gehalten«, antwortete der alte Kommissar kleinlaut.

»Wer hat angewiesen, die Akte zu entfernen?«

»Junge, bring mich nicht in Schwierigkeiten. Ich habe nur noch zwei Jahre, dann gehe ich in Rente.«

»Strobel war es«, fiel Thomas ein, und der Mann nickte stumm.

Thomas verabschiedete sich und ging, wie er gekommen war, durch den Heizungskeller nach draußen. Er hatte eins gelernt: Beamten, die ihr ganzes Leben Befehlsempfänger waren, konnte man auch mit erfundenen Paragrafen beikommen. Strobel aber war ein ganz anderes Kaliber. Dem konnte man nicht mit solchen Tricks kommen. Ihn als Gegner zu haben, war eine Herausforderung, welcher sich Thomas trotzdem stellen wollte. Es bestand kein Zweifel, dass Strobel etwas vertuschen wollte. Warum sonst hatte er veranlasst, die Akten und Asservate zu entfernen? Thomas konnte sich keinen Reim auf Strobels Verhalten machen, denn nach Durchsicht der Akten klebte kein Tropfen Blut des Justizmords an seinen Händen, im Gegenteil, die Gestapo hatte den Fall an sich gerissen und Eugen als Sündenbock hinrichten lassen. Fürchtete sich Strobel, dass herauskommen würde, dass er nichts oder zu wenig gegen die Verhaftung eines Unschuldigen unternommen hatte? Fürchtete er, dass ein dunkler Schatten seine zukünftige Position als Kriminalrat trüben würde? Das wäre unverzeihlich, weil er damit in Kauf nahm, dass er den Täter, der immer noch sein Unwesen trieb, wissentlich deckte. Aber das konnte sich Thomas beim besten Willen nicht vorstellen. Der Onkel deckte keine Verbrecher, er jagte sie. Pech für ihn, dass das auch Thomas' Leidenschaft war. Nein, auch das Verschwinden der Akten würde ihn nicht davon abhalten, seine Ermittlungen fortzuführen. Als

Thomas in seinem amerikanischen Fachbuch las, dass bestimmte Sexualstraftäter ihre Fantasien in Bordellen auslebten, kam ihm eine Idee. Er suchte Elke in ihrer Wohnung auf, die sich über seinen Besuch wunderte, weil sie ihn in Amsterdam wähnte.

»Peggy muss leider noch auf mich warten, weil ich hier was zu erledigen habe. Deswegen brauche ich deine Hilfe. Ich würde dir gerne einige Fragen stellen, die in deinen Ohren vielleicht ein bisschen seltsam klingen.«

»Na, dann schieß mal los«, forderte Elke ihn auf, die sich für ihre Arbeit zurechtmachte.

Thomas kam sofort zur Sache.

»Ich suche einen Freier, der eine ganz bestimmte Vorliebe hat. Er verlangt von der Hure, dass sie sich wie ein kleines Mädchen verhält.«

»Es gibt schon einige verrückte Kunden, die seltsame Dinge von uns verlangen, aber was meinst du konkret?«, fragte Elke, während sie sich ihre Fußnägel lackierte.

»Vielleicht verhält er sich so: Zuerst ist er der nette Onkel, und die Frau muss so tun, als ob sie ein kleines Mädchen wäre. Aber dann, nach einer Weile, wird er gewalttätig.«

Elke wusste nicht, was sie sagen sollte. Worauf wollte Thomas hinaus?

»Das Wichtigste habe ich dir noch gar nicht gesagt. Während er es mit der Frau treibt, muss sie ihr Gesicht mit einem Taschentuch oder mit etwas anderem bedecken.«

Elke schaute Thomas irritiert an. Stand ihr hier der junge, naive Polizist gegenüber, der ihr im Bordell gebeichtet hatte, dass er noch nie mit jemandem geschlafen hatte? Thomas las ihre Gedanken und musste schmunzeln.

»Ich habe mir das nicht ausgedacht, Elke, das sind auch nicht meine Fantasien.«

»Sondern?«

»Wie ich schon gesagt habe, ich suche einen Kerl, der das von einer Hure verlangt.«

»Na ja, mir sind schon einige komische Vögel begegnet, auch richtig perverse, aber das kenne ich nicht.«

»Kannst du dich nicht bei deinen Kolleginnen umhören? Es kann sein, dass der Typ ein Mörder ist.«

Elke erschrak, als sie das hörte. Aber Thomas machte nicht den Eindruck, als ob er scherzen würde.

»Du machst mir ja Angst!«

»Ich bin mir sicher, dass du oder deine Kolleginnen nichts zu befürchten habt. Er hat es auf ganz andere Opfer abgesehen«, deutete Thomas an, ohne ins Detail zu gehen.

Elke war etwas beruhigt, obwohl ihr ein leichter Schauer über den Rücken lief. Aber sie wollte Thomas helfen und sich bei ihren Kolleginnen umhören.

Nach dem Gespräch mit Elke suchte er Otto im Atelier auf. Der hatte gerade in seinem kleinen Labor einige Fotos entwickelt, die auf einer Wäscheleine trockneten.

»Das sind harmlose Aufnahmen, Herr Kommissar a.D. Ich arbeite nur gerade an einen Katalog für meine Werke«, erklärte Otto halb ernst, halb scherzhaft.

»Keine Bange, Otto, es geht um andere Fotos, und zwar um die, die du in deinem vorherigen Beruf gemacht hast. Hast du sie noch?«, fragte Thomas und sorgte bei Otto für eine Schrecksekunde.

»Hey, ich dachte, du bist kein Bulle mehr.«

»Jetzt komm mal runter, Otto«, meinte Thomas schmunzelnd. »Ich will wissen, ob eines deiner Opfer eine Vorliebe für ganz junge Mädchen hatte.«

»Ich verstehe nicht ganz.«

»Dann helfe ich dir mal auf die Sprünge. Du hast immer vermögende und verheiratete Männer fotografiert, die mit speziellen Damen unterwegs waren. Borsig beispielweise hatte eine Frau auf seinem Schoß sitzen, die doch niemals volljährig war.«

»Ja, und?«

»Jetzt denk mal weiter nach. Waren unter den Frauen, die du fotografiert hast, auch ganz junge dabei?«

»Meinst du Kinder?«

»Genau.«

Otto trat einen Schritt zurück und sah Thomas ärgerlich an.

»Was denkst du von mir?«

»Das heißt, dass die Frauen auf deinen Bildern alle volljährig waren?«

»Erstens kannte ich die Frauen nicht, und zweitens waren das mit Sicherheit keine Kinder«, stellte Otto richtig und fuhr fort: »Manche von ihnen hatten sich als Lolitas zurechtgemacht, wie zum Beispiel das Mädel neben Söhnlein oder Borsig. Aber die waren nie jünger als sechzehn.«

»Das glaube ich dir, aber kannst du mir die Bilder zeigen? Ich möchte die Kerle mal sehen. Und ich versichere dir, dass die unter uns bleiben!«

»Ich habe die Bilder nicht mehr, auch nicht die Negative«, antwortete Otto. »Die gab es doch gegen Geld zurück.«

»Wirklich?«

»Hey, was soll das?«, rief Otto aufgebracht. »Ich gebe dir meine Couch zum Schlafen, ich vertraue dir meine Kunst an … Du könntest mir auch langsam vertrauen!«

Thomas sah ein, dass er übers Ziel hinausgeschossen war, und ruderte zurück.

»Tut mir leid, dass ich dir misstraut habe, Otto! Wird nicht wieder vorkommen.«

Natürlich nahm Otto die Entschuldigung an, und alles war wieder gut zwischen den beiden. Thomas freute sich darüber, obwohl er feststellen musste, dass Ottos Befragung ihn nicht richtig weitergebracht hatte. Aber dafür hatte sie Ottos Neugierde entfacht.

»Kannst du mir mal bitte verraten, warum du dich dafür interessierst? Arbeitest du nebenamtlich für das Sittendezernat?«

»Sei mir nicht böse, aber ich möchte dich nicht in diese Sache hineinziehen. Es reicht schon, wenn ich Ärger habe!«

Die Antwort genügte Otto, der sowieso keine Lust hatte, mit polizeilichen Ermittlungen behelligt zu werden. Thomas dagegen ärgerte sich jetzt umso mehr, dass ihm der Weg zu den Polizeiakten versperrt war. Dort hätte er Auskunft über alle vorbestraften Männer bekommen, die wegen Sittlichkeitsvergehen aufgefallen waren. Anstatt professionell zu ermitteln, war er gezwungen zu improvisieren. Aber so war das nun mal, er musste sich mit der Situation abfinden und das Beste daraus machen. Und so schlecht standen seine Chancen ja nicht. Da war zum Beispiel die seiner Ansicht nach fehlerhafte Obduktion von Dr. Nikasius.

Er musste den Druck auf ihn erhöhen. Der Mediziner wusste bestimmt mehr, als er zugeben wollte. Bei der Obduktion waren ihm garantiert Fehler unterlaufen.

Da der Pförtner den Borgward erkannte, konnte Thomas unbehelligt auf das Gelände der Landesklinik einfahren. Vor der Pathologie parkte der schwarze Käfer, der Arzt musste also da sein. Entschlossen betrat Thomas das Gebäude. Seine Nerven waren angespannt, weil er nicht wusste, wie Nikasius auf den unerwarteten Besuch reagieren würde. Da Thomas seine Walther bei Strobel abgegeben hatte, würde er einen möglichen Angriff des Arztes anders parieren müssen. Aber Thomas war optimistisch. Es musste doch möglich sein, ein vernünftiges Gespräch mit dem Arzt zu führen.

»Dr. Nikasius? Dr. Nikasius?«, rief er in den langen Flur, bekam jedoch keine Antwort. Das Büro war abgeschlossen, genauso wie die anderen Räume. Thomas vermutete ihn im Obduktionsraum und ging langsam die knarrende Treppe nach oben. Aber auch auf der ersten Etage waren sämtliche Türen verschlossen. Er vermutete ihn weiterhin im Gebäude, weil er sich aufgrund seiner Prothese im weitläufigen Gelände nur mit dem Wagen fortbewegte. Und der parkte vor dem Gebäude. Plötzlich schnarrte es von draußen gegen die Eingangstür.

»Dr. Nikasius?« Thomas ging langsam die Treppe runter. Vor dem Eingang stand ein alter Patient, der mit seinem Besen über den Boden zu fegen begann, obwohl kein Körnchen Staub zu sehen war.

»Ich suche Dr. Nikasius.«

»Der Doktor ist nicht da«, antwortete der Mann, ohne aufzuschauen.

»Aber sein Wagen steht doch da.«

»Der Doktor ist nicht da«, wiederholte der Mann, während er wie ein Roboter den Boden fegte.

»Ich würde gerne in sein Büro, haben Sie einen Schlüssel?«

»Der Doktor ist nicht da.«

Nun wurde es Thomas zu blöd. Schnurstracks ging er zum Büro und öffnete mit seinem Taschenmesser das Schloss, wie er es während seiner Ausbildung gelernt hatte. Ihm fiel auf, dass der Raum aufgeräumter wirkte als bei seinem letzten Besuch. Auf dem Tisch stand ein Tageskalender. Das letzte Blatt war vor drei Tagen abgerissen worden. Entweder hatte der Arzt vergessen, das Kalenderblatt abzureißen, oder er war seit drei Tagen nicht mehr im Büro gewesen. Aber warum stand sein Wagen davor geparkt? Thomas entschloss sich, den Arzt auf dem Gelände zu suchen. Vor Tagen hatte er ihn ja in einem Disput mit dem Ehepaar Söhnlein und Prof. Humbold vor dessen Privatstation gesehen. Thomas wollte sich dort umsehen.

Vor der Tür der protzigen Privatstation traf er auf Prof. Humbold, der gerade vom Parkplatz kam.

Der Professor war ihm schon bei der ersten Begegnung nicht sympathisch gewesen, aber seit er wusste, welche Rolle er beim Tod des armen Eugen gespielt hatte, fand er ihn noch unsympathischer. Für Thomas war Humbold aufgrund seiner Nazi-Vergangenheit vom gleichen kriminellen Kaliber wie Hermann. Aber Thomas wollte sich diesmal nicht von seinen Emotionen leiten lassen.

»Herr Prof. Humbold, nehme ich an, oder?«, fragte Thomas in einem sachlichen Ton.

Der Professor nickte.

»Ich suche Dr. Nikasius.«

»Dann sind Sie hier falsch, er praktiziert in der Pathologie.«

»Da ist er nicht, deshalb dachte ich, dass er vielleicht bei Ihnen ist.«

»Nein, hier ist er nicht«, sagte Prof. Humbold mit fester Stimme. »Und mit wem habe ich die Ehre?«

»Kriminalkommissar Thomas Engel.«

»Ach, sieh einer an, endlich lerne ich Sie auch mal kennen. Ihr Ruf als engagierter junger Polizist eilt Ihnen ja voraus!«

Thomas verstand die Anspielung nicht, wollte aber auch seinerseits nicht zurückstecken. »Von Ihnen hört man ja auch einiges!«

»Ich hoffe doch nur Gutes«, schmunzelte der Professor. »Aber davon abgesehen, warum wollen Sie Dr. Nikasius sprechen? Das kann ja kaum dienstlich motiviert sein.«

Humbold blinzelte Thomas an und klopfte ihm jovial auf die Schulter.

»Sie sind doch gar nicht mehr bei der Kripo.«

Der Satz traf Thomas unvermittelt wie ein Tiefschlag einen Boxer. Offenbar war Humbold bestens vernetzt mit der Polizei.

»Ihr Übereifer hat sich rumgesprochen, junger Mann.«

Seine arrogante Art ärgerte Thomas. Er beschloss, Humbold aus der Reserve zu locken. Er legte also das Florett beiseite und holte den Säbel raus.

»Aber wenn Sie so gut informiert sind, ist Ihnen der Name Eugen Schmitz sicherlich ein Begriff?«

»Muss ich ihn kennen?«

»Ich denke schon, Sie haben ihn im Jahre 1939 kastriert«, sagte Thomas trocken und landete einen Treffer. Schlagartig änderte sich die Miene des Professors.

»Sprechen Sie vom Gesetz zur Verhütung erbkranken Nachwuchses? Ich habe diese Gesetze nicht gemacht!«

»Aber offenbar haben Sie davon profitiert und viel Umsatz gemacht, nicht umsonst nannte man Sie den Eierschneider.«

»An Ihrer Stelle würde ich den Mund nicht so voll nehmen«, brummte Humbold und schaute ihn drohend an.

Thomas hielt seinem Blick stand und setzte eins drauf:

»Außerdem ist es aktenkundig, dass Sie zahlreiche Patienten unter dem Deckmantel der Euthanasie umgebracht haben.«

Doch Humbold ließ sich nicht provozieren, sondern versuchte es jetzt auf die gütig-väterliche Tour.

»Schauen Sie, junger Mann«, sagte er und legte Thomas die Hand auf die Schulter. »Wir hatten damals hoffnungslose Fälle, kranke Individuen sozusagen, und deswegen war es notwendig, Platz zu schaffen für diejenigen, die therapierbar waren.«

»Sie haben Gott gespielt, oder wie?«

»Sie werden keinen meiner Kollegen treffen, die damals das Euthanasie-Programm kritisiert hätten. Ich weiß auch gar nicht, warum Sie sich da überhaupt einmischen. Seien Sie doch froh, dass Sie mit psychisch kranken Menschen nichts zu tun haben.«

Thomas fasste es nicht. Der Typ war an Arroganz nicht zu überbieten. Aber er musste das Gespräch wieder auf Eugen lenken.

»Womit wir bei Eugen Schmitz wären. Er war auch nicht psychisch krank.«

»Ich würde Ihnen ja gerne helfen, junger Mann, aber wissen Sie, wie viele Patienten ich bisher behandelt habe?«

»An den erinnern Sie sich bestimmt. Sie haben über ihn 1939 als Gutachter für das Sondergericht geschrieben, dass er Frauen triebhaft belästigt.«

Humbold kratzte sich nachdenklich am Kinn, schüttelte aber den Kopf.

»Falls ich das so geschrieben haben sollte, wird es so gewesen sein.«

»Dummerweise hatten Sie ihn kurz vorher kastriert, weil er homosexuell war.«

Die Miene des Professors verdunkelte sich augenblicklich.

»Und ein kastrierter Homosexueller kann schwerlich Frauen triebhaft belästigen.«

»Sie spielen mit dem Feuer, junger Mann!«, drohte er und ging kommentarlos weiter.

Thomas schaute ihm hinterher und dachte nach. Prof. Humbold hatte auch dazu beigetragen, dass Eugen als vermeintlicher Kindermörder zum Tode verurteilt wurde. Zweifellos pflegte er damals beste Beziehungen zur Gestapo. Anderseits war er auch heute gut mit der Polizei vernetzt, denn woher wusste er, dass Thomas nicht mehr bei der Kriminalpolizei war?

Das alles ging ihm durch den Kopf, als er an dem Bauernhof vorbeikam.

Vor dem Stall waren zwei Männer in Anstaltskleidung damit beschäftigt, Hühner zu schlachten. Der eine legte das Huhn auf einen Holzklotz und hackte den Kopf mit dem Beil ab, während der zweite es ausbluten ließ. Thomas verzog angewidert das Gesicht und wandte sich um. Er blickte zu den Schweinen rüber, die

257

sich grunzend im Matsch wälzten. Gerade wollte er wieder kehrt-machen, als er im Trog etwas entdeckte, das seine Aufmerksam-keit weckte. Es sah wie ein rundes poliertes Holzstück aus, das ihm irgendwie bekannt vorkam. In seinem Kopf arbeitete es. Er hatte einen Verdacht, einen fürchterlichen Verdacht.

Kurz entschlossen zog sich Thomas Schuhe und Strümpfe aus und watete durch den Schlamm, teilnahmslos beobachtet von den beiden Patienten, die weiterhin die Hühner schlachteten. Er hob das Holzstück auf, das sich beim näheren Hinsehen als der untere Teil einer Beinprothese erwies. Thomas' Knie wurden weich, ihm wurde übel. Er wusste, dass Schweine Allesfresser waren, aber Holz und Metall gehörte nicht zum Speiseplan der Borstentiere. Tho-mas wühlte mit bloßen Händen im Schlamm, um nach menschli-chen Überresten zu suchen, aber das Einzige, was er fand, war ein menschliches Gebiss. Aus dem Augenwinkel nahm er wahr, dass einer der Patienten aufmerksam zu ihm herübersah. Der Mann stand auf, wischte sich die blutigen Hände am Kittel ab und ging plötzlich mit dem Beil auf Thomas zu. Spätestens jetzt entschloss Thomas sich, das Weite zu suchen. Er versuchte, schnell aus der Suhle zu kommen, rutschte auf halbem Weg aus, stand aber rasch auf und rannte den Weg hoch zu seinem Wagen, gefolgt von dem Patienten mit dem Beil. Barfuß und triefend vor Schweine-kot huschte Thomas in seinen Wagen und gab Gas. Der Patient musste zur Seite springen, um nicht überfahren zu werden. Mit einem Affenzahn raste Thomas über das Gelände und hätte die Schranke durchbrochen, wenn sie nicht gerade hochgefahren wäre.

Während der Rückfahrt kämpfte er darum, seine Gedanken zu ordnen, aber das ging nicht, weil das Adrenalin ihm einen Strich durch die Rechnung machte. Sein Herz raste, er konnte sich kaum auf den Verkehr konzentrieren. Er musste sich beruhigen und die Kontrolle über sich wiedererlangen, obendrein den ganzen Dreck vom Schweinetrog loswerden, der an seinen Füßen wie Teer klebte. Zum Glück befand sich in Ottos Atelier eine Badewanne. Das heiße Bad reinigte nicht nur seinen Körper, es war Katharsis pur. Danach ging es ihm viel besser, und er konnte wieder klar denken. Dr. Nikasius war seit drei Tagen tot, dem Kalender in seinem Büro nach zu urteilen. Man hatte ihn auf diesem Gelände umgebracht und ihn buchstäblich den Schweinen zum Fraß vorgeworfen. Wollte man sich eines Mitwissers entledigen? Er musste mehr über den Arzt erfahren. Er brauchte dringend mehr Informationen über Nikasius. Im Telefonbuch fand er die Wohnanschrift des Pathologen.

Thomas wunderte sich, dass Dr. Nikasius, immerhin ein Amtsarzt, in einem derart heruntergekommenen Mehrfamilienhaus in der Nähe des Hauptbahnhofs wohnte, unweit des Puffs. Als Thomas mithilfe seines Taschenmessers die Tür öffnete, empfing ihn Gestank. Eine Mischung aus Nikotin, verfaultem Essen und Fäkalien. Die Wohnung roch aber nicht nur fürchterlich, sie war auch vollkommen verdreckt. Auf dem Boden türmten sich alte Klamotten, Zeitungsstapel und dreckiges Geschirr. Es sah aus wie auf einer Müllhalde. Auf dem löchrigen Teppichboden flitzte eine Maus ungehindert herum. Fliegenschwärme umkreisten die verdorbenen Essensreste. Thomas ekelte sich und öffnete die Fenster, damit frische Luft das Atmen etwas erträglicher machte. Wo sollte er in diesem Dreckloch zu suchen beginnen? Sein Blick fiel auf ein altes, vergilbtes Foto, das an der Wand hing. Darauf war der junge Nikasius am Steuer eines Cabriolets zu sehen. Das Bild war auf der Rückseite mit 1938 datiert. Handelte es sich um einen Horch? Thomas schaute sich weiter in der Wohnung um. Beim Anblick der Toilette kämpfte er endgültig mit dem Brechreiz. In der verdreckten Badewanne entdeckte er ein Dutzend leerer Medizinflaschen, die ihm bekannt vorkamen. Genau die gleichen hatte er im

Giftschrank des Drogendezernats gesehen. Dr. Nikasius musste also Zugang zu dem beschlagnahmten Rauschgift gehabt haben. Offensichtlich erhielt er Morphium von der Polizei, wie die Flaschen in der Badewanne bewiesen. Von der Polizei? Thomas erschrak bei dieser Vorstellung. Als er die Wohnung verließ, war er froh, wieder unter Menschen zu sein. Was für ein trauriges Leben der Arzt geführt hatte. Vor dem Krieg ein junger, erfolgreicher Arzt, der sich nicht mit den Nazis arrangieren wollte. Im Krieg, den er verabscheute, an die Front kommandiert, wo er schwer verletzt wurde. Als Folge davon in Drogenabhängigkeit gerutscht, aus der er nicht mehr herauskam. Körperlich und seelisch ein Wrack, unfähig, in einem Krankenhaus oder in einer Praxis zu arbeiten. Ihm blieben nur die Toten, die sich nicht wehren konnten, wenn er sie mit seinen Händen aufschnitt. Vermisste ihn keiner? Fiel keinem auf, dass sein Büro verwaist war? Normalerweise hätte Thomas die Kripo über Nikasius' Tod informiert. Aber jetzt war nichts normal. Er traute seinen Ex-Kollegen nicht, jedenfalls wusste er nicht, wem er überhaupt trauen sollte.

Am Abend fragte Thomas Otto, der sich in der Stadt gut auskannte, ob er Informationen über Dr. Nikasius hatte. Otto konnte ihm nicht wirklich weiterhelfen. Thomas erfuhr nur das, was er von Alexis wusste, nämlich dass der Pathologe mit seiner Sucht vielen Leuten auf die Nerven ging.

»Tut mir leid, Thomas«, bedauerte Otto, »aber ich kenne nur die 45%-Herren.«

»Was meinst du damit?«

»Herrschaften, die den Spitzensteuersatz zahlen«, antwortete Otto und rieb seinen Daumen an den Zeigefinger.

Thomas wurde sofort hellhörig.

»Moment, dann müsstest du Prof. Humbold kennen!«

Als Otto den Namen hörte, rümpfte er die Nase.

»Vornehm geht die Welt zugrunde. Wohnt in Meerbusch. Sammelt teure Bilder wie andere Leute Briefmarken.«

»Aha, erzähl mehr«, forderte ihn Thomas auf.

»Er hatte mich mal engagiert, ich sollte seine Kacheln im Bad bemalen, mit Putten und so …«

»Was sind Putten?«

»Das sind nackte Kindergestalten aus der Malerei, meist kleine Engel.«

Nackte Kindergestalten? Thomas horchte auf.

»Ich hätte das auch gemalt«, fuhr Otto fort, »aber der Geizkragen wollte zu wenig zahlen.«

»Was meinst du genau mit nackten Kindergestalten?«

»Schon mal was vom Manneken Pis in Belgien gehört?«

Thomas nickte.

»Na ja, so was in der Art. Der Typ steht halt auf kleine Nackedeis!«

»Kannst du das näher erklären? Auf was genau steht er?«, hakte Thomas nach.

»Wie soll ich es sagen, er hat eine Vorliebe für junge Mädchen, angezogen oder nicht … schlüpfrig halt … Kennst du die Bilder von Balthus?«

»Nein, wer ist das?«

»Balthus ist ein Maler, der Mädchen in aufreizenden Posen malte … Beine breit und so weiter, er malte gerne weiße Schlüpfer … Er war ein Unterwäschefetischist.«

Die Bilder der ermordeten Mädchen schossen Thomas durch den Kopf. Der Täter hatte die Gesichter mit einem Taschentuch bedeckt!

»Und Humbold hängt solche Bilder in seinem Haus auf?«

»Der hat einen Narren an diesen Motiven gefressen. Aber für mich ist das keine Kunst, was Balthus macht. Der ist ein Spanner.

Und Humbold genauso. Der ist ein Fall für den Psychiater, obwohl er selbst einer ist. Das, was ich mache, ist Kunst ... Schwarz oder Blau ...«

Aber er hörte auf, weil er feststellen musste, dass Thomas sich nicht für seine Kunst interessierte, ja ihm nicht mal mehr zuhörte. Thomas' Gedanken kreisten um Humbolds Kunstgeschmack. Der Professor hatte offenbar eine Vorliebe für junge Mädchen ... Und schon näherte er sich dem Täterprofil. Außerdem war Nikasius' Leiche unweit von Humbolds Privatstation entsorgt worden. Hatte Nikasius ihn erpresst und musste deswegen sterben?

Bis jetzt war Thomas davon ausgegangen, dass Nikasius bei der Untersuchung der toten Esperanza versagt hatte, weil er unter Drogenwirkung stand. Was wäre aber, wenn er im Auftrag des Täters einen falschen Totenschein erstellt hätte? Ersetzte Vergewaltigung durch tragischen Unfall sozusagen. Und es deutete viel darauf hin, dass Nikasius' Morphium aus dem Giftschrank der Kriminalpolizei stammte. Es roch sehr stark nach einer Verschwörung. Wer konnte den Tatort manipuliert haben?

Thomas fasste einen Plan. Er wollte wissen, welche Kripobeamten in der Nacht am Tatort waren. An den Dienstplan kam er jetzt nicht mehr heran, aber ihm fiel ein, dass er die Reporterin Conny und ihren Fotografen am Tatort gesehen hatte. Allerdings wollte er Conny nicht kontaktieren, weil sie nicht gut auf ihn zu sprechen war, aber ihr Fotograf? Thomas rief bei der Redaktion an und bekam von einer freundlichen Sekretärin dessen Telefonnummer.

»Sie können gerne bei mir im Büro vorbeikommen, ich zeige Ihnen dann die Fotos, die ich in der Nacht gemacht habe«, antwortete Breuer, als Thomas ihn anrief. Breuer, der seit Jahrzenten als Fotograf arbeitete, freute sich, dass sich Thomas für seine Arbeit interessierte. Das war er gar nicht gewohnt, weil die Aufmerksamkeit meist den schreibenden Kollegen galt.

1941

41

Grün war die Farbe der Hoffnung. Und Gelb brachte Unheil. Die achtjährige Rosa hasste den gelben Stern, den sie und ihre Familie seit Wochen tragen mussten. Obwohl ihre Eltern sie mit den Worten zu trösten versuchten, dass sie mit dem gelben Stern etwas Besonderes war. Aber Rosa, die ihre Eltern liebte, glaubte ihnen nicht. Warum durfte sie dann nicht die Schule besuchen, obwohl sie Klassenbeste war? Warum durfte sie nicht mit ihren Freundinnen spielen, die keinen gelben Stern hatten? Warum durfte ihr Vater nicht mehr zur Arbeit? Der gelbe Stern war bestimmt was Schlimmes, was sie schade fand, weil sie Sterne liebte. Seit sie diesen Stern bekommen hatte, durfte sie nicht aus dem Haus und musste im kleinen Hinterhof spielen. Das alles ging Rosa in der Nacht durch den Kopf, bevor sie einschlief. Früh am Morgen wurde sie durch ein Brummen aufgeweckt. Der Boden bebte, die Tische wackelten, die Fenster klirrten. Sie hatte Angst. Vom Bett aus sah sie ihren Vater, der die Vorhänge ein wenig zur Seite geschoben hatte und angespannt aus dem Fenster starrte.

»Sie kommen«, flüsterte er, und Mutter und die Großeltern, die neben ihm standen, begannen leise zu beten, was sie sonst nur an Feiertagen taten. Rosa verstand das alles nicht. Neugierig ging auch sie ans Fenster und sah graue Lastwagen.

Von den Ladeflächen sprangen uniformierte Männer mit Gewehren herunter. Sie stellten sich in einer Reihe auf und nahmen die lauten Befehle der Vorgesetzten entgegen. Was riefen sie? Rosa, die kein Deutsch konnte, verstand nichts.

»Gott sei Dank ist es nicht die SS«, hörte sie den Vater sagen. »Sie haben grüne Mäntel.«

»Grüne Uniformen? Was sind das dann für Soldaten?«, wunderte sich die Mutter.

»Ich weiß es nicht, aber es ist nicht die SS!« Rosas Vater klang erleichtert.

Offenbar weckte das Grün Hoffnung an diesem grauen Morgen, an welchem sogar die Sonne nicht scheinen wollte.

»Alle rauskommen! Alle rauskommen! Versammelt euch am Markt! Es wird euch nichts geschehen!«, brüllte ein polnischer Polizist, und die grünen Männer schwärmten aus und klopften gegen die Holztüren der Häuser.

Rosa versteckte sich unter dem Rock ihrer Mutter, die ihr zärtlich über den Kopf strich.

»Es wird alles gut, mein Täubchen. Die grünen Männer sind keine Soldaten.«

Rosa und ihre Eltern zogen sich schnell an und verließen wie die übrigen Bewohner der Straße die Häuser, um sich, wie befohlen, auf dem Marktplatz einzufinden. Alle standen in Reih und Glied, bewacht von den grünen Uniformierten. Zwei Offiziere traten hervor, und einer von ihnen sprach, während ein polnischer Polizist übersetzte.

»Wir sind deutsche Polizisten und werden für Recht und Ordnung sorgen. Wer sich an die Gesetze hält, hat nichts zu befürchten. Wir haben den Auftrag, euch umzusiedeln. Die Männer werden neue Arbeit finden, und die Kinder werden wieder zur Schule gehen!«

Nach dieser Ansprache gingen die zwei Offiziere auf die Menschenmenge zu, blieben vor Rosa stehen. Einer der beiden streichelte ihr über den Kopf.

»Wir sind Freund und Helfer«, sagte einer von ihnen in gebrochenem Polnisch und gab ihr aus einer kleinen Dose ein Bonbon.

Rosa lächelte ihn an, er erwiderte ihr Lächeln. Sie schaute fragend zu ihren Eltern, die ihr zunickten. Daraufhin nahm sie das Bonbon in den Mund. Es schmeckte nach Erdbeere, und sie dachte an ihren Geburtstag, als ihre Mutter einen Erdbeerkuchen gebacken hatte. Als der Offizier sah, dass es ihr schmeckte, kämpfte er mit den Tränen, nahm sich aber dann doch zusammen.

»Die Männer nach rechts, die Frauen, Alten und Kinder nach links!«, befahl der Dolmetscher, und alle folgten dem Befehl.

Rosa fiel auf, dass einige der grünen Männer keine Lust auf ihre Arbeit hatten, denn sie hielten ihre Gewehre genervt wie ihr Vater den Besen, wenn er mal fegen musste. Der eine oder andere von ihnen winkte sogar den Kindern freundlich zu.

Dann setzten sich die Mütter, die Kinder und die Älteren langsam in Bewegung. Man hörte nur das Trappeln der Schuhe und manchmal das Wimmern eines Kleinkinds. Rosa lutschte ganz langsam ihr Bonbon, um es zu genießen, und außerdem gefielen ihr die neidischen Blicke der anderen Kinder, weil sie ein Bonbon hatte. Die traurige Prozession, angeführt von einigen Polizisten, ging durch die Stadt, teilnahmslos von den Blicken der Bewohner ohne gelben Stern verfolgt, die am Straßenrand standen.

Nach einer Viertelstunde kam die Kolonne hinter der großen Kirche zum Stehen, und der freundliche Offizier ging in die Kapelle.

Wenn er mir schon ein Bonbon gibt, wird er mir auch diesen blöden gelben Stern abnehmen, sagte sich Rosa und winkte ihm hinterher.

»Ihr werdet hier gleich abgeholt. Stellt euch in einer Reihe auf!«, ordnete der Dolmetscher an.

Sofort kam Unruhe auf, und Rosas Mutter zog sie enger zu sich. Nur unwillig kamen die Frauen und Älteren dem Befehl nach. Einige Uniformierte halfen nach und drängten Frauen und Kinder in eine Reihe. Rosa verstand nicht, warum die grünen Männer plötzlich so grob wurden, da knallte es von hinten, lauter als das lauteste Gewitter.

Rosa schaute zu ihrer Mutter hoch, und in dem Moment sprang deren Schädeldecke ab. Auch Rosa spürte einen Schlag am Kopf und fiel mit dem Gesicht zu Boden. Sie sah nicht, dass es Blut, Hirnmasse und Knochenteile regnete. Stattdessen spürte sie einen starken Druck in ihrem Kopf und fiel sofort in einen tiefen Schlaf. Als sie irgendwann wieder aufwachte, merkte sie, dass sie unter ihrer Mutter und einer anderen Frau begraben lag. Nur mühsam bekam sie Luft. Ihre Augen klebten vor Blut, und sie hatte Mühe, etwas zu sehen. Sie erkannte schemenhaft zwei Männer, die jetzt auf die Liegenden schossen. Ihre Uniformen waren nicht grün, sondern blutrot. Rosa hielt den Atem an und erwartete, dass auch sie erschossen werden würde. Aber das passierte nicht. Stattdessen spürte sie ihre Mutter, deren Körper immer kälter wurde. Ihr Kleidchen sog sich mit Blut der anderen Leichen voll, ihre Nase brannte, weil es nach Kot, Urin und Erbrochenem roch. Sie konnte all das nicht verstehen, aber sie wusste, dass dieser gelbe Stern an allem schuld war. Lieber Gott, hol mich hier raus oder bring mich zu meiner Mama, betete sie leise.

»Diese Sauerei mache ich nicht mehr mit! Ab jetzt wird das anders gemacht!«, schrie jemand, doch Rosa verstand nicht, was er sagte. Sie sah einen Mann, der sich über sie beugte. Seine Uniform war grün. Aber Rosa hatte keine Hoffnung mehr.

42

Seit Gerhard Breuer mit sieben seine erste Kamera geschenkt bekommen hatte, fotografierte er für sein Leben gern. Er war einer der wenigen Menschen, die ihre Leidenschaft zum Beruf machen konnten. Das hatte zur Folge, dass seine Leica sein Schicksal war, im Guten wie auch im Bösen. Im Krieg war sie der Grund gewesen, dass er als Fotograf der Wehrmacht keinen Waffendienst leisten musste, allerdings war er Zeuge der grausamsten und hässlichsten Dinge geworden, zu denen Menschen fähig waren. Davon ahnte Thomas nichts, als er das kleine Hinterhofbüro des Fotografen aufsuchte. Gleich beim Betreten empfing ihn eine Bildwand, die von einem bewegten Fotografenleben zeugte. Zu sehen waren Portraits von bekannten und unbekannten Menschen, Sportaufnahmen, Landschaftsbilder, Tierfotos sowie Sehenswürdigkeiten, die Thomas aus Zeitschriften und Büchern kannte, beispielweise den Eiffelturm, die Tower Bridge oder die Akropolis. Breuer hatte viel von der Welt gesehen, und Thomas wurde sogleich neidisch.

»Leider durfte ich nicht an den Tatort und konnte nur das Drumherum fotografieren«, erklärte Breuer entschuldigend und breitete ein Dutzend Aufnahmen auf einem Tisch aus. Sofort beugte sich Thomas über die Bilder. Er sah bekannte Gesichter wie Strobel, Schäfer, Baumgarten, im Grunde die üblichen Verdächtigen. Auch Dr. Nikasius war darauf zu erkennen. Auf einem der Bilder entdeckte er sich selbst, im Gespräch mit Strobel. Das letzte Bild zeigte Conny, die dem Fotografen die Zunge herausstreckte. »Da, wo es spannend war, durften wir nicht hin. Die hatten den Fundort weit abgesperrt.«

Nachdenklich legte Thomas die Bilder beiseite und wandte sich an Breuer:

»Kennen Sie Prof. Humbold, den Leiter der Landesklinik?«

Breuer nickte.

»Ja, ich habe ihn schon bei einigen Empfängen fotografiert.«

»Die Frage klingt etwas seltsam, aber haben Sie ihn in der Nacht in der Nähe des Tatorts gesehen?«

»Humbold? Nein«, antwortete Breuer.

Die Aufnahmen brachten Thomas keine neuen Erkenntnisse. Es gab darauf nichts zu sehen, was er nicht schon selbst gesehen hatte.

Während Breuer die Bilder wieder einsammelte, warf Thomas noch einen Blick auf die Fotowand. Er entdeckte ein Bild von den Rolling Stones. Die fünf Musiker standen in einem Raum und hantierten mit ihren Instrumenten.

»War das neulich in Essen?«

»Richtig. Ich war backstage und habe die Jungs vor dem Konzert fotografiert. Sind wirklich nette Burschen, höflich und zurückhaltend. Dieser Brian Jones beispielsweise, der redet wie ein Gentleman, der ist privat überhaupt nicht so wild wie auf der Bühne«, erinnerte sich Breuer lachend.

Doch Thomas hörte gar nicht hin. Wie elektrisiert starrte er auf ein anderes Bild. Es handelte sich um eines der wenigen Farbfotos: Zwei Männer in grüner Uniform lächelten in die Kamera. Einer von ihnen trug ein kleines schwarzhaariges Mädchen auf dem Arm, das schüchtern in die Kamera schaute. Thomas zeigte wortlos auf das Foto und warf Breuer einen fragenden Blick zu.

»Das war im Krieg. Habe ich aufgehängt, weil es in Farbe ist. Normalerweise machte ich damals nur Schwarz-Weiß-Fotos«, erklärte er.

Ungefragt nahm Thomas das Bild von der Wand. Auf der Rückseite stand handschriftlich: *Unser Bambi, Polen 1941, Rydni.*

»Ich kenne diese Männer«, sagte Thomas mit leiser Stimme.

»Der eine ist unser Hauptkommissar, Strobel, aber an den anderen kann ich mich nicht erinnern.«

»Das ist mein Vater«, sagte Thomas mit stockender Stimme. Für ihn war es das erste Bild, das seinen Vater in Armeeuniform im Krieg zeigte.

Breuer räusperte sich verlegen, weil er nicht wusste, wie er reagieren sollte. Thomas hingegen konnte seinen Blick nicht von dem Foto nehmen. Die Augen des kleinen Mädchens sogen ihn förmlich auf. Es sah traurig und erleichtert zugleich aus, aber es schien den beiden großen Männern in ihren Uniformen zu vertrauen.

»Wer ist das Kind?«

»Ich weiß es nicht«, lautete Breuers knappe Antwort, der das Foto wieder an die Wand anbrachte.

»Können Sie sich erinnern, wo Sie das Bild gemacht haben?«

»Das war wie gesagt im Krieg, irgendwo in Polen, ein Dorf in der Nähe von Białystok«, wich Breuer aus.

Thomas merkte, dass dem Fotografen das Thema unangenehm war, aber er ließ nicht locker.

»Was heißt ›unser Bambi‹?«

»Hm, das muss einer der beiden geschrieben haben, ich kann mich nicht mehr daran erinnern.«

»Haben Sie damals als Fotograf gearbeitet?«

»Ich bin im Krieg zur Propagandakompanie eingezogen worden. Ich musste immer den Vormarsch der Wehrmacht dokumentieren. Ich war überall an der Front. Frankreich, Griechenland …«

Er zeigte auf einige Aufnahmen, die er während des Krieges gemacht hatte. Doch Thomas interessierte sich nicht für die lachenden Soldaten vor dem Eiffelturm oder auf der Akropolis. Sein Blick kehrte zu dem Foto von Strobel und seinem Vater zurück.

»Mein Vater sagte immer, dass er kein Soldat war. Aber dieses Foto …«

»Es sind auch keine Soldaten, sondern Polizisten. Die Uniformen sind doch grün.«

Jetzt erst fiel Thomas die Farbe der Uniformen auf.

»Und was haben die Polizisten während des Krieges gemacht?«

»Na ja, sie waren hinter der Front«, wich Breuer erneut aus. »Ich habe da nicht so viel Ahnung. Wie gesagt, ich war nur Fotograf.«

»Haben Sie noch mehr Bilder aus Polen?«

»Nein, ich musste meine Fotos immer abgeben. Das hier habe ich nur behalten, weil es in Farbe war«, antwortete Breuer und beendete das Gespräch. »Und jetzt muss ich arbeiten!«

Thomas nickte verständnisvoll und reichte ihm die Hand.

»Haben Sie vielen Dank für die Mühe.«

Der Fotograf begleitete ihn zur Tür, musste aber noch etwas loswerden: »Der Krieg war schrecklich, seien Sie froh, dass Sie nichts damit zu tun hatten!«

Er stockte, strich sich nervös über die Haare. »Manchmal wache ich schweißgebadet auf, wenn ich an diese Zeit denke.«

»Haben Sie schlimme Dinge fotografiert?«, fragte Thomas ohne Umschweife.

Der Fotograf, dem Weinen nahe, nickte. Thomas legte tröstend seinen Arm auf die Schulter des mindestens doppelt so alten Mannes.

»Schon gut«, sagte Breuer, dem seine feuchten Augen peinlich waren. »Das geht wieder vorbei.«

»Falls Sie noch Fotos haben, dann sollten Sie diese veröffentlichen.«

Der Fotograf schüttelte vehement den Kopf, während er die Tür öffnete.

»Wissen Sie, wie schnell man als Nestbeschmutzer oder Landesverräter gilt? Nein, ich will nicht meinen Beruf aufs Spiel setzen!«

»Dann will ich mal gehen«, sagte Thomas.

Aber er ging nicht wirklich. Er wartete in seinem Wagen, bis der Fotograf eine Stunde später sein Büro verließ. Danach verschaffte sich Thomas Zutritt, was ihm keine Probleme bereitete, da er mittlerweile Routine mit dem Öffnen verschlossener Türen hatte. Zunächst steckte er das Bild von seinem Vater und Strobel ein. Er fragte sich, ob der Fotograf noch mehr Bilder von seinem Vater, Strobel und dem kleinen Mädchen besaß. Da Breuer seine Aufnahmen in zahlreichen Kartons archiviert hatte, die mit Etiketten versehen waren, wurde er recht schnell fündig. In einem Karton mit der Aufschrift »1941, Polen« befand sich gut ein Dutzend Schwarz-Weiß-Aufnahmen. Ganz oben war ein Gruppenbild von uniformierten Männern. Unter ihnen erkannte er seinen Vater und Strobel. Alle lachten in die Kamera, ein harmloses Foto. Aber dann folgten Bilder, die Thomas verstörten. Da waren uniformierte Männer, die andere Männer demütigten: Männer mit schwarzen Mänteln, Bärten und Davidstern auf den Jacken. Sie wurden geschlagen, sie wurden getreten, sie wurden unfreiwillig rasiert, sie wurden angepisst, und sie wurden erhängt. Lachende Gesichter auf der uniformierten Seite, traurige und schreckenserfüllte auf der anderen. Das alles war für Thomas kaum auszuhalten, aber er wollte nicht weggucken. Er musste ironischerweise an Strobels Satz denken, wonach ein guter Polizist nicht »wegguckt«. Insofern betrachtete er die Bilder genau, suchte unter den uniformierten Tätern auch seinen Vater und Strobel, fand sie zu seiner Erleichterung nicht. Nachdem er die Bilder, dessen Brisanz ihm klar war, wieder in den Ordner gelegt hatte, fuhr er in Ottos Atelier zurück. Das Farbfoto nahm er mit. Ein schlechtes Gewissen hatte er nicht. Für ihn war das die Sicherung eines Beweismittels.

Am Abend versuchte er, die neuen Informationen zu verarbeiten. Sein Vater und Strobel waren im Krieg als Polizisten in Polen stationiert gewesen. Dort hatten Kriegsverbrechen stattgefunden. So weit, so schlecht. Hatten die beiden sich konkret etwas zuschulden kommen lassen? Warum hatte sein Vater nie erzählt, dass er in Polen stationiert war? Von Polen war nie die Rede gewesen, von Kriegsverbrechen sowieso nicht. Thomas sah wieder auf das kleine Farbbild. Das kleine Mädchen auf dem Arm seines Vaters. *Unser Bambi!* Thomas konnte nicht sagen, ob es die Handschrift seines Vaters oder die von Strobel war. Wer war dieses Mädchen? Thomas konnte sich nicht erinnern, seinen Vater je mit einem Kind auf dem Arm gesehen zu haben, er selbst wurde nie angefasst, höchstens geohrfeigt. Und auf dem Bild lächelte sein Vater sogar. Nicht einmal für das Hochzeitsfoto hatte er ein Lächeln übriggehabt. Auch Onkel Strobel wirkte auf dem Bild gelöst. Und das kleine Mädchen? Es blickte mit einer Mischung aus Melancholie und Erleichterung drein. Es machte auf keinen Fall den Eindruck, als ob es sich vor den beiden Männern fürchten würde. Wieso hatten sie es *unser Bambi* genannt? Thomas war derart aufgewühlt, dass er nicht einschlafen konnte. Zu gerne hätte er mit Peggy gesprochen, aber die war nicht da.

Als er endlich Schlaf fand, träumte er von dem kleinen Mädchen. Es spielte mit Lotte und Esperanza Fangen. Er dagegen saß auf einem Hochsitz und streichelte den toten Hasen, den sein Vater geschossen hatte.

»Thomas, komm runter, wir wollen den Hasen begraben!«, riefen die drei Mädchen.

In dem Moment wachte Thomas auf. Er war so aufgeregt, dass er sich zum ersten Mal freiwillig eine Zigarette ansteckte. Aber auch das Nikotin brachte ihm keine Beruhigung. Er lief ziellos im Atelier herum, betrachtete Ottos Bilder, um sich abzulenken. Irgendwann schlief er wieder ein.

Wie konnte er herausfinden, was 1941 genau in Polen passiert war? Inwieweit war die Polizei dort involviert? Und welche Rolle spielten sein Vater und Strobel dabei?

Ihm fiel Kommissar Drezko ein, der sich mit den Gewalttaten der Nationalsozialisten beschäftigte. Da Thomas aber nicht ins Präsidium wollte, wartete er, bis Drezko nach Dienstschluss das Präsidium verließ. Thomas folgte ihm bis in die Straßenbahn.

»Kann ich Sie einen Moment sprechen?«, fragte er und nahm einfach neben ihm Platz.

Drezko, der Zeitung las, schaute überrascht auf.

»Warum kommen Sie nicht in mein Büro?«

»Weil wir hier ungestört sind.«

»Was wollen Sie?«

»Es tut mir leid, dass ich Sie letztens so abgewiesen habe, ich war wohl etwas zu voreilig, aber ...«, eröffnete Thomas das Gespräch, kam aber nicht weit, weil Drezko ihm ins Wort fiel.

»Und jetzt soll ich ein gutes Wort für Sie einlegen! Es hat sich ja rumgesprochen, dass gegen Sie ein Disziplinarverfahren läuft ...«

Thomas schüttelte den Kopf.

»Ich wollte Sie deswegen nicht um Hilfe bitten, da brauchen Sie keine Befürchtung zu haben. Nein, ich wollte eine Auskunft über Ihre Arbeit haben. Sie ermitteln ja gegen Kriegsverbrechen der Nazis«, holte Thomas aus. »Geht es dabei auch um Kriegsverbrechen in Polen? 1941 in der Ortschaft Rydni?«

Bei der Erwähnung des Ortes zuckte Drezko merklich zusammen.

»Wer hat Sie zu mir geschickt?«, zischte er misstrauisch.

»Niemand.«

Drezko nahm Thomas die Antwort nicht ab.

»Sie wollen mich doch aushorchen. Für wie blöd halten Sie mich?«

»Aber nein!«, versuchte Thomas, ihn zu beschwichtigen, »mich hat keiner zu Ihnen geschickt!«

Drezko winkte ab und widmete sich wieder der Zeitung.

»Hatte der Tod von Frenzel mit den Ereignissen in Polen 1941 zu tun?«, fragte Thomas unvermittelt, aber Drezko ignorierte ihn.

»Warum fahren Sie nicht nach Polen und sprechen dort mit den Behörden?«, hakte Thomas nach.

Nun schüttelte Drezko ärgerlich seinen Kopf.

»Es bestehen zwischen Polen und Deutschland keine diplomatischen Beziehungen, Westdeutsche dürfen da gar nicht hinreisen!«

Die Straßenbahn kam zum Stehen, und Drezko machte sich zum Aussteigen bereit.

»Passen Sie mal auf, junger Mann! Ich weiß genau, was Sache ist.«

»Ach ja?«

»Wer auch immer Sie zu mir geschickt hat, er wird keinen Erfolg haben!«

Drezko stieg aus.

Thomas folgte ihm.

»Wer soll mich denn geschickt haben?«

»Das wissen Sie genau!«

Thomas ärgerte sich über Drezkos Verhalten. Er war gekommen, um mit ihm sachlich zu sprechen, und nun wurde er grundlos verdächtigt.

»Wovon reden Sie?«

»Von Polizeikollegen mit brauner Vergangenheit.«

»Ich habe keine Kollegen mehr.«

»Eben. Sie könnten sich durch meine Informationen wieder rehabilitieren! Sie wollen mich aushorchen.«

Thomas schaute ihn kopfschüttelnd an. Aus jeder Pore dieses verknöcherten Mannes triefte Misstrauen.

»Sie trauen wohl keinem!«

Drezkos Blick verfinsterte sich.

»Ich hatte einen Zeugen, der aussagen wollte. Nur hat der sich letztens angeblich das Leben genommen, nicht wahr?«

»Worüber wollte er denn aussagen?«

»Sie sind hartnäckig, junger Mann, aber bei mir beißen Sie auf Granit.«

Für einen Moment fragte sich Thomas, ob er nicht die Fotos erwähnen sollte, die er bei Breuer gesehen hatte. Aber er kam nicht dazu, weil Drezko das Gespräch beendete.

»Anstatt mich ausspionieren zu wollen, sollten Sie lieber zum Friseur gehen und nicht wie ein Halbstarker rumlaufen!«

Bei Thomas, der sich bisher um ein sachliches Gespräch bemüht hatte, platzte jetzt der Kragen.

»Und soll ich Ihnen mal was sagen? Ich werde mir die Haare noch länger wachsen lassen!«

Mit dieser Replik hatte Drezko nun überhaupt nicht gerechnet. Irritiert sah er Thomas nach, der sich wütend entfernte.

Thomas ärgerte sich, dass er Drezko aufgesucht hatte. Auf die Hilfe des verknöcherten und spießigen Kommissars konnte er getrost verzichten, zumal der ihn auch noch verdächtigte, gemeinsame Sache mit Kriegsverbrechern zu machen. Nein, er wusste, was er zu tun hatte. Er fasste einen kühnen Plan. Er wollte nach Polen fahren und selbst recherchieren, was sich damals abgespielt hatte und was es mit dem Mädchen auf dem Foto auf sich hatte. Er wollte sich zwar bei den Ermittlungen nicht mehr von seinen Emotionen leiten lassen, aber hier lag der Fall anders. Er dachte an ein Zitat von Sherlock Holmes, das besagte, »dass Intuitionen nicht ignoriert werden dürfen«. Und seine Intuition sagte ihm, dass es einen Zusammenhang zwischen dem unbekannten Mädchen, Lotte und Esperanza gab. Was wussten sein Vater und Strobel darüber? Welches Geheimnis verbargen sie?

Die Sache hatte nur einen Haken. Es bestanden zwischen der Bundesrepublik Deutschland und der Volksrepublik Polen keine diplomatischen Beziehungen. Private Reisen waren zwischen diesen beiden Ländern unmöglich, hatte er von Drezko erfahren. Das spornte Thomas aber umso mehr an, es zu versuchen. Doch leider konnte auch Alexis, der allerlei Beziehungen zu allen möglichen Menschen auf der ganzen Welt pflegte, ihm da nicht weiterhelfen.

»Es ist sehr schwer für Westdeutsche, in den Ostblock zu fahren«, lautete sein Fazit, nachdem ihn Thomas gefragt hatte. Zum Glück hatte Otto das Gespräch verfolgt.

»Kannst du dich erinnern, wie ich in meinem ersten Leben meinen Unterhalt bestritten habe?«, blinzelte er Thomas zu und nahm ihn beiseite.

»Was hat das mit Polen zu tun?«

»Eines meiner Opfer war ein passionierter Jäger. Der hatte seine Wände mit zahlreichen Geweihen tapeziert ... richtig eklig ...«

»Komm endlich zur Sache!«

»Nur Geduld, Herr Kommissar ... Na ja, dieser Herr fuhr oft nach Polen, um dort Böcke zu schießen.«

Mit dieser Information konnte Thomas arbeiten. Er rief beim Landesjagdverband an und erfuhr, dass es durchaus möglich war, über eine der Landsmannschaften der Heimatvertriebenen einen Jagdausflug nach Polen zu buchen. Das Visum würde er über die polnische Handelsmission in Köln erhalten. Und genau das tat Thomas. Er meldete sich bei der Landsmannschaft als begeisterter Jäger an und äußerte seinen Wunsch, in Polen, und zwar in der Woiwodschaft Białystok, jagen zu wollen. Er log dabei so überzeugend, dass der verantwortliche Mitarbeiter gar nicht auf die Idee kam, nach seinem Jagdschein zu fragen. Die polnischen Beamten, die das Visum erteilten, interessierten sich ohnehin nicht für solche Dokumente. Ihnen ging es nur um die Devisen, die Thomas ihnen mit seinem Jagdausflug einbrachte. Aber ihm war es das wert, und er plünderte sein Sparkonto.

Er schrieb Peggy einen Brief und erklärte, dass er nach Polen reisen würde, in der Hoffnung, der Wahrheit ein Stück näher zu kommen. Sie antwortete schnell.

Liebster, ich bedaure sehr, dass ich dich nicht begleiten kann. Obwohl ich Angst um dich habe, verstehe ich, dass du die Geschichte mit dem Foto klären willst. Um mich musst du dir keine Sorgen machen, ich liebe dich wie am ersten Tag. Ansonsten fühle ich mich hier zum ersten Mal in meinem Leben frei und glücklich, wie der Vogel, der aus dem Käfig geflohen ist. Ich habe Menschen kennengelernt, die dir sehr gefallen werden. Sie sind freundlich, lustig und haben verrückte Ideen. Sie nennen sich Provos und wollen, dass man in der Stadt nur mit Fahrrädern fahren soll, außerdem sollten alle Polizisten Namensschilder tragen, wäre das nicht groß-

artig? Ich habe schon mein erstes Geld verdient und helfe bei einem Freund aus, der einen Kleiderladen hat. Er entwirft seine Sachen selbst, kann jedoch nicht schneidern. Das kann ich aber wiederum sehr gut, den blöden Nonnen sei Dank. Er hat mir versprochen, dass ich auch selbst einige Kleider entwerfen kann. Ich traue mir das zu. Verrückt genug bin ich ja. Ich küsse dich und zähle die Stunden bis zu unserem Wiedersehen! Pass bitte ganz, ganz doll auf dich auf! I got you, Babe! *Tausend Küsse, deine Peggy*

43

Die Zugreise nach Białystok, das nahe der ukrainischen Grenze lag, dauerte fast zwei Tage. Thomas musste mehrmals umsteigen, unter anderem in Berlin und Warschau. Er wollte die lange Reise nutzen, um sich über die Stadt schlauzumachen. Da sich das Angebot an Büchern über Polen in Grenzen hielt, an einen Reiseführer war überhaupt nicht zu denken, begnügte er sich mit einem schmalen Vorkriegsbüchlein, das über Białystok Auskunft gab. Er las unter anderem, dass es dort ein jüdisches Getto gab und eine große jüdische Gemeinde. Ein weiteres Buch, das er mitgenommen hatte, handelte vom Zweiten Weltkrieg, über den er nur wenig wusste, weil der Geschichtsunterricht in der Schule mit Bismarck geendet hatte. So erfuhr Thomas vom Angriffskrieg der Wehrmacht im Osten, um für die deutsche Rasse mehr Lebensraum zu schaffen. Polen und die Sowjetunion sollten zu deutschen Kolonien umgewandelt werden, während die jüdische Bevölkerung vernichtet werden sollte. Thomas fragte sich, warum das alles in der Schule nicht behandelt worden war.

Ab Berlin teilte er das Abteil mit zwei Männern, die ebenfalls einen Jagdausflug nach Polen gebucht hatten. Es dauerte nicht lange, und Thomas stellte fest, wie seine Jagdkameraden tickten. Beide Männer waren im Krieg in Polen stationiert gewesen und gaben ungeniert eine Anekdote nach der anderen zum Besten. Jeder versuchte, den anderen mit seinen Heldentaten zu übertrumpfen, wobei sie sich in einem einig waren: Die Polen waren miserable Soldaten und den deutschen Landsern überhaupt nicht gewachsen. Außerdem hatte die polnische Armee zahlreiche Massaker an der deutschen Bevölkerung verübt. Thomas konnte nicht fassen, dass sie all das auf den Kopf stellten, was er über den Feldzug gelesen hatte. Sie machten die Opfer zu Tätern. Aber die beiden setzten noch eins drauf, als sie behaupteten, dass die ganzen Berichte über die »angeblichen« Gräuel an den Juden maßlos übertrieben seien. Am liebsten hätte Thomas ihnen die ganzen Fakten um die Ohren gehauen, aber er unterließ es, weil er nicht auffallen wollte. Trotz seiner Zurückhaltung blieb es natürlich nicht aus, dass die zwei Ex-Offiziere das Gespräch mit ihm suchten. Zunächst frotzelten sie über sein Alter, aber er konterte damit, dass er schon bei der Kripo war. Obendrein beeindruckte er sie mit seinen Erfolgen als Jungjäger. Er hatte alles Mögliche vor seine Flinte bekommen: Schwarzwild, Damwild und vieles mehr. Das Vokabular für sein Jägerlatein ging ihm nicht aus, und die beiden Ex-Offiziere hingen an seinen Lippen. Sie ahnten nicht, dass Thomas noch nie richtig gejagt hatte und dass er nur das nachplapperte, was sein Vater immer zum Besten gab, wenn er von der Jagd nach Hause kam.

Zum Glück für ihn fuhren sie nicht bis nach Białystok, sondern stiegen eher aus. Er selbst wurde am Bahnhof von einer Frau, die ein schlichtes graues Kostüm trug, empfangen. Thomas schätzte sie auf Mitte zwanzig, obwohl sie mit ihrem blonden Haarknoten im Nacken älter aussah. Sie hieß Lydia und stellte sich als Mitarbeiterin des staatlichen Touristikverbandes vor. Lydia, die perfekt Deutsch sprach, brachte ihn zum Hotel, einem schmucklosen Bau mit abgeblätterter Fassade.

Thomas wunderte sich über ihr gutes Deutsch, traute sich jedoch nicht, sie danach zu fragen. Sie wirkte sehr distanziert und auf Abstand bedacht, doch manchmal huschte ein fast verlegenes Lächeln über ihr Gesicht, wenn er ihr in die Augen schaute. Allerdings mied sie meist den direkten Blickkontakt. Irgendeine persönliche Bemerkung ging ihr ohnehin nicht über die Lippen.

Obwohl Thomas zum ersten Mal in seinem Leben in einem Hotel übernachtete und er überhaupt keine Vergleichsmöglichkeiten hatte, fiel sein Urteil über die Unterkunft sehr negativ aus. Das Zimmer hatte den Charme einer Ausnüchterungszelle. Es gab ein schlichtes Metallbett, einen Eisenschrank, einen schmutzigen Teppichboden und zahlreiche Spinnweben an den Wänden. Die Gardinen waren überflüssig, weil die Fenster so verdreckt waren, dass man gar nicht hindurchsehen konnte. Auch die gemeinsamen Duschräume, die sich auf der ersten Etage befanden, schrien nach einer Renovierung. Zwischen den Kacheln sammelte sich Schimmel, und die Rohre hatten vor dem Rost kapituliert. Aber Thomas war sowieso keinen Luxus gewöhnt, außerdem war er nicht als Urlauber hierhergefahren. Auch die Verpflegungssituation im Hotel konnte ihn nicht begeistern. Das Essen erinnerte ihn an das seiner Mutter, es war deftig und zu gesalzen. Es gab eine Mehlsuppe und gekochtes Rindfleisch mit zerkochtem Gemüse, das er nicht identifizieren konnte. Nur das Hotelpersonal bot keinen Anlass zur Klage. Alle lachten freundlich, obwohl keiner ein Wort mit ihm sprach; offenbar war ihnen der Kontakt mit ihm verboten. Nur der Kofferträger traute sich, ihn anzusprechen:

»Valuta? Valuta? Złoty? Złoty?«

Es dauerte einige Sekunden, bis bei Thomas der Groschen fiel. Der Mann wollte polnische Złoty gegen die harte Mark tauschen.

»Nein danke, ich werde hier nicht viel Geld ausgeben«, wich Thomas aus, weil er sich keinen Ärger einhandeln wollte. Er wusste, dass der private Geldwechsel streng verboten war. Doch der Mann gab nicht auf und zeigte auf Thomas' Nietenhose.

»Jeans! Jeans!«

Erneut handelte er sich eine Absage ein, da Thomas seine einzige Hose nicht verkaufen wollte.

Immer noch gab der gute Mann nicht auf und zeigte auf alles, was Thomas ausgepackt hatte: auf die Jacke, den Kugelschreiber und sogar den Flaschenöffner, den Thomas zufällig dabeihatte. Offenbar gab es hier Bedarf an allem, was aus dem Westen kam. Thomas konnte das nicht nachvollziehen, weil zumindest Kugelschreiber und Flaschenöffner absolut nichts Besonderes waren.

Als Lydia Thomas am nächsten Morgen abholen wollte, meldete er sich krank. Er klagte über Durchfall und müsse ein, zwei Tage pausieren. Sie ahnte nicht, dass Thomas seine Übelkeit nur vorspielte, um in Ruhe seinen Nachforschungen nachgehen zu können. Wie diese aussehen sollten, wusste er allerdings nicht genau. Er hatte keinen Ansprechpartner, an den er sich wenden konnte, also musste er improvisieren. Zunächst wollte er sich die Stadt anschauen, danach versuchen, in das Dorf Rydni zu kommen, wo das Foto entstanden war.

Kaum war Lydia gegangen, verließ er das Hotel. Die Stadt bot ein tristes Bild. Die Fassaden der Häuser waren heruntergekommen, es gab keine Geschäfte, jedenfalls fielen Thomas keine Schaufenster auf. Nicht wenige Gebäude wiesen zahlreiche Löcher im Putz auf, Resultat von Granatsplittern und Maschinengewehrkugeln. Die Spuren des Kriegs waren noch präsent. Es gab wenige Autos, aber dafür viele Fuhrwerke mit Autoreifen, viele beladen mit Heu.

Vom jüdischen Viertel – das in seinem Büchlein gut beschrieben war – existierten nur Häuserreste.

An einigen Stellen waren Bauarbeiter zugange, die das ein oder andere Gebäude hochzogen. Alles in allem bot sich ein deprimierendes Bild.

Nun galt es, in den Ort Rydni zu gelangen. Thomas wusste, dass er ungefähr fünfundzwanzig Kilometer von der Stadt entfernt lag, allerdings schien es nicht ans Bahnnetz angeschlossen zu sein, wie er anhand einer Karte am Bahnhof feststellte. Vielleicht gab es eine Busverbindung? Doch wo fuhren die Busse ab? Gerade als er sich umschauen wollte, fiel ihm auf, dass er von zwei Männern in dunklen Jacken beobachtet wurde. Sie standen auf der anderen Straßenseite und sahen ungeniert zu ihm rüber. Er wurde nervös und ging weiter. Die Männer folgten ihm. Thomas wollte sie abschütteln und verschärfte sein Tempo, da bremste vor ihm ein Motorrad mit Beiwagen. Ein Mann in Ledermantel sprang auf den Bürgersteig und zeigte Thomas einen Ausweis. »Miliz! Mitkommen!«, herrschte er ihn an.

Eine halbe Stunde später bekam Thomas die Gelegenheit, das Innere einer polnischen Polizeiwache zu studieren. Seine Verfolger, die sich als Milizionäre erwiesen, führten ihn in einen karg eingerichteten Raum. Dort traf er Lydia wieder, die gerade seinen Koffer durchsuchte, den man offensichtlich aus dem Hotel geholt hatte. Thomas verstand sofort. Sie war keine Fremdenführerin, sondern Polizistin.

»Ich bin Lieutenant Lydia Polina von der polnischen Polizei«, stellte sie sich mit kühler Stimme vor. »Bitte leeren Sie Ihre Taschen auf den Tisch.«

Thomas tat wie befohlen und holte seine Brieftasche und sein kleines Buch hervor. Das Foto hatte er wohlweislich in seine Zigarettenpackung gesteckt. Er hoffte, dass sie es nicht finden würden.

»Sie sind ein Spion«, behauptete Lydia, während sie den Inhalt seines Koffers genauestens in Augenschein nahm.

»Ich bin kein Spion«, widersprach Thomas, scharf beobachtet von den zwei Milizionären, die keine Miene verzogen.

»Lügen Sie nicht! Wir haben Sie beobachtet. Sie spionieren in der Stadt!« Ihr Ton wurde merklich rauer.

»Ich bin nur etwas spazieren gegangen«, stellte Thomas fest und bemühte sich, dabei sein freundlichstes Gesicht aufzusetzen.

Lydia glaubte ihm nicht. Sie schüttelte den Kopf, während sie in dem kleinen Buch blätterte.

»Warum haben Sie gesagt, dass Sie krank sind?«

»Mir war heute Morgen tatsächlich übel. Aber ich kann nicht die ganze Zeit im Hotel rumsitzen«, rechtfertigte sich Thomas, was aber bei Lydia nicht verfing.

»Sagen Sie die Wahrheit, sonst bekommen Sie große Schwierigkeiten!«

»Aber nein! Ich wollte nur frische Luft schnappen«, wehrte Thomas ab. »Warum sollte ich in der Stadt spionieren?«

»Sie wollen Valuta eintauschen, um günstig an Złoty zu kommen.«

Thomas nahm seine Brieftasche und leerte sie zum Beweis aus.

»Sie sehen doch, dass ich nur die Złoty habe, die ich offiziell eingetauscht habe.«

Lydia überlegte kurz, klappte dann den Koffer zu.

»Sie dürfen sich nicht in der Stadt aufhalten! Sie haben nur ein Visum für die Jagd«, erklärte sie.

»Das wusste ich nicht. Ich dachte, es ist nicht verboten, ein wenig spazieren zu gehen.« Thomas schaute unschuldig in die Runde und lächelte verlegen.

Lydia ihrerseits wandte sich an ihre Kollegen und sprach mit ihnen, ohne dass Thomas ein Wort verstand. Er hoffte inständig, dass das Ganze glimpflich für ihn ausgehen würde. Seine Hoffnung wurde erhört, da Lydia sich offensichtlich mit ihren Kollegen geeinigt hatte, dass Thomas wieder ins Hotel zurückdurfte.

»Ich werde Sie wieder in das Hotel bringen«, informierte sie ihn und reichte ihm das Buch zurück. »Aber Sie dürfen es nicht mehr verlassen. Morgen müssen Sie zur Jagd, sonst geht es wieder zurück nach Deutschland!«

Thomas nickte erleichtert, obwohl ihm jetzt bewusst wurde, dass es sehr schwer werden würde, in das Dorf Rydni zu fahren. Er stand wahrscheinlich unter ständiger Beobachtung. Ernüchterung machte sich bei ihm breit, und er ärgerte sich, dass seine Reise nach Polen praktisch zu Ende war. Während Lydia ihn wortlos zum Hotel brachte, bereute er, die weite Reise angetreten zu haben. Auf die Jagd morgen konnte er getrost verzichten.

»Und denken Sie daran, Sie dürfen das Hotel nicht verlassen«, wiederholte sie, als sie mit ihm das Hotelfoyer betrat.

»Halten Sie mich eigentlich immer noch für einen Spion?«

»Nein. Wir hätten Sie sonst noch dabehalten. Aber ich glaube trotzdem nicht, dass Sie zufällig durch die Stadt gelaufen sind.«

Thomas überlegte, ob er sie nicht einweihen sollte. Er hatte ja nichts zu verlieren! Sie war zwar Polizistin, aber auch der einzige Ansprechpartner, den er hatte. Also nahm er all seinen Mut zusammen und setze alles auf eine Karte.

»Sie haben recht gehabt, ich bin kein Jäger. Ich bin aus einem anderen Grund hier«, eröffnete er ihr und sah sie gespannt an. Wie würde sie jetzt reagieren? Zunächst blieb sie abwartend, misstrauisch.

»Ich werde Ihnen alles erzählen, auch auf die Gefahr hin, dass Sie mich einsperren. Können wir uns irgendwo in Ruhe unterhalten?«

Sie überlegte kurz, betrat mit ihm den leeren Speisesaal.

»Versuchen Sie nicht, mich zu bestechen! Ich muss Sie sonst

verhaften«, drohte sie, während sie Platz nahmen. Dann winkte sie mit strenger Miene einem Mann mit grauem Kittel herbei und bestellte etwas, das Thomas nicht verstand. Aber das war ihm auch egal, denn er kam ohne Umschweife zur Sache. »Mein Vater war während des Krieges als Polizist in der Umgebung stationiert. Es kann sein, dass er an Kriegsverbrechen beteiligt war, und zwar im Dorf Rydni. Ich muss dorthin, um etwas darüber zu erfahren.«

Seine Aussage überraschte Lydia. Sie wusste nicht, was sie von Thomas halten sollte, und musterte ihn prüfend.

»Er war hier stationiert«, wiederholte Thomas ernst, »und ich frage mich, inwieweit sich mein Vater schuldig gemacht hat.«

»Warum fragen Sie nicht Ihren Vater?«

»Weil er mir nicht die Wahrheit sagen würde. Und ich will keine Lügen hören.«

»Keine offizielle Stelle wird mit Ihnen über den Krieg sprechen«, stellte Lydia wieder im kühlen Bürokratenduktus fest. »Sie wissen doch, dass es keine diplomatischen Beziehungen zwischen Polen und Deutschland gibt. Die Wunden des Krieges sind noch nicht verheilt!«

Lydias Erwartung, das Gespräch mit dieser Aussage zu beenden, erfüllte sich nicht. Thomas blieb hartnäckig.

»Es dürfte doch nicht so schwer sein, jemanden zu sprechen, der über die damalige Besatzungszeit Bescheid weiß. Warum kann ich nicht nach Rydni fahren?«

»Sie hätten sich mit offiziellen Stellen in Verbindung setzen müssen. Sie können nicht auf eigene Faust in die Volksrepublik fahren und Erkundungen anstellen«, schrieb sie ihm ins Stammbuch.

Doch Thomas, der nichts mehr zu verlieren hatte, reagierte ungehalten.

»Ich habe keine Zeit, um mit offiziellen Stellen Kontakt aufzunehmen, die ich gar nicht kenne und die mich überhaupt nicht
beachten würden!«

Lydia warf ihm einen Blick zu, als ob er ein kleiner Junge wäre.

»Sie sind so naiv!«

Thomas überhörte den Vorwurf, nahm stattdessen seine Zigarettenpackung heraus.

»Rauchen Sie?«

Sie schüttelte den Kopf. Wortlos fischte Thomas aus der Packung das Foto heraus und reichte es ihr.

Sie nahm das Bild und schaute überrascht darauf.

»Da ist noch etwas, das ich wissen muss. Wer ist dieses Mädchen?«

Lydia nahm das Foto und las auf der Rückseite: unser Bambi.

»Warum zeigen Sie mir das Bild?«, fragte sie ärgerlich und
schob es schnell unter die Zigarettenpackung, um es vor den Augen des Kellners zu verbergen, der gerade zwei Tassen Tee brachte.
»Wollen Sie, dass ich Ärger bekomme?«

Thomas wartete mit der Antwort ab, bis der Kellner wieder gegangen war.

»Aber nein, entschuldigen Sie! Ich wollte Ihnen nur sagen, dass
ich nach der Wahrheit suche. Und das kann doch nicht verboten
sein, verflixt noch mal!«

»Sie sind so naiv«, wiederholte sie kopfschüttelnd.

»Kann sein, aber ich will trotzdem die Wahrheit wissen«, be-
kräftigte Thomas abermals.

Lydia seufzte und blickte ihn irritiert an. Sie wusste immer noch
nicht, was sie von ihm halten sollte.

»Ich kann Ihnen nicht helfen«, sagte sie schließlich und stand
auf. »Bleiben Sie im Hotel, sonst bekommen Sie große Schwierigkeiten!«

Sie machte sich gerade daran zu gehen, da hatte Thomas noch eine Frage.

»Darf ich fragen, warum Sie so gut Deutsch sprechen?«

»Ich habe in Ostberlin studiert«, antwortete Lydia knapp, und dann ging sie, ohne ein weiteres Wort zu verlieren.

Sein Versuch, sie auf seine Seite zu ziehen, war gescheitert. Lydia wollte ihm nicht helfen. Er konnte wohl froh sein, dass sie ihn nicht wieder ins Präsidium mitnahm. Sein Plan, einfach nach Polen zu fahren und ohne irgendwelche konkreten Anhaltspunkte etwas über ein altes Foto zu erfahren, war wirklich naiv. Er hatte erneut einen großen Fehler gemacht. Hatte er denn nach der überstürzten Verhaftung des Heimleiters nichts gelernt? Am liebsten hätte er sich jetzt bei Peggy ausgeheult, die ihn bestimmt getröstet hätte, aber die war gut zweitausend Kilometer entfernt in einer Stadt, in der das Leben pulsierte. Er dagegen saß einsam in einem riesigen Speisesaal irgendwo im Osten und blickte auf nikotingelbe Gardinen und bunte Propagandaplakate, die rotbackige, blonde Frauen bei der Ernte zeigten. Thomas war aber jetzt nicht nach diesen knallbunten Bildern. Er war so frustriert, dass er sich betrinken wollte. Nach dem dritten Glas Wodka verging ihm der Wunsch nach einem einsamen Besäufnis.

Er flüchtete in sein Zimmer, ließ sich erschöpft aufs Bett fallen. Er wollte schlafen, war zu müde, um sich auszuziehen. Gerade als er das Licht ausschaltete, hörte er Schritte im Flur. Jemand war an seiner Tür, rüttelte am Türknopf. Wollte da jemand in sein Zimmer? Seine Müdigkeit verflog augenblicklich. In der Tür drehte sich ein Schlüssel. Keine Sekunde später betrat Lydia das Zimmer.

»Kommen Sie mit nach unten«, befahl sie leise.

»Was ist denn los?«, fragte Thomas irritiert.

»Stellen Sie keine Fragen, kommen Sie mit!«

Thomas konnte sich die ganze Situation überhaupt nicht erklären, aber er folgte Lydia, die leise den Raum und dann das Hotel über einen zweiten Treppengang verließ, der wohl für das Personal gedacht war. Über einen Hinterausgang gelangten sie zur Rückfront des Gebäudes. Draußen war es mittlerweile dunkel geworden. Zielstrebig stieg Lydia in ein Auto, das zwischen einigen Lastwagen geparkt war. Und weiter ging es im Kommandoton: »Einsteigen!«.

Thomas tat wie befohlen, und sie fuhr sofort los.

»Verraten Sie mir, wo wir hinfahren?«, wagte Thomas nun doch zu fragen.

»Ich habe darüber nachgedacht, was Sie mir gesagt haben. Sie sind zwar ein Träumer, aber das gefällt mir«, meinte sie nachdenklich, während sie den Wagen durch die Nacht steuerte. »Realistische Menschen gibt es hier mehr als genug.«

»Und das heißt?«

Lydia blieb ihm die Antwort schuldig, und Thomas zog es vor, nicht weiter nachzubohren. Er war jedenfalls erleichtert, dass er nicht verhaftet worden war. Er versuchte, sich zu orientieren, aber auf den Straßen war es vollkommen dunkel. Die Stadt schien ausgestorben zu sein, jedenfalls standen die Straßenlaternen da wie unbeleuchtete Statisten. Dass Lydia das Auto trotzdem sicher durch die Dunkelheit steuerte, grenzte für Thomas an ein Wunder. Ihm selbst war so, als ob man ihm die Augen verbunden hätte. Als ihm nach einer Weile der beißende Geruch von Gülle fast den Atem nahm, vermutete er, dass sie die Stadt verlassen hatten und es irgendwie auf dem Landweg weiterging.

Lydia sagte keinen Ton und konzentrierte sich nur aufs Fahren, und da Thomas ihr kein Gespräch aufzwingen wollte, schwieg er ebenfalls. Natürlich platzte er vor Neugierde, weil er nicht wusste, was ihn erwartete. Nach einer gefühlten Stunde kam der Wagen zum Stehen, und Lydia schaltete die Scheinwerfer aus.

»Wir sind in Rydni, aber das bleibt unter uns. Sonst können wir uns gegenseitig im Gefängnis besuchen«, erklärte sie unerwartet sarkastisch.

»Wir sind in Rydni?«, wunderte sich Thomas, der nun überhaupt nichts verstand.

»Kommen Sie!«, forderte sie ihn auf, während sie ausstieg. Thomas folgte ihr, ohne sich in der Dunkelheit orientieren zu können. Mehr als das schwache Mondlicht, das irgendwo am Himmel geisterte, sah er nicht. Es war kühl geworden, aber das Adrenalin vertrieb den Nachtfrost aus seinem Körper.

»Machen Sie endlich«, ermahnte Lydia ihn irgendwo aus der Dunkelheit.

Thomas wagte einige Schritte vor, und dann ging wie von Geisterhand eine Tür auf. Ein schmaler Lichtstreifen fiel nach draußen. Jetzt erst begriff Thomas dass er vor einem Haus stand. Er erkannte schemenhaft eine Gestalt, die einige leise Worte mit Lydia wechselte. Die schob daraufhin Thomas durch einen engen Flur, während ein Mann hinter ihm die Tür zuschlug. Ehe er sichs versah, befand sich Thomas in einer Art Wohnküche. Es roch nach Alkohol und gekochtem Kohl. Nun erst konnte er den Mann in Augenschein nehmen, der ihm einen Stuhl zuschob. Er hatte dichtes graues Haar und ein sehr zerfurchtes Gesicht, was das Schätzen seines Alters erschwerte.

»Das ist mein Onkel Peter. Er möchte mit uns über diese Zeit sprechen.«

Thomas nickte dem Mann zu und schaute in zahlreiche Lachfältchen. Sofort fasste er Vertrauen.

»Guten Abend, mein Name ist Thomas Engel.«

»Alles, was wir heute besprechen, müssen wir für uns behalten. Wir bekommen sonst sehr viele Probleme!«, warnte Lydia.

»Ich gebe Ihnen mein Wort«, versicherte Thomas ihr, der erst jetzt richtig realisierte, dass er seinem Ziel, etwas über die damalige Zeit zu erfahren, ganz nah war.

Der Mann reichte Thomas eine Tasse Tee und sagte ihm etwas auf Polnisch.

»Mein Onkel freut sich, dass Sie sich für diese schlimme Zeit interessieren. Aber das, was er zu erzählen hat, ist sehr traurig«, übersetzte Lydia.

»Ich möchte mich bedanken, dass er mit mir darüber sprechen will«, sagte Thomas und verbeugte sich höflich vor dem Mann.

Lydias Onkel brauchte für diesen Satz keine Übersetzung, er klopfte Thomas freundschaftlich auf die Schulter. Dann setzte er sich ebenfalls auf einen Stuhl. Er steckte sich langsam eine Zigarette an, nahm einen tiefen Zug und begann zu erzählen. Er stockte manchmal zwischendurch, und sein Gesicht nahm einen traurigen Ausdruck an, der aber nie in Verbitterung umschlug. Lydia übersetzte, und Thomas hörte aufmerksam zu.

»Früher haben in Rydni viele Juden gelebt. Die sind nicht mehr da. Die meisten sind tot, die wenigen Überlebenden ausgewandert. Ihr Golgatha begann im Krieg mit der deutschen Besatzung. Zunächst wurde ihnen alles verboten. Die Kinder durften nicht in die Schule, die Männer nicht mehr arbeiten. In Białystok war es ganz schlimm, die Juden dort wurden in ein Getto gezwungen, man verbrannte viele von ihnen in der Synagoge. Bei uns war es am Anfang nicht so schlimm für sie, aber dann kam dieser schwarze Tag. Eines Morgens fuhren Lastwagen auf den Platz. Ganz viele Deutsche stiegen aus. Sie hatten grüne Uniformen und sagten, dass sie Polizisten seien. ›Dein Freund und Helfer!‹, riefen sie immer wieder, und alle glaubten daran. Sie sahen anders als die Soldaten aus. Sie marschierten nicht in Reih und Glied, es waren auch alte Männer dabei. Die Anführer befahlen, dass alle Juden aus den Häusern kommen sollten. Die Männer würden in die Fabriken

291

zur Arbeit geschickt. Die Mütter und Kinder sollten in die Stadt gebracht werden. Und immer wieder wiederholten sie: ›Wir sind Freund und Helfer!‹ Ein Offizier verteilte sogar Bonbons an die Kinder. Dann wurden Frauen, Kinder und die Alten hinter den Friedhof gebracht, und dann … Es war wie im Schlachthaus. Die Polizisten hielten die Gewehre zu hoch, das Blut spritzte überall, es war grauenhaft. Aber nicht alle Gendarmen haben mitgemacht. Ich habe gesehen, wie einige von ihnen in den Wald gingen, um nicht zu schießen.«

Der Mann hatte zu Ende erzählt und seufzte tief, als sei eine schwere Last von ihm abgefallen. Seine Lachfältchen durchzogen wieder sein Gesicht, aber Thomas hatte kein Auge dafür. Er stand vor einem Scherbenhaufen. Alles, was er an der Arbeit der Polizei schätzte und verehrte, war null und nichtig. Doch noch hatte er die Hoffnung, dass sein Vater und auch Strobel nichts mit diesem Massaker zu tun gehabt hatten. Trotz aller Vorbehalte gegenüber seinem Vater war der doch kein Verbrecher und Mörder, oder doch? Er musste Gewissheit haben, und so holte er mit zittrigen Händen das Bild hervor.

»Kennen Sie diese beiden Männer?«

Onkel Peter schaute auf das Bild und nickte.

»Sie waren die beiden Anführer«, übersetzte Lydia, und der Onkel zeigte auf Thomas' Vater, während er sprach. Thomas blickte zu Lydia, die wiederum alles übersetzte. »Dieser Offizier war nach den Hinrichtungen sehr unzufrieden, weil zu viel Blut geflossen war. Er zeigte seinen Männern, wie sie nächstes Mal schießen sollten. Sie sollten die Bajonette auf die Gewehre aufsetzen und an den Hinterkopf der Opfer halten.«

Thomas stockte. Die Wildschweinjagd mit seinem Vater und Strobel. Die Bache war nicht richtig getroffen. Sie blutete noch. Und er sollte ihr den Fangschuss geben. Dabei sollte Thomas das

Gewehr wie mit einem Bajonett an den Hinterkopf des leidenden Tieres halten. Und was hatte Strobel gesagt? *Das habe ich von deinem Vater gelernt!*

Aber Onkel Peter hatte noch mehr zu erzählen, was Thomas traurig stimmte.

»Ich musste dabei sein, weil ich der Totengräber war und alle begraben sollte. Aber wie sollte ich diese Riesengrube allein zuschütten? Die Gendarmen gaben mir Juden zur Hilfe, die nach der Arbeit erschossen wurden.«

Eine Frage drängte sich Thomas auf, aber er hatte Angst, sie zu stellen. Nach einer kurzen Pause fasste er allen Mut zusammen.

»Haben die beiden Offiziere auch geschossen?«

»Sie haben mit Pistolen Gnadenschüsse gegeben.«

Thomas fühlte Übelkeit, sein Bauch schmerzte und drückte, er musste aufstehen, ihm wurde schwindlig. Er wollte nach draußen und sich erbrechen, aber er musste sich zusammennehmen. Rausgehen würde Flucht bedeuten, und das wäre ein Fehler, denn etwas musste noch unbedingt geklärt werden.

»Was ist los? Ist Ihnen nicht gut?«, fragte Lydia besorgt, während ihr Onkel ihm ein Glas Wodka reichte.

»Trinken Sie, das tut gut!«, forderte Lydia ihn auf, die sich bis jetzt nur auf das Übersetzen beschränkt hatte.

Thomas kippte den Wodka in einem Zug runter. Sein Magen fing sofort Feuer. Er löschte es mit einem zweiten Wodka, nahm das Bild und tippte mit seinem Finger auf das Foto.

»Kennen Sie das Mädchen?«

Erneut betrachtete Onkel Peter das Bild, überlegte kurz. »Das muss Rosa sein. Das arme Kind. Die beiden Offiziere hatten es aufgenommen, weil sie die Exekution überlebt hatte.«

Thomas reichte die Antwort nicht. Ohne es zu bemerken, schaltete er in den Verhörmodus um.

»Was ist aus Rosa geworden?«

»Ich weiß es nicht. Sie haben das Mädchen mitgenommen.«

»Wohin?«

»Vielleicht zu ihrer Kommandantur in Plowce?«

Thomas wollte die Antwort nicht akzeptieren und setzte gerade zu einer weiteren Frage an, da bemerkte er Lydias strengen Blick. Sie hatte recht. Er hatte kein Recht, Onkel Peter mit Fragen in die Enge zu treiben.

»Haben Sie vielen Dank«, sagte er leise und betrachtete traurig das Bild. Die Augen des Mädchens ließen ihn nicht los.

»Das ist die Geschichte von Rydni. Jetzt habe ich sie dir erzählt, und du bist traurig. Aber du bist nicht schuldig. Du bist jung!« Onkel Peter blinzelte ihn an. Seine freundlichen Augen spendeten Thomas etwas Trost.

»Vielen Dank, dass Sie mir alles erzählt haben!« Thomas reichte dem Mann die Hand.

»Ich arbeite seit Jahrzenten für die Gemeinde. Ich bin nicht nur der Gärtner, sondern auch der Totengräber. Für mich ist es egal, ob jemand Christ ist oder Jude, hast du mich verstanden, mein Junge? Ich habe sogar SS-Männer begraben.«

»SS-Männer?«

»Ja, warum nicht? Die Würmer fressen auch die. Tote Menschen sind gleich. Sie können nicht unterscheiden, ob jemand gut oder böse war. Gut, die SS-Männer haben die kleinen Buchstaben auf ihrer Haut, aber ansonsten ist alles gleich.«

»Was meinen Sie mit kleinen Buchstaben?«

»Die hatten alle ihre Blutgruppe auf die Haut tätowiert, weißt du das nicht?«

Thomas schüttelte den Kopf.

Beim Abschied lag Onkel Peter noch etwas auf dem Herzen, das er loswerden wollte: »Ich habe als Kind Jiddisch gesprochen, weil meine Freunde Juden waren. Ich war gerne bei ihnen. Sie wohnten in prächtigen Häusern aus Holz, die waren viel schöner als unsere. Aber nun ist keiner mehr da. Wer überlebt hat, ist ausgewandert, die meisten nach Israel. Wenn jemand die Flucht geschafft hatte, tranken wir auf sein Wohl.«

Nach Lydias Übersetzung nahm Onkel Peter sein Glas Wodka und hob es in Richtung Thomas: »Wszystko dobre, co się dobrze kończy!«

»Ende gut, alles gut!«, übersetzte Lydia, aber Thomas schüttelte den Kopf. Für ihn war nichts gut. Das hinderte ihn aber nicht, sich bei Onkel Peter für seine Geduld und Güte zu bedanken.

Als er niedergeschlagen mit Lydia das Haus verließ, begann es obendrein heftig zu regnen. Thomas nahm seine Lederjacke und legte sie fürsorglich um Lydias Schultern, die sich mit einem Kopfnicken bedankte und schnell zum Auto lief. Thomas dagegen folgte ihr langsam. Er spürte den prasselnden Regen nicht. Er war tief in Gedanken versunken, merkte aber schnell, dass er die ganzen Informationen noch nicht verarbeiten konnte. Das musste er später angehen, mit zeitlichem Abstand. Während der Rückfahrt war es zunächst still im Auto. Man hörte nur das monotone Geräusch des Scheibenwischers, der einen schweren Stand gegen den Starkregen hatte. Während Lydia konzentriert den Wagen lenkte, begann sie plötzlich leise ein Lied zu singen.

I want to hear the children sing … All I hear is the sound of rain …

Thomas erkannte sofort die Melodie von *As Tears Goes By* von den Rolling Stones und summte leise mit.

»Sie kennen das Lied?«, wunderte sich Lydia.

»Das wollte ich Sie auch gerade fragen.«

»Ich höre sehr gerne die Rolling Stones, und dieses traurige Lied passt doch zu der Geschichte des Mädchens.«

Thomas musste Lydia recht geben.

»Die meisten jungen Leute bei uns hören Beatmusik, obwohl die hier verboten ist«, erklärte Lydia. »In vielen Dingen sind sich die kommunistische Partei und die katholische Kirche nicht einig, aber in einer Sache schon! Beatmusik verdirbt die Jugend.«

»Das kommt mir irgendwie bekannt vor«, kommentierte Thomas, der mit Interesse zugehört hatte.

»Die jungen Leute sollen wie Roboter aufwachsen. Lernen, arbeiten, Kinder kriegen. Aber ist das realistisch? Junge Leute wollen Spaß haben, sie wollen fröhlich sein, sie wollen nicht das wiederholen, was die Älteren machen.«

Thomas musste ihr beipflichten. »Bei uns ist die Musik zwar nicht verboten, aber bei vielen Älteren unerwünscht.«

Lydia antwortete, indem sie das Lied weitersang.

Thomas schloss seine Augen und genoss ihre schöne Stimme. Nach dem Song spendete er ihr Applaus, den sie schmunzelnd entgegennahm.

»Offiziell muss ich die jungen Leute verwarnen oder geschmuggelte Jeans konfiszieren, aber jetzt bin ich privat hier. Wissen Sie, dass Sie Ihre Hose und Jacke für sehr viel Geld verkaufen können?«, fragte sie ihn und bemerkte, dass er zu ihr herschaute.

»Ist was?«, fragte sie irritiert.

»Die Jacke steht Ihnen gut.«

»Aber das ist eine Herrenjacke.«

»O nein, das ist eine Bikerjacke, die können auch Mädchen tragen«, versicherte er ihr und verursachte bei ihr ein verlegenes Lächeln.

»Sie können ja lachen! Bis jetzt haben Sie immer wie eine strenge Lehrerin geguckt.«

»Polizisten dürfen nicht lachen«, brummte sie und versuchte, übertrieben grimmig zu gucken. »Polizisten sind Respektspersonen und haben immer recht!«

»Das kommt mir verdammt bekannt vor!« Thomas seufzte laut.

Auch Lydia seufzte. »Nächste Woche habe ich Parteiversammlung, aber ich würde viel lieber ein Konzert der Rolling Stones besuchen.«

»Ich kann das nachvollziehen«, pflichtete Thomas ihr bei, und dann erzählte er von dem Konzert in Essen, beschrieb, wie sehr es sein Leben verändert hatte.

Lydia stimmte ihm zu, auch für sie hatte diese neue Musik befreiend gewirkt. Das Eis zwischen Thomas und Lydia war gebrochen. Die ersten Risse waren schon bei den Erzählungen von Onkel Peter entstanden, weil die traurige Geschichte der Bewohner von Rydni beide gleichermaßen berührt hatte.

Insofern fand es Thomas an der Zeit, ihr das Du anzubieten. Er wagte einen Vorstoß: »Sollen wir uns nicht duzen?«

Und Lydia schien nur auf dieses Angebot gewartet zu haben. »Sehr gerne! Ich heiße Lydia.«

Beide gaben sich die Hand.

»Erzähl doch ein wenig von dir, Thomas. Ich bin so neugierig auf das Leben im Westen!«

Thomas kam gerne ihrer Bitte nach. Sie war sehr erstaunt zu hören, dass er Kriminalpolizist war und dass er auf der Suche nach dem Mörder der beiden kleinen Mädchen auf das Foto mit Rosa gestoßen war. Er verschwieg ihr auch nicht seinen Ärger bei der Kripo, der ihn aber nicht davon abhielt, weiterhin nach dem Mörder zu suchen. Seine Hartnäckigkeit imponierte Lydia.

»Du bist mit Leib und Seele Polizist, du hättest nicht kündigen dürfen.«

»Ich kam mir fehl am Platz vor, außerdem bin ich nicht sicher, ob ich ein guter Polizist bin. Das muss erst mal bewiesen werden.«

»Glaubst du, dass dein Vater Rosa geschändet hat?«, fragte sie ihn geradeheraus.

Thomas nahm ihr die Frage nicht übel, sondern antwortete offen.

»Ich weiß nicht, was ich glauben soll. Ich will jetzt nur nach Fakten urteilen. Das, was ich über den Täter herausgefunden habe, passt nicht zu meinem Vater. Soweit ich weiß, ist er vor dem Krieg keinen teuren Wagen gefahren, andererseits kann es natürlich sein, dass ich nicht alles über seine Vergangenheit weiß … Aber auch wenn er unschuldig ist, entlastet ihn das nicht. Er und Strobel sind Kriegsverbrecher. Die haben bei der Polizei nichts verloren!« Thomas hatte sich in Rage gesprochen und war in dem Moment zu allem entschlossen.

»Unsere Polizei ist auch nicht ideal. Die Kollegen sind zwar keine Nazis, aber es gibt viel Korruption, sage ich dir.«

»Darf ich dir eine naive Frage stellen?«

»Da bin ich aber gespannt.«

»Warum kämpfst du nicht dagegen an?«

»Ach, wenn ich die Heldin spiele, ende ich als Erntehelferin.«

»So wie die Frauen mit den roten Wangen auf den Plakaten?«, scherzte Thomas, der das Gespräch auf heitere Bahnen lenken wollte. Seine Probleme konnte er jetzt ohnehin nicht lösen.

»Meine würden noch röter werden«, lachte Lydia und blinzelte Thomas an.

Du siehst viel besser als die Frau auf dem Plakat aus, hätte ihr Thomas am liebsten in dem Moment gesagt, aber das behielt er für sich.

Als sie ihn vor dem Hotel absetzte, bedankte er sich für ihre Hilfe. Dann begab er sich in sein Zimmer und fiel todmüde ins Bett. Er kam gar nicht dazu, den Tag Revue passieren zu lassen und über die Informationen, die er erhalten hatte, nachzudenken – der Schlaf holte ihn schnell ein.

44

Am nächsten Morgen wurde er überraschenderweise von Lydia geweckt, die laut gegen die Tür klopfte. Er solle sich fertig machen und in den Speisesaal kommen, wo sie auf ihn wartete.

Noch etwas verschlafen absolvierte Thomas eine Katzenwäsche und begab sich neugierig nach unten.

»Wir werden heute nach Plowce fahren und versuchen herauszufinden, was mit Rosa passiert ist. Vielleicht finden wir eine Antwort.«

Thomas war überrascht über den Plan, mit dem er nicht gerechnet hatte.

Lydia drückte ihm eine Tasse Kaffee in die Hand.

»Trink, damit du wach wirst!«

Er nahm einen Schluck. Das Zeug schmeckte nach Magenbitter, machte aber hellwach.

Lydia, voller Tatendrang, schüttete ihm Kaffee nach. »Ich bin Polizistin und möchte endlich eine richtige Aufgabe! Ich habe keine Lust, Jugendlichen geschmuggelte Schallplatten wegzunehmen oder Touristen zu beschatten, verstehst du?«

»Und wie ich das verstehe«, nickte Thomas und leerte tapfer auch die zweite Tasse. »Aber bekommst du keine Schwierigkeiten?«

»Überlass das mir«, schmunzelte sie, »ich erkläre dir alles unterwegs.«

Thomas ließ sich nicht lange bitten.

Während Lydia den Wagen steuerte, erläuterte sie ihren Plan. Sie hatte ihren Kollegen von der Miliz erzählt, dass Thomas wieder gesund sei und zur Jagd wolle. Sie würde ihn jetzt zur Jagdhütte fahren und dort beaufsichtigen.

»Aber fällt das nicht auf, dass ich gar nicht da war?«

»Warum? Der Jäger, der dich begleiten würde, wird unterschreiben, dass du da warst.«

»Warum wird er das tun?«

»Weil ich ein Auge zudrücken werde, wenn er zwei Rehe schwarzschießt.«

Thomas begriff. Sie hatte ihn bestochen.

»Hast du schon mal gejagt?«, fragte sie, während sie den Wagen über eine holprige Landstraße steuerte.

»Mein Vater wollte zwar aus mir einen tüchtigen Jäger machen, aber das ist ihm nicht gelungen«, antwortete Thomas. »Ich habe mich bei den Tieren immer für ihn entschuldigt, habe sogar die Hasen beerdigt, die er mit Schrotkugeln vollgepumpt hatte.«

»Du hast Hasen begraben? Du bist richtig süß, Thomas«, sagte sie und lächelte ihn von der Seite an.

Thomas wurde rot und hatte ein schlechtes Gewissen. Er dachte plötzlich an Peggy. Was würde sie wohl denken, wenn sie ihn mit Lydia im Auto sehen würde. Aber nein, er war mit ihr dienstlich unterwegs, sagte er sich, es ging um einen Mordfall.

»Woran denkst du?«, fragte Lydia ihn plötzlich. »Du bist so ernst.«

»Ich habe gerade über das Leben hier nachgedacht«, wich Thomas aus. »Zum Beispiel an den Förster, den du geschmiert hast. Sind denn alle hier so bestechlich?«

»Das ist Kommunismus!«, antwortete Lydia bitter. »Auf dem Papier perfekt, in der Praxis eine Katastrophe.«

Thomas, der sich bis jetzt nicht mit Politik beschäftigt hatte, wunderte sich. »Aber eigentlich ist die Idee ganz gut, dass es keine Ungleichheit zwischen den Menschen gibt, finde ich.«

»Das Wort eigentlich ist das Problem«, meinte Lydia, und dann hatte sie eine Frage. »Kannst du mir erklären, warum auf dem Foto Bambi stand? Was bedeutet Bambi?«

»Es gibt ein Kinderbuch, da geht es um ein Rehkitz, das seine Eltern verloren hat …«

»Die kleine Rosa hat auch ihre Eltern verloren!«

»Richtig. Sie sind auf Befehl meines Vaters ermordet worden«, rief sich Thomas in Erinnerung.

Nachdem sie Plowce erreicht hatten, wollte Lydia sofort die dortige Polizei aufsuchen, um etwas über die damalige Besatzerzeit zu erfahren. Thomas sollte so lange vor einer Kirche warten und sich unauffällig verhalten.

»Aber mit der Jacke fällst du sofort als Ausländer auf«, fiel ihr ein.

»Dann ziehst du die lieber an«, konterte er und gab sie ihr.

»Die Kollegen werden sich wundern, wenn sie mich damit sehen«, amüsierte sie sich beim Anziehen.

»Sag doch einfach, dass du sie beschlagnahmt hast.«

»Genau, das habe ich vor.«

Die Lederjacke bildete einen interessanten Kontrast zu ihrem grauen Rock.

»Passt die zum Rock?«

Thomas hob anerkennend seinen Daumen und machte sie wieder verlegen.

»Danke!«

Während sie sich dann zur Polizeiwache aufmachte, schlenderte Thomas zum Platz. Interessiert schaute er sich um. Vor den meist schmucklosen Häusern saßen alte Männer mit Schiebermützen und Frauen mit Kopftüchern. Hühner und vereinzelt Gänse liefen über den Bürgersteig, gelegentlich spazierte die eine oder andere Kuh über die Fahrbahn. Für die einzigen Farbtupfer an den Häuserwänden sorgten bunte Propagandaplakate. Thomas entdeckte auf vielen Plakaten wieder das rotbäckige Propagandamädchen. Obwohl er seine Lederjacke nicht trug, fiel er den Menschen auf, ja, er hatte das Gefühl, als ob ihn Dutzende von Augen anstarrten. Fenster öffneten sich, und so manche Großmutter streckte den Kopf heraus, während ihn rauchende Männer auf den Stufen hockend nicht aus den Augen ließen.

Als er einige schmucke Holzhäuser mit schönen, bunten Verzierungen an den Türen sah, erinnerte er sich an die Aussage von Onkel Peter, dass darin die jüdischen Bewohner gelebt hatten. Thomas gefielen die Häuser viel mehr als die grauen und schlichten Bauten ringsum. Warum bezeichneten die Nazis die Juden nur als Untermenschen, fragte er sich. Wie krank musste man sein, dass man Menschen wegen ihres Glaubens ermordete? Vor der Kirche spielten einige Jungen und Mädchen offenbar Räuber und Gendarm. Hatte die kleine Rosa hier auch gespielt? Was war nur aus ihr geworden?

Als er Lydia endlich nach einer Stunde auf den Platz kommen sah, erhoffte er sich Antworten. Da sie sich aber mit ihm nicht auf der Straße unterhalten wollte, ging sie mit ihm zum Auto.

»Wir fahren zu einem Mann, der während der Besatzungszeit ein Kollaborateur gewesen war und dafür viele Jahre im Gefängnis absitzen musste«, erklärte sie, während sie den Wagen startete.

Thomas war sofort ganz Ohr. Er erfuhr, dass der Mann, ein ehe-

302

maliger polnischer Polizist, für die deutschen Gendarmen gearbeitet hatte. Er hielt sich jetzt als Straßenhändler über Wasser.

Sie fuhren auf ein freies Feld vor dem Ort, auf dem sich ein Markt befand. Es wurden Gemüse, Fleisch und Haushaltswaren verkauft. Es handelte sich um einen Privatmarkt der Region, der von der Regierung zugelassen worden war.

»Wie wirst du den Mann erkennen?«, wollte Thomas wissen, als er mit Lydia ausstieg.

»Er heißt Potocki und verkauft Kleidung«, antwortete Lydia, während sie über den Markt ging. Diesmal zog nicht nur Thomas, sondern auch sie die Blicke auf sich.

»Deine Jacke scheint hier sehr begehrt zu sein«, schmunzelte sie leise, »aber kümmere dich nicht darum, dass die Leute uns angaffen. Bleib eng bei mir!«

»Okay, aber sag mal, wie hast du das mit diesem Potocki herausgefunden?«

»Ich durfte natürlich nichts von der kleinen Rosa erzählen, das wäre zu auffällig. Ich habe stattdessen gesagt, dass ich einen Schwarzhändler suche. Man hat mich zum Aktenraum geführt. Als ich allein war, habe ich heimlich in den Akten über die Kollaborateure gestöbert. Dabei bin ich auf Potocki gestoßen«, erzählte Lydia nicht ohne Stolz.

»Geschickt gemacht«, lobte Thomas sie.

»Ich finde das schade, dass ich solche Methoden anwenden muss«, klagte sie leise, während sie ihren Blick schweifen ließ.

Nach einer Weile wurde sie fündig und deutete auf einen Stand mit gebrauchten Klamotten. Als beide sich in Bewegung setzten, wurde der Verkäufer misstrauisch. Er ließ alles stehen und liegen und rannte davon. Lydia reagierte schnell. Sie streifte sich sofort ihre hochhackigen Schuhe ab und nahm die Verfolgung auf. Thomas, der nicht wusste, was er machen sollte, hielt lieber Abstand

303

und beobachtet das Ganze von Weitem, genauso wie die Menschen auf dem Markt, die nicht wussten, was da vorging. Bereits nach fünfzig Metern hatte Lydia den Mann eingeholt und brachte ihn schimpfend zurück. Der Mann rümpfte beim Anblick von Thomas die Nase und beschwerte sich auf Polnisch.

»Er fragt, was der Deutsche hier will«, übersetzte sie.

»Woher weiß er, dass ich aus Deutschland komme?«

»Denn ich habe gute Nase«, antwortete der Mann auf Deutsch.

Nachdem Lydia die anderen Händler und Kunden mittels ihres Dienstausweises klargemacht hatte, dass sie sich um ihre eigenen Dinge kümmern sollten, stob die Menge wieder auseinander. Dann wandte sie sich an Potocki, der nicht wusste, was die Polizistin und der junge Deutsche von ihm wollten.

»Wir wollen dein Geschäft nicht kaputt machen«, versicherte Lydia ihm. »Wir wollen nur einige Auskünfte.«

»Ich weiß von nichts«, brummte der Mann und schüttelte vehement den Kopf.

»Du hast im Krieg für die deutschen Gendarmen gearbeitet.«

»Hör auf mit den alten Sachen!«, winkte Potocki ärgerlich ab. »Ich war schon im Knast deswegen.«

»Wart doch ab, bevor du dich aufregst«, mahnte Lydia, »wir wollen nur eine Information!«

Thomas holte das Bild aus seiner Tasche und reichte es dem Mann.

»Kennst du die Leute auf dem Bild?«, fragte Lydia.

»Das waren die Obergendarmen«, begann der Mann auf Deutsch. »Einer hieß Strobol oder Stobler …«

»Strobel«, berichtigte Thomas, und Potocki nickte.

»Der andere Engel.«

»Und das Mädchen?«, wollte Lydia wissen.

»Rosa. Ein Judenmädchen.«

»Was ist aus ihr geworden?«, fragte Thomas, der es vor Spannung nicht mehr aushielt. Seine Ungeduld erwies sich als Fehler, denn Potocki merkte, dass seine Information sehr gefragt war. Er wollte sie Thomas nicht so einfach preisgeben.

»Das ist Vergangenheit ... Vergessen vieles ...«, druckste er in gebrochenem Deutsch herum.

Lydia ahnte, worauf er hinauswollte, und ermahnte ihn, auf Polnisch zu antworten. Der Mann erwiderte etwas, und es entspann sich ein Wortwechsel, den Thomas nicht verstand. Lydia wurde es dann zu viel.

»Er will seine Information nicht umsonst geben!«

»Was verlangst du?«, mischte sich ungefragt Thomas ein.

»Jeans!«

Bevor Lydia ihm etwas entgegnen konnte, gab ihr Thomas mit einem Blick zu verstehen, dass er einverstanden war.

»Okay, aber ich kann nicht in der Unterhose zurück«, erwiderte er.

»Kein Problem! Ich habe Hose!« Zufrieden über den Deal suchte er aus seinem Hosenbestand eine aus und reichte sie ihm. Die war eindeutig zu groß, wie Thomas mit schnellem Blick feststellte, aber er hatte keine Zeit und Lust, sich irgendeine andere Hose auszusuchen.

»Aber ich warne dich«, begann Thomas und zog zu Lydias Überraschung seine Hose aus und die andere an. »Wir wollen die volle Wahrheit!«

Der Mann nickte. »Kleine Rosa war bei Strobel und Engel. Sie gaben Essen. Sie sagten immer: unser Bambi!«

»Haben sie sie gut behandelt?«

»Schlafen in Kommandantur. Immer gut essen bekommen.«

»Und dann? Was ist aus Rosa geworden?«

»Dann kam SS. Strobel und Engel mir sagten: Rosa verstecken!

SS darf Mädchen nicht finden! Ich sagte: Wo verstecken? Die sagten: Mach schon, mach schon. Verstecken! Partisanen oder Heimatarmee, egal. Ich brachte Judenmädchen bei Bauer. Name Jakob Katz. Mann aus Heimatarmee sollte sie holen. Aber SS machte Razzia. Bauer verhaftet. Deportation!«

»Und Rosa?«, hakte Thomas nach.

Der Mann zuckte mit den Achseln und steckte sich eine Zigarette an.

»Was weißt du mehr über das Mädchen?«, drängte Thomas.

»Nicht gesehen!«

»Hat die SS das Mädchen gefunden?«

»Nicht wissen. Vielleicht Deportation!«

Da aus Potocki nichts weiter herauszuholen war, hatte Thomas keine Fragen mehr. Lydia und er machten sich auf den Rückweg.

»War das ein guter Handel? Jeans gegen Information?«, fragte Lydia im Auto.

»Um die Hose ist es nicht schade, das habe ich verbockt. Ich hätte ihn nicht neugierig machen dürfen. Anfängerfehler!«, gab Thomas selbstkritisch zu. »Aber wenigstens weiß ich, was aus dem Mädchen geworden ist. Ich hoffe, dass Rosa nicht leiden musste!«

»Aber dein Vater wollte sie beschützen.«

»Ach, er wollte sein schlechtes Gewissen erleichtern. Erst lässt er ihre Eltern erschießen, und dann ist es sein Bambi, nein danke«, entgegnete Thomas aufgebracht.

Erst am Abend erreichten sie die Stadt, die Thomas jetzt noch schwärzer erschien.

»Warum ist hier alles so dunkel? Keine Laternen, keine Lampen, nichts!«

»Strom ist knapp bei uns. Aber sag mal, möchtest du jetzt schon schlafen, oder willst du ein bisschen Ablenkung nach diesem harten Tag?«

Die Frage kam ihm ganz recht.

»Mein Kopf braucht eine Entlüftung«, lachte er, »das wäre ganz gut.«

»Abgemacht, dann gehen wir beide aus«, meinte Lydia zufrieden. Auch sie wollte den Abend gut ausklingen lassen.

»Und wo gehen wir hin?«, fragte Thomas skeptisch, der sich nicht vorstellen konnte, dass es in der Stadt ein Café oder eine Bar gab.

Lydia antwortete nicht, sondern fuhr noch zehn Minuten, bis sie vor einer halb verfallenen Industriebrache den Wagen zum Halten brachte. Sie stiegen aus und standen vor einer hohen Mauer.

»Das ist eine ehemalige Fabrik«, erklärte Lydia knapp und klopfte gegen ein verrostetes Eisentor. Eine Luke öffnete sich, und Lydia wechselte mit einem Mann einige Worte. Dann ging die Tür auf, und Lydia schob Thomas in das Gebäude, das sich als ehemalige Lagerhalle entpuppte. Überall lagen Rohre und Maschinenteile, Zahnräder und Schläuche. Lydia nahm den erstaunten Thomas an die Hand und ging mit ihm eine endlos lange Treppe hinunter.

»Wo gehen wir hin?«

Die Antwort war ein riesiges, grell beleuchtetes Kellergewölbe, das mit Menschen zum Bersten gefüllt war. »Die Bar heißt Versteckte Sonne«, lachte Lydia und blinzelte ihn an.

Bevor Thomas etwas darauf erwidern konnte, setzte eine Musik ein, die ihm bekannt vorkam. *A Hard Day's Night* von den Beatles! Es war so laut, dass Lydia regelrecht gegen John Lennon anschreien musste: »Du kennst doch das Lied?«

»Na klar!«, schrie Thomas zurück und bewegte den Kopf nach dem Takt, genauso wie Lydia, die ihren Knoten löste, sodass die Haare ihr ins Gesicht fielen.

Sie nahm Thomas an die Hand und zog ihn auf die Tanzfläche, die zusehends knapper wurde, weil immer mehr junge Leute sie bevölkerten. Der Beat war die richtige Medizin gegen den schweren Ballast, den Thomas mit sich herumtrug. Nach den Beatles wurden all die Sachen aufgelegt, die auch Alexis in seiner Musikbox hatte: Rolling Stones, The Who und vieles mehr. Thomas fühlte sich hier wie zu Hause, obwohl er im tiefsten Osten war und mehr als zweitausend Kilometer von seiner Heimat entfernt. Nach einer halben Stunde waren er und Lydia durchgeschwitzt. Vor einer Art Theke, die aus Holzkisten bestand, verkauften einige junge Leute Coca-Cola.

»Alles geschmuggelt und alles verboten«, amüsierte sich Lydia, »wenn die Polizei das wüsste …«

Das gefiel Thomas. Unsinnige Verbote fand er schon in Deutschland ziemlich daneben. Als sie wieder auf die Tanzfläche stürmen wollten, ertönte plötzlich eine Sirene. Sofort brach die Musik ab.

»Razzia!«, warnte Lydia, schnappte sich Thomas' Hand und eilte auf eine Metallleiter zu, die nach oben führte. Auch die anderen Besucher stoben auseinander und suchten das Weite. Offenbar fanden öfters Razzien statt, denn alle wussten genau, welchen Fluchtweg sie nehmen mussten. Von Panik keine Spur.

»Ich kann nicht zum Auto zurück! Meine Kollegen stehen auf der Straße«, sagte Lydia, während sie mit Thomas über die Mauer kletterte.

»Und jetzt?«

»Ohne mein Auto kann ich nicht nach Hause. Ich wohne über zehn Kilometer von hier!«

»Und wo ist das Hotel?«

»Nicht weit von hier, zehn Minuten, ich erkläre es dir.«

»Warum das denn? Komm doch einfach mit«, schlug Thomas vor, ohne lange nachzudenken.

»Ich soll ins Hotel? Zu dir?«

»Warum nicht?«, fragte Thomas naiv zurück.

Sie zögerte, aber angesichts der Polizisten, die vor der Halle standen, fiel ihr keine bessere Idee ein. Und so kam es, dass sie sich eine Viertelstunde später in seinem Zimmer befanden. Da beide wieder den Hintereingang benutzten, bekam der Portier von dem Damenbesuch nichts mit.

»Das Bett ist breit genug für uns beide«, meinte Thomas, der sich Hemd und Hose auszog.

Lydia war etwas irritiert, aber dann zog sie ihren Rock und die Bluse aus und kroch schnell unter die Decke, wo sie sich auch ihres BHs entledigte. Beide lagen dann brav nebeneinander unter der Decke.

»Ich werde morgen nach Hause fahren, Lydia«, sagte Thomas, als er das Licht ausschaltete.

»Bleib doch noch hier. Du musst ja auch nicht jagen. Wenn du willst, zeige ich dir, wie schön unsere Wälder sind …«

»Das würde ich gerne, aber ich darf keine Zeit verlieren. Der Mörder ist noch unter uns!«

»Aber was wirst du von uns in Erinnerung behalten? Kriegsverbrechen, Tote und viel Leid, nichts Schönes«, hörte er Lydias Stimme.

»Aber ich habe hier eine tolle Freundin kennengelernt«, sagte Thomas leise und war froh, dass sie wegen der Dunkelheit nicht sehen konnte, dass er errötete.

»Du kannst ja flirten!«

»Ja, und das ist ein Fehler«, meinte Thomas selbstkritisch. »Ich habe nämlich eine Freundin, die ich liebe.«

»Und ich einen Mann, den ich heiraten musste, um eine Wohnung zu bekommen«, kommentierte Lydia bitter. Danach war erst mal Stille. Beide sagten lieber nichts mehr. Thomas mochte Lydia sehr, aber er liebte Peggy. Und Lydia, die offenbar ihren Mann nicht liebte, wollte den sympathischen Thomas nicht in Verlegenheit bringen. Sie nahmen sich zwar in den Arm, aber ihre Hände blieben brav über der Decke.

Am nächsten Morgen, als die ersten Sonnenstrahlen in das Zimmer drangen, wurde Thomas wach. Er sah, wie Lydia sich gerade anzog.

»Wenn ich mich beeile, komme ich noch rechtzeitig zum Dienst.«

»Und dein Mann? Du warst die Nacht nicht da!«

»Dem werde ich sagen, dass ich dienstlich unterwegs war, und das ist nicht einmal gelogen«, lachte sie ohne die Spur eines schlechten Gewissens.

Thomas hätte sie gerne gefragt, warum sie mit einem Mann zusammenlebte, den sie nicht liebte, aber er ließ es sein, weil ihn das im Grunde nichts anging. Stattdessen fragte er sie, ob er sie am Bahnhof sehen würde.

»Ich schicke dir besser einen Kollegen«, antwortete sie.

»Warum das denn?«

»Weil er bestimmt beim Abschied nicht heulen wird!« Lydia drückte Thomas hastig einen Kuss auf die Wange und wollte aus dem Zimmer.

»Warte!«, rief er und sprang aus dem Bett. Er nahm seine Jacke und zog sie ihr über die Schulter.

»Nein, Thomas, das ist eine teure Jacke!«

»Bitte, Lydia, sie steht dir besser als mir.«

»Wenn du zurückfährst, bist du nackt. Deine Hose weg, deine Jacke.«

»Kein Problem, ich hoffe, wir bleiben in Kontakt!« Er schrieb ihr auf einen Zettel die Adresse von Alexis.

»Wenn du Lust hast, kannst du mir gerne schreiben, ich würde mich freuen.«

Sie nahm den Zettel und nickte eifrig.

»Aber ich bin Polizistin und kann dir keinen privaten Brief schreiben, Thomas. Der Zensor wird alles lesen!«

Doch das ließ Thomas nicht gelten. »Dir fällt bestimmt etwas ein«, zwinkerte er ihr zu. »Wir werden uns bestimmt mal wiedersehen!«

Das wünschte sich Lydia auch, obwohl sie nicht recht daran glaubte. Traurig wischte sie sich eine Träne ab, küsste Thomas auf den Mund und huschte durch die Tür.

Während der Rückreise musste Thomas an Lydias Worte denken, die in so schönen Worten über ihre Heimat gesprochen hatte. Und so lehnte er sich aus dem Zugfenster und versuchte, die vorüberziehende Landschaft zu genießen, die schilfumrahmten Seen, die weiten Wälder, die bunten Felder. Auf einem Acker glaubte er einen Hasen gesehen zu haben. »Ich hätte auf dich nicht geschossen!«, rief er ihm zu. Und der Hase verstand und wackelte mit den Ohren.

45

Das Schicksal hatte Fritz arg mitgespielt. Die ganze Gewalt, die er am eigenen Leib erleiden musste, hatte dazu geführt, dass er selbst keiner Fliege was zuleide tun konnte. Das machte ihn so harmlos für die unbarmherzigen Schwestern und Heimleiter Hermann. Dessen vorübergehende Verhaftung hatte nicht zu der Erkenntnis geführt, dass er sich in Zurückhaltung üben sollte. Im Gegenteil, er fühlte sich nun derart unantastbar, dass er die kleine Maria weiterhin als sein sexuelles Eigentum betrachtete. Fritz, dem das Martyrium des Mädchens nicht entging, ertrug es nicht länger. Seine Hoffnung, dass der junge Polizist dem abscheulichen Treiben des Heimleiters ein Ende setzen würde, war wie eine Seifenblase geplatzt. Deswegen musste er jetzt selbst handeln.

Leise schlich er in den Baderaum und sah dort Hermann mit lüsternem Blick vor seinem Opfer stehen.

Fritz schoss wie ein Krokodil herbei und biss an Hermanns empfindlichster Stelle zu. Schlimmere Schmerzen gab es nicht einmal in der Hölle.

Die kleine Maria machte, dass sie davonlief.

Zufrieden ließ Fritz von Hermann ab, der sich auf dem Boden wand, während das Blut zwischen seinen Beinen wie eine Fontäne in die Höhe schoss.

Zwei Nonnen, vom Gebrüll aufgeschreckt, eilten herbei. Was sie sahen, übertraf sogar Dantes Inferno. Anstatt ihrem Pater zu helfen, bekreuzigten sie sich und huschten davon. Auch Fritz dachte nicht daran, Hermann zu helfen. Sollte er doch krepieren. Fritz hatte kein schlechtes Gewissen. Er hatte es nicht nur für die kleine Maria getan, sondern für alle Menschen, die unter Hermann gelitten hatten, und das waren nicht wenige gewesen.

46

Am gleichen Tag, gut sechzig Kilometer entfernt, parkte Thomas seinen Borgward vor dem Einfamilienhaus der Eltern.

Er trug jetzt ein Sakko, das seinen Eltern bestimmt nicht gefallen würde. Es war bunt gestreift und schien aus dem Kleiderfundus von Brian Jones zu stammen. Thomas hatte es nach seiner Ankunft aus Polen gekauft, als Ersatz für die Jacke, die er Lydia geschenkt hatte. Bei seinen Eltern hatte sich allerdings äußerlich gar nichts geändert. Alles sah aus wie immer. Der Rasen war akkurat gemäht, die Rosen blühten, die Fensterscheiben glänzten. Der strenge Geruch des allgegenwärtigen Salmiakreinigers empfing Thomas, als er durch das Tor zur Veranda schritt. Dort saß sein Vater auf einem Hocker und reinigte eines seiner Jagdwehre. Dabei ging er sehr gewissenhaft, ja fast liebevoll vor. Thomas konnte gar nicht hinsehen, wie er den Lauf mit der Handfläche umklammerte und ihn rhythmisch hin- und herrieb.

Nach dem letzten Treffen in der Stadt hatte Thomas' Vater nicht damit gerechnet, seinen Sohn so schnell wiederzusehen. »Bist du doch einsichtig geworden, das ist gut. Ich werde mit Kurt über alles sprechen, dein Schreibtisch ist noch nicht geräumt.«

Offensichtlich dachte er, dass Thomas gekommen war, um sich bei ihm zu entschuldigen, und so ersparte er sich eine Bemerkung über die Aufmachung seines Sohnes. Auch seine Ehefrau, die gerade Kaffee servierte, war über die bevorstehende Versöhnung zwischen Vater und Sohn erleichtert.

»Junge, du bleibst doch zum Abendessen? Es gibt Pinkel mit Wurst.«

»Ich bin nicht wegen des Essens gekommen, Mutter«, stellte Thomas klar. »Ich muss mit Vater sprechen!«

»Aha«, kommentierte Werner Engel, während er prüfend durch den Gewehrlauf schaute. »Dann schieß mal los, Junge!«

Thomas hatte sich für das Gespräch mit seinem Vater ein Drehbuch zurechtgelegt. Er wollte ihn direkt mit seinen Erkenntnissen konfrontieren, um ihm keine Zeit für Ausflüchte zu geben, getreu dem Spruch von Machiavelli, dass man alle Grausamkeiten am Anfang beginne solle. »Vater, ich bin heute Morgen aus Rydni gekommen.«

»Woher?«

»Du kennst den Ort, er ist in Polen. Du warst dort mit Strobel stationiert.«

Mit vielem hatte sein Vater gerechnet, aber das machte ihn doch sprachlos. Er starrte Thomas unglaubig an, während die Mutter, die von der Tür aus zugehört hatte, nicht begriff, was Thomas meinte. Der legte sogleich los und schilderte, was er in Polen über den Einsatz seines Vaters und Strobels erfahren hatte. Je detaillierter Thomas wurde und über das Massaker in Rydni berichtete, desto unruhiger wurde sein Vater. Er klammerte sich mit beiden Händen am Gewehr fest wie ein Ertrinkender am Rettungsring und atmete immer schwerer. »Aufhören! Das sind alles Lügen!«, brüllte er, als er es nicht mehr aushielt.

»Nein, Vater, es sind Fakten! Es gibt Zeugen! Du und der Onkel seid Kriegsverbrecher!« Mit diesen Worten beendete er seine Schilderung und wartete gespannt auf das, was sein Vater zu sagen hatte. Der versuchte zunächst, die Mutter, die bis jetzt atemlos zugehört hatte, wegzuschicken. Er brauchte jetzt keine Zeugen.

»Mutter, lass uns allein!«

»Warum? Sie kann ruhig zuhören«, konterte Thomas und wandte sich an seine Mutter, die immer noch an der Tür stand. »Du sollst ruhig wissen, was er auf dem Kerbholz hat!«

»Das ist alles erfunden!«, empörte sich sein Vater und hämmerte dabei mit dem Gewehrkolben auf den Boden, dass es krachte.

»Dann erzähl du, was damals in der Stadt passiert ist«, forderte ihn Thomas mit ruhiger Stimme auf.

Davon wollte sein Vater jedoch nichts wissen, er schüttelte vehement den Kopf, sah dann aber in das fragende Gesicht seiner Frau.

Er stand unruhig auf, überlegte, was er jetzt machen sollte. Schließlich entschloss er sich zu reden, zunächst stockend, aber dann ohne Pause.

»Ich war Teil der sogenannten Ordnungspolizei. Ich wurde für Befriedungsmaßnahmen hinter der Front abkommandiert. Wir sollten für Ruhe und Ordnung sorgen und die polnische Polizei beaufsichtigen. Dort lernte ich übrigens auch Kurt kennen. Wir fanden sofort einen Draht zueinander, und schnell wurde er mein Stellvertreter. Die Männer meiner Kompanie waren keine Berufspolizisten, sondern Reservisten. Männer, die überhaupt noch nie gedient hatten. Kaufleute, Bauern, Handwerker. Aus diesem Haufen setzte sich meine Kompanie zusammen. Das war nicht einfach für Kurt und mich. Wir haben nur unsere Pflicht getan, davon verstehst du nichts, und jetzt Schluss damit.«

Er steckte sich eine Zigarre an. Offensichtlich war für ihn das Thema beendet, was Thomas nicht akzeptierte.

»Vater, ihr habt Hunderte Kinder und Frauen exekutiert!«

Sein Vater weigerte sich immer noch weiterzuerzählen. Er

stand da unbeweglich wie eine Statue, aber die Blicke von Thomas waren unerbittlich.

»Der Bataillonsführer hat uns unter Druck gesetzt«, lautete die knappe Antwort. »Der war von der SS!«

»Ihr habt den Menschen in Rydni gesagt: Wir sind die Polizei! Wir sind Freund und Helfer!«

»Wir mussten Befehle befolgen! Hörst du nicht zu?«, herrschte er Thomas an. »Wir sollten keine Gefangenen machen. Wir konnten keinen schonen!«

Er wollte jetzt das Gespräch endgültig beenden und ins Haus, aber Thomas stellte sich ihm in den Weg. Und seine Frau, die an der Tür stand, sah ihn vorwurfsvoll fragend an.

»Kurt und ich waren für die Kompanie verantwortlich. Wir mussten die Befehle weitergeben. Und Befehl ist Befehl! Mir war manchmal auch nicht wohl, ich bin auch nur ein Mensch«, klagte er weinerlich, vermied es, seine Frau anzusehen, die fassungslos ihre Hände vors Gesicht hielt.

»Deswegen hast du deinen Männern gezeigt, wie sie das Gewehr besser halten sollten, wenn sie die Frauen und Kinder erschießen«, kommentierte Thomas sarkastisch.

»Ich habe doch gesagt, dass meine Männer nicht im Gebrauch der Waffen geübt waren. Sie hatten nicht richtig getroffen, die Juden lagen dann halb tot herum und konnten sogar aus den Gräbern herauskriechen. Es war doch für alle das Beste, wenn sie ein anständiges Ende fanden.«

»Und was habt ihr mit den männlichen Gefangenen gemacht?«

»Wir haben sie weggebracht.«

»In die Gaskammer habt ihr sie gebracht. Sag das doch einfach.«

»Wir haben sie zum Bahnhof gebracht, wo sie dann in die Züge gestiegen sind«, lautete die trotzige Antwort. »Wir wussten nicht, dass sie vergast wurden!«

»Du willst mir also sagen, dass du nichts von den KZs, von Auschwitz gewusst hast?«, fragte Thomas ungläubig.

»Woher sollte ich das denn wissen? Außerdem haben wir nur Befehle ausgeführt!«

Bis jetzt hatte Thomas relativ ruhig zugehört. Aber nun platzte ihm der Kragen.

»Nein, das musstet ihr nicht! Es gab unter euch Polzisten auch welche, die sich nicht an den Erschießungen beteiligt haben!«

»Die Kerle waren …«, er zögerte mit der Antwort.

»Kameradenschweine wolltest du sagen, oder?«, fragte Thomas außer sich, schaltete jedoch wieder einen Gang runter, weil er sich ärgerte, dass er zu emotional reagiert hatte.

»Schluss jetzt!« Der Vater ging an Thomas und seiner Frau vorbei ins Haus. Er holte aus dem Wohnzimmerschrank eine Flasche Cognac und schüttete sich ein Glas voll. Er wollte seine Ruhe.

Den Gefallen tat ihm Thomas aber nicht, der ihm gefolgt war und das Foto vor die Nase hielt. »Was ist mit dem Mädchen hier?«

»Wo hast du das her?«

»Ich stelle hier die Fragen. Was ist mit diesem Mädchen?«

»Ich kann mich nicht mehr daran erinnern!«

Thomas nahm ihm den Cognac aus der Hand.

»Streng dich an!«

Er fixierte seinen Vater, der plötzlich zu keuchen begann. Er fasste sich ans Herz.

Seine Gattin eilte besorgt in das Wohnzimmer. Bevor sie ihn in den Arm nehmen konnte, drückte ihn Thomas unsanft auf den Stuhl.

»Um Himmels willen!«, rief die Mutter, »lass Vater in Frieden!«

Aber Thomas nahm jetzt keine Rücksicht auf den Zustand seines Vaters.

»Ich verlange eine Antwort! Was war mit dem Kind?«

Werner Engel zögerte mit der Antwort. Ungeduldig packte Thomas ihn am Kragen und rüttelte ihn unsanft.

»Thomas! Vater geht es schlecht!«, rief seine Mutter.

Thomas ignorierte sie. »Lauter! Ich höre nichts!«

Der Angesprochene schüttelte erregt den Kopf, begann nervös auf dem Stuhl hin und her zu rutschen.

»Sie war unser Bambi«, sagte er schließlich mit leiser Stimme.

»Was heißt das?«

»Wir haben mit ihr Mitleid gehabt. Sie war eine Waise, ihre Eltern waren doch gestorben!«

Er begann zu schluchzen, aber Thomas zeigte kein Mitleid. Für ihn war das ein Zeichen von Selbstmitleid, ein schäbiger Versuch, sich reinzuwaschen.

»Ihre Eltern waren nicht gestorben, ihr habt sie ermordet!«, rief Thomas ärgerlich. »Erzähl endlich, was mit dem Mädchen passiert ist!« Er starrte seinen Vater eindringlich an. Der begann mit keuchender Stimme.

»Als eine Sondereinheit von der SS kam, wurde Kurt unruhig. Er erkannte einen von den Männern wieder. Der hat vor dem Krieg ein kleines Mädchen umgebracht, sagte er, wir müssen unser Bambi verstecken.« Seine Stimme stockte.

»Weiter, weiter!« trieb ihn Thomas an.

»Unsere Kompanie wurde nach Białystok versetzt. Aber wir durften das Kind nicht mitnehmen, weil es jüdisch war. Ein polnischer Polizist sollte es verstecken. Wir mussten das Mädchen zurücklassen.«

»Und dann? Was ist mit dem Mädchen passiert? Hat der SS-Mann es gefunden?«

»Ich weiß es nicht. Ich weiß es nicht!«.

»Wie hieß dieser SS-Mann, den Strobel erkannte?«

»Keine Ahnung! Lass mich in Ruhe!«

Doch Thomas, der sich jetzt im Verhörmodus befand, blieb unerbittlich.

»Wie sah er aus?«

»Was fragst du ... Er hatte kurze Haare, war so groß wie ich ... Er sah normal aus.«

»Oder war das womöglich ein Polizist, den du decken willst?«

»Nein, nein, er war ein SS-Mann ...«

Seine Stimme versagte. Erschöpft legte er sich auf das Sofa. Er schien um Jahre gealtert, hatte eingefallene Augen und war kreidebleich.

Thomas, dem das alles auch sehr nahegegangen war, hatte trotzdem kein Mitleid mit ihm. Er beendete das Gespräch. Mehr würde er hier nicht erfahren, außerdem wollte er so schnell wie möglich weg. Sein Vater, der ihm zeitlebens Ordnung, Gerechtigkeit und Fleiß eingetrichtert hatte, war für ihn gestorben.

»Du wirst doch Vater keine Schwierigkeiten bereiten?«, fragte die Mutter besorgt, als Thomas sich zum Gehen wandte. »Er hat doch nur seine Pflicht getan!«

Thomas fiel darauf keine Antwort ein. Er verließ das Haus, das Grundstück, die Stadt. Er wollte nie mehr wiederkommen. Als er in den Borgward stieg und mit Vollgas davonbrauste, ging gerade die Sonne unter.

47

Thomas war sich nicht sicher, ob er seinen Vater nun anzeigen sollte. Aber war er überhaupt in der Lage dazu? Unrechtsbewusstsein oder gar Reue hatte er bei ihm nicht festgestellt.

Der Vater würde Strobel bestimmt über Thomas' Besuch informieren. Wie würde der reagieren? Es gab ja ganz viele tiefbraune Flecken auf der Weste des zukünftigen Polizeidirektors. Das Massaker von Rydni würde ihn den Kopf kosten, mindestens die Karriere, er wäre ein gefundenes Fressen für Kommissar Drezko. Thomas konnte jedenfalls auf Strobel, den er immer bewundert hatte, keine Rücksicht nehmen. Strobel kannte beziehungsweise deckte den Kindermörder, der immer noch zuschlagen konnte. Aber warum machte er das? Womöglich wurde Strobel erpresst. An all das musste Thomas denken, als er in die Stadt fuhr. Die Straße führte an dem Lager der Roma vorbei, unweit der Müllhalde, auf der Frenzel sich das Leben genommen hatte. Hatte dieser unfreundliche, mürrische Kommissar Drezko nicht davon gesprochen, dass Frenzel sein Zeuge war? War er ein SS-Mann gewesen? Frenzel hatte doch einen tätowierten Buchstaben auf dem Arm, schoss es ihm durch den Kopf, das war bestimmt seine Blutgruppe! Ein furchtbarer Verdacht kam bei Thomas auf.

Er fuhr zu den Wohnwagen, parkte neben dem blitzblanken

Opel Admiral des Lagerältesten. Sein Besuch blieb natürlich nicht verborgen. Die Gardinen der Wohnwagen wurden beiseitegeschoben, neugierige Gesichter drückten ihre Nase gegen die Scheiben. Was wollte der Fremde hier? Als Thomas aussteigen wollte, bekam er es mit einem ungewöhnlichen Begrüßungskomitee zu tun: Zwei Schäferhunde rannten auf den Wagen zu und begannen, bedrohlich zu knurren. Sofort schlug Thomas wieder die Tür zu, was für lautes Johlen und Lachen bei einigen Roma sorgte, die neugierig näher kamen.

Thomas ärgerte sich, dass niemand Anstalten machte, die Hunde zurückzupfeifen. Aber er musste da jetzt durch. Auf keinen Fall flattrige Nerven zeigen. Obwohl ihm die Knie schlotterten, stieg er aus und versuchte, die bellenden Hunde zu ignorieren.

»Wo ist der Lagerälteste?«, rief er laut und hoffte, dass die kläffenden Hunde nicht nach seinen Hosenbeinen schnappten. Kurz davor standen sie jedenfalls. Es ertönten mehrere Pfiffe, und die beiden Hunde trotteten zurück zu den Wohnwagen. Gleichzeitig kamen zwei Männer langsam auf Thomas zu. Es waren Romeo, der Lagerälteste, und sein Sohn Adrian.

»Du bist von der Polizei, ich habe dich letztens hier gesehen.« Romeo hatte Thomas offenbar wiedererkannt. Sein Sohn Adrian sagte zwar nichts, aber sein Gesicht sprach Bände. Thomas war hier alles andere als erwünscht.

»Thomas Engel von der Kripo«, stellte er sich vor und setzte sein freundlichstes Gesicht auf. »Ich hätte da noch einige Fragen.«

»Wir haben alles gesagt!«, blaffte der Sohn ihn an. »Wir haben mit dem toten Mann nichts zu tun!«

»Beruhigen Sie sich, bitte! Sie haben nichts zu befürchten.«

Die skeptischen Blicke der Männer blieben. Thomas war klar, dass es nicht einfach werden würde, die beiden zum Sprechen zu bringen. Aber er wollte es versuchen.

»Vielleicht können wir uns in meinem Wagen unterhalten?«, schlug er vor.

Nach kurzem Zögern begaben sich die beiden Männer mit Thomas zum Borgward. Sie stiegen hinten ein, Thomas setzte sich ans Steuer.

»Ich weiß, dass Sie sehr misstrauisch sind und Leuten wie mir nicht vertrauen«, begann Thomas mit ruhiger Stimme. »Und wahrscheinlich haben Sie auch recht damit. Aber ich bin nicht Ihr Feind.«

Die Männer antworteten mit Schweigen.

Thomas ließ sich nicht entmutigen und fuhr fort. »Es geht um den Toten.« Er wandte sich an Adrian. »Sie haben ihn doch vor seinem Wagen gefunden.«

Adrian sagte nichts.

»War an dem Tag noch ein zweiter Mann hier? Vielleicht noch ein anderes Auto?«

Romeo wurde das jetzt zu viel.

»Lassen Sie uns in Ruhe! Wir haben nichts damit zu tun«, knurrte er und wollte aussteigen.

»Hiergeblieben!«, konterte Thomas und hielt den Türgriff fest. Er musste jetzt eine andere Gangart einlegen.

»Jetzt hören Sie mir mal genau zu!« Thomas fixierte beide. »Ich mache Ihnen einen Vorschlag zur Güte. Wenn Sie mir antworten, dann bleibt alles unter uns. Wenn Sie weiterhin schweigen, kommen Sie mit mir ins Präsidium.«

Romeo zeigte sich zunächst unbeeindruckt.

»Na und?«

Thomas hob drohend seinen Finger. »Außerdem werde ich dann dafür sorgen, dass Sie schon morgen den Platz hier räumen müssen.«

Er fühlte sich zwar nicht allzu wohl in der Rolle des *bad cop*, aber das musste jetzt sein. Seine harte Tour zeigte jedenfalls Wirkung bei seinen mürrischen Gesprächspartnern. Sie tauschten sich leise aus, dann wandte sich Romeo an Thomas.

»Wir wollen keinen Ärger mit der Polizei. Wir haben schon ausgesagt.«

»Sie werden auch keinen Ärger bekommen, weil alles, was wir in diesem Wagen besprechen, unter uns bleibt. Das schwöre ich Ihnen!«

Damit hatten die beiden Roma nicht gerechnet. Überrascht waren sie auch, dass Thomas ihnen Zigaretten anbot. Er gab ihnen Feuer, steckte sich ebenfalls eine an. Eine Weile saß das Trio paffend im Borgward. Der dichte Qualm nahm Thomas beinahe den Atem, aber er riss sich zusammen. Die Wahrheit war jetzt endlich fällig.

»Sie brauchen auch nichts zu sagen. Es reicht, wenn Sie nicken, wenn ich Sie etwas frage«, unterbrach er die Stille.

»Mal sehen«, kommentierte Adrian abwartend und schaute Thomas gespannt an.

»Sie haben den toten Vertreter neben seinem Wagen entdeckt«, begann Thomas. »Aber es war doch vorher noch ein weiteres Auto da, oder?«

Adrian zögerte mit der Antwort.

»Ich schreibe nichts auf, keine Sorge«, beruhigte ihn Thomas. »Sie brauchen nur zu nicken oder den Kopf zu schütteln.«

Romeo gab seinem Sohn mit einer Kopfbewegung zu verstehen, dass er antworten könne. Daraufhin nickte Adrian Thomas zu.

»Wie viele Männer waren in dem zweiten Wagen? Zwei?«

Adrian schüttelte den Kopf.

»Also einer.«

Adrian nickte.

»Was ist dann passiert?«

Keine Reaktion.

»Hat der Mann sich mit dem Vertreter gestritten?«

Keine Reaktion.

»Aber sie haben sich doch unterhalten.«

Keine Reaktion. Adrian hatte offenbar nicht vor zu antworten.

Thomas ließ aber nicht locker: »Die beiden haben sich doch nicht nur angeschwiegen.«

Als Adrian erneut keine Reaktion zeigte, reagierte Thomas ungehalten.

»Sie haben doch mehr gesehen! Hat einer der Männer den Vertreter erwürgt?«

Romeo und Adrian wurden jetzt unruhig. Sie tuschelten sich leise etwas zu.

»Wir haben nichts gesehen. Wir wollen raus!«

Romeo drückte seine Zigarette aus. Ihm wurde das Ganze zu heikel. Sein Sohn öffnete die Tür, um zu gehen, aber Thomas war noch nicht fertig.

»Eine Kleinigkeit noch.« Er holte aus dem Handschuhfach einen Umschlag heraus.

»Ich werde Ihnen ein Foto zeigen. Wenn Sie den Mann erkennen, den Sie gesehen haben, nicken Sie. Und wie gesagt, Sie haben nichts zu befürchten und werden mich nie mehr wiedersehen!«

Thomas nahm aus dem Umschlag das »Leichendiplom« mit der Gruppenaufnahme der Kripoabteilung heraus, die er von Dr. Nikasius erhalten hatte. Er zeigte mit seinem Finger auf die einzelnen Personen. Adrian nickte nur ein einziges Mal. Und zwar, als Thomas' Finger auf Schäfer tippte.

»Und jetzt raus!«, drängte Romeo und öffnete die Tür. Beide Roma stiegen aus und wollten so schnell wie möglich zurück ins Lager.

325

Thomas hatte noch eine Frage: »Warum sind Sie eigentlich so misstrauisch?«

Romeo kehrte zu Thomas zurück.

»Weißt du nicht, was mit uns passiert ist? Viele von uns sind im Krieg ins Gas gegangen. Ich selbst war in Auschwitz. Kennst du Auschwitz?«

Thomas nickte betroffen und wich Romeos eindringlichem Blick aus.

Auf dem Weg zum Atelier rechnete Thomas eins und eins zusammen und stellte eine Hypothese auf: Frenzel war bei der SS gewesen, und Drezko hatte ihn als Zeugen vorgeladen. Offenbar wollte Frenzel seinen Hals aus der Schlinge ziehen und eine Aussage über das Polizeibataillon von Strobel in Polen machen. Der hatte davon wohl Wind bekommen und sich des lästigen Zeugen mittels seines Paladins Schäfer entledigt. Am Tatort spielte der Dicke anschließend den Doofen und Strobel den genialen Polizisten, der einen scheinbar gut getarnten Suizid aufdeckte. Eine perfide Neuinterpretation des Spiels guter Polizist – böser Polizist. Und als Sekundant diente der drogensüchtige Dr. Nikasius. Er hatte auch der missbrauchten und ermordeten Esperanza einen falschen Totenschein ausgestellt, wahrscheinlich auf Strobels Veranlassung hin. Und der Mörder des Mädchens lief noch frei herum. Strobel deckte ihn, davon war Thomas überzeugt.

48

Fritz wehrte sich heftig. Er hatte Todesangst und wollte nicht
kapitulieren. Sein Körper war voller Energie, er schlug mit den
Armen um sich, seine Beine traten in jede Richtung. Er brüllte
seine Angst heraus, er fluchte und schrie Verwünschungen aus,
aber es war ein verzweifelter Kampf, weil er keine Chance gegen
die sechs Arme der starken Pfleger hatte, die ihn packten und auf
die Liege zerrten. Obwohl Fritz wusste, dass er verlieren würde,
bäumte er sich noch ein letztes Mal auf, angetrieben vom Adrenalin, das die letzten Kraftreserven aus seinem Körper presste.
Vergebens. Die Pfleger drückten ihn auf die Liege und schnallten
ihn an Händen und Füßen mit Lederriemen fest. Er fühlte sich
wie ein Gefangener am Marterpfahl, aber er sollte nicht mit To-
mahawks oder Pfeilen gefoltert werden, sondern mit Elektrostö-
ßen. Fritz kapitulierte schließlich doch und schloss resigniert die
Augen, weil er nicht sehen wollte, was mit ihm geschehen würde.
Apathisch ertrug er, dass sie seine Haare rasierten und die Kopf-
haut mit einem Schwamm anfeuchteten, damit die Elektrosonde
besser haftete. Jeder Handgriff der Pfleger saß und war voll kalter
Routine. Sie brauchten sich nicht abzusprechen, für sie war das
Verabreichen von Elektroschocks nichts Neues. Und es war auch
keine Folter, sondern eine Erfolg versprechende Therapie, um re-

nitente Patienten ruhigzustellen. Für Prof. Humbold stand fest, dass Fritz unheilbar bösartig und aggressiv war. Seiner pathologischen Gewaltbereitschaft war auch mit den wirksamsten Psychopharmaka nicht beizukommen. Letzter Ausweg also der Elektroschock. Therapie und Strafe zugleich.

»Bitte nicht!«, rief Fritz, aber mehr konnte er nicht sagen, weil einer der Pfleger ihm ein starkes Gummi zwischen die Zähne schob. Und dann nickte ein Pfleger einem der Kollegen zu, der neben dem Generator stand. Daraufhin drehte er an dem Schalter, wie der Henker es mit dem Schalter des elektrischen Stuhls macht. Die Stromkaskaden schossen durch den Kopf von Fritz. Er begann zu zittern, und sein Körper bäumte sich vor Schmerzen auf, was aber bei dem anwesenden Pflegepersonal für keine Panik sorgte. Das Aufbäumen gehörte dazu und war eine logische Reaktion der Nervenzellen. Nach wenigen Sekunden hatte die Therapie ein Ende. Fritz war bewusstlos.

49

Am nächsten Morgen, nach einer kurzen, unruhigen Nacht, fuhr Thomas zu Alexis, in der Hoffnung, etwas Neues von Peggy zu erfahren. Leider war kein Brief von ihr eingetroffen. Zu gern hätte er mit ihr über die Dinge gesprochen, die ihn bewegten – und natürlich war er neugierig auf ihr neues Leben in Amsterdam. Er vermisste Peggy. Ihre Stimme, ihre Gedanken, ihre Haut. Aber es half nichts, er musste allein klarkommen. Gerade als er in seinem Notizblock die nächsten Schritte seiner Ermittlungen skizzieren wollte, betrat Elke die Bar. Sie sah übernächtigt aus, hatte offensichtlich eine arbeitsreiche Nacht hinter sich. Sie bestellte sich einen Kaffee und setzte sich zu Thomas »Hier steckst du also! Ich habe dich schon gestern gesucht.«

»Ich war unterwegs, wie geht's dir?«, antwortete Thomas, der über den Notizblock gebeugt war.

»Es gibt Neuigkeiten über den Perversen, den du suchst.«

Sofort schnellte Thomas' Kopf nach oben.

»Eines der Mädchen hatte so einen Freier«, begann sie und verzog leicht angewidert das Gesicht. »Sie musste ein kleines Mädchen spielen, mit niedlicher Stimme sprechen und so. Dann musste sie den Kopf mit einem Handtuch bedecken, während er sich befriedigte.«

Als Thomas das hörte, nickte er eifrig. »Das könnte passen, Elke. Das könnte der Kerl sein!«

»Sie fand das zwar abartig, aber er zahlte gut«, ergänzte Elke. »Außerdem hat er sie nicht angefasst.«

»Ich muss das Mädchen sofort sprechen!« Thomas sprang auf, packte den Notizblock ein.

Leider bremste Elke seinen Eifer.

»Bist du verrückt? Normalerweise spricht sie nicht über ihre Freier. Mir zuliebe hat sie eine Ausnahme gemacht.«

»Bitte, Elke, es ist wichtig! Du musst mir helfen«, flehte Thomas, biss aber auf Granit.

»Wenn herauskommt, dass ich mit jemanden darüber gesprochen habe, kann ich meinen Job an den Nagel hängen! Dann bin ich weg!«

»Kannst du sie nicht fragen, wie er heißt? Oder wie er aussieht? Bitte, Elke, es ist wichtig!« Thomas begann regelrecht zu betteln, er stand dicht vor dem Ziel, aber Elke schüttelte den Kopf.

»Davon abgesehen bin ich sicher, dass sie seinen Namen gar nicht kennt.«

Natürlich konnte diese Antwort Thomas nicht zufriedenstellen.

»Vielleicht will sie ja doch was sagen.«

»Du weißt offenbar nicht, wie Huren ticken. Wir sind absolut diskret. Das ist wie das Beichtgeheimnis. Kannst also froh sein, dass ich dir diese Information besorgt habe!«, sagte sie mit Nachdruck. Seine Hartnäckigkeit machte sie wütend.

»Ist ja gut, ich bin dir wirklich sehr dankbar, Elke«, versuchte er, sie zu beruhigen.

»Das will ich auch hoffen. Und jetzt muss ich ins Bett!«

Bevor sie ging, fiel ihr noch etwas ein. »Da ist doch noch etwas, was sie gesagt hat. Er fährt einen roten Porsche.«

In der Hoffnung, mit keinen weiteren Fragen belästigt zu werden, verließ sie die Bar.

Doch Thomas war mehr als zufrieden. Einen roten Porsche fuhr nicht jeder, sagte er sich. Der Halter müsste relativ leicht zu ermitteln sein. Das Straßenverkehrsamt hatte zwar nicht die Farben der zugelassenen Autos registriert, aber dafür die Automarken. Und die Anzahl der Halter von einem Porsche in der Stadt müsste überschaubar sein. Nun ärgerte es ihn, dass er als Privatperson keine Information vom Straßenverkehrsamt erhalten konnte. Er wollte trotzdem ins Präsidium. Er würde einfach einen Beamten aus der Verkehrsabteilung ansprechen und so tun, als ob er noch bei der Kripo sei. Ein Versuch war es wert. Die Spur war heiß, und Thomas war durchaus stolz, dass er Elke gebeten hatte, sich im Puff umzuhören. Bevor er die Bar verließ, wurde er von Otto angesprochen, der gerade hereinschneite.

»Hallo, Herr Kommissar, ich habe dich schon vermisst! Kann ich heute Abend den Borgward haben? Ich würde gerne eine Spritztour nach Köln machen, einige Freunde besuchen.«

Während Thomas ihm den Schlüssel aushändigte, fiel ihm eine Frage ein.

»Weißt du zufällig, ob Prof. Humbold einen roten Porsche fährt?«

Otto wusste es nicht. Er kannte auch niemanden, der einen roten Porsche fuhr.

Thomas setzte jetzt seine ganzen Hoffnungen auf die Recherche im Präsidium. Doch dort erwartete ihn eine Überraschung. Die Eingangshalle war voller Menschen. Es fand offenbar eine Veranstaltung statt, obendrein spielte das Polizeiorchester. Einige Kellner verteilten emsig Bier. Thomas entdeckte unter den zahlreichen Anwesenden einige vertraute Gesichter: Prof. Humbold, Borsig, Strobel, Schäfer, Baumgarten und weitere Beamte, unter anderem den alten Kommissar Fischer vom Archiv und den mürrischen

Kommissar Drezko. Und mittendrin wuselte Conny mit ihrem Fotografen Breuer umher, der von Thomas bestimmt das Foto zurückhaben wollte, wenn er ihn entdeckte. Warum hatten sich alle hier versammelt, fragte Thomas sich.

Die Antwort gab Strobel, der auf ein kleines Rednerpult zuging und mit seinem Zeigefinger auf das Mikro tippte. Sofort wurde es ruhig im Saal.

»Meine Damen und Herren, sehr geehrte Kollegen, ich darf mich recht herzlich für Ihr Kommen bedanken. Nun ist es leider amtlich. In einer Woche werde ich mein Wohnzimmer, wie ich das Präsidium immer gerne genannt habe, verlassen. Ich werde beim Landeskriminalamt das werden, was viele als Sesselfurzer bezeichnen.«

Seine Bemerkung sorgte für Gelächter, viele Anwesende applaudierten, und Thomas bemerkte, wie schnell Strobel seine Zuhörer um den Finger wickelte. Wie immer hatte er alles im Griff. Thomas ertappte sich dabei, dass er ihn fast dafür bewunderte.

»Nein, im Ernst, wer mich kennt, weiß, dass ich mich als einfachen Kriminalkommissar betrachte. Einbrecher, Sittenstrolche und Mörder habe ich zur Strecke bringen können, das war meine Welt. Aber nun habe ich ein neues Revier, ein viel gefährlicheres. Aktenberge besteigen, Gesetzestexte entziffern …«

Strobel unterbrach sich. Er hatte unter den Anwesenden Thomas entdeckt. Für einen Moment wusste er nicht, was er sagen sollte, es war, als hätte ihm jemand beim Laufen ein Bein gestellt. Irritiert schaute er zu Thomas, der mit verschränkten Armen dastand und ihn beobachtete. Strobel faltete seinen Zettel zusammen und kürzte seine Rede ab: »Ja, meine Damen und Herren, ich mag zwar ein guter Kriminalist sein, aber ein ganz schlechter Redner. Daher möchte ich das Wort dem Herrn Polizeipräsidenten geben, der viel redegewandter ist. Vielen Dank!«

Die kurze Rede kam gut an, und der Einzige, der nicht applaudierte, war Thomas, der sich nicht wunderte, dass Strobel geradewegs auf ihn zukam.

»Hallo, mein Junge, schön, dass ich dich sehe. Wir müssen uns unterhalten.«

»Ich denke auch, dass ein Gespräch sinnvoll wäre«, antworte Thomas, der sich vornahm, nervenstark zu reagieren und sich keine Blöße zu geben. Er wollte Strobel keine Angriffsfläche bieten.

»Du warst in Polen, habe ich gehört.«

Thomas reagierte nicht auf diese Eröffnung.

Strobel, leicht irritiert, holte seine Bonbondose hervor und bot Thomas einen Drops an.

»Dein Vater macht sich große Sorgen. Aber ich habe ihn beruhigt. Ich habe ihm gesagt, dass du sehr vernünftig bist.«

Thomas, der das Bonbon ignorierte, sah aus den Augenwinkeln, dass Drezko sie beide beobachtete. Auch Strobel entging das nicht. Demonstrativ legte er freundschaftlich den Arm um Thomas' Schulter, dem die Zweideutigkeit der Situation durchaus bewusst war.

»Der hält uns beide für beste Freunde«, schmunzelte Strobel. »Und da ist ja auch was Wahres dran. Mitgegangen, mitgehangen!«

»Nein, ich bin nicht mitgegangen«, stellte Thomas klar und ging einen Schritt zurück.

»Wird schon werden, mein Junge«, winkte Strobel ab. »Wenn der Zirkus hier gleich vorbei ist, sprechen wir uns in aller Ruhe bei mir im Büro!«

Strobel wandte sich an Prof. Humbold, der auf beide zukam.

»Hallo, Herr Professor, kennen Sie meinen talentierten jungen Kollegen, Thomas Engel?«

»Wir haben schon das Vergnügen gehabt«, schmunzelte der Professor durch einen gekonnt abgesonderten Rauchring seiner

Havanna. Hinter seinem charmanten Lächeln erkannte Thomas ein verächtliches Grinsen.

»Heute allein, Professor? Wo ist denn Ihr werter Kollege Dr. Nikasius?«, fragte Thomas spitz und erntete einen eisigen Blick von Humbold.

Strobel dagegen machte auf Ironie: »Warum fragst du? Ich hätte nicht gedacht, dass du ihn vermisst.«

»Vermisst du ihn nicht?«, fragte Thomas keck zurück.

»Nikasius hat gekündigt, und damit ist das Thema erledigt«, sagte Strobel und winkte Schäfer herbei, der sich gerade eine Bockwurst geholt hatte.

»Schäfer, mach dich doch mal nützlich und bring Thomas in mein Büro!«

Schnell stopfte sich Schäfer die Wurst in den Mund und griff Thomas am Arm.

»Willkommen zurück, Junior«, presste Schäfer mit vollem Mund hervor und zog spöttisch die Augenbrauen hoch.

»Lassen Sie mich los«, zischte Thomas, hatte aber keine Chance gegen Schäfers Eisengriff. Der bullige Kommissar schob ihn recht unsanft an den spöttisch lachenden Professor vorbei zum Paternoster.

In diesem Moment begann der Polizeipräsident seine Rede, und Schäfer blieb stehen, dachte jedoch nicht daran, seinen Griff von Thomas zu lösen.

»Mein lieber Kollege Strobel, ich weiß gar nicht, ob ich Sie ziehen lassen soll. Sie hinterlassen derart große Fußspuren, dass da mindestens zehn Kommissare hineinpassen würden. Wenn ich Ihre Verdienste aufzählen würde, säßen wir noch nächste Woche hier. Womit soll ich anfangen? Vielleicht damit, dass Sie mutig gegen das Unrechtsregime gekämpft haben? Und dass Sie Ihr Leben aufs Spiel gesetzt und hinter dem Rücken der braunen Machthaber mit den Amerikanern verhandelt haben?«

Applaus brandete auf, und Schäfer grinste breit. Zufrieden schob er Thomas weiter vor, mit dem Blick auf den Paternoster.

»Angst, mit dem Ding zu fahren? Keine Sorge, ich halte deine Pfötchen, Kleiner!«, scherzte Schäfer und wollte mit Thomas auf die ankommende Aufzugskabine springen. Doch der machte nicht mit. Er drehte sich blitzschnell zur Seite und rammte sein Knie in Schäfers Unterleib. Der bullige Kommissar ging vor Schmerzen in die Knie, wurde obendrein von Thomas in die Kabine geschoben. Während Schäfer mit schmerzerfülltem Gesicht nach oben fuhr und sich ärgerte, dass er sich so leicht hatte austricksen lassen, wünschte ihm Thomas »eine gute Reise«. Auf dem Weg zum Ausgang rempelte er den einen oder anderen Besucher um, während im Hintergrund ein Musiker der Polizeikapelle *Il Silenzio* trompetete.

Aus den Augenwinkeln sah er, dass Strobel die Szene vor dem Paternoster beobachtet hatte. Mit Sicherheit würde er Schäfer zur Sau machen. Und ein zweites Mal würde Schäfer sich nicht so leicht austricksen lassen.

»Nicht so schnell, junger Mann«, hörte er plötzlich Baumgarten, der die Hand auf seine Schulter legte. »Der Chef will doch mit dir sprechen!«

Thomas drehte sich um und sah, dass sein Ex-Kollege eine Walther in der Hand hielt. »Mach jetzt keine Mätzchen«, zischte Baumgarten leise und stieß ihm die Pistole in den Rücken.

Bevor Thomas etwas darauf erwidern konnte, schob ihn Baumgarten zur Treppe. »Ab in den Keller!«

Thomas nickte und ging wie befohlen die Treppen hinunter, dicht gefolgt von Baumgarten, die Pistole im Anschlag. Sie durchquerten mehrere Kellerräume, bis sie vor einer Eisentür standen. Entschlossen drückte Baumgarten die Tür auf, schubste Thomas in den kahlen Kellerraum.

»Hier warten wir beide auf den Chef.«

»Wo sind wir hier?«

»Im Bauch des Präsidiums. Hier verhörte früher die SS ihre Häftlinge«, erklärte Baumgarten emotionslos.

»Und ihr wollt diese Tradition weiterführen«, kommentierte Thomas sarkastisch.

»Rede keinen Scheiß, Junge!«, winkte Baumgarten ab, während er Thomas Handschellen anlegte. »Wir warten jetzt, bis der ganze Zirkus oben vorbei ist.«

»Wo warst du eigentlich im Krieg? Freund und Helfer in Polen gespielt?«, fragte Thomas provokant.

»Ich weiß nicht, wovon du redest.«

»Davon, dass Strobel im Krieg in Polen stationiert war. Und davon, dass er sich schuldig gemacht hat.«

»Ich lasse auf den Hauptkommissar nichts kommen, merk dir das. Im Krieg hat jeder seine Pflicht getan. Versuch also nicht, einen Keil zwischen uns zu treiben!«

Ärgerlich steckte sich Baumgarten eine Zigarette an, und Thomas, der ihn nicht weiter provozieren wollte, schwieg lieber. Schließlich wollte er so schnell wie möglich aus diesem Loch herauskommen. Allerdings ärgerte es ihn auch, dass er sich von Baumgarten so leicht hatte überrumpeln lassen. Er brannte auf Revanche. Als sich Baumgarten einen tiefen Zug aus seiner Zigarette gönnte, kam ihm eine Idee.

»Wer wird eigentlich Nachfolger von Strobel?«

»Schäfer wird die Abteilung kommissarisch übernehmen.«

»Was heißt denn kommissarisch?«

»Es stehen noch andere Kollegen zur Auswahl.«

»Heißt das etwa, dass es durchaus sein kann, dass Schäfer am Ende der Kripochef wird?«

»Richtig!«

Thomas musste lachen, was Baumgarten nicht ganz verstand.

»Was ist daran so witzig?«

»Ich will ja nichts sagen, aber Schäfer ist bis jetzt nicht als kriminalistische Leuchte aufgefallen.«

»Das kannst du ihm selbst sagen, der taucht bestimmt gleich auf«, grinste Baumgarten.

»Auch wenn Sie mir nicht sympathisch sind, Baumgarten, Sie sind allemal fähiger als Schäfer.«

»Kümmere dich lieber um deine Sachen«, winkte Baumgarten ab.

»Na ja, Schäfer bringt es trotzdem nicht«, meinte Thomas. »Haben Sie eine Zigarette für mich?«

»Du rauchst doch gar nicht.«

»Ich habe es mir angewöhnt.«

Baumgarten seufzte, reichte Thomas eine Zigarette.

»Sie sollten sich auch um den Posten bewerben.«

Baumgarten schüttelte den Kopf, während er Streichhölzer aus der Tasche holte.

»Sie würden sich bestimmt nicht so leicht austricksen lassen wie Schäfer.«

»Da hast du recht«, lachte Baumgarten, während er Thomas Feuer gab.

Darauf hatte der aber nur gewartet. Unvermittelt rammte er sein rechtes Knie zwischen Baumgartens Beine, ballte dann seine Hände zusammen und schlug seitlich gegen die Schläfe des Kommissars. Baumgarten taumelte noch ein wenig, dann fiel er ohnmächtig zu Boden. Thomas verlor keine Zeit. Die Schlüssel für die Handschellen waren schnell gefunden. Wenige Sekunden später eilte er durch den Kellergang und gelangte unbehelligt nach draußen. Er wunderte sich, dass er Baumgarten so schnell überwältigt hatte. Eine Bewerbung für die Leitung der Kripo konnte der sich jedenfalls sparen.

Aber das konnte Thomas egal sein, er war froh, dass Strobel ihn nicht durch die Mangel drehen konnte. Momentan trieb ihn nur um, dass er nicht so ermitteln konnte, wie es notwendig war. Er war vom gesamten polizeilichen Instrumentarium abgeschnitten. Seine momentan heißeste Spur, der rote Porsche, lag brach. Er konnte nicht den Halter ermitteln. Obwohl er davon ausging, dass Schäfer und Baumgarten nach ihm suchten, lief er über den Parkplatz des Präsidiums, in der vagen Hoffnung, den Porsche zu entdecken. Er fand ihn nicht vor. Stattdessen fiel ihm Prof. Humbold auf, der das Präsidium verließ und in ein Taxi stieg. Er fragte sich, warum der Arzt der Abschiedsfeier von Strobel beigewohnt hatte. Die beiden schienen gute Freunde zu sein, jedenfalls gingen sie vertraut miteinander um. Und als Thomas Dr. Nikasius erwähnte, sprachen beider Mienen Bände. Humbolds Rolle blieb undurchsichtig. Der Professor liebte, wenn man Otto glauben sollte, pädophile Motive in der Kunst. Warum sollte sich seine Vorliebe für nackte Mädchen auf Bilder beschränken? Dass Thomas ihn nicht mit den Kindermorden in direkten Zusammenhang brachte, erklärte sich aus seiner Tätigkeit während des Krieges. Humbold, als Leiter der Psychiatrie, war wohl kaum in Polen gewesen. Aber stimmte das überhaupt? Konnte es nicht sein, dass er genauso wie Strobel zur Front musste? Er war Mitglied der NSDAP gewesen, vielleicht auch der SS? Thomas musste Humbold genauer unter die Lupe nehmen.

Auf die Schnelle fiel Thomas die freundliche und kompetente Archivarin ein, die im Stadtarchiv arbeitete. Er traf sie diesmal im Eingangsbereich. Sie stapelte gerade einige Akten auf ein Wägelchen und wunderte sich nicht, als sie Thomas wiederkommen sah.

»Junger Mann, wie kann ich Ihnen diesmal behilflich sein?«

»Es geht wieder um Prof. Humbold von der Landesklinik. Ich würde gerne wissen, ob er Mitglied bei der SS war«, antwortete Thomas, während er ihr die Arbeit abnahm und die schweren Akten hob.

»Und ich würde zu gerne wissen, warum Sie das wissen wollen!«

»Ich ermittle in einem Kriminalfall. Es wäre gut, wenn Sie das für sich behalten würde«, sagte er leise.

»Hier haben die Wände keine Ohren«, beruhigte sie ihn und setzte sich mit dem Wägelchen in Bewegung. »Kommen Sie mit, mal sehen, was ich für Sie tun kann.«

Thomas folgte ihr in einen großen Raum, in dem es muffig roch. Unzählige Akten lagerten auf Eisenregalen. Die Frau schloss hinter ihnen die Tür zu.

»Personenbezogene Unterlagen aus der Zeit des Nationalsozialismus lagern in Berlin, im sogenannten Berlin Document Center. Das wird von den Amerikanern verwaltet. Dort befindet sich der Großteil der SS-Personalakten.«

»Das heißt, ich müsste nach Berlin?«

»Beispielsweise. Aber das würde sehr lange dauern, bis man Ihnen helfen würde, und ich vermute mal, dass Sie dafür keine Zeit haben.«

Thomas nickte.

»Aber vielleicht kann ich trotzdem Ihre Frage beantworten. Mal sehen, was wir hier über den guten Humbold finden.«

Sie nahm ihre Lesebrille und überflog die Akten, ohne Thomas etwas zu erklären. Plötzlich fasste sie sich an den Brustkorb und begann zu husten. Ihr Atem pfiff dabei, offenbar bekam sie keine Luft. Sie stieg von der Leiter und setzte sich auf einen Hocker, stützte die Arme auf die Beine. Dabei hustete sie gelbliches Sputum aus. Das sah für Thomas beängstigend aus, und er wusste nicht, wie er ihr helfen konnte.

»Sollen wir nicht an die frische Luft?«

Sie schüttelte energisch den Kopf, konnte aber nicht antworten, weil sie nach Luft schnappte. Erst nach einer Weile fand sie die Sprache wieder.

»Die Luft ist hier gesundheitsgefährdend, das ist nicht gut für die Bronchien.«

Ihr Gesicht war ganz bleich geworden. Eigentlich hätte sie jetzt eine Pause benötigt, aber sie stieg wieder auf die Leiter und suchte weiterhin in den Akten.

Thomas war das nicht recht.

»Lassen Sie doch, das ist nicht so wichtig.«

»Und dann? Wer soll dann die Akten finden? Glauben Sie, dass meine Kollegen Ihnen einfach so weiterhelfen würden?«

Die Frau schlug eine bestimmte Akte auf und überflog sie.

»Warum sollten sie es nicht tun?«

»Weil sie keinen schriftlichen Antrag haben«, antwortete sie, ohne aufzuschauen. »Sie sind doch nicht offiziell hier, junger Mann. Mir können Sie nichts erzählen.«

»Und warum helfen Sie mir dann?«

Die Frau stieg mit einer Akte von der Leiter herunter.

»Vielleicht weil ich ein schlechtes Gewissen habe? Ich hätte in der Zeit, für die Sie sich interessieren, keinem geholfen.«

»Warum nicht?«

»Bequemlichkeit. Feigheit. Angst. Eine einfache Mitläuferin, wenn Sie wollen.«

Die Frau ging mit der Akte zu einem Eisentisch, und Thomas folgte ihr.

»Waren Sie damals im Archiv?«

»Ich war Beamtin«, lautete die knappe Antwort.

Thomas wusste nichts von ihr, nicht einmal ihren Namen, aber scheinbar hatte sie auch dem damaligen Staat gedient. Doch im

340

Unterschied zu seinem Vater war sie selbstkritisch und kein bisschen selbstgerecht.

»Hier haben wir eine Festschrift der psychiatrischen Klinik aus dem Jahr 1940«, erklärte sie und zeigte auf ein Blatt. »Die Rede hielt Prof. Humbold. Und was lesen wir über ihn? Er war nicht nur Mitglied der NSDAP, sondern auch Oberscharführer der SS!«

»Das ist sehr aufschlussreich, vielen Dank!«

»Noch Fragen?«

»Wie könnte ich erfahren, ob er während des Kriegs an die Front abkommandiert wurde?«

»Sie sprechen von Auslandseinsätzen?«

»Genau!«

Die Archivarin begann zu überlegen, hüstelte zwischendurch erneut.

»Da kann ich Ihnen leider nicht helfen. Entweder Sie müssten nach Berlin zum dortigen Archiv, oder man müsste die Akten der Landesklinik durchforsten, um zu sehen, ob er die ganze Zeit über seinen Dienst geleistet hat.«

»Ich schätze, Sie haben keinen Zugang zu diesen Akten?«

»Nein! Die Landesklinik ist keine städtische Einrichtung. Und ich bezweifle, dass dort die Akten ordnungsgemäß archiviert worden sind, da ist noch eine Menge zu tun.«

Thomas sah ein, dass er momentan in einer Sackgasse steckte.

»Ich muss mich noch mal bei Ihnen bedanken!«

»Schon gut«, sagte sie leise, während sie ihn zur Tür führte.

»Warum fragen Sie Humbold nicht selbst?«, wollte sie noch wissen.

»Weil er kein Mitläufer war, sondern Täter!«

Thomas fiel dann doch noch etwas ein.

»Sie hatten mich doch neulich gefragt, ob ich für die Sonderkommission zur Bekämpfung der nationalsozialistischen Gewaltverbrechen arbeite. Dann kennen Sie bestimmt Kommissar Drezko?«

»Oh ja, den kenne ich, der ist ein Stammgast hier«, antwortete die Frau. »Aber glauben Sie mir, er ist nur halb so liebenswürdig wie Sie, obwohl er doppelt so alt ist.«

»Warum ist der eigentlich so verbissen? Ich habe mit dem auch zu tun gehabt.«

»Er redet nicht gerne darüber, aber ich weiß, dass seine Familie inhaftiert gewesen war. Sein Vater war ein kommunistischer Abgeordneter.«

50

Auf dem Nachhauseweg, mittlerweile war es dunkel geworden, ärgerte sich Thomas, dass er auf die entscheidende Frage keine Antwort erhalten hatte. War Humbold der SS-Mann, den Strobel damals in Rydni wiedererkannt hatte? In absehbarere Zeit war es ihm nicht möglich herauszufinden, ob und in welcher Einheit Humbold während des Krieges als SS-Mann Dienst geleistet hatte. Erfolg versprechender erschien Thomas, die Spur des roten Porsches aufzunehmen. Er wollte sich am nächsten Tag darum kümmern, ihm würde bestimmt etwas einfallen, um den Halter zu erfahren. Aber er durfte nicht in die Hände von Strobel und seinen Männern geraten. Vielleicht hatte Strobel ihn unter fadenscheinigen Gründen offiziell zur Fahndung ausgeschrieben? Wusste Strobel von seinem Schlafplatz in Ottos Atelier? Aber wo sollte Thomas sonst die Nacht verbringen? Er versuchte, ruhig zu bleiben und nicht in Panik zu geraten. Er brauchte dringend Schlaf und wollte das Risiko auf sich nehmen, trotzdem zu Ottos Atelier zu gehen.

Auf dem Weg in die Kunstakademie musste er durch den Hofgarten, einem kleinen Park in der Nähe der Altstadt. Zwischen den Bäumen und Sträuchern standen einige Männer, offensichtlich Homosexuelle, die den Park als Treffpunkt nutzten. Insofern wunderte sich Thomas nicht, als ein Mann zu ihm rüberschaute.

Er war untersetzt, trug einen hochgeschlagenen Mantel und hatte die Hutkrempe nach unten gezogen. Schmunzelnd setzte Thomas seinen Weg fort und war nicht überrascht, dass der Mann ihm folgte. Er hielt Thomas wohl für jemanden, der schnellen Sex wollte. Doch nach einer Weile wurde Thomas misstrauisch. Er hielt vor einem Bekleidungsgeschäft an, in dessen Schaufenster ein Spiegel stand. So konnte er unauffällig kontrollieren, ob der Fremde ihn immer noch beschattete. Ja, er stand auf der anderen Straßenseite und blickte zu ihm. Bei Thomas schrillten nun die Alarmglocken. Das sah sehr nach einer Observation aus. Er musste den Kerl abschütteln.

Als er auf der gegenüberliegenden Straßenseite sah, dass ein Gebäude renoviert wurde, fasste er einen Plan. Er ging auf das Baugerüst zu und kletterte einfach nach oben. Sein Kalkül ging auf. Der Unbekannte folgte ihm. Das Gerüst reichte bis zur Dachkante, was Thomas zugutekam. Er kletterte auf den Giebel und versteckte sich hinter einer Gaube.

Sein Verfolger erreichte keuchend die letzte Gerüstetage und schaute sich suchend um. Unschlüssig stand er nun herum und wusste offenbar nicht, wie er weiter verfahren sollte. Die Antwort nahm ihm Thomas ab, der vom Dach auf das Gerüst sprang.

»Einen wunderschönen guten Abend. Hier oben können wir uns doch besser unterhalten, oder?«

Erschrocken wich der Mann einen Schritt zurück, als er Thomas nur wenige Meter vor ihm sah.

»Mit wem habe ich die Ehre? Wollen Sie nicht mal den Hut abnehmen?«

Der Unbekannte zeigte überhaupt keine Lust auf ein Gespräch und trat langsam den Rückzug an.

»Hiergeblieben!«, rief Thomas und ging entschlossen auf den Mann zu.

»Bleib stehen, sonst steche ich dich ab!«, bellte der Mann und zog ein Messer aus seiner Tasche.

Nun erkannte Thomas, mit wem er es zu tun hatte.

»Ach, sieh mal an, Hausmeister Bukowski ist unterwegs!«

»Ich schneide dich in Scheiben auf!«, drohte er und fuchtelte mit seinem Messer herum.

»Mit dir hätte ich am wenigsten gerechnet«, gab Thomas selbstkritisch zu.

»Halt's Maul, du Klugscheißer!« Bukowski spuckte verächtlich auf den Boden.

Thomas ließ sich davon nicht beeindrucken.

»Wer hat dich auf mich gehetzt? Für wen arbeitest du?«

Bukowski wurde nun unruhig, weil er nicht wusste, was er auf diese Frage antworten sollte.

»Tja, jetzt lass dir mal was einfallen«, lachte Thomas, der Bukowskis Problem erkannte. »Antworte mir, und ich lasse dich laufen!«

»Du lässt mich laufen? Was bildest du dir ein, du kleines arrogantes Arschloch?«, platzte es aus Bukowski heraus. Wütend rammte er das Messer in das Holzgerüst.

Thomas zeigte sich weiterhin unbeeindruckt.

»Ich frage dich zum letzten Mal, Bukowski. Für wen arbeitest du? Für Strobel?«

Bukowski drückte sich vor einer Antwort, er blickte abwechselnd nach unten und zu Thomas.

»Sollst du mich abstechen oder mir Angst einjagen?«

»Scheiß der Hund drauf!«, brüllte Bukowski und stampfte wütend auf Thomas zu. Dabei holte er mit dem Messer aus, traf aber nur Luft, weil Thomas sich wegduckte. Doch der dicke Hausmeister gab nicht auf und stach weiterhin wie ein Berserker in seine Richtung. Dabei streifte die Klinge Thomas' Ärmel. Das Gerüst begann

345

zu schwingen, und die beiden machten die Erfahrung, dass die alte Regel der Zimmermänner, *was wackelt, kippt nicht,* nicht galt. Die Verankerung löste sich vom Mauerwerk, und ein Großteil des Gerüstes begann, wie ein Kartenhaus zusammenzufallen. Während sich Thomas noch rechtzeitig auf einen Balkon retten konnte und sich an das Geländer klammerte, tat sich für den unbeweglichen Bukowski der Boden auf. Doch wie durch ein Wunder konnte er sich an einem Fenstervorsprung festhalten. Während seine Füße hilflos in der Luft baumelten, schrie er laut um Hilfe. Thomas sah sofort, dass er sich nicht lange halten konnte. Sollte er ihm helfen und versuchen, ihn hochzuziehen? Dazu musste Thomas auf das Endstück des Gerüstes, das noch nicht zusammengebrochen war.

»Steh da nicht so dumm rum! Hilf mir endlich!«, befahl Bukowski.

»In deiner Lage würde ich ein wenig höflicher sein«, machte ihm Thomas klar, robbte trotzdem vorsichtig an Bukowski heran, was das Gerüst gefährlich ins Schwanken brachte. Vorsichtig packte er mit beiden Händen den linken Arm des Hausmeisters.

»Zieh mich hoch!«, forderte der ihn auf.

»Zuerst wirst du mir einige Fragen beantworten!«

»Das kann ich auch nachher«, stöhnte Bukowski, der Blut und Wasser schwitzte.

»Jetzt oder nie! Also, wer hat dich auf mich angesetzt?«

»Das weißt du doch!«

»Strobel!«

»Ja, verflucht, ja!«

Das Gerüst schwankte immer mehr. Es war nur eine Frage der Zeit, bis es komplett zusammenbrechen würde.

»Weiter im Text! Wer hat das Mädchen ermordet? Wer?«

»Ich weiß es nicht, ich weiß es nicht!«, brüllte Bukowski, »es war doch ein Unfall!«

»Wer hat das Mädchen ermordet? Ich frage nicht ein weiteres Mal!«

»Keine Ahnung, ich weiß es nicht!«, schrie Bukowski. »Zieh mich endlich hoch!«

Thomas' Blick fiel auf Bukowskis Handgelenk. Der Hausmeister trug eine Uhr, die ihm bekannt vorkam.

»Das ist die Uhr von Dr. Nikasius! Hast du ihn umgebracht?«

Die Verankerungen, die das Gerüst an der Wand hielten, sprangen nacheinander von der Wand.

»Zieh mich hoch!«

»Das geht nicht, Bukowski, denn dann würden wir beide draufgehen«, antwortete Thomas und ließ Bukowski los. Während der Hausmeister mit einem gellenden Schrei in die Tiefe fiel, hangelte sich Thomas auf das verzinkte Fallrohr. Keine Sekunde später löste sich die letzte Verankerung von der Mauer, was für einen Zusammenbruch des restlichen Gerüstes sorgte. Schnell kletterte Thomas die Regenrinne nach unten und fand Bukowski leblos unter einem Berg von Brettern und Gerüststangen. Was für ein Idiot, dachte Thomas, hätte er auf meine Fragen geantwortet, würde er jetzt nicht so daliegen. Andererseits zeigte er kein bisschen Mitleid mit diesem Kerl, der sich rühmte, Kapo genannt zu werden. Bukowski war ein Lakai von Strobel, den er aus irgendwelchen Gründen in der Hand hatte. Aber das interessierte Thomas jetzt nicht. Er wischte sich den Staub von seiner Jacke und entfernte sich schnell. Als er unterwegs an einer Telefonzelle vorbeikam, rief er bei der Polizei an.

»Da liegt ein Toter unter einem Baugerüst, Ecke Kronenstraße«, meldete er knapp und legte auf. Er sehnte sich nach Schlaf, war todmüde. Trotz erneuter Bedenken entschloss er sich, Ottos Atelier aufzusuchen. Aber er wollte nicht auf direktem Wege dahin, sondern nahm einen Umweg und ging kreuz und quer durch die

Straßen. Erst als er sich ganz sicher war, dass niemand ihm folgte, betrat er das Atelier.

Kaum lag er auf dem Sofa, fielen ihm die Augen zu. Kurz vor Mitternacht wachte er auf. Die Tür knarrte, jemand war eingetreten. Er hörte Schritte. Unwahrscheinlich, dass es Otto war, da der noch nie in der Nacht aufgetaucht war. Thomas ärgerte sich, dass er vergessen hatte, die Tür abzuschließen. Seine Anspannung wuchs. Er lauschte besorgt in die Dunkelheit, versuchte, etwas zu erkennen. Mehr als die Umrisse einer Gestalt sah er aber nicht.

Als der Unbekannte sich seinem Bett näherte, musste er handeln, und das tat er auch. Mit Gebrüll sprang er vom Bett und warf die Gestalt auf den Boden.

Doch der Körper, den er fest im Griff hatte, roch angenehm und fühlte sich vertraut an.

»Peggy, Liebling!«

Aus der Umklammerung wurde eine zärtliche Umarmung.

»Warum hast du so geschrien?«

»Überraschungsattacke, habe ich so gelernt«, lachte Thomas erleichtert.

»Ich war doch nur leise, weil ich dich nicht wecken wollte«, entgegnete Peggy, während er ihren Hals abküsste. Er hatte richtig großen Appetit auf sie.

»Meine Fresse, was habe ich dich vermisst«, gab er ihr recht unromantisch zu verstehen, aber das störte sie nicht, weil sie seine Liebkosungen genoss und natürlich erwiderte. Nach einer Weile schmusten sie nicht mehr nur, sondern wurden richtig heftig leidenschaftlich. Erst spät, draußen trällerten die Nachtigall-Junggesellen um die Wette, schliefen beide erschöpft, aber glücklich ein.

Am nächsten Morgen wachte Thomas durch den Duft von frisch gebrühtem Filterkaffee auf. Peggy hatte zudem frische Brötchen besorgt. Beide waren glücklich, wieder beisammen zu sein. Als Erstes sollte sie erzählen, was sie erlebt hatte. Und sie hatte viel zu sagen, es sprudelte nur so aus ihr heraus.

»Ich habe in Amsterdam einen Mann kennengelernt, der in Berlin arbeitet, einen bekannten Modeschöpfer«, begann sie sogleich. »Er sucht dringend neue Talente. Als er einige Schnitte von mir sah, war er begeistert. Er hat mir ein Angebot gemacht. Ich könnte nach Berlin und für ihn arbeiten.«

»Das Angebot musst du sofort annehmen! Das einzige Problem ist dein fehlender Ausweis, aber da wird uns auch schon was einfallen!« Thomas küsste sie überschwänglich, und Peggy freute sich über seine Reaktion.

»Aber du würdest doch mitkommen? Ohne dich gehe ich nirgendwohin.«

»Ich würde überall mit dir hingehen«, versicherte er ihr, »aber momentan habe ich den Kopf zu voll. Ich muss das hier zu Ende bringen!«

Peggy schaute ihn erwartungsvoll mit großen Augen an, und Thomas begann eine Geschichte zu erzählen, die noch kein Ende hatte. Er ließ nichts aus, berichtete über seine Reise nach Polen, von der verbrecherischen Kumpanei seines Vaters mit Strobel während des Krieges, vom traurigen Schicksal des kleinen Mädchens Rosa. Als Peggy von Bukowskis Messerattacke hörte, wurde sie unruhig.

»Du musst hier weg, Thomas, ich habe solche Angst um dich!«

Er nahm sie beruhigend in den Arm:

»Ich weiß, dass ich in ein Wespennest gestochen habe, aber ich kann doch jetzt nicht aufgeben.«

»Siehst du nicht, dass du in Lebensgefahr bist?«

»Natürlich ist mir das bewusst«, nickte Thomas und sah Peggy ernst an. »Deswegen wäre es besser, wenn du nach Berlin fährst.

Ich möchte dich nicht in Gefahr bringen!« Thomas strich ihr sanft über das Haar, konnte sie jedoch nicht überzeugen.

»Ich bleibe bei dir! Ich lass dich auf keinen Fall im Stich!«, sagte Peggy mit fester Stimme.

Thomas merkte sofort, dass ihr Entschluss feststand.

»Okay, Peggy, aber wir beide müssen verdammt aufpassen.«

»Jawohl, Herr Hauptkommissar!«, salutierte Peggy lachend, »Was gedenken Sie als Nächstes zu tun?«

»Herausfinden, wer diesen roten Porsche fährt«, brachte es Thomas auf den Punkt.

»Vielleicht kann ich ja Elke überreden, dass sie mit ihrer Kollegin spricht«, schlug Peggy vor.

Die Idee gefiel Thomas. Da sie Elke um die Zeit bei Alexis vermuteten, wollten sie die Bar besuchen.

»Guten Morgen, zusammen«, grüßte Otto, der gerade in das Atelier reinschaute.

»Gut, dass ich dich treffe«, meinte Thomas, dem etwas eingefallen war. »Du bist doch ein Meisterfotograf, nicht wahr?«

»Warum?«, fragte Otto misstrauisch.

»Ich habe einen Auftrag für dich.«

»Bist du auch unter die Erpresser gegangen?«, griente Otto.

Thomas schüttelte den Kopf, griff stattdessen in seine Tasche.

Eine halbe Stunde später betraten Peggy und Thomas die Bar, in der sie auf eine aufgeregte Conny trafen.

»Leute, ich muss mich auskotzen! Ich brauche sofort einen Samtkragen!«

»So früh einen Schnaps? Was ist dir denn über die Leber gelaufen?«, fragte Alexis verwundert, während er Boonekamp mit Schnaps mischte.

»Es ist unglaublich! Gerade habe ich erfahren, dass ich die heißeste Story der Welt nicht schreiben darf«, schimpfte Conny und stampfte wütend mit dem Fuß auf. »Und wollt ihr hören, um was es geht? Da hat ein Hausmeister einem Heimleiter die Eier abge…« Sie traute sich nicht weiterzusprechen.

»Abge… was?«, fragte Alexis.

»Abge… na ja …«, druckste Conny herum.

»Du meinst … er hat ihm die abge…?«, fragte Alexis mit erstaunter Miene.

Conny nickte. Aber sie war noch nicht fertig.

»Der Kerl ist daran verblutet, ist das nichts?«

Alexis und die anderen Gäste verzogen angewidert die Gesichter. Peggy und Thomas dagegen hatten beide einen Gedanken. Handelte es sich etwa um Hermann?

»Welches Heim war das?«, schoss es aus Peggy heraus.

»Irgend so ein Fürsorgeheim für Mädchen!«

Peggy und Thomas waren jetzt wie elektrisiert.

»Weißt du, wie der Hausmeister heißt?«, hakte Peggy nach.

»Keine Ahnung, die Polizei hat ihn gleich in die Klapse gebracht.«

»Und der Heimleiter ist tot?«, wollte Thomas wissen.

»Kein Wunder, oder?«, entgegnete Conny.

»Was für eine Wahnsinnsstory, so herrlich brutal!«, rief Alexis abgestoßen und fasziniert zugleich. »Warum darfst du darüber nicht berichten?«

»Ich soll nur von einem tödlichen Unfall schreiben«, seufzte Conny und steckte sich eine Zigarette an. »Dieser Heimleiter war wohl eine wichtige Nummer in der Kirche. Kommt offenbar nicht gut, wenn man ihm die Eier abbeißt. Deswegen verlangen die von mir einen kastrierten Artikel!«

Bis auf Peggy und Thomas brachen die Umstehenden in Gelächter aus.

351

»Das war bestimmt Fritz«, flüsterte Peggy, die um Fassung rang. »Ich muss zu ihm hin!« Sie hatte ohnehin ein schlechtes Gewissen gehabt, Fritz und Maria zurückgelassen zu haben.

Fünf Minuten später fuhren Thomas und Peggy in die psychiatrische Klinik. Er vermutete Fritz in der Forensik, und der Pförtner, der Thomas immer noch für einen Kripobeamten hielt, gab ihm recht.

»Rufen Sie da an und sagen Sie, dass ich sofort den Patienten sprechen muss«, orderte Thomas an.

Vor dem Eingang der Abteilung wurde Thomas von der gleichen Stationsärztin empfangen, die er vor Wochen kennengelernt hatte.

»Ich habe eine Hospitantin dabei«, erklärte Thomas mit Blick auf Peggy. Er sagte es in einem derart selbstverständlichen Ton, dass die Ärztin überhaupt keinen Verdacht schöpfte.

»Um was geht es?«

»Meine Kollegen haben erzählt, dass der Patient sehr aggressiv gegenüber seinem Opfer vorgegangen ist. Können Sie das bitte erläutern«, forderte er sie auf.

»Der Patient war rasend vor Wut. Er verlor sämtliche Hemmschwellen und hat seinem Opfer Bisse im Genitalbereich zugefügt, an denen er verblutet ist«, lautete die sachliche Antwort. »Es liegt eine aggressive Persönlichkeitsstörung vor.«

»Und warum ist er derart aggressiv vorgegangen?«

»Er behauptete, ein Mädchen vor seinem Opfer schützen zu wollen.«

»Ich muss ihn vernehmen!«, machte ihr Thomas klar.

Auf ihre Veranlassung hin nahm ein kräftig gebauter Krankenpfleger Thomas und Peggy in Empfang und lotste sie in das Krankenzimmer. Dabei mussten sie zunächst durch einen langen Korridor. An den schweren Türen befanden sich Beobachtungs-

luken. Thomas blieb kurz stehen, schob neugierig eine Luke zurück und entdeckte einen kahl rasierten Mann auf einem Roll-
stuhl. Er starrte geradeaus und wippte seinen Kopf rhythmisch
hin und her. Aus dem Mund tropfte der Speichel wie Wasser aus
einem undichten Wasserkran. Thomas erkannte den Mann sofort.
Es was Elkes früherer Zuhälter, den Schäfer vom Geländer gestoßen hatte. Obwohl Thomas sich noch ganz genau an das Messer an
seinem Hals erinnerte, hatte er plötzlich Mitleid mit dem Mann.

»Wir müssen weiter«, drängte der Krankenpfleger ungeduldig.

Thomas und Peggy folgten ihm. Im Gang stank es nach Urin
und Erbrochenen.

»Welche Patienten behandeln Sie hier?«, wollte Thomas wissen,
der sich nicht vorstellen konnte, dass er sich in einem Krankenhaus
befand. So stellte er sich ein Gefängnis vor.

»Irre und Simulanten.«

»Was meinen Sie damit?«

»Zu uns kommen die, die es geschafft haben, sich vor dem Gefängnis zu drücken«, antwortete der Krankenpfleger herablassend.

»Und wie lange bleiben sie hier?«

»Wir haben welche, die hat Adolf einweisen lassen«, meinte der
Krankenpfleger amüsiert.

Peggy konnte es nicht glauben.

»So lange sind sie schon hier eingesperrt?«

»Einmal verrückt, immer verrückt«, grinste der Krankenpfleger und zeigte auf eine Tür am Ende des Ganges. »Hier liegt das
Scheusal!«

Er schloss die schwere Holztür auf, und Thomas und Peggy
blickten auf einen kahlen Raum, in dessen Mitte sich ein Metallbett befand. Darauf lag Fritz, an Händen und Füßen fixiert. Er sah
aus, als ob er bereits gestorben wäre. Regungslos, leichenblass, ab-
gemagert, mit eingefallenen Augen.

353

Peggy erschrak bei seinem Anblick.

»Ich weiß nicht, ob der Bursche ansprechbar ist. Verhören können Sie ihn bestimmt nicht«, kommentierte der Krankenpfleger teilnahmslos.

»Das können Sie mir überlassen! Sie können gehen!«, blaffte Thomas ihn im Kommandoton an.

Der sonst so resolute Krankenpfleger nickte und ließ Thomas und Peggy allein mit Fitz. »Wie geht es dir? Ich bin es, Peggy!« Sie kniete neben dem Bett, nahm seine Hand und streichelte ihn sanft.

Fritz, benommen durch die Elektroschockbehandlung, regte sich langsam. Er begann, sachte zu lächeln.

»Peggy«, hauchte er leise.

»Du bist nicht alleine, ich bin bei dir, Fritz, alles wird gut.«

Fritz bewegte seine Lippen, aber man konnte ihn nicht verstehen.

Peggys Stimme versagte. Tränen glitzerten in ihren Augen. Auch Thomas war von der ganzen Situation derart mitgenommen, dass er kein Wort herausbrachte. Dafür versuchte es Fritz erneut. Er sprach so leise, dass Peggy ihr Ohr an seinen Mund halten musste, um ihn zu verstehen. »Ich habe Marie jetzt gerettet. Er wird sich nie mehr an ihr vergreifen.«

»Nein, das wird er nicht. Das hast du gut gemacht!«

Obwohl Thomas Selbstjustiz hasste, dachte er ebenso wie Peggy. Um Hermann war es nicht schade gewesen.

»Was haben Sie mit dir gemacht, Fritz, was?«, fragte Peggy mitleidsvoll und strich ihm über den Kopf. Sie stutzte, als sie merkte, dass an den Schläfen die Haare rasiert waren. Fragend schaute sie zu Thomas, der sich über Fritz' Kopf beugte.

»Was ist das nur?«, fragte sie mit Blick auf die kahlen Stellen. Fritz antwortete nicht.

»Das kommt von der Behandlung«, hörten sie die Ärztin sagen, die plötzlich an der Tür stand.

»Was für eine Behandlung?«

»Wir behandeln den Patienten mit Elektrotherapie.«

»Sie wollen sagen, dass Sie ihm Strom durch den Kopf jagen?«, hakte Peggy nach.

»Richtig. Und wenn das nicht die gewünschten Resultate bringt, werden wir eine Lobotomie durchführen.«

»Können Sie das mal auf Deutsch erklären?«

»Ein chirurgischer Eingriff in das Hirn. Wir werden einige Nervenbahnen chirurgisch durchtrennen, um die Psychosen zu dezimieren«, erklärte die Ärztin leicht genervt. Sie schien von Peggy nicht viel zu halten.

Das beruhte allerdings auf Gegenseitigkeit, denn die sprang auf und ging drohend auf die Ärztin zu, die zurückwich.

»Sie werden seinen Schädel nicht aufschneiden, haben Sie mich verstanden?«

Bevor die Situation eskalieren konnte, intervenierte Thomas.

»Ist gut, ich kläre das auf dem Dienstweg!«

Er wandte sich an die Ärztin, die reichlich irritiert dreinblickte, weil sie nicht wusste, was hier eigentlich gespielt wurde.

»Ist das Ihre Diagnose oder die von Prof. Humbold?«

Die Ärztin empfand die Frage von Thomas als vollkommen überflüssig.

»Das ist die gängige Praxis von Prof. Humbold!«

Nun baute sich Thomas drohend vor der Ärztin auf und hob seinen Zeigefinger: »Sie werden vorerst keine Eingriffe durchführen. Bis die Ermittlungen abgeschlossen sind, wird an ihm nicht operiert!«

Die Ärztin starrte Thomas fassungslos an, der sie zudem unhöflich verabschiedete.

355

»Sie können gehen!«

Kaum war sie aus dem Raum, kniete sich Peggy wieder vor Fritz.

»Mein armer, Fritz! Dir wird nichts mehr passieren!«

Fritz bewegte unmerklich seine Lippen. Peggy und Thomas bückten sich zu ihm, um zu hören, was er sagen wollte.

»Eugen … mein Eugen …«, röchelte Fritz.

»Eugen wird Gerechtigkeit widerfahren, Herr Müller. Ich werde den Mörder zur Strecke bringen«, sagte Thomas. Es war nicht klar, ob Fritz ihn verstanden hatte, da er erschöpft die Augen schloss.

»Schlaf, Fritz, ich passe auf dich auf«, sagte Peggy und schob fürsorglich die Decke höher.

»Peggy, wir müssen jetzt gehen, sonst gibt es Ärger«, warnte Thomas. »Ich bin mir sicher, dass er eine Weile in Ruhe gelassen wird.«

Peggy zögerte.

»Ich traue diesen Metzgern nicht. Ich bleibe hier!«

»Das geht nicht. Die würden misstrauisch werden. Bitte!«

Peggy sah ein, dass es keine gute Idee war, bei Fritz zu bleiben. Sie verließen die forensische Abteilung und wollten in die Stadt fahren, aber da ein Traktor die enge Straße versperrte, musste Thomas einen Umweg nehmen, vorbei an umzäunten Betonbauten und Patienten, die monoton ihre Runden drehten oder regungslos wie Statuen auf Bänken saßen. Das sah alles sehr verstörend aus. Sogar Peggy, die einiges gewöhnt war und diverse Fürsorgeheime durchlaufen hatte, fand den Anblick schlimm. Umso größer die Überraschung, als hinter einer Biegung unerwartet die Privatstation von Prof. Humbold auftauchte.

»Ist das ein Hotel?«, fragte Peggy verwundert über das protzige Anwesen, das nicht in diese trostlose Umgebung zu passen schien.

»Hier dürfen die zahlungskräftigen Patienten residieren, unter

Obhut von Prof. Humbold, dem Herrscher der Anstalt«, erklärte Thomas sarkastisch.

»Wenn dieser Humbold sich an Fritz vergreift, fackle ich ihm die Bude ab!«, drohte Peggy durchaus ernst.

Thomas achtete nicht auf ihre Worte. Seine Aufmerksamkeit galt einem kleinen Parkplatz hinter dem Gebäude. Er bremste scharf.

»Was hast du?«

»Da steht ein roter Porsche!«

Thomas zeigte auf einen knallroten 356.

»Ich bin bis jetzt immer von vorne an der Station vorbeigefahren. Dieser Parkplatz ist mir gar nicht aufgefallen.« Thomas machte sich daran auszusteigen.

»Du gehst mir nicht allein zu diesem Teufel«, machte ihm Peggy klar.

»Ich muss aber wissen, wem der Wagen gehört!«

»Es ist viel zu gefährlich!«

»Pass auf, Liebes. Es ist wie bei einem Bankraub. Ich raube die Bank aus, und du wartest im Auto auf mich. Wenn ich rauskomme und ins Auto springe, fährst du sofort los!«

»Aber ich habe noch nie ein Auto gefahren«, protestierte Peggy, die Thomas' Plan für aberwitzig hielt.

»Du brauchst nur den Zündschlüssel zu drehen und die Kupplung zu schalten«, erklärte er knapp und stieg einfach aus. Er warf der überrumpelten Peggy eine Kusshand zu und ging schnurstracks auf die Villa zu, die mit einem hohen Zaun vom übrigen Gelände abgeschirmt war. Das sollte für Thomas jedoch kein Hindernis sein. Als er sah, dass das hintere Tor offen stand, weil einige Patienten in dem gepflegten Garten arbeiteten, nutzte er den Moment und ging einfach hindurch. Von der Veranda aus gelangte er in den großzügigen Aufenthaltsraum. Und schon befand er sich in einer Welt, die er niemals auf dem Gelände der Psychiatrie vermutet hatte. Ein Mann in Livree spielte auf einem Klavier leise Hintergrundmusik, während die Patienten, von denen keiner die triste Anstaltskleidung trug, ihren Nachmittagstee auf englischen Sesseln einnahmen. So stellte sich Thomas, der das Treiben von der Tür aus beobachtete, den Aufenthalt in einem Luxushotel vor, aber nicht in einer psychiatrischen Klinik.

Gerade als er sich fragte, wie er den Halter des roten Porsches herausfinden konnte, wurde er von einem etwa vierzigjährigen Mann angesprochen, der wie ein Schiffskapitän herausgeputzt war, mit entsprechender Mütze, blauem Blazer und weißer Hose.

»Aha, ein neuer Leichtmatrose an Bord! Heute frisch angeheuert?«

Thomas sah den Mann etwas irritiert an, den er noch nicht ganz einordnen konnte. Hatte sich da jemand als Kapitän verkleidet?

»Was steht im Logbuch? Schizophrenie oder Wahnvorstellungen?«

Jetzt fiel bei Thomas der Groschen. Der Mann war Patient.

»Der Professor ist sich bei mir noch nicht ganz sicher«, antwortete Thomas, »aber ich habe auch eine Frage. Wissen Sie, wem der rote Porsche draußen gehört?«

»Warum sollte ich? Meine Welt sind die Meere, Sie Landratte!«, brummte der Mann schroff.

Thomas nahm ihm den Ton nicht übel, andererseits hatte er jetzt keine Zeit, sich mit dem Kapitän zu beschäftigen, und wollte weitergehen. Doch der ließ nicht locker.

»Kriegen Sie auch zwei Bullaugen in den Kopf?«

»Ich verstehe nicht ganz.«

»Eins backbord, eins steuerbord. Soll gegen die zweite Stimme helfen«, meinte der Kapitän und hielt sich beide Zeigefinger gegen die Schläfe.

Thomas wurde das jetzt zu viel, und er überlegte, ob er nicht einen Krankenpfleger einfach nach dem roten Porsche fragen sollte. Doch der Kapitän gab keine Ruhe.

»Oder will man Sie mittschiffs kappen?«

»Wie bitte?«

»Kastration …«, flüsterte der Mann. »Kläuschen scheint auch nicht davon begeistert zu sein.«

Erneuter irritierter Blick von Thomas. Aber da der Kapitän die Lust an der Konversation verlor und Kurs auf den Saal nahm, hatte sich das Thema erledigt. Thomas musste jetzt Dampf machen, die Frage nach dem Porsche drängte, er wollte das Risiko eingehen und jemand vom Pflegepersonal nach dem Auto fragen.

Als Thomas eine Krankenschwester sah, die aus dem Aufenthaltsraum kam, wollte er sie schon ansprechen. Doch auf halbem Wege machte er halt. Am hinteren Ende des Saals, in einem Wintergarten, saß eine Runde zusammen, die sofort seine volle Aufmerksamkeit erregte: Prof. Humbold, das Ehepaar Söhnlein inklusive Sohn Oskar und Strobel! Die fünf waren in ein intensives Gespräch vertieft, bei dem es offenbar hoch herging. Strobel redete mit hochrotem Kopf auf Oskar ein und haute dabei immer wieder mit der Faust auf den Tisch. Vergebens versuchte der Professor, ihn zu beruhigen. Oskar seinerseits verschränkte die Arme und schüttelte den Kopf wie ein trotziges Kind, was bei einem gut fünfzigjährigen Mann sehr albern aussah. Was ging da nur vor? Worüber redeten die? Thomas musste näher ran an die Gruppe, aber da machte ihm der Kapitän einen Strich durch die Rechnung.

»Ahoi, Leichtmatrose! Hier sind Sie! Keinen Zahn im Mund, aber *La Paloma* pfeifen, wie?«

Thomas wandte sich erstaunt um und stieß dabei einen Blumentopf um, der krachend zu Boden fiel. Instinktiv ging er hinter dem Kapitän in Deckung, trat dann schnell den Rückzug an.

Draußen stieß er auch noch mit einem Krankenpfleger zusammen, der einige Stühle zusammenrückte.

»Zur Seite«, blaffte Thomas ihn an und schob ihn aus dem Weg.

»Bleiben Sie bitte stehen!«, hörte er den Pfleger hinter sich rufen, aber Thomas spurtete auf den Borgward zu.

Peggy, die schon ungeduldig auf ihn gewartet hatte, öffnete ihm die Tür. Thomas stieg schnell ein, startete den Wagen und legte einen einwandfreien Kavalierstart hin. Während er den Wagen aus der Klinik steuerte, erklärte er keuchend, was er in der Klinik gesehen hatte. Was hatte der Besuch von Strobel bei Humbold zu bedeuten, zumal auch noch die Familie Söhnlein anwesend war? Und dann der rote Porsche vor der Station!

»Und jetzt? Hast du einen Plan?«

Thomas hatte einen.

»Als Erstes muss der Wagen beschattet werden.«

»Das kann ich doch machen!«

»Du könntest ihm nicht folgen, weil du kein Auto fahren kannst.«

»Aber wer soll das machen?«

»Otto!«

»Klingt einleuchtend. Und du?«

»Ich muss mich über die Familie Söhnlein erkundigen. Ich denke, dass Conny mir da weiterhelfen kann.«

»Auch gut. Aber ich will auch was unternehmen!«

»Du bleibst bei Alexis und machst Telefondienst. Wir brauchen jemanden, der immer ansprechbar ist.«

»Gute Idee. Hoffentlich finden wir Otto bei Alexis.«

Das taten die beiden auch.

»Du musst mir einen Gefallen tun«, sprach Thomas ihn ohne Umschweife an. »Fahr mit meinem Wagen sofort zur psychiatrischen Klinik. Vor der Privatstation von Prof. Humbold parkt ein roter Porsche. Du wartest so lange, bis der Besitzer kommt, dann fährst du hinterher. Ich muss wissen, wem der Wagen gehört.«

Doch Otto reagierte nicht wie erhofft, sondern zeigte Thomas einen Vogel.

»Das ist doch nicht dein Ernst!«

»Mach schon, Otto, wir dürfen keine Zeit verlieren!«

Thomas drückte Otto den Schlüssel in die Hand und schob ihn zur Tür. Otto merkte, dass Widerworte zwecklos waren, und fügte sich seinem Schicksal.

»Also gut, roter Porsche, Privatstation Klapsmühle.«

»Und wenn du etwas weißt, rufst du mich bei Alexis an. Ich bin die Telefonzentrale!«, fügte Peggy hinzu.

Otto, der sich überrumpelt fühlte, brauste trotzdem mit dem Borgward davon.

»Und du gehst zu der Reporterin?«, fragte Peggy.

»Richtig! Ich melde mich nachher.« Er verabschiedete sich mit einem Kuss und eilte in das Verlagshaus, das sich auf der Königsallee befand, keine fünf Minuten Fußweg von der Bar entfernt. Um keine Zeit zu verlieren, verzichtete er auf den Aufzug und stürmte die Treppe nach oben zur zweiten Etage, wo sich die Lokalredaktion befand. Er erwischte Conny im Flur.

»Conny, wir müssen dringend sprechen!«

Die begrüßte Thomas mit erhobenem Zeigefinger:

»Mit dir habe ich ein Hühnchen zu rupfen! Du hast meinem Fotografen ein Foto geklaut.«

»Dafür gebe ich dir ein paar andere Bilder«, konterte Thomas und zeigte ihr die kompromittierenden Bilder, die Söhnlein mit dem jungen Barmädchen zeigten. Sie hatten sich die ganze Zeit im Handschuhfach des Wagens befunden, weil er vergessen hatte, sie zu wegzuwerfen, wie Söhnlein es gefordert hatte.

Conny pfiff beim Anblick der Fotos durch die Zähne.

361

»Holla, das sind aber schöne Schnappschüsse von Herrn Ehrenbürger! Ahnt seine Gattin davon? Ich kann damit nichts anfangen, mein Chef ist mit Söhnlein im Golfclub. Beste Freunde.« Sie reichte dem enttäuscht dreinblickenden Thomas die Bilder zurück.

»Aha! Sag mal, was weißt du eigentlich von dieser Sippe?«

»Was jeder weiß, der den Lokalteil liest. Das Ehepaar Söhnlein ist im Karneval aktiv, sie spenden großzügig und sind mit dem Oberbürgermeister per Du.«

»Hast du eine Ahnung, was Söhnlein vor dem Krieg getrieben hat?«

»Hör mir auf mit Nostalgie, mich interessiert nur die Gegenwart.«

»Besitzen die einen roten Porsche?«

»Frag die doch selber!«

Conny, genervt und in Eile, wollte in ihr Büro verschwinden, aber Thomas hielt sie am Arm fest.

Sie missinterpretierte seinen Griff.

»Hey, bist ja richtig aufdringlich!«

»Kennst du eigentlich Söhnlein junior?«

»Kläuschen? Der ist genauso ein Lustmolch wie sein Vater«, erwähnte Conny eher beiläufig mit Blick auf die Bilder, die Thomas noch in der Hand hielt.

Wie hatte Conny Oskar Söhnlein genannt? Kläuschen? Schlagartig musste Thomas an den Kapitän auf der Privatstation denken. Der hatte von einem Patienten namens Kläuschen gesprochen, der nicht kastriert werden wollte.

»Sprichst du etwa von Oskar Söhnlein?«, vergewisserte er sich.

»So wird das Riesenbaby genannt. Ein richtiges Muttersöhnchen. Der kriegt alles in den Arsch geschoben. Weiß der Teufel, wie der eines Tages die Geschäfte seines Alten übernehmen soll!«

In Thomas' Kopf ratterte es unaufhörlich. Mit einem Mal passte alles zusammen.

»Was meinst du mit Lustmolch?«, fragte Thomas und fixierte Conny.

»Du, ich habe jetzt keine Zeit. Mein Chef hat nach mir gerufen.«

»Bitte, Conny, es ist wichtig!«, drängte Thomas. »Ich werde mich auch revanchieren.«

»Also gut«, meinte Conny und holte aus: »Es gibt ein Gerücht, leider kann ich darüber auch nicht schreiben, dass er einige Jahre in Italien im Knast war. Er hatte sich wohl an einer minderjährigen Signorina vergriffen. Aber nichts Genaues weiß man nicht.«

»Erzähl mehr«, forderte Thomas sie auf. Er war jetzt in heller Aufregung.

»Wo bleibst du denn, Conny!«, hörten beide jemanden rufen und sahen einen untersetzten Mann, der aus einem Büro kam.

»Ich komme, Boss!«, rief sie zurück und eilte zu ihm.

Auch Thomas gab Tempo. Er flog die Treppe hinunter. Er war zufrieden. Er glaubte das Rätsel gelöst zu haben.

51

Das Gespräch mit seinen Eltern, Strobel und dem Professor hatte ihn wütend gemacht. Alle hatten auf ihn eingeredet, als sei er ein kleines Kind. Er solle endlich seinen Widerstand gegen die Behandlung aufgeben. Das sei das Beste für alle. Aber das, was sie mit Behandlung meinten, war seine Entmannung. Das kam für ihn überhaupt nicht infrage. Tausendmal hatte er ihnen das eingebläut, aber sie wollten einfach keine Ruhe geben. Seine Eltern hatten zwar vorgeschlagen, ihn weit wegzuschicken, sogar nach Amerika, aber Strobel ließ nicht mit sich reden. Er bestand auf die Kastration, und seine Eltern willigten ein. Morgen sollte es so weit sein. Nach dem Eingriff wäre aber nichts mehr wie vorher. Er würde ein halber Mann sein. Ein Eunuch. Er würde eine Fistelstimme bekommen wie eine Schwuchtel. Typen, die man vergessen hatte zu vergasen. Unwerte Menschen. Kretins. Krankes Erbgut. Eine Schande für den Volkskörper. Aber er war etwas Besonderes. Sein Blut war rein, nicht umsonst war er in der SS gewesen. Es gab Männer, die standen auf blonde Frauen, es gab Männer, die mochten dicke Frauen, er dagegen begehrte ganz junge. Für ihn ganz normal. Nein, er wollte ein ganzer Mann bleiben. Er war nicht krank. Wer sich ihm dabei in den Weg stellte, musste vernichtet werden. Im Grunde konnte ihm doch keiner etwas anhaben! Strobel wollte ihn kastrieren lassen? Von wegen, er hatte den Hauptkommissar Strobel an den Eiern. Der hatte doch im Krieg alle Frauen und Kinder erschießen lassen. Von seinen Eltern hatte er auch nichts zu befürchten. Schluss jetzt. Er musste gehen. Er verließ sein Krankenzimmer, das aber mehr einer Suite im Parkhotel glich, und suchte das Büro des Professors auf.

Seit Kurzem war ein neues Neuroleptikum auf dem Markt, das sehr gute Resultate bei der Behandlung akuter Schizophreniesyndrome versprach. Allerdings war sich Prof. Humbold nicht über die Nebenwirkungen sicher. Beim Vorgängermittel klagten die meisten Patienten über Sprachstörungen und dystone Bewegungen. Dass die normalen Patienten darunter litten, störte den Professor nicht sonderlich. Bei seinen Privatpatienten lag der Fall anders. Er wollte diese gut zahlende Klientel nicht verlieren und suchte deshalb nach Alternativen mit weniger Nebenwirkungen. Konnte das neue Produkt die Versprechungen der Pharmafirma halten?

Nun saß er an seinem Schreibtisch und machte sich daran, einige Patienten für den ersten Versuch auszuwählen.

»Herr Professor, Herr Sohnlein möchte Sie kurz sprechen«, hörte er seine Sekretärin rufen, eine junge Frau, die seine Enkelin hätte sein können.

»Er soll reinkommen«, seufzte der Professor genervt. Seine Lust auf ein Gespräch mit Oskar Söhnlein hielt sich in Grenzen, weil im Grunde alles gesagt worden war. Seit gut drei Wochen zog sich diese leidige Angelegenheit hin. Oskar sollte sich endlich mit der Operation abfinden und Ruhe geben.

»Prof. Humbold, mir ist noch etwas eingefallen«, sagte Oskar gleich beim Schließen der schweren, gepolsterten Doppeltür. Er ließ seinen Blick durch das Büro schweifen. An der Wand hing ein Gemälde, das ihm gefiel. Es zeigte einige nackte, junge Nymphen in aufreizenden Posen. Aber jetzt gefiel ihm etwas viel mehr, und zwar der schwere Brieföffner auf dem Schreibtisch.

»Ja, Kläuschen, wie kann ich dir helfen? Nimm doch Platz«, forderte Humbold ihn auf, ohne seinen Blick von dem Beipackzettel zu nehmen.

Dir wird das Kläuschen noch vergehen, du Arschloch, schoss es Oskar durch den Kopf und setzte sich auf den bequemen Lederstuhl.

»Hast du noch Fragen wegen morgen? Ich kann dich beruhigen, alles wird gut.« Humbold lächelte ihn an und legte den Zettel auf den Schreibtisch.

Oskar hörte gar nicht hin. Seine Aufmerksamkeit galt jetzt der Tablettenpackung.

»Neue Medikamente, Herr Professor?«

Ungefragt schnappte sich Oskar die Packung und las das Etikett.

»Bitte, Kläuschen, leg die Tabletten zurück und sag, was du willst. Ich bin sehr beschäftigt!«

»Ist denn morgen alles für meine Behandlung vorbereitet?«, fragte Oskar, während er die Tablettenrolle aus der Packung herausholte.

»Du kannst beruhigt sein, und jetzt leg bitte die Tabletten zurück!« Der Ton des Professors wurde rauer, was aber bei Oskar keinen Eindruck schindete.

»Bekomme ich auch diese Pillen?«

»Das sind Psychopharmaka. Medizin für schizophrene Menschen oder solche mit Wahnvorstellungen.« Humbold hätte Oskar am liebsten achtkantig rausgeworfen, aber er machte gute Miene zum bösen Spiel.

»Was würde passieren, wenn ich diese Tabletten schlucken würde?«

»Das würde ich dir nicht empfehlen«, schmunzelte der Professor.

Sein Lachen blieb ihm im wahrsten Sinne des Wortes im Hals stecken. Wie eine Furie sprang Oskar auf Humbold und riss ihn zu Boden. Er stemmte die Knie gegen die Arme seines Opfers und begann, ihn zu würgen. Der Professor war völlig überrascht über diese unerwartete Attacke, wollte sich widersetzen, hatte aber gegen Oskar keine Chance. Der nahm jetzt Humbold in den Schwitzkasten und begann, die Tabletten in dessen Mund zu schieben. Eine nach der anderen. Vergebens versuchte der Professor, die Pillen auszuspucken. Die Augen verdrehten sich, und er lallte unverständliche Hilferufe, die jedoch von den Schallwänden verschluckt wurden.

»Mit den Nebenwirkungen musst du leben«, lachte Oskar, während er ihm weiterhin den Mund zuhielt, den Blick lüstern auf die nackten Nymphen an der Wand gerichtet. Sie puschten ihn regelrecht auf, und er schnürte Humbold noch fester den Hals zu. Sollte doch dieser Quacksalber an seiner eigenen Kotze krepieren. Ihn, Oskar, würde er jedenfalls nicht kastrieren!

Humbolds Gesicht lief jetzt blau an. Er röchelte hilflos, und nach einigen Minuten verlor er den Todeskampf. Zufrieden stand Oskar auf, glättete seine Jacke und sein Hemd, strich sich über die Haare. Er warf noch einen anerkennenden Blick auf die Nymphen, die alles mit angesehen hatten, warf ihnen eine Kusshand zu, dann verließ er das Büro.

»Sie sollen den Herrn Professor die nächste halbe Stunde nicht stören, er untersucht gerade die neuen Medikamente«, sagte er zu der Sekretärin, die artig nickte.

52

Beim Anblick von Thomas' Borgward fuhr der Pförtner die Schranke nach oben, sodass Otto ungehindert auf das Gelände der psychiatrischen Klinik fahren konnte. Er war das erste Mal hier, aber dank der Hinweisschilder fand er leicht die Privatstation von Prof. Humbold. Otto fuhr um die Villa herum und entdeckte den Porsche auf dem hinteren Parkplatz. Er parkte den Borgward auf der gegenüberliegenden Seite und wartete ab. Er hatte überhaupt keine Ahnung, warum er das Auto beschatten sollte, aber er hatte es Thomas versprochen. Hoffentlich würde der Fahrer bald auftauchen. Und was, wenn es sich um einen Patienten handelte, der in der Station übernachtete? Oder um einen Arzt, der Schicht hatte? Daran wollte Otto nicht denken. Er gab sich trotzdem ein zeitliches Limit von zwei Stunden. Um die Wartezeit zu überbrücken, schaltet er das Autoradio ein. Aus dem Lautsprecher ertönten die Rolling Stones. *Time Is On My Side* sangen sie, und irgendwie passte das gerade. Otto tippte mit den Fingern rhythmisch auf das Lenkrad und übersah fast den Mann, der durch das Tor kam und zum Porsche ging. Otto erkannte ihn. Es war Oskar, der Sohn von Söhnlein. Oskar stieg schnell in den Porsche ein und fuhr los.

Der Taxifahrer verstand nicht, warum man so eilig in die Klapsmühle gefahren werden wollte, aber der junge Gast feuerte ihn an, mehr Tempo zu machen. Der junge Mann, es handelte sich um Thomas, wollte zu Oskar Söhnlein, den er für den Kindermörder hielt. Er passte perfekt in das Profil des Täters. Vom Alter her und von seinen sexuellen Neigungen. Obendrein hatte er die Zeit zwischen den beiden Morden in Italien, also weit weg von seiner gewohnten Umgebung verbracht, wo er sich ebenfalls an kleinen Mädchen vergriffen hatte. Mit ziemlicher Sicherheit war er während des Kriegs mit der SS in Polen stationiert gewesen und hatte die kleine Rosa auf dem Gewissen.

Nach einer halsbrecherischen Fahrt durch die Stadt kam das Taxi vor der Privatstation zum Stehen. Thomas drückte dem Fahrer zehn Mark in die Hand und sprang hinaus. Zu seiner Überraschung standen vor dem Eingang mehrere Peterwagen und zwei zivile Polizeiautos. Vom roten Porsche und dem Borgward war dagegen nichts zu sehen. Wo war Otto?

Als Thomas die Villa betreten wollte, stellte sich ihm ein Streifenbeamter in den Weg, aber er schob ihn einfach beiseite. Im Foyer herrschte Hektik. Schäfer, Strobel und Baumgarten sprachen mit dem Pflegepersonal. Patienten waren keine zu sehen.

»Was suchst du hier?«, herrschte Strobel Thomas an, als er ihn entdeckte. Auch die Mienen von Schäfer und Baumgarten verhießen nichts Gutes, was Thomas jedoch egal war.

»Ich suche Oskar Söhnlein!«

Die Antwort imponierte Strobel, und für einen kurzen Moment huschte ein anerkennendes Lächeln über sein Gesicht.

»Ich wusste immer, dass du talentiert bist. Aber lass uns jetzt unsere Arbeit machen.«

»Wenn ich jetzt gehe, dann zum Kollegen Drezko«, drohte Thomas.

Schäfer stampfte herbei und wollte seinem Chef zu Hilfe kommen, aber Strobel schüttelte den Kopf:

»Seht lieber zu, dass ihr die Ratte findet!«

Er wandte sich an Thomas und deutete zur Tür.

»Wir sprechen draußen.«

Thomas nickte und folgte Strobel zur Tür, argwöhnisch beäugt von Schäfer, der wütend an seiner schief gewickelten Krawatte zog. Auch Baumgarten, dessen rechtes Auge von einem Veilchen verziert wurde, warf Thomas einen rachsüchtigen Blick hinterher.

Mittlerweile hatten sich mehrere Langzeitpatienten vor dem Zaun eingefunden, die das Treiben der Polizei wie stumme Statisten beobachteten.

»Im Wagen können wir in Ruhe über alles reden«, schlug Strobel vor, während er die Fahrertür seines Opels öffnete.

»Was Bukowski nicht geschafft hat, willst du jetzt erledigen?«

»Junge, ich tue dir nichts«, beruhigte Strobel ihn. »Der Ochse sollte dir nur ein wenig Angst machen!«

Misstrauisch stieg Thomas ein, und Strobel konnte losfahren. Dabei musste er einige Patienten beiseitehupen, die sich neugierig vor den Wagen gestellt hatten.

»Das macht mich jedes Mal fertig, wenn ich die armen Schlucker hier sehe, so vollgepumpt mit Medikamenten.«

Thomas nahm ihm das Mitleid nicht ab.

»Du würdest ihnen wohl am liebsten auch den Gnadentod geben, oder was?«

Strobel schüttelte den Kopf.

»Rede nicht so einen Unsinn, Junge!«

Er steuerte nun den Wagen aus dem Gelände.

»Wieso ist der Idiot eigentlich das Gerüst runtergefallen?«

»Ich hatte ihn dahingelockt und wollte ihn ausfragen. Das fand er nicht so gut. Stattdessen ist er mit dem Messer auf mich los. Das hätte er lieber nicht tun sollen.«

»Mit dir sollte man sich nicht anlegen«, grinste Strobel. »Schäfer und Baumgarten können ein Lied davon singen.«

Thomas war nicht nach Komplimenten zumute.

»Warum nennst du mich eigentlich nicht mehr Onkel?«

Thomas antwortete mit einer Gegenfrage.

»Was ist mit Oskar Söhnlein?«

»Abgehauen. Er hat aber vorher den Professor mit Tabletten totgemästet!«

»Das nenne ich Kannibalismus. Offenbar wollte er nicht kastriert werden …«

Erneutes zustimmendes Nicken von Strobel.

»Du hast wieder mal ins Schwarze getroffen!«

»Und du hast von Anfang an gewusst, dass er der Mörder ist. Schon 1939 bei der kleinen Lotte. Warum hast du ihn gedeckt?«

»Ich habe ihn nicht gedeckt, ich hatte ihn überführt, ja, ich hätte ihn sogar fast gerichtet! Aber die Nazis hielten ihre schützende Hand über ihn. Sein Vater war damals ein enger Spezi des Gauleiters.«

Thomas schaute ihn ungläubig an und wartete auf weitere Erläuterungen.

»Söhnlein senior war früher Förderer der Partei. Deswegen hat man einen anderen Sündenbock gesucht und gefunden!« Strobel spuckte ärgerlich nach draußen. »Irgend so ein armes Schwein haben die geopfert … einen kleinen Stricher …«

»Eugen … Du warst sogar bei seiner Hinrichtung!«

Strobel stieß einen anerkennenden Pfiff aus.

»Du wirst mir langsam unheimlich.«

»Ich bin eben nach Lehrbuch vorgegangen«, kommentierte Thomas nicht ohne Stolz.

371

»Ja, ich war bei seinem letzten Gang dabei, weil er mir leidtat …
Ich wollte mit ihm ein paar Worte wechseln … trösten, aber die
Gestapo hatte ihn halb totgeschlagen. Der arme Schlucker bekam
nichts mit!«

Thomas erkannte in Strobels Gesicht echte Trauer, was auf ihn
verstörend wirkte. Dieser Mann hatte zwei Herzen.

»Glaub mir, Thomas, mir waren die Hände gebunden.«

Das Funktelefon ertönte. Strobel nahm ab.

»Die Fahndung ist raus? Sehr gut. Jemand soll zu seinen Eltern
fahren, am Ende will sich das Arschloch dort verstecken!« Strobel
legte auf. Er war unruhig.

Thomas erriet seine Gedanken.

»Was ist, wenn Oskar wieder ein Mädchen umbringt?«

»Wir werden ihn vorher kriegen«, beeilte sich Strobel zu versichern.

»Die Fahndung hätte man sich sparen können, wenn du ihn
verhaftet hättest«, herrschte Thomas ihn wütend an. »Aber das hast
du dich nicht getraut, weil er dich in der Hand hatte. Er wusste,
dass du ein Kriegsverbrecher warst, genauso wie Vater!«

Strobel sagte darauf nichts, aber Thomas blieb am Ball.

»Warum habt ihr die kleine Rosa nicht retten können?«

Spätestens diese Frage brachte Strobel aus der Fassung. Er fuhr
zur Seite und steckte sich nervös eine Zigarette an. »Ich habe alles
versucht, verdammte Scheiße! Das Mädchen war unser Bambi. Wir
hatten seine Eltern und Verwandten erschossen, wir haben uns be-
schissen gefühlt! Und dann tauchte die SS auf, Sondereinheit Dir-
lewanger. Dieses Scheusal war schon ein vorbestrafter Kinderschänder. Seine Truppe war vom gleichen Holz geschnitzt. Einer davon
war der junge Oskar Söhnlein, der sich über mich lustig machte,
dieses Miststück. Er wusste, dass ich Angst um das kleine Mädchen hatte, und das geilte ihn richtig auf! Als unser Polizeibataillon

weiterziehen musste, wollte ich das Mädchen vor Oskar verstecken, aber seine Mörderbande hatte den Bauern gefunden. Ich hätte Oskar umgebracht, das schwöre ich, aber der war mit seiner marodierenden Truppe weitergezogen. Er galt nach dem Krieg als vermisst. Plötzlich tauchte er 1956 aus sowjetischer Kriegsgefangenschaft auf. Ich wollte ihn sofort verhaften, aber dann bekam ich ein Problem.«

Seine Stimme versagte. Doch Thomas legte den Finger auf die Wunde.

»Oskar hat dich erpresst. Er wusste ganz genau, was du mit deiner Polizeitruppe im Krieg angestellt hast.«

Strobels Miene gefror.

»Ich sagte seinen Eltern, sie sollten ihn außer Landes bringen. Das taten sie auch. Sie schickten ihn nach Italien, wo sie ein Ferienhaus auf Capri besitzen. Seine Mutter war oft bei ihm, um ihn unter Kontrolle zu haben. Trotzdem vergriff er sich an kleinen Mädchen und wurde in den Knast geschickt. Blöderweise wurde er dieses Jahr aus der Haft entlassen.«

»Deswegen warst du im Auto so aufgebracht, als wir von Söhnlein zurückfuhren und ich von Oskar erzählte«, fiel Thomas ein.

»Ich dachte, er wäre in Italien. Noch am gleichen Abend fuhr ich zu Söhnlein und warnte Oskar. Er sollte schnellstens aus der Stadt!«

Strobel machte eine Pause, ehe er den Motor startete und weiterfuhr: »Als du mich in der Nacht anriefst und mir von dem ermordeten Mädchen in Kaiserswerth erzählt hast, wusste ich sofort Bescheid. Das war Oskars Handschrift. Ich habe mit Nikasius' Hilfe die Leiche präpariert, bevor die anderen Kollegen kamen. Am nächsten Morgen bin ich zu den Söhnleins. Oskar musste sich jetzt kastrieren lassen! Seine Eltern sahen das auch so. Also wurde er zu Humbold gebracht. Nikasius sollte ihn operieren, aber das wollte er nicht.«

»Dieser Kerl ist ein Kindermörder!«, empörte sich Thomas. »Er gehört ins Gefängnis! Aber du hast ihn gedeckt.«

»Junge, er wäre doch kastriert worden! Das ist die einzige wirksame Therapie gegen Kindermörder.«

Thomas winkte ab, er wollte mit Strobel keine Grundsatzdiskussion. Ihn interessierte der konkrete Fall. »Warum musste Dr. Nikasius sterben?«

»Der war morphiumsüchtig. Ein Wrack. Als du ihn unter Druck gesetzt hast, wollte er, dass ich dich außer Gefecht setze.«

»Deswegen hast du ihn umgebracht und den Schweinen zum Fraß vorgeworfen.«

»Das war auch nicht geplant. Bukowski sollte ihn warnen, aber dann war er scharf auf seine Uhr. Sag mal, müssen wir jetzt über so einen Mist reden?«, fragte Strobel angewidert.

»Wir können auch darüber reden, dass du zusammen mit Vater im Krieg als Polizisten Dutzende Kinder, Mütter, Frauen und Männer umgebracht hast.«

»Du hättest dich genauso verhalten. Das ist Kameradschaft, davon verstehst du nach wie vor nichts. Das musst du noch lernen.«

»Lass mich raus!«, forderte Thomas ihn auf. Er wollte keine Sekunde länger mit dem Mann sprechen, den er mal so verehrt hatte.

Strobel fuhr an die Seite. Mittlerweile hatten sie die Innenstadt erreicht.

»Mein Gott, war diese beschissene Karriere so wichtig für dich?«

»Es geht nicht um meine Karriere. Aber ich bin mit Leib und Seele Polizist. Ich habe den Krieg nicht begonnen. Ich bin auch nie in die Partei eingetreten.«

»Aber ohne Leute wie dich hätte das alles nicht funktioniert!« Strobel widerte ihn an. Eine Sache musste er aber noch loswerden.

»Ihr habt Frenzel umgebracht und das als Selbstmord getarnt. Und ich bin beinahe darauf reingefallen.«

Mit dieser Information hatte nun Strobel überhaupt nicht gerechnet.

»Wie hast du das herausbekommen?«

Thomas war nicht bereit, darauf zu antworten, also schüttelte er nur den Kopf.

»Die Zigeuner etwa?«, fragte Strobel skeptisch. »Aber die würden nie etwas sagen … die nicht!«

Wenn du wüsstest, hätte Thomas am liebsten geantwortet, doch er wollte seine Informanten schützen.

»Was weißt du von Frenzel?«

»Er war ein lästiger Zeuge und hätte euch Drezko an den Hals geschickt.«

»Als SS-Arschloch hat er es nicht anderes verdient. Und Drezko ist ein Don Quichotte. Kämpft gegen Windmühlen. Was nützt es, wenn er alle fähigen Polizisten verhaften lässt?«

Aber Thomas wollte gar nicht mehr mit Strobel sprechen. Er stieg aus.

»Wenn du zu Drezko gehst, wird Schäfer aussagen, dass du Frenzel mit erdrosselt hast«, drohte Strobel ihm.

»Und du fragst, warum ich dich nicht mehr Onkel nenne?«

Thomas wartete nicht auf eine Antwort, sondern entfernte sich schnell. Er hatte jetzt überhaupt keine Zeit, um sich über Strobels Verhalten zu empören. Oskars Flucht brannte ihm auf den Nägeln. Der Mann war gemeingefährlich, was die Ermordung von Humbold erneut bewiesen hatte. Und Thomas traute Strobel und seinen Männern nicht zu, diesen Mörder dingfest zu machen. Das musste er selbst in die Hand nehmen. Thomas setzte seine Hoffnung auf Otto. Hoffentlich hatte er Oskar abgepasst und war ihm gefolgt. Hatte er wie verabredet bereits Peggy angerufen? Als Thomas die Bar erreichte, traf er Peggy nicht vor, was ihn sehr verwunderte, weil sie ja »Telefondienst« machen wollte. Auch Alexis konnte ihm nicht weiterhelfen. Ihm war gar nicht aufgefallen, dass sie die Bar verlassen hatte.

»Oje, aber der Laden war so voll, da habe ich die Übersicht verloren.«

»Hat sie vielleicht einen Anruf erhalten?«

»Das kann ich dir leider nicht sagen«, meinte Alexis bedauernd. »Meine Kellnerin ist ausgefallen, und ich muss den Laden allein schmeißen!«

Thomas begann sich Sorgen zu machen. Er konnte sich Peggys Abwesenheit nicht erklären. Er wusste auch nicht, was mit Otto los war. Die Dinge liefen nicht so, wie er es sich vorgestellt hatte. Aber es half alles nichts, er musste hierbleiben und auf eine Nachricht warten. Was für eine Scheiße.

53

Oskar Söhnlein fühlte sich unverwundbar. Wer sollte ihm etwas
anhaben? Von Strobel hatte er im Grunde nichts zu befürchten,
der würde ihn nicht verhaften. Strobel dachte doch nur an seine
Karriere! Und vom arroganten Professor, der ihn zu einem Weib
umoperieren wollte, drohte auch keine Gefahr mehr. Wer sollte
ihn also daran hindern, wieder mit einem hübschen Mädchen zur
Burgruine zu fahren, da, wo er am meisten Spaß in seinem Leben
gehabt hatte? Er wollte es allen zeigen! Aber zunächst wollte er bei
seinen Eltern ein frisches Bad nehmen. Sein Vater würde ihn zwar
wieder in die Klinik schicken wollen, aber er würde sich diesmal
widersetzen. Außerdem war da seine Mutter, die ihm letzten En-
des immer jeden Wunsch erfüllte.

Doch aus seinem Plan wurde nichts. Als er seinen Wagen in
die Toreinfahrt zum Haus seiner Eltern steuern wollte, bemerkte
er ein Auto, das ihm verdächtig vorkam. Ein dunkler Opel. Sah
nach einer typischen Zivilkarre der Kripo aus. Geistesgegenwärtig
fuhr Oskar weiter und parkte in gebührendem Abstand. Er beobachtete, wie zwei Männer aus dem Opel ausstiegen und zur Haus-
tür gingen. Die beiden sahen sehr nach Strobels Abteilung aus.
Schnell fuhr Oskar weiter.

Er ahnte wiederum nicht, dass auch sein Auto beschattet

wurde, und zwar von Otto. Der fuhr ihm schon eine Weile hinterher, ohne zu wissen, was das Ganze überhaupt sollte. Otto konnte sich keinen Reim auf Oskars Verhalten machen, er fragte sich sowieso, warum er ihn beschatten sollte. Da er die ganze Zeit hinter ihm herfuhr, war er auch nicht dazu gekommen, wie verabredet Peggy anzurufen. Obwohl ihn die ganze Angelegenheit nervte, blieb er bei Oskar, der nun seinen Porsche auf einen Parkplatz in der Nähe des Schlossturms fuhr. Er machte dort halt und stieg aus.

Neugierig verließ Otto den Borgward und folgte ihm. Er bemerkte, dass Oskar vor einigen kleinen Radschlägern stehen blieb und sie interessiert beobachtete. Als Otto eine leere Telefonzelle entdeckte, fasste er einen Plan. Er wollte Peggy anrufen und nach dem weiteren Vorgehen fragen. Er konnte ja schlecht seinen ganzen Tag mit Oskar verbringen! Doch gerade als er die Telefonzelle betreten wollte, huschte eine korpulente Dame an ihm vorbei und zwängte sich in die Kabine. Er ärgerte sich maßlos, zumal sich die Frau als Quasselstrippe erwies und endlos lange telefonierte. Ihm blieb nichts anderes übrig, als zu warten. Immer wieder warf er einen Blick auf Oskar, der sich mittlerweile mit einem Radschlägermädchen unterhielt. Das kam Otto sehr suspekt vor, zumal Oskar mit einem Mädchen zum Parkplatz ging und in den Porsche stieg.

»Junger Mann, Sie können jetzt telefonieren«, hörte er die Frau sagen, die aus der Zelle trat.

Aber Otto eilte lieber zum Wagen, um Oskar und dem Mädchen hinterherzufahren. Er war misstrauisch geworden und fragte sich, was Oskar mit dem Mädchen vorhatte. Blöderweise war die Fahrt an der nächsten Kreuzung vorbei. Ein kurzes Ruckeln, dann blieb der Borgward stehen. Ottos Blick fiel auf die Tankanzeige. Leer! Ärgerlich stieg er aus und konnte gerade noch sehen, wie der rote Porsche über die Ampel fuhr. Was sollte er jetzt tun? Er ließ den Borgward einfach stehen und rannte zurück zur Telefonzelle. Schnell wählte er die Nummer der Bar.

Thomas, der auf heißen Kohlen saß, seufzte vor Erleichterung, als Alexis ihn ans Telefon rief: »Thomas, Telefon! Otto fragt nach dir!«

Thomas riss Alexis den Hörer förmlich aus den Händen.

»Otto, wo bist du? Was ist mit dem Porsche?«

»Der gehört Oskar Söhnlein. Ich bin ihm hinterhergefahren bis zur Altstadt.«

»Und wo ist er jetzt?«

»Weiß der Teufel, wo der hingefahren ist. Aber das ist alles sehr merkwürdig, der hat ein kleines Mädchen angesprochen und ist mit ihr weg! Das kann doch nicht in Ordnung sein?«

»Scheiße! Warum bist du nicht hinterher?«, brüllte Thomas in den Hörer.

»Weil der Tank leer ist. Hättest du mal vorher anständig getankt … Thomas, Thomas?«

Thomas hatte aufgelegt und war nach draußen gestürmt. Oskar Söhnlein hatte ein neues Opfer! Das durfte doch nicht wahr sein! Thomas konnte vor Aufregung kaum atmen. Er musste jetzt die Nerven behalten. In aller Ruhe überlegen, was zu tun war. Oskar hatte also wieder ein Mädchen angesprochen. Wo war er mit ihr hin? Thomas glaubte die Antwort zu kennen und rannte zum Taxistand auf der anderen Straßenseite.

»Wo soll's denn hingehen, junger Mann?«, fragte der Fahrer, als Thomas in den Wagen sprang, als käme er von einem Bankraub.

»Nach Kaiserswerth, zur Kaiserpfalz, aber bitte schnell! Es ist lebenswichtig!«, drängte er den Fahrer. »Sie können auch über Rot fahren, ich zahle das Bußgeld.«

Der Taxifahrer brummte etwas Unverständliches, gab jedoch

richtig Gas. Und Thomas hoffte inständig, dass er mit seiner Vermutung richtiglag.

Er lag mit seiner Vermutung richtig. Oskar Söhnlein fuhr zur Kaiserpfalz, um seinen tödlichen Trieb zu befriedigen. Sein ahnungsloses Opfer, die achtjährige Renate, fand es ganz großartig, dass der nette Onkel sie mit seinem Sportflitzer zu seiner Mama fuhr.

Doch diesmal lief es für Söhnlein nicht wie geplant. Die Polizei hatte die Ausfallstraße wegen einer Demonstration gesperrt. Dutzende junge Leute protestierten und riefen irgendwelche Parolen. Einige von ihnen hielten Schilder mit Parolen hoch wie »Amis, raus aus Vietnam!«. Der Autoverkehr kam zum Erliegen und musste den Demonstrationszug vorbeilassen.

»Diese langhaarigen Affen sollen die Straße frei machen«, schimpfte Oskar Söhnlein, der vor der Kreuzung warten musste. Auch die anderen Autofahrer zeigten wenig Verständnis für die Demonstration. Nicht wenige kurbelten die Scheiben runter und ließen ihrem Unmut freien Lauf, indem sie hupten. Im Unterschied zu Oskar Söhnlein und den anderen Autofahrern störte sich die kleine Renate nicht an der Demonstration, sie fand vielmehr das Treiben auf der Straße aufregend. Sie drückte ihre kleine Nase an der Windschutzscheibe platt und starrte auf die bunten Plakate. Auf manchen Schildern waren Bilder gemalt, wie eine weinende Freiheitsstatue oder ein Mann mit Zylinder und amerikanischer Flagge.

»Was ist Vietnam, Onkel?«

»Keine Ahnung!«, blaffte Oskar Söhnlein sie an. Er hatte andere Probleme. Er steckte mit seinem Auto fest und kam nicht weiter. Und da waren auch noch die Polizisten, die jetzt aus einigen Mannschaftswagen ausstiegen.

»Was sind das für Leute? Warum rennen die über die Straße?«

»Das sind Studenten! Chaoten! Randalierer!«

»Warum schimpfst du über sie?«

»Die sollen lieber arbeiten gehen! Früher gab es so was nicht. Da hätte man sie alle vergast!«, antwortete Oskar, der nervös an den Nägeln kaute. Er musste schnellstens aus der Stadt.

»Was heißt vergast?«, wollte Renate nun wissen, erhielt aber diesmal keine Antwort.

Oskars Wut stieg. Er wollte jetzt unbedingt zur Kaiserpfalz, und diese langhaarigen Affen hinderten ihn daran.

Ungeduldig erwiesen sich auch die Taxifahrer.

»Ab ins Arbeitslager mit ihnen! Die sollen doch nach drüben gehen!«, schrien sie erregt. Dann sprangen einige aus ihren Autos und gingen auf die Studenten los. Es entwickelte sich eine wüste Prügelei.

»Alle in den Knast! Schlagt die tot!«, feuerte Oskar die Taxifahrer an. Wie von Sinnen trommelte er gegen das Lenkrad, sein Gesicht lief rot an.

Die kleine Renate bekam Angst.

»Ich will nach Hause!«

»Du bleibst hier!« Rasend vor Wut legte er den Rückwärtsgang ein, wendete scharf und raste in eine Nebenstraße. Fieberhaft versuchte er, auf Schleichwegen aus der Innenstadt zu kommen, missachtete eine Einbahnstraße, kam trotzdem nur im Schneckentempo weiter, weil vor ihm ein Brauereifuhrwerk den Verkehr aufhielt. Oskars Wut richtete sich gegen die beiden Pferde. »Diese blöden Hengste! Ab ins Schlachthaus damit!«

Sein cholerischer Anfall schüchterte die kleine Renate noch mehr ein. Sie begann, leise zu schluchzen.

»Sei endlich ruhig«, zischte er ärgerlich. Jammern konnte er jetzt nicht gebrauchen. Das Mädchen durfte sich nicht vor ihm fürchten! Seine Begierde speiste sich daraus, dass sein Opfer arglos in die Falle tappte und die Autofahrt genoss, doch jetzt lief alles aus dem Ruder. Die Kleine neben ihm zitterte vor Angst und wollte nach Hause. Oskar musste sich etwas einfallen lassen, um die Situation zu retten. Er machte eine 180-Grad-Kehre und versuchte, freundlich zu wirken. »Wird schon gut, Liebchen!« Er hatte jetzt kiloweise Kreide gefressen, ja er lachte immerzu und blinzelte Renate freundlich zu.

Es nutzte nichts. Das Mädchen war nicht mehr zu beruhigen. Es bekam einen hysterischen Weinkrampf und zappelte obendrein auf dem Beifahrersitz herum.

Er reagierte nun ebenfalls hysterisch: »Wirst du jetzt endlich stillhalten, du Kröte! Schnauze!«

Je lauter er brüllte, desto schriller klang ihr Heulkrampf.

Nur mit allergrößter Mühe konnte sich Oskar auf den Verkehr konzentrieren. Irgendwie schaffte er es, sein Auto nach Kaiserswerth zu steuern. Kurz vor der Kaiserpfalz lenkte er den Porsche auf den Feldweg und kam vor der mächtigen Kastanie zum Stehen. Wutschäumend zerrte er das zappelnde Mädchen heraus und wollte es schnellstens zu den Ruinen schaffen. Das war aber nicht einfach, weil sich die kleine Renate mit aller Kraft wehrte und um ihr Leben brüllte. Als er versuchte, ihren Mund zuzuhalten, biss sie ihm in den Finger, was seinen Furor noch steigerte. Mit hochrotem Kopf zerrte er sie weiter, und er hatte Glück, dass sich um diese Zeit keine Besucher in der Anlage aufhielten. Sein mörderischer Trieb hatte sich schon längst verzogen. Er hasste dieses schreiende Kind, er wollte es jetzt wie lästigen Müll entsorgen. Aber die kleine Renate wehrte sich weiterhin.

»Du Miststück!«, schrie er und begann, sie am Hals zu würgen.

»Söhnlein, lass das Kind los! Dein Spiel ist aus!«, hallte es plötzlich durch die Ruinen.

Irritiert drehte er sich um und sah einen Mann, der unter einem

Torbogen stand. Diesen Moment nutzte das Mädchen. Es löste sich von seinem Handgriff und rannte davon. Oskar dagegen starrte auf den Mann, der sich langsam näherte. *Die Beatlesfrisur, das gestreifte Sakko, was war das für ein Typ?* Er versuchte, sich zu erinnern, wo er ihn schon mal gesehen hatte. Natürlich, es handelte sich um den jungen Polizisten, dem er auf der Terrasse seines Elternhauses begegnet war.

»Deine Reise ist zu Ende, Oskar«, sagte Thomas und stellte sich vor ihn hin.

Oskar wusste nicht, wie er sich verhalten sollte. Ihm blieb aber auch keine Zeit, sich irgendetwas zu überlegen, da Thomas ihn sofort in den Polizeigriff nahm.

»Versprich mir, dass du keinen Ärger machst, dann lass ich dich los!«

Oskar nickte verwirrt.

»Ich könnte dir nämlich auch die Arme brechen!«, drohte Thomas und zog ihn fester an sich.

Daraufhin ging Oskar in die Knie, stöhnte vor Schmerzen auf. Erst jetzt ließ Thomas ihn los.

»Was ... was wollen Sie von mir?«

»Du hast kleine Mädchen umgebracht, dazu Prof. Humbold, und da fragst du noch, was ich von dir will?«

Oskar hatte keine Ahnung, was er sagen sollte. Woher wusste der Kerl das alles? Er entschloss sich, sich unwissend zu stellen.

»Da muss eine Verwechslung vorliegen, nicht wahr?«

»Ab ins Polizeipräsidium«, erwiderte Thomas lakonisch, dem nicht nach einem Gespräch mit Oskar Söhnlein zumute war.

»Ich bin unschuldig«, behauptete Söhnlein, zog es aber vor, angesichts eines neuerlichen Polizeigriffs keinen Widerstand zu leisten.

Thomas baute sich vor ihm auf und fixierte ihn.

»Ich bin nicht der Professor, dem du die Medikamente in den

383

Rachen schieben kannst. Mach also keine Zicken, und beweg dich vorwärts!«

Oskar gab seinen Widerstand auf. Er hatte mächtigen Respekt vor Thomas. Also versuchte er es auf die schleimige Tour.

»Wenn Sie mich freilassen, packe ich aus. Ich weiß Dinge, die sehr brisant sind.«

Ungerührt schüttelte Thomas den Kopf.

»Ich weiß auch, was Strobel im Krieg angestellt hat.«

Oskar Söhnlein ergriff plötzlich Thomas' Arm.

»Lassen Sie mich laufen, und meine Mama wird Sie reich beschenken. Wir haben sehr viel Geld ... ganz viel ...«

»Hör auf mit dem Scheiß!«, unterbrach Thomas ihn und schüttelte ihn ärgerlich ab.

Oskar merkte, dass er mit seiner Tour nicht weiterkam. Er nickte ergeben und setzte sich in Bewegung, gefolgt von Thomas.

In diesem Moment fuhr vor dem Burgtor ein Auto vor, ein dunkler Opel. Thomas verlangsamte seinen Schritt, weil er den Wagen erkannte.

»Bleib hinter mir!«, befahl er Oskar Söhnlein, der unruhig wurde.

»Strobel! Er wird mich umbringen!«

Aus dem Wagen stiegen zwei Männer aus, Strobel und Schäfer. Beide hatten ihre Hüte tief in die Stirn gezogen, was keinen vertrauenerweckenden Eindruck machte und Thomas an bestimmte Gangsterfilme erinnerte. Sie kamen langsam näher.

»Er wird mich umbringen!«, wiederholte Oskar Söhnlein mit zittriger Stimme und wandte sich mit flehendem Blick an Thomas, dessen Spannung stieg.

»Warum so ängstlich, Oskar?«, lachte Strobel und holte seine Bonbondose aus der Tasche. »Wir fahren jetzt ins Präsidium, und alles wird gut!«

Er bot Oskar Söhnlein als vertrauensbildende Maßnahme ein Bonbon an, das dieser zögernd entgegennahm.

»Ich fahre mit«, stellte Thomas klar.

»Natürlich! Steigt ein!« Strobel öffnete wie ein höflicher Taxifahrer die hintere Tür.

Oskar Söhnlein, mit bibberndem Kinn und klappernden Zähnen, zögerte einzusteigen.

»Du steckst doch mit ihm unter einer Decke«, raunte er Thomas zu.

»Du kannst uns vertrauen, Oskar. Du kommst vor ein ordentliches Gericht«, versicherte ihm Strobel, doch Schäfer, der seine Zigarette kaute, sah nicht allzu glaubwürdig aus. Insofern traute Oskar dem Braten nicht. Er faltete seine Hände wie zum Gebet und ging in die Knie.

»Bitte, bitte, er soll mir nichts tun! Ich bin kein Verbrecher! Ich bin doch nur krank! Meinetwegen kann man mich kastrieren, bitte!«

Als Schäfer sah, dass Urin durch Oskars Hosenbeine sickerte, spuckte er verächtlich auf den Boden. »Ich hatte damals recht, Chef. Großer Mann, kleine Eier!«

Thomas dagegen wandte sich an Oskar und zog ihn hoch: »Du kommst vor ein ordentliches Gericht, Oskar, ich garantiere dir das!«

Aber da irrte sich Thomas. Gerade als er einsteigen wollte, schnappte Schäfer blitzartig Oskar am Kragen und zog ihn weg. Gleichzeitig schob Strobel Thomas in den Wagen und schloss die Tür zu. Bevor Thomas realisieren konnte, was passiert war, trug der wuchtige Schäfer den zappelnden und brüllenden Oskar davon.

»Halt die Schnauze, du Kinderficker!«, herrschte er ihn an, hievte ihn wie eine Teppichrolle über die Schulter und stieg die

Steintreppe zur Zinne hoch. Endlich gelang es Thomas, aus dem Wagen zu steigen.

Strobel hielt ihn unsanft am Arm.

»Schäfer ist wie eine Lawine, die kann man nicht aufhalten.«

Thomas löste sich von seinem Griff und rannte ebenfalls die Treppe hoch.

Er kam zu spät. Schäfer hob Oskar Söhnlein über die Mauer und warf ihn einfach nach unten. Ein dunkler Brunnenschacht verschluckte ihn. Er war so tief, dass man den Aufprall nicht hörte.

»So ein Hornochse, Chef! Ich wollte ihm die Aussicht von oben zeigen, aber der Idiot musste runterspringen«, grinste Schäfer und steckte sich erneut eine Zigarette an.

»Schäfer, du sollst nicht so viel rauchen, du machst deine Lunge kaputt«, mahnte Strobel und spuckte naserümpfend in den Schacht.

Wortlos ging Thomas die Stufen hinunter und schaute Strobel vorwurfsvoll an.

Der runzelte die Stirn: »Du willst doch dieses Stück Scheiße nicht bemitleiden?«

Das wollte Thomas nicht. Oskar Söhnlein hatte wirklich kein Mitleid verdient. Aber Strobel durfte nicht Täter, Richter und Henker sein. Irgendwo musste es eine Gerechtigkeit geben.

»Wo ist das kleine Mädchen hin?«, fragte Thomas leise.

»Baumgarten hat sie aufgegabelt und fährt sie nach Hause.«

»Woher wusstet ihr, dass ich hier war?«

»Ich habe dich beschatten lassen. Mir war klar, dass du Oskar finden würdest. Du bist mein bester Mann!«

Thomas winkte ab. Strobel konnte sich seine Lobeshymnen weiß Gott wohin stecken.

»Ich will das Foto«, sagte Strobel leise.

Thomas schüttelte vehement den Kopf.

»Das Foto!«, insistierte Strobel und streckte die Hand aus.

»Nein!«, sagte Thomas bestimmt, »das muss Schäfer schon holen.«

Der schmunzelte, als er das hörte.

»Schäfer rührt keinen Finger. Er mag dich, obwohl du ihm in die Eier getreten hast.«

Schäfer lachte laut, während er etwas aus seiner Hosentasche holte und es Thomas reichte. Es war Peggys Kette.

»Die … die gehört Peggy! Wo ist sie?«, brüllte Thomas und packte Schäfer am Kragen.

»Foto gegen Mädchen, ist doch ein Tausch, oder?«

Thomas verharrte für einen Moment, dann ließ er Schäfer los.

»Komm, Junge, was willst du schon mit alten Bildern?«

Thomas griff resignierend in seine Tasche und gab Strobel das Foto.

»Der Fotograf hat aber das Negativ, freu dich nicht zu früh. Außerdem hat er noch viel mehr belastende Fotos …«

Strobel nickte wissend, warf einen letzten Blick auf das Bild, bevor er es Schäfer reichte, der es mit seinem Feuerzeug in Asche verwandelte.

»Weißt du denn nicht, dass gerade bei Breuer eine Durchsuchung läuft? Der Kerl hat doch tatsächlich heimlich Sexbilder gemacht«, erwähnte Strobel fast beiläufig.

Thomas verstand die Andeutung. Strobel hatte dafür gesorgt, dass Negative und weitere Bilder vernichtet wurden.

»Und ich habe dich mal bewundert …«

»Das unterscheidet uns, mein Junge. Ich bewundere dich immer noch!« Er klopfte Thomas anerkennend auf die Schulter, und es war keine bisschen Ironie dabei. Er meinte es ernst. Thomas sagte dazu nichts. Er sehnte sich nach Peggy.

»Wo ist Peggy?«

Schäfer deutete nach hinten. Thomas sah Peggy, die gerade aus
einem zweiten schwarzen Opel ausstieg. Er lief auf sie zu, und
beide fielen sich in die Arme.

54

Das Wiedersehen feierten beide bei Alexis. Die Jukebox arbeitete auf Hochtouren. Während die Beatles *Rock'n'Roll Music* sangen, bewies Thomas sein Talent als Rock'n'Roll-Tänzer. Er wirbelte, stemmte und schleuderte Peggy mit solch einer Begeisterung herum, dass Alexis und den anderen Gästen die Worte fehlten. Als beide dann atemlos pausierten, gab es frenetischen Applaus. Plötzlich tippte jemand Thomas auf die Schulter. Es war Otto, der einige Fragen hatte.

»Was war eigentlich los mit dem roten Porsche? Und was ist mit Oskar Söhnlein? Ich komme mir total blöd vor!«

»Das ist eine ziemlich lange Geschichte«, antwortete Thomas. »Aber bevor ich sie erzähle, habe ich eine Frage: Hast du das Bild?«

»Hätte ich beinahe vergessen«, fiel Otto ein und holte ein Foto heraus. Es handelte sich um eine Kopie des Bildes mit der kleinen Rosa.

»Ist gar nicht so einfach, ein Farbbild zu entwickeln«, erklärte Otto.

»Dafür ist es dir gut gelungen«, lobte Thomas ihn, während er das Foto begutachtete. Bei der Vorstellung, Strobel ausgetrickst zu haben, klopfte er sich geistig auf die eigene Schulter, aber er hütete sich, seinen Triumph zu zeigen. Doch Peggy merkte schon, dass er stolz auf sich war.

»Mein Schatz ist der beste Bulle der Welt!«

Thomas wurde rot, und wieder verstand Otto nur Bahnhof. Peggy ihrerseits war glücklich, dass die Geschichte ein gutes Ende gefunden hatte. Die Zukunft konnte beginnen. Dazu forderten auch The Byrds auf, die aus der Jukebox erklangen:

Hey, Mr. Tambourine Man, take me on a trip upon your magic swirling ship.

Fritz war von einer Reise in einer besseren, verheißungsvollen Zukunft weit entfernt. Er drehte mühsam seine Runden im tristen Innenhof der forensischen Abteilung. Es ging ihm nicht gut. Seine Kopfschmerzen machten ihm zu schaffen und drohten seinen Kopf platzen zu lassen. Er wusste, dass es die Nebenwirkungen der Elektrotherapie waren, die er über sich hatte ergehen lassen müssen. Und er wusste, dass es nach der Operation an seinem Gehirn noch viel schlimmer kommen würde. Fritz glaubte nicht daran, dass Peggy und ihr Freund ihn vor dem Eingriff retten konnten. Doch auch wenn sie diese Operation verhindern würden, welches Leben erwartete ihn? Er würde die Mauern der gerichtlichen Abteilung nie mehr verlassen. Er würde für immer eingesperrt bleiben. Aber wollte er überhaupt in der Welt draußen leben? Würde er sich da zurechtfinden? Je mehr Fritz über seine Situation nachdachte, desto mehr schmerzte sein Kopf. Er war in einer Sackgasse angelangt. Er war müde und lehnte sich erschöpft an die Wand. Während er auf die Mauer starrte, wurde er unruhig. Dieser Ort, dieser kleine Hinterhof, kam ihm bekannt vor. Er versuchte, sich zu erinnern, aber sein Kopf tat so weh. Trotzdem gab er es nicht auf. Fritz schaute sich suchend nach etwas um, was seine Erinnerungen wieder hervorholen würde. Er sah, dass an der Wand neben der Tür einige Namen eingeritzt waren, darunter auch Eugen und Fritz! Und nun kam die Vergangenheit wieder hoch. Er hatte mit Eugen in diesem Hinterhof die letzten gemeinsamen Stunden verbracht. Eugen! Fritz musste plötzlich an seinen geliebten Freund denken. Mit ihm hatte er die beste und schönste Zeit seines Lebens verbracht. Als Fritz mit seinen Fingern über den Namen strich, hörte er die Stimme seines Freundes, der nach ihm rief. »Fritz! Fritz! Wie geht es dir?«

»Eugen, wo bist du?«

»Komm zu mir, Fritz! Komm zu mir! Es wird alles gut!«

Fritz vertraute seinem Freund. Er sehnte sich nach ihm. Die Vergangenheit war vorbei, aber die Zukunft wartete. Die Freude, den Freund wiederzusehen, vertrieb seine Kopfschmerzen und die Müdigkeit aus seinem Körper, ja, sie mobilisierte neue Energien. Entschlossen zog er seinen rechten Schuh aus und schlug mit der Sohle gegen die Milchscheibe der Tür. Dann sammelte er eine besonders scharfkantige Scherbe auf und schnitt sich damit die Pulsader auf. Während ein kleines Rinnsal Blut über seine Hand floss, dachte er an die Zeit, als er mit Eugen im Rhein schwimmen ging.

»Eugen, ich komme zu dir«, röchelte er leise und trat die Reise zu seinem Freund an.

Hey, Mr. Tambourine Man, I'll come following you ...

Zwei Tage später wurde er im anstaltseigenen Friedhof beerdigt. Nur Peggy und Thomas hörten am schlichten Grab der kurzen Predigt des Geistlichen zu, der aus dem Buch Hiob zitierte: »Und ist meine Haut noch so zerschlagen und mein Fleisch dahingeschwunden, so werde ich doch Gott sehen!«

»Es ist eine Schande, dass er nicht neben seinem Freund Eugen beerdigt werden kann«, kommentierte Thomas traurig, da er wusste, dass Eugens Grab nicht mehr aufzufinden war.

»Wenn es ein Paradies gibt, werden beide sich treffen«, war sich Peggy sicher, die ansonsten von Religion nicht viel hielt. »Aber das Scheusal Hermann muss draußen bleiben!«

Der Tod von Fritz fand ansonsten keine Beachtung in der Stadt. Die Todesanzeigen dagegen von Oskar Söhnlein und Prof. Humbold füllten Seiten und sorgten für manchen tränentriefenden Nachruf. Über die wahren Todesursachen wurde der Mantel des Schweigens ausgebreitet: Oskar Söhnlein war angeblich einem tragischen Unfall zum Opfer gefallen, der Professor einer unerwarteten Herzattacke. Was überhaupt nicht in der Presse vorkam, war die Entführung der kleinen Renate. Die Kripo, unter der neuen Leitung von Schäfer, hatte deren Eltern deutlich gemacht, dass sie den Vorfall vergessen sollten, ansonsten würden sie Probleme mit dem Jugendamt bekommen, weil sie ihre Aufsichtspflicht missachtet hatten.

Von Schäfers Beförderung erfuhr Thomas durch die Zeitung. Natürlich wurde auch über den neuen Leiter des Landeskriminalamtes, Kurt Strobel, berichtet. In sämtlichen Artikeln, die Thomas las, wurde Strobel als fähiger Kriminalbeamter bezeichnet, der seit Jahrzehnten seine Fähigkeiten unter Beweis gestellt hatte. Man führte diverse Mordfälle an, die seine Mordkommission unter seiner Leitung gelöst hatte. Die Zeit während des Nationalsozialismus wurde keineswegs unter den Teppich gekehrt – er galt als Widerstandskämpfer, weil er während der letzten Kriegstage mit den Amerikanern verhandelt hatte, um ein Blutvergießen in der Stadt zu vermeiden. Von seiner Beteiligung an den Massakern in Polen las man dagegen nichts. Strobels Weste war insofern nicht nur persilweiß, nein, einige Kommentatoren sahen seine Beförderung beim Landeskriminalamt nur als Zwischenschritt für höhere politische Weihen. Conny, die eine Reportage über ihn schrieb, haute publizistisch am lautesten auf die Pauke: *Ist das der neue Justizminister? Unser Sherlock Holmes gehört in die Politik!*

So abwegig erschien diese Vorstellung nicht, weil Thomas Strobel alles zutraute. Außerdem befanden sich unter den Ministern im Land beziehungsweise im Bund mit Sicherheit der eine oder andere Politiker mit NS-Vergangenheit, der so manche Leiche im Keller hatte. Strobel allerdings sah in Thomas keinen Stolperstein für seine weitere Karriere. Er war im Besitz des kompromittierenden Fotos, und obendrein hatten seine treuen Kollegen dafür gesorgt, dass sämtliches belastendes Fotomaterial über das Polizeibataillon vernichtet worden war.

Thomas selbst schien mit Strobel abgeschlossen zu haben. Er war fest entschlossen, mit Peggy nach Berlin zu fahren und dort ein neues Leben zu beginnen. Ein Problem machte beiden zu schaffen: Nach Peggy wurde immer noch gefahndet.

Otto hatte die passende Lösung parat. Thomas sollte das Risiko auf sich nehmen und mit ihr zur Höhle des Löwen gehen, und zwar zum Jugendamt, das bis zu Peggys Volljährigkeit für sie zuständig war.

»Sagt denen, dass ihr in Berlin eine neue Existenz aufbauen wollt. Außerdem hat sie doch die Zusage ihres Arbeitgebers«, schlug er vor.

»Aber ob das mal reicht«, wandte Thomas skeptisch ein.

»Natürlich nicht. Du musst denen auch versichern, dass ihr heiraten werdet und du für sie sorgen wirst!«

»Heiraten? Ist das nicht ein wenig zu früh?«

»Nun stellt euch nicht so blöd an. Ihr müsst behaupten, dass ihr offiziell verlobt seid. Und als Beweis könnt ihr diese beiden Ringe tragen.«

Zu Thomas' und Peggys Überraschung reichte Otto ihnen zwei silberne Ringe. Wegen des skeptischen Blicks seines Freundes beeilte er sich zu versichern: »Erbstücke sozusagen, stört euch nicht an den Gravuren, Margareth und Otto!«

Das taten Peggy und Thomas nicht. Sie wollten das Risiko eingehen und beim Jugendamt vorsprechen. Und es kam, wie Otto es vorhergesagt hatte. Die Beamtin erwies sich als recht aufgeschlossen, jedenfalls war sie sehr angetan von dem jungen Paar, das eine neue Existenz aufbauen wollte. Sie wollte mit der Amtsleiterin sprechen, was sie schließlich auch tat. Bereits einen Tag später hatte Peggy einen Personalausweis und war nicht mehr zur Fahndung ausgeschrieben. Ihrer Reise nach Berlin stand nichts mehr im Wege. Peggy freute sich schon, bei ihrem Modeschöpfer den neuen Job anzutreten. Thomas selber hatte keinen Plan, was er tun würde, aber das störte ihn wenig. Entweder würde er in Berlin studieren oder bei der Berliner Kripo anfangen, die unter Personalmangel litt.

Am Abend vor Thomas' und Peggys Abreise hatte Alexis eine Abschiedsfeier in der Bar organisiert. Es war eine Party, an die sich alle noch Jahre später erinnern sollten. Alexis hatte als Motto »Berliner Luft« ausgegeben. Wie zu erwarten war, wurde sehr viel getanzt und noch mehr geraucht, und Thomas, der sich immer noch nicht an das Nikotin gewöhnen konnte, floh vor der verrußten Berliner Luft nach draußen, um frischen Sauerstoff zu tanken. Während er vor der Bar stand und wehmütig daran dachte, dass er seine Freunde verlassen würde, fuhr ein schwarzer Mercedes vor. Strobel saß am Steuer und kurbelte die Scheibe hinunter.

»Schöner neuer Dienstwagen«, kommentierte Thomas leicht ironisch.

»Du siehst, alles ist möglich, auch für dich.«

Thomas verstand nicht, worauf Strobel hinauswollte.

»Ich habe erfahren, dass du mit deiner Verlobten nach Berlin gehst.«

»Du bist wie immer bestens informiert.«

»Na ja, es schadet nicht, wenn man die Amtsleiterin vom Jugendamt kennt«, lächelte er vieldeutig.

»Ich hatte mich schon gewundert, dass der Personalausweis so schnell ausgestellt wurde. Du kannst es nicht erwarten, dass wir das Weite suchen!«

»Das stimmt nicht ganz. Ich habe nichts dagegen, wenn sie nach Berlin geht.«

»Die Betonung liegt auf *sie*!«

»Richtig. Ich würde es befürworten, wenn du hierbleibst. Die Polizei braucht dich.«

»Das ist doch nicht dein Ernst!«

»Doch. Ich halte dich für einen fähigen Kriminalisten. Für dich stehen alle Türen offen. Und Schäfer ist nur eine Zwischenlösung.«

Strobel nahm eine Pralinenschachtel aus dem Handschuhfach und bot Thomas eine Weinbrandbohne an.

»Keine Bonbons mehr?«

»Bin doch jetzt befördert worden ...«

Thomas winkte ab. Ihm war nicht nach Pralinen.

»Was willst du in Berlin? Wie ich dich kenne, würdest du dort bei der Kripo anfangen wollen, aber warum Zeit verlieren? Die ganze Ochsentour durchmachen ... Ich kann dir hier eine Abkürzung bieten.«

»Aha!«

»Du kannst beim Landeskriminalamt anfangen. Such dir eine Abteilung aus.«

Thomas hatte mit vielem gerechnet, aber nicht mit einem An-

395

gebot, das er unter normalen Umständen nicht abgeschlagen hätte. Aber gab es normale Umstände mit Strobel? Nein, dieses Angebot war vergiftet.

»Nach allem, was passiert ist, willst du, dass ich hierbleibe?«

»Dir gehört die Zukunft, Thomas«, wagte er zu behaupten, und Thomas fasste es nicht.

Strobel hielt sich offenbar weiterhin für unverwundbar. Ihm konnte wohl nichts und niemand etwas anhaben. Obwohl er wusste, dass Thomas ihn für moralisch verwerflich hielt und von seiner kriminellen Vergangenheit wusste, machte er ihm dieses Angebot. Wollte er ihn ködern, damit er ihm nicht gefährlich werden konnte, oder hielt er ihn tatsächlich für einen fähigen Polizisten, den er fördern wollte? Wahrscheinlich beides. Thomas jedenfalls winkte ab, und das sagte er ihm auch ins Gesicht. »Kann sein, dass mir die Zukunft gehört, du bist braune Vergangenheit.«

Der Vorwurf prallte bei Strobel ab, der mit gelassener Stimme antwortete:

»Irgendwann werde auch ich alt und euch Jungs das Feld überlassen. Aber es ist noch zu früh.«

Thomas hatte jetzt keine Lust mehr auf ein Gespräch mit Strobel. Er widerte ihn an.

Strobel las Thomas' Gedanken.

»Ich hoffe nicht, dass du irgendwann Befehle ausführen musst, die sich im Nachhinein als moralisch verwerflich erweisen werden. Denk mal darüber nach!«

»Ihr hättet damals die Befehle verweigern können«, gab ihm Thomas leise zu verstehen, bevor er in die Bar zurückging.

»Mach trotzdem nicht den Fehler, mir etwas anhängen zu wollen. Daran sind ganz andere gescheitert!«, rief ihm Strobel hinterher.

Thomas wandte sich noch einmal um:

»Warum decken Schäfer und Baumgarten dich? Waren sie auch in Polen?«

»Nein, aber sie sind keine Kameradenschweine. Sie würden für mich durchs Feuer gehen!«

Thomas lachte bitter und ging in die Bar. Und Strobel fuhr mit seinem neuen schwarzen Dienstwagen in die Nacht.

»Was wollte der?«, fragte Peggy, die Thomas und Strobel durch die Scheibe beobachtet hatte.

»Mich ködern. Mir einen Traumjob anbieten«, lachte Thomas und gab Peggy einen Kuss. »Der hält mich immer noch für einen kleinen Jungen.«

Aber Thomas wollte den restlichen Abend nicht mit Strobel verbringen, stürzte sich lieber mit Peggy in das Partygetümmel. Und es wurde nicht nur turbulent, sondern auch emotional, denn es flossen viele Abschiedstränen von Elke und Alexis. Otto seinerseits hatte für Thomas ein richtiges Abschiedsgeschenk. Er hatte einen kleinen Hasen für ihn gemalt. »Damit du immer mit ihm sprechen kannst, wenn du Probleme hast.«

Unter verkehrsrechtlichen Gesichtspunkten hätte Thomas am nächsten Morgen gar nicht losfahren dürfen, weil er zu viel Restalkohol im Blut hatte, aber das neue Leben wartete. Trotzdem nahm er einen Umweg über das Präsidium, wo er Drezko abpasste, als der aus der Straßenbahn stieg und ins Büro wollte. Thomas fuhr zu ihm heran und kurbelte die Scheibe herunter. Drezkos Begrüßung ließ darauf schließen, dass er nicht sonderlich viel von Thomas hielt: »Sie schon wieder!«

»Es war kein Selbstmord«, sagte Thomas mit leiser Stimme.

»Wie bitte?«

»Ich spreche von Frenzel, aber das können Sie nicht beweisen, weil es keine Zeugen gibt.«

»Was wissen Sie? Sprechen Sie!«, forderte Drezko ihn auf.

Doch Thomas winkte ab und schaute zu Peggy, die ihm daraufhin das kleine Foto gab, das er Drezko reichte. »Zu treuen Händen!«

Drezkos Miene gefror zu Eis, als er das Farbbild sah. Sofort erkannte er Strobel.

»Wo haben Sie das Bild her?«

»Es ist in Polen gemacht. 1941 …«

Drezko starrte auf das Foto.

»Wer ist der andere Mann?«

Thomas antwortete nicht. Er genoss es, Drezko zappeln zu sehen.

»Nun machen Sie es nicht so spannend! Was hat es mit dem Bild auf sich?«

»Wie heißt das Zauberwort?«, quälte Thomas ihn.

Drezko, der bisher immer kühl und abweisend war, wechselte in einen unerwartet höflichen, ja devoten Tonfall. »Bitte helfen Sie mir! Sie werden das nicht bereuen. Ich habe Beziehungen!«

Schon wieder jemand, der ihn bestechen wollte, schoss es Thomas durch den Kopf.

»Ich habe immer an Sie geglaubt«, erdreistete sich Drezko zu behaupten.

Thomas wurde es jetzt zu blöd. Er schaltete das Autoradio ein und gab Gas. Der Borgward entfernte sich und ließ Drezko mit dem Foto zurück.

»Glaubst du, dass er Strobel eins auswischen kann?«

»Wenn er sich anstrengt, schon« antwortete Thomas. »Und dann kann sich Strobel warm anziehen!«

»Und dein Vater?«

»Gute Kameraden halten zusammen.«

Thomas steuerte auf die Autobahn zu, während es sich Peggy auf dem Beifahrersitz gemütlich machte. Die gestrige Abschiedsparty steckte ihr noch in den Knochen, und so war es kein Wunder, dass sie einschlief. Allerdings hielt ihr Schlaf nicht lange. »Oje, ich habe etwas vergessen!«, rief sie und kramte aus ihrer Tasche einen Umschlag hervor.

»Alexis hat mir gestern Abend einen Brief gegeben. Der ist an dich adressiert.«

»Für mich? Mach auf«, bat Thomas sie, der sich nicht vorstellen konnte, wer ihm geschrieben hatte.

»Da sind seltsame Briefmarken drauf, aber mal sehen, was da steht.«

Sehr geehrter Herr Engel,
im Namen der polnischen Jagdbehörde bedanken wir uns, dass Sie in unseren Wäldern gejagt haben. Wir hoffen, dass Ihnen der Aufenthalt gefallen hat und dass wir Sie wieder begrüßen dürfen. Viele Hirsche und Wildschweine erwarten Sie! Das Rehkitz, das Sie gesucht haben, ist gerettet worden. Wie sagen wir dazu in Polen?

Peggy geriet ins Stocken.
»Da steht was auf Polnisch. Ich lese mal langsam vor.«

Wszystko dobre, co się dobrze kończy ...
Hochachtungsvoll, Lydia Polina.

Peggy schaute irritiert zu Thomas.
»Was soll dieses Schreiben? Verstehst du das?«

Thomas, der aufmerksam zugehört hatte, nickte still. Er strahlte übers ganze Gesicht, und seine Augen glänzten vor Freude. Er war überglücklich, dass die traurige Geschichte in Polen ein versöhnliches Ende gefunden hatte. Seine Freude darüber musste laut raus: »Sie lebt! Sie lebt!«

Dank

Zunächst gab es die Idee, die bewegenden Sechzigerjahre mit dem Genre des Kriminalromans zu erzählen. Meine Agentin Andrea Wildgruber war von Anfang an davon begeistert, und ich möchte ihr dafür herzlich danken. Mein Dank gilt aber auch meiner Verlagsleiterin Nicole Geismann, die das Projekt sehr wohlwollend begleitet hat. Kerstin von Dobschütz hat es zudem sehr gut lektoriert.

Über die Genannten hinaus gilt mein Dank den vielen Frauen und Männern, die mir bei der Recherche für Gespräche und Interviews zur Verfügung gestanden haben, ehemalige Polizeibeamte, Historiker und Archivare. In diesem Zusammenhang erwähne ich gern die Mitarbeiter des Düsseldorfer Stadtarchivs und des Amts für Statistik – auch wenn die Handlung frei erfunden ist, die historische Statik muss stimmen!

Ebenso zu Dank verpflichtet bin ich den ersten Lesern meiner Rohtexte: Doris, Nikos und Thomas. Sie haben sich durch die nicht redigierten Texte gelesen, haben kritisiert, haben gelobt und mir sehr geholfen.

Last but not least schulde ich meiner vierbeinigen Freundin Pippa Dank, die jeden angeknurrt hat, der mich von meiner Arbeit abhalten wollte.